百年百部短篇正典 3

张学昕　主编

北方联合出版传媒（集团）股份有限公司
春风文艺出版社
·沈　阳·

图书在版编目（CIP）数据

百年百部短篇正典．3/张学昕主编．—沈阳：春风文艺出版社，2021.4
ISBN 978-7-5313-5878-7

Ⅰ．①百… Ⅱ．①张… Ⅲ．①短篇小说—作品集—中国—现代 ②短篇小说—作品集—中国—当代 Ⅳ．①I246.7

中国版本图书馆CIP数据核字（2020）第203281号

北方联合出版传媒（集团）股份有限公司
春风文艺出版社出版发行
http://www. chunfengwenyi. com
沈阳市和平区十一纬路25号 邮编：110003
辽宁新华印务有限公司印刷

责任编辑：姚宏越	责任校对：曾　璐
封面设计：杨光玉	幅面尺寸：142mm × 210mm
字　　数：335千字	印　　张：13.5
版　　次：2021年4月第1版	印　　次：2021年4月第1次
书　　号：ISBN 978-7-5313-5878-7	
定　　价：58.00元	

目　录

contents

我们夫妇之间

萧也牧

一 “真是知识分子和工农结合的典型！”

我是一个知识分子出身的干部；我的妻却是贫农出身，她十五岁上就参加革命，在一个军火工厂里整整做了六年工。

三年前我们结了婚。当时我们不在一起，工作的地方相隔有百十来里，只在逢年过节的时候才能见面。所以婚后的生活也很难说好还是坏；只是有一次却使我很感动：因为我有胃病，一挨冻就要发作，可是棉衣又很单薄！那年，正快下雪的时候，她给我捎来了一件毛背心，还附着一封信，信上说：

……天快下雪了！你的胃病怎样了？真叫我着急得不知道怎么着好！我早有心给你打件毛背心，倒也不是羊毛贵，就是钱凑不够！我就在每天下午放工以后，上山割柴火，可是天气太短了！一下工，天很快就黑了！所以一直割了半个多月，才割了不少柴火，卖给厂里的马号里了。卖了两千块边币，称了两斤羊毛。问老乡借了个纺车，纺成了毛线，打了这件毛背心！

因为我不会打，打得又不时样又尽是疙瘩，请你原谅！希望你穿上这件毛背心，就不再发胃病，好好为人民服务……

我读着这封信，我仿佛看到了她那矮小的身影，在那黄昏时候，手拿镰刀，独自一个人，弯着腰，在那荒坡野地里，迎着彻骨的寒风，一把，一把，一把地割着稀疏的茅草……

她这样做，完全是为着我！为着我不挨冻，为着我“不再发胃病，好好为人民服务……”突然，我流泪了！可是我感到了幸福！

两年以后的秋天，我们有了小孩，组织上就把我们调在一块工作。那时，我们住在一个叫“抬头湾”的山村里。

每当晚上，我在那昏黄的油灯下赶工作，她呢，哄着孩子睡了以后，默默地坐在我的身边，吃力地、认真地、一笔一画地练习写大楷……

山村的夜是那样的寂静，远远地能听见“胭脂河”的流水哗哗地流过村边。时间该是半夜了吧，我想她又是照顾孩子，又是工作……一定是很累了，就说：“你先睡吧！”她一听我的话，总是立刻睁大了有点蒙眬了的睡眼：“不！”继续练她的大楷……直到我也放下工作。

早上，孩子醒得很早，她就起来哄：“嗯嗯……听妈妈的话，别把爸爸扰醒了……”孩子才几个月大，当然不懂得，还是嚷！于是她就蹑手蹑脚地起来，抱着孩子，到隔壁老乡屋里的热炕头上哄着去了。

闲时，她教我纺线、织布；我给她批仿，在她写的大楷上画红圈，或是教她打珠算，讨论土地政策……

每天下午，孩子睡着了，我们抬水去浇种在窗前的几棵白菜；到沟里帮老乡打枣，或是盘腿坐在炕上，我搓“布卷”（棉花条儿）、拐线，她纺线，纺车嗡嗡地响，声音是那样静穆、和谐……

虽然我们的出身、经历……差别是那样的大；虽然我们工作的性质是那样的不同：我成天坐在屋里画统计表，整理工作材料；她呢，成天和老百姓们打交道！……但在这些日子里边，我们不论在生活上、感情上……却觉得很融洽，很愉快！同志们也好意地开玩笑说：“看你这两口子，真是知识分子和工农结合的典型！”

但是，不到一年的光景，我们却吵起架来了，甚至有一个时候，我曾经怀疑到：我们的夫妇生活是否能继续巩固下去。那是我们进了北京城以后的事。

二 “……李克同志：你的心大大地变了！”

今年二月间，我们进了北京。这城市，我也是第一次来，但那些高楼大厦，那些丝织的窗帘，有花的地毯，那些沙发，那些洁净的街道，霓虹灯，那些从跳舞厅里传出来的爵士乐……对我是那样的熟悉，调和……好像回到了故乡一样。这一切对我发出了强烈的诱惑，连走路也觉得分外轻松……虽然我离开大城市已经有十二年的岁月。虽然我身上还是披着满是尘土的粗布棉衣……可是我暗暗地想：新的生活开始了！

可是她呢？进城以前，一天也没有离开过深山、大沟和沙滩，这城市的一切，对于她，我敢说，连做梦也没梦见过的！应该比我更兴奋才对，可是，她不！

进城的第二天，我们从街上回来，我问她："你看这城市好不好？"她不以为然，却发了一通议论：那么多的人！男不像男女不像女的！男人头上也抹油……女人更看不得！那么冷的天气也露着小腿；怕人不知道她有皮衣，就让毛儿朝外翻着穿！嘴唇血红红，像是吃了死老鼠似的，头发像个草鸡窝！那样子，她还觉得美得不行！坐在电车里还掏出小镜子来照半天！整天挤挤攘攘，来来去去，成天干什么呀……总之，一句话：看不惯！说到最后，她问我："他们干活也不？哪来那么多的钱？"

我说："这就叫作城市呀！你这农村脑瓜吃不开啦！"她却不服气："你没看见？刚才一个蹬三轮的小孩，至多不过十三四，瘦得像只猴儿，却拖着一个气儿吹起来似的大胖子——足有一百八十斤！坐在车里，跷了个二郎腿，含了支烟卷儿，亏他还那样'得'(得意，自得其乐的意思)！……俺老根据地哪见过这！得好好儿改造一下子！"

我说："当然要改造！可是得慢慢地来；而且也不能要求城市完全和农村一样！"

她却更不服气了："嘿！我早看透了！像你那脑瓜，别叫人家把你改造了！还说哩！"

我觉得她的感觉确实要比我锐利得多，但我总以为她也是说说罢了，谁知道她不仅那么说；她在行动上也显得和城市的一切生活习惯不合拍！虽然也都是在一些小地方。

那时候，机关里还没起火，每天给每人发一块钱，到外边去买来吃。有一次，我们俩到了一家饭铺里，走到楼上，坐下了。她开口就先问价钱："你们的炒饼多少钱一盘？""面条呢？""馍馍呢？"……她一听那跑堂的一报价钱，就把我一拉，没等我站起来，她就在头里走下楼去。弄得那跑堂的莫名其妙，睁大了眼睛，奇怪地看了我们几眼。当时，真使我有点下不来台，说实话，我真想生气！可是，她又是那样坚决，又有什么办法呢？只好硬着头皮跟着她走！

一面下楼，她说："好贵！这哪里是我们来的地方！"我说："钱也够了！"她说："不！一顿饭吃好几斤小米，顶农民一家吃两天！哪敢那么胡花！"

出了饭铺，我默默地跟着她走来走去，最后，在街角上的一个小饭摊上坐下了！还是她先开口，要了斤半棒子面饼子、两碗馄饨。大概她见我老不说话，怕我生气，就格外要了一碟子蒸肉，旁若无人地对我说："别生气了！给你改善改善生活！"

像这类事，总还可以容忍。我想一个"农村观点"十足的"土包子"，总是难免的；慢慢总会改变过来……

哪知她并不！

那时，机关里来了不少才参加工作的新同志；有男的也有女的。她竟不看场合，常常当着他们的面，一本正经地批评起我来。她见我抽纸烟，就又有了话了："看你真会享受！身边就留不住一个隔宿的钱！给孩子做小褂还没布呢！一支连一支地抽！也不怕熏得慌！你忘了？在山里，向房东要一把烂烟；和上大芝麻叶抽，不也是过了？"

开始，我笑着说："这可不是在'抬头湾'啦！环境不同了呀！"

她却有了气啦："我不待说你！环境变了，你发了财啦？没了钱了，你还不是又把人家扔在地上的烟屁股捡起来，卷着抽！"

不知道怎么回事儿，我的脸唰地就红了！站在一旁看热闹的青年男女同志们，本来看得就很兴趣；这时候，就有人天真活泼地嚷起来：“哈哈！脸红啦！脸红啦！”站在一旁的同志也马上随声附和，并且大鼓其掌：“红啦！红啦！”这一嚷，我的脸，果真更加发烫了！

…………

我发觉，她自从来北京以后，在这短短的时间里边，她的狭隘、保守、固执……越来越明显，即使是她自己也知道错了，她也不认输！我对她的一切的规劝和批评，完全是耳边风！常常是，我才一开口，她就提出了一大堆的问题来难我：“我们是来改造城市的，还是让城市来改造我们?”“我们是不是应该开展节约，反对浪费?”“我们是不是应该保持艰苦奋斗、简单朴素的作风?”等等。她所说的确实也都是正确的，因此，弄得我也无言答对，这样一来，她也就更理直气壮了，仿佛真理和正义，完全是在她的一边；而我，倒像是犯了错误了！她几次很严肃地劝我：“需要好好地反省一下！”

我有什么可反省的呢？我自己固然有些缺点，但并不像她说的那样严重，除了沉默，我还有什么办法？可是，有一次，我忽然再也不能沉默了！我们破例地吵了一架，这在我们结婚以来，还是第一次。

在今年七月间，连日雨天，报上不断登着冀中和冀西一带闹水灾的消息；突然，她的精神也就随着紧张起来了！每天报来，她就抢着去看。我发现，她是专门在找报上所列举的水患成灾的县份和村名……她读着，不断地发出惊叹：“呵呵！怎么得了呀？才翻了身的农民，还没缓过气来，地又叫淹了！呵呵……”

有一次，我正在整理各地灾情的材料，她看着报，就大声嚷了起来："这怎么着好哇！俺村的地全叫淹了！哎呀！日子怎么着过呀！我娘又该挨饿了呀！怎么着哇？哎！说呀！你说呀！"这我才发觉她是在征求我的意见。我出口说了句俏皮话："天要下雨，娘要嫁人——谁也没法治！党和政府自会想办法，你操心也枉然！"冷不防，她一伸手，一指头直捅到我的额角上："没良心的鬼！你忘了本啦，这十年来谁养活你来着？"我说："反正不是你家！"她却真的又生我的气了："你进了城就把广大农民忘啦？你是什么观点？你是什么思想？光他妈的会说漂亮话！"我说："谁比得上你的思想！'响当当'的好成分！又是工人阶级出身！"她把桌一拍："放你妈的臭屁！你别讽刺人啦！"就再也不理我了，好像很伤心的样子。

过了几天，我恰好得了一笔稿费：够买一双皮鞋，买一条纸烟，还可以看一次电影，吃一次冰激凌……我很高兴，我把钱放在枕头芯里，不让她知道。

第二天，我正准备取钱上街，钱却怎么找也找不见了，心里真着急。我只好问她："我的钱呢？"她说："什么？钱？哪里来的钱？你交给谁啦？"我继续找，直找得头上冒烟！她却"扑哧"一声笑了！我知道准是她拿了，于是我就很正经地说："这钱不是我的！""得了！你别糊弄我没文化了！稿费单上还有你的名字呢！""是，是，我这钱，我有用处！我要去买一套'干部必读'——十二本书！好好加强理论学习，比什么都重要！""谁还知不道谁哩！加强你的'冰鸡宁'，'烟斗牌'烟去吧！"我一看不对头，只好恳求了："你拿一半行不行？"她却说："我早给家寄走了！"我不免吃了一惊："真的？"她说："糊弄鬼！"

我不知不觉地提高了嗓音："这钱是我的！你不应该不哼一声就没收了！"哪知她的嗓音更大："你没花过我的钱？嗯？你的花被面，你的毛背心……是谁的钱买的？"我说："不稀罕！反正你得检讨检讨，你这样做对不对？"她说："对！家里闹水灾，不该救济救济吗？"我说："你把钱捐给救灾委员会，那就算你的思想意识强，为什么给自己家里寄呀——那还不是自私自利农民意识！"她却真的火了："反正比浪费强！钱我是寄走了！你看着办吧！"我说："咱们分家！"她说："马上分！今儿个黑间（今天晚上）你就不兴盖我的被子！"我说："好好好！"我一扭头就走了……

说也笑人，为了这么芝麻粒大的一点事，我们三天没说话，而且觉得很伤脑筋！恰好星期天那天晚上，机关内部组织了一个音乐晚会，会跳舞的同志就自动地跳起舞来，这正好解闷，我就去参加了！

我正下场，忽然发现：她抱着孩子来了！一看她的神色，知道糟了！她气冲冲的，直蹿到我的面前，把孩子住我怀里一塞："你倒会散心！孩子有你一半责任，我抱够了！你抱抱吧！"我说："跳完这一场就回去！"她二话没说，把孩子往旁边的沙发上一撂，雄赳赳地走了……

孩子不见他妈，就哇哇地号啕起来，和着手风琴的伴奏，发出一种奇怪的音乐，引起了人们的注意。

我红着脸，抱起孩子，回到卧室里去。只见她伏在桌上写字呢！我悄悄地走到她的背后一看，原来她在给我写信："李克同志：你的心大大地变了……"她发觉我来，马上又把纸撕了！

孩子见了妈，挂着两行眼泪，笑着，跳着，哇哇地叫，向她扑去，她才接过孩子，解开怀来喂奶，一面走到门边，背贴着门，向我命令地说："不许走！咱们谈判谈判！"

三 她真是一个倔强的人

这些虽然都是非原则问题，但也恰好正在这些非原则问题上面，我们之间的感情，开始有了裂痕！结婚以来，我仿佛才发现我们的感情、爱好、趣味……差别是这样的大！

她对我，越看越不顺眼，而我也一样，渐渐就连她一些不值一提的地方，我也看不惯了！比方：发下了新制服，同样是灰布"列宁装"，旁的女同志们穿上了，就另一个样儿：八角帽往后脑瓜上一盖，额前露出蓬松的散发，腰带一束，走起路来两脚成一条直线，就显得那么洒脱而自然……而她呢，怕帽子被风吹掉似的，戴得毕恭毕敬，帽檐直挨眉边，走在柏油马路上，还是像她早先爬山下坡的样，两腿向里微弯，迈着八字步，一摇一摆，土气十足……我这些感觉，我也知道是小资产阶级的，当然不敢放到桌子面上去讲！但总之一句话：她使我越来越感觉过不去，甚至我曾经想道：我们的夫妇关系是否可以继续维持下去？

幸好，不久她被分配到另一个机关去工作了！我欢欢喜喜地打发她走了，精神上好像反倒轻松了许多！

我想她这种狭隘、保守、固执……恐怕很难有所改变的了！她真是一个倔强的人！

我们分手以后，约莫有个半月的时光，她连电话也没来过一个，却对旁人说：离了我她也能活！

可是，我却不能！即使我对她有很多不满。然而孩子总还是十分可爱的！我一想起那孩子的乌亮墨黑的大圆眼，和他那牙牙欲语的神气……我就十分怀念！终于还是我先去找她去了！哪知道一见她，她却向我一挥手："今天工作太忙，改日来吧！"

我说她真是个倔强的人。这评语，越来越觉得确切了！特别是又发生了几件事情以后。

当她到了那机关不久，找来了一个保姆：姓陈，叫小娟。样子很伶俐，她爸爸是个蹬三轮的工人。

那天正好是星期日，我在她机关里。那"老妈子房"里的掌柜，领着小娟来上工。一进门，指着我们俩，对小娟说："这是小少爷的母亲，这是……"

小娟毕恭毕敬地向她鞠了个躬，叫了一声："太太！"哪知道我的妻，一听"太太"两个字，就像是叫蝎子蜇着了似的嚷起来："呀！呀！别叫别叫！我不是'太太'！我是我是……我们解放军里头没有'太太'！我姓张，你叫我张同志好了！记住！我叫张同志！要不你就叫我大姐！"她说着就把小娟拉到炕上，和她并排坐下了。弄得那"老妈子房"的掌柜，先是奇怪，接着也笑了："对对！叫张同志！'太太'那名儿，嘿嘿！不时新了！太封建！太封建！"

我的妻马上就给小娟上起政治课来：说她自己也是个穷人，曾经受过旧社会的压迫；后来共产党来了，她就参加了革命，得到了解放……因为工作太忙，孩子照顾不了，所以请小娟来帮忙，这样，她对小娟说：你也是参加了革命工作，咱们一律平等！和旧社会雇老妈子完全不一样……

小娟听得很高兴，不住嘴地说："您说得真好！您说得真好！"

小娟这孩子，虽说是伶俐，可是记性并不好！一不小心，常常又叫"太太"了！每逢这工夫，我的妻决不放松，一定及时纠正，并且又得上一堂政治课！弄得小娟反倒很不安了！

自从小娟来了以后，我的妻几次三番给我打电话：要我给小娟找识字课本、找笔墨纸砚……并且还给她订了学习计划：一天认五个字、写一张仿……一星期还有一堂政治课。我的妻自任文化教员兼政治教员。

每次周末的晚上，我去找她的时候，总是见她在给小娟上课，一本正经地念道："穷人、要、翻身、团结、一条心、永远、跟着、共产党、前进。"小娟就跟着念："穷、人、要、翻、身……"不知道为什么，我有点感动了！心想：她真是个倔强的人哪！

有一次周末的傍晚，我们从东长安街散步回来，看见七星舞厅门口，围着一圈人。过去一看：只见有一个胖子，西服笔挺，像个绅士，一手抓住一个十三四岁的小孩，一手张着五个红萝卜般粗的手指，"噼！噼！啪！啪！"直向那小孩的脸上乱打，恨不得一巴掌就劈开他的脑瓜！那小孩穿着一件长过膝盖的破军装，猴头猴脑，两耳透明，直流口水……杀猪般地嚷着："娘哎！娘哎！"嘴角的左右，挂下了两道紫血……

看热闹的人，越来越多；抄着手的、微弯着头的、口含着烟卷儿的……但是，都很坦然！

这情景，在我看来，也已经是很生疏的了！觉得很不顺眼，正想问问，忽听得人群里有人喝道："住手！你凭什么压迫人！"嗓音又尖又高。

一瞬间，我突然发现：那人不是别人；正是她，是我的妻！这时候，她昂头挺胸地站在那胖子的面前，正像武侠小说里所描写的——那种"路见不平，拔刀相助"的侠客的神气！我突然觉得精神上有点震动，但同时，马上又模糊地想：她真是好管闲事！不知道怎么着才好……

那胖子仍然一手拧住那小孩不放，一手贴到花领结上，很有礼貌地微微一笑！心平气和地向围着的人们说："这小子，太可恶，太可恶！不知道的人，以为我压迫人，其实，不然！我这个舞厅，是在人民政府里登记了的，是正当的营业，是高尚的娱乐！拿捐，拿税……而他，这孩子，却用石头子儿，往里——"他一挥手："扔！如果，把我的客人们，全撵走了，那么，我——又当如何呢……"他还想接着演讲，却叫我的妻打断了他的话："你说得对！这孩子扔石头子儿，也可以说是一个错误！可是，我们是有政府的有秩序的！不是无政府主义！就说他犯了天大的法，也应该送政府法办！你有什么权力随便打人？嗯？有什么权力？你打得他满嘴流血，好像你还受了屈似的？嗯？让大伙儿评评理！"

这时候，人群里就有人嚷起来："对对对！这同志说得对！"

有一个苦力模样的人，也就走到那胖子面前，转过身来，指着那胖子向大伙儿说："这位先生说的不假！这小孩儿是往舞厅里扔了一个石头子儿！我亲眼看见的……"

胖子马上微笑点头："诸位听着！不假吧！光凭我一个人说不行！不行！"

那苦力接着说："可惜这位先生说得不全！那小孩儿凭吗平白无故地扔石头子儿哩？是那么一回事儿：刚才他在舞厅门口向客人们要钱，这位先生撵他走，他走慢了一步，这位先生啪地给了他一个响锅贴（耳光）！回头，过了一会儿，这小孩就扔了个石头子儿，就又叫这位先生抓住了。这我也是亲眼看见的！现时不是那个世道了，是人就得说实话！"

胖子显得有点不安了，掏出一块小花手绢来不住地擦额角，对我的妻说："同志！我认错行不行？"说着掏出了一张五百元的人民券，向那小孩一伸："给！买糖吃！哈哈！"

那被打了一顿的小孩，好像一切的仇恨，马上就消失了！把嘴角的血一擦，正想伸手去接，却马上被我的妻喝住了："别拿！太便宜啦！一顿巴掌只值五百块钱？"

胖子马上伸手到口袋里，慷慨地说："再加二百！"

我的妻却发了大火啦："嗯！你真明白！你以为还在旧社会——有钱能使鬼推磨，有钱能使鬼上树？哪怕你掏一百万人民券，也不能允许你随便压迫人，随便破坏人民政府的威信！走！咱们到派出所去！咱们是有政府的！"

围着的人也就说："对对！"

……

结果还是到了派出所。

那胖先生认了错，表示切实悔过。于是罚了他两千元人民券，赔偿给那小孩做医药费。同时也批评了那小孩，以后不要扔石头子儿。

我跟随着我的妻从派出所回来，她很兴奋地问我："刚才你怎么一句话也不说？"我说："我有什么说的！那样的事，在城市里多得很，凭你一个人就管清了？这是社会问题，得慢慢……"我的话还没有说完，就叫她打断了："去你的吧！不吃你这一套！我就要管！这是新社会，我就不让随便压迫人！我就不让随便破坏咱们政府的威信！咱们是有政府的，不是无政府主义！"我连忙说："对对对！正确！"同时也觉得有点好笑，我真想说：什么叫"无政府主义"？你知道吗？瞎用新名词儿！可是，我知道这句话是说不得的！

她真是一个倔强的人哪！我开始分析：她对旧社会的习惯为什

么那样的憎恨？绝无妥协调和的余地！我想，这和她自己切身的经历是分不开的。

她出身贫农的家庭，十一岁上就被用五斗三升高粱卖给人家当了童养媳。受尽了人间一切的辛酸，她的身上、头上、眉梢上……至今还留着被婆婆和早先的丈夫用烧火棍打的、擀面杖打的、用剪子铰的伤痕！共产党来了，她就毅然决然地参加了革命！为着自己的命运战斗了！革命对于她，真可以说是："破釜沉舟，背水一战！"绝无后退的路！

她曾经在游击区跳沟爬墙，和日本人、汉奸搏斗！她的手杀过人……

她曾经在老山沟里的军火工厂里，制造子弹、装配步枪……为了突击生产，把右手的食指在"压力机"上撞下了一小节指头，成了一个疙瘩……

日本人来"扫荡"了！她率领着一班女工，连夜抢着机器，蹚过齐大腿根的水去"坚壁"。因此落下了"寒腿"的病，每逢阴雨，至今还隐隐发痛……

有一次深夜，工厂失火，她奋勇当先，率领了二十五个女工去抢救器材，差一点没烧死在火里……

在这些艰苦的日子里，她开始学习认字，写字……终于学成了"粗通文字"……

在一九四四年，她当选了"劳动英雄"，出席晋察冀边区第二届英模大会，我记得当她在大会上做完了典型报告的末了，她举着胳膊宣誓似的说："……在旧社会里我是个老几？我只值五斗三升高粱米！这会儿大伙儿说我是英雄！叫我来开会，让我上台说话……唉！没有共产党哪会有我呀！我愿意为着全世界被压迫的人们彻底的解放，流尽我最后一滴血！”——那时候我在大会上担任收集和整理材料的工作。组织上分配我给她写传记，我们整整谈了三个晚上。也就在这个时候，我爱上了她。

四　我们结婚三年，直到今天我仿佛才对她有了比较深刻的了解……

那一切的苦难，使她变得倔强。今天她来到城市，和这城市所遗留的旧习惯，她不妥协，不迁就，她立志要改造这城市！因此，有些地方她就显得固执、狭隘……甚至显得很不虚心了！特别是对于我更是如此。也因此使得我们之间的感情有了裂痕！但我对她依然还很留恋，还没有决心和勇气断然和她决裂！特别是当我比较清醒的时候，仔细想来，我们之间的一切冲突和纠纷，原本都是一些极其琐碎的小节，并非是生活里边最根本的东西！所以我决心用理智和忍耐，甚至迁就，来帮助她克服某些缺点！

我以为，我对她的分析和结论，已经是很完满很公平，而且觉得这样做，对我来说仿佛是将要牺牲一些什么！

哪知道她还并不如我想象的那样！

首先是她的某些观点和生活方式也在改变着：最明显的例子是：她现在所担任的工作是女工工作，在那些女工里边，也有不少擦粉抹口红的，也有不少“脑袋像个草鸡窝”的……可是她和她们很能接近，已经变得很亲近……有一次，我故意问她：“你不是很讨厌那些擦粉抹口红，‘头发像草鸡窝’的人吗?”她却很认真地教训起我来了：“你不能从形式上、生活习惯上去看问题！她们在旧社会都是被压迫的人！她们迫切需要解放！同志！狭隘的保守观点要不得!”哈哈!她又学了一套新理论啦!

同时，她自己在服装上也变得整洁起来了!“他妈的”一类的口头语也没有了!见了生人也显得很有礼貌!还使我奇怪的是:她在小市上也买了一双旧皮鞋，逢是集会、游行的时候就穿上了!回来，又赶忙脱了，很小心地藏到床底下的一个小木匣里……我逗她说:“小心让城市把你改造了呀!”她说:“组织上号召过我们:现在我们新国家成立了!我们的行动、态度，要代表大国家的精神;风纪扣要扣好，走路不要东张西望;不要一面走一面吃东西，在可能条件下要讲究整洁朴素，不腐化不浪费就行!”我暗暗地想:女同志到底是爱漂亮的呀!但在某些基本问题上，她不容易接受人家的意见，不认错的毛病，恐怕是很难改变的!

可是随着时间的前进，我又发现我对她的了解不但不完全，而且是相反的!我总还是习惯从形式上去看问题!

有一次周末，我去看她，她独自抱着孩子坐在炕角里沉思。我说:“小娟呢?她吃饭去了?”她不安地说:“不!她走了!”接着她就告诉我:她们机关里有一个本地做饭的大师傅，有一只怀表，在昨天早晨开饭的时候不见了!恰好这时候，只有小娟到伙房里去倒过水，旁人没去过!同时，早先机关里在拾掇大客厅的时候，她捡了几个扣子。所以就有人怀疑那只表也是她拿的!另外，早先有些同志也嚷嚷过，有的说丢了个化学梳子，有的说丢了一条毛巾……那大师傅也没和别的同志商量，就去找我的妻，肯定说那只表是小娟拿的!要我的妻向小娟追究。于是，她就问小娟拿了那只表没有?问得小娟直啼哭，一口咬定说:没拿!并且说:“大姐!要是我拿了，就算对不起您的一片好心!”小娟这孩子个性太强，受不了这，马上非走不价!挡也挡不住!

可是，就在这天晚上，大师傅自己又把表找着了！

这一下，我的妻的激动和不安，真是无法形容！翻来覆去，一夜没睡好觉！她对我说，机关里那么多的人为什么不怀疑旁人，偏偏就怀疑是小娟拿的表？你说老干部们都受过锻炼，决计不会拿的，这倒也是理由；可是机关里留用的旧人员很多，他们也没受过革命锻炼，那么为什么不怀疑是他们拿的呢？她说："这是什么观点？这还不是小看穷人吗？"我说："算了！事情已经过去了，鸡毛蒜皮的一点事！"她说："什么？这是思想问题哩！"

第二天清早，她让我陪她到小娟家里去走一趟。我说："那又何必呢！人已经走了！要是让她知道表又找着了，她爸爸说我们诬赖人！老百姓知道了这件事，对我们的影响很不好！"

她说："不！我们错了，为什么不认错呢？要不，小娟一辈子一想起这件事，就要伤心！影响更不好！"

可是，我还是认为不去的好！说实话，也就是说：我没有那样大的勇气！她说："你给看孩子，我去！"我又怕孩子啼哭了没法治！只好硬着头皮，抱着孩子跟她走了！

到了小娟家里，只见她爸爸在拾掇车子，一见我们，就显得很尴尬的样子说："那表的事我知道了！昨天晚上我就揍了她一顿！对她说：咱们人穷志不穷！要是你真的拿了，我的老脸往那里搁？你不说真话，非打死你不价！刚才，我又揍了她一阵子！她可还是一口咬定：没拿！我正想找您去说说，我这孩子顶老实，手也严实，敢情也不准是她拿的！"

我听了，胸口直打扑通，而她反倒很镇静很自然，微笑着说："不！大伯！我是来赔不是的！表已经找着了！不是小娟拿的！请你原谅！"

正在这时候，小娟从屋里出来了！红肿着双眼，扑到我的妻的怀里，两肩一耸一耸地哭了！我的妻摸着她的小辫，轻声地说："小娟！你怪我不？"小娟哽咽着说："不！大姐！您是，您是个，好人！您待我的好处，我，我，我这辈也忘不了！"

我发现：我的妻的眼里，扑簌簌地掉下两颗黄豆大的泪点，滴到小娟的头上！

我们结婚三年，我还是第一次在人面前见她掉泪，那么个倔强的人哪！怎么今天也哭啦！

从这以后，我有好几天感到不安，我在她身上发现了不少新的东西，而正是我所没有的！也正是我所感觉她表现的狭隘、保守、固执等地方！也正从这些地方，我们的感情开始有了裂痕！我想到夫妇之间的感情到底应该建筑在什么基础上……我们结婚三年，到今天，我仿佛才觉得对她有了比较深刻的了解！我真应该后悔，真应该像她过去屡次严肃地向我说过的：需要好好地反省一下了！

我正想不等到周末，就找她去深谈一次，恰好那天傍晚，我正在整理劳资关系的材料，她倒来找我了！我觉得有些不寻常，因为在平时她是轻易不来找我的！我问她："有什么事？"她说："没事就不许来找你吗？"坐了好一会儿，一句话也没说，最后，她说："到你们屋顶平台上去坐坐好吗？"我说："好的！"不知道为什么，我的心有点发跳，我怕要发生什么不能推测的事情了……

到了屋顶上，坐了一会儿，她忽然说："我犯了错误了！"我不觉吃了一惊："什么？"她笑了，说："也不是什么大了不起的事！"接着她就说：昨天她们区里，西单商场有一家皮鞋铺里的一个掌柜，嫌学徒晚上到区里开会回去晚了，把那学徒骂了个狗血喷头。那学徒找区工会办事处，她一听就生了气，跑到那铺里把那掌柜训了个眼发蓝！走路的人都围过来看，觉得很奇怪。今天区里开检讨会，同志们批评她：工作方式太简单；亲自和掌柜吵架，对那学徒也没好处，有点“包办代替”，群众影响也不好！并且还批评她的工作一贯有点太急；恨不得一下就把社会改造好。同时太不讲究工作的方式方法……

她说完了，叹了口气，把头靠到我的胸前，半仰着脸问我：“这该怎么着好？”我说：“你没接受批评吧？”她摇了摇头：“哪里！自己错了，还能不接受？那怎么算是个同志呢？我都坦白地接受了！”我说：“那就算了！还有什么难过的呢！”她忽然紧握着我的手说：“唉！只怪自己文化、理论水平太低！政策掌握得不稳！不能很好地完成党所给我的任务！以后你好好帮我提高吧！”

我说：“这是一方面。可是你也不要把自己的优点忽略了！比方拿我来说：文化上——初中毕业；革命历史——和你一样；工作职位——我是个资料科科长；每天所接触的是工作材料、总结报告；脑里成天转着的是——党的政策。按理说，对于现实生活里边所发生的问题，应该比你有更锐利的感觉，应该更是是非分明。可是在这些方面我还不如你！——你不要笑！这是真话。我参加革命的时间不算短了！可是在我的思想感情里边，依然还保留着一部分小资产阶级脱离现实生活的成分！和工农的思想感情，特别是在感情上，还有一定的距离，旧的生活习惯和爱好，仍然对我有着很大的吸引力，甚至是不自觉的。——你有这个感觉吗？而你呢？虽说文化水准、理论知识、工作职位都比我低——这也是真话，可是你倔强、坚定、朴素、憎爱分明——这句话的意思就是说你有着很深的阶级仇恨心和同情心。可是你确实也有点急躁情绪——恨不得一个早起的工夫就把社会改造好。因此，常常喜欢用简单的工作方法方式，问题想得不够深不够远。你和我的这些缺点，都会阻碍我们的进步，不能更好地来完成党所给予我们的任务。我相信：在党的教育下加上自己的努力，我们一定都会很快进步的！你记得我们在‘抬头湾’的时候，同志们不是曾经好意地和我们开过玩笑吗，说：‘看你这两口真是知识分子和工农结合的典型！’我看，我们倒是真要在这些方面彼此取长补短，好好地结合一下呢……”我像演讲似的说了不少话，要是在往日，准是早被她卡断了！可是，她今天听得好像很入神，并不讨厌，我说一句，她点一下头，当我说完了，她突然紧紧地握着我的手不放。沉默了一会儿，她说：“以后，我们再见面的时候，不要老是说些婆婆妈妈的话；像今天这样多谈些问题，该多好哇！”

我为她那诚恳的真挚的态度感动了！我的心又突突地发跳了！我向四面一望，但见四野的红墙绿瓦和那青翠坚实的松柏，发出一片光芒。一朵白云，在那又高又蓝的天边飞过……夕阳照到她的脸上，映出一片红霞。微风拂着她那蓬松的额发，她闭着眼睛……我忽然发现她怎么变得那样美丽了呀！我不自觉地俯下脸去，吻着她的脸……仿佛回复到了我们过去初恋时的，那些幸福的时光。她用手轻轻地推开了我说：“时间不早了！该回去喂孩子奶呀！”

一九四九年秋天，初稿于北京

重改于天津海河之滨

受 戒

汪曾祺

明海出家已经四年了。

他是十三岁来的。

这个地方的地名有点怪，叫庵赵庄。赵，是因为庄上大都姓赵。叫作庄，可是人家住得很分散，这里两三家，那里两三家。一出门，远远可以看到，走起来得走一会儿，因为没有大路，都是弯弯曲曲的田埂。庵，是因为有一个庵。庵叫菩提庵，可是大家叫讹了，叫成荸荠庵。连庵里的和尚也这样叫。“宝刹何处?”——“荸荠庵。”庵本来是住尼姑的。“和尚庙”“尼姑庵”嘛。可是荸荠庵住的是和尚。也许因为荸荠庵不大，大者为庙，小者为庵。

明海在家叫小明子。他是从小就确定要出家的。他的家乡不叫“出家”，叫“当和尚”。他的家乡出和尚。就像有的地方出劁猪的，有的地方出织席子的，有的地方出箍桶的，有的地方出弹棉花的，有的地方出画匠，有的地方出婊子，他的家乡出和尚。人家弟兄多，就派一个出去当和尚。当和尚也要通过关系，也有帮。这地方的和尚有的走得很远。有到杭州灵隐寺的、上海静安寺的、镇江金山寺的、扬州天宁寺的。一般的就在本县的寺庙。明海家田少，老大、老二、老三，就足够种的了。他是老四。他七岁那年，他当和尚的舅舅回家，他爹、他娘就和舅舅商议，决定叫他当和尚。他当时在旁边，觉得这实在是在情在理，没有理由反对。当和尚有很多好处。一是可以吃现成饭。哪个庙里都是管饭的。二是可以攒钱。只要学会了放瑜伽焰口，拜梁皇忏，可以按例分到辛苦钱。积攒起来，将来还俗娶亲也可以；不想还俗，买几亩田也可以。当和尚也不容易，一要面如朗月，二要声如钟磬，三要聪明记性好。他舅舅给他相了相面，叫他前走几步，后走几步，又叫他喊了一声赶牛打场的号子："格当嘚——"说是"明子准能当个好和尚，我包了！"要当和尚，得下点本——念几年书。哪有不认字的和尚呢！于是明子就开蒙入学，读了《三字经》《百家姓》《四言杂字》《幼学琼林》《上论、下论》《上孟、下孟》，每天还写一张仿。村里都夸他字写得好，很黑。

舅舅按照约定的日期又回了家，带了一件他自己穿的和尚领的短衫，叫明子娘改小一点，给明子穿上。明子穿了这件和尚短衫，下身还是在家穿的紫花裤子，赤脚穿了一双新布鞋，跟他爹、他娘磕了一个头，就随舅舅走了。

他上学时起了个学名，叫明海。舅舅说，不用改了。于是"明海"就从学名变成了法名。

过了一个湖。好大一个湖！穿过一个县城。县城真热闹：官盐店，税务局，肉铺里挂着成半的猪肉，一个驴子在磨芝麻，满街都是小磨香油的香味，布店，卖茉莉粉、梳头油的什么斋，卖绒花的，卖丝线的，打把式卖膏药的，吹糖人的，耍蛇的……他什么都想看看。舅舅一劲地推他："快走！快走！"

到了一个河边，有一只船在等着他们。船上有一个五十来岁的瘦长瘦长的大伯，船头蹲着一个跟明子差不多大的女孩子，在剥一个莲蓬吃。明子和舅舅坐到舱里，船就开了。明子听见有人跟他说话，是那个女孩子。

“是你要到荸荠庵当和尚吗?”

明子点点头。

“当和尚要烧戒疤嗾！你不怕?”

明子不知道怎么回答，就含含糊糊地摇了摇头。

“你叫什么?”

“明海。”

“在家的时候?”

“叫明子。”

“明子！我叫小英子！我们是邻居。我家挨着荸荠庵。——给你!”

小英子把吃剩的半个莲蓬扔给明海，小明子就剥开莲蓬壳，一颗一颗吃起来。

大伯一桨一桨地划着，只听见船桨拨水的声音：

“哗——许！哗——许!”

…………

荸荠庵的地势很好，在一片高地上。这一带就数这片地势高，当初建庵的人很会选地方。门前是一条河。门外是一片很大的打谷场。三面都是高大的柳树。山门里是一个穿堂。

迎门供着弥勒佛。不知是哪一位名士撰写了一副对联：

大肚能容容天下难容之事

开颜一笑笑世间可笑之人

弥勒佛背后，是韦驮。过穿堂，是一个不小的天井，种着两棵白果树。天井两边各有三间厢房。走过天井，便是大殿，供着三世佛。佛像连龛才四尺来高。大殿东边是方丈，西边是库房。大殿东侧，有一个小小的六角门，白门绿字，刻着一副对联：

一花一世界

三藐三菩提

进门有一个狭长的天井，几块假山石，几盆花，有三间小房。

小和尚的日子轻闲得很。一早起来，开山门，扫地。庵里的地铺的都是箩底方砖，好扫得很，给弥勒佛、韦驮烧一炷香，正殿的三世佛面前也烧一炷香，磕三个头，念三声“南无阿弥陀佛”，敲三声磬。这庵里的和尚不兴做什么早课、晚课，明子这三声磬就全都代替了。然后，挑水，喂猪。然后，等当家和尚，即明子的舅舅起来，教他念经。

教念经也跟教书一样，师父面前一本经，徒弟面前一本经，师父唱一句，徒弟跟着唱一句。是唱哎。舅舅一边唱，一边还用手在桌上拍板。一板一眼，拍得很响，就跟教唱戏一样。是跟教唱戏一样，完全一样哎。连用的名词都一样。舅舅说，念经：一要板眼准，二要合工尺。说：当一个好和尚，得有条好嗓子。说：民国二十年闹大水，运河倒了堤，最后在清水潭合龙，因为大水淹死的人很多，放了一台大焰口，十三大师——十三个正座和尚，各大庙的方丈都来了，下面的和尚上百。谁当这个首座？推来推去，还是石桥——善因寺的方丈！他往上一坐，就跟地藏王菩萨一样，这就不用说了；那一声“开香赞”，围看的上千人立时鸦雀无声。说：嗓子要练，夏练三伏，冬练三九，要练丹田气！说：要吃得苦中苦，方为人上人！说：和尚里也有状元、榜眼、探花！要用心，不要贪玩！舅舅这一番大法要说得明海和尚实在是五体投地，于是就一板一眼地跟着舅舅唱起来：

“炉香乍爇——”

“炉香乍爇——”

“法界蒙熏——”

“法界蒙熏——”

“诸佛现金身……”

“诸佛现金身……”

…………

等明海学完了早经——他晚上临睡前还要学一段，叫作晚经——荸荠庵的师父们就都陆续起床了。

这庵里人口简单，一共六个人。连明海在内，五个和尚。

有一个老和尚，六十几了，是舅舅的师叔，法名普照，但是知道的人很少，因为很少有人叫他法名，都称之为老和尚或老师父，明海叫他师爷爷。这是个很枯寂的人，一天关在房里，就是那“一花一世界”里。也看不见他念佛，只是那么一声不响地坐着。他是吃斋的，过年时除外。

下面就是师兄弟三个，仁字排行：仁山、仁海、仁渡。庵里庵外，有的称他们为大师父、二师父；有的称之为山师父、海师父。只有仁渡，没有叫他“渡师父”的，因为听起来不像话，大都直呼之为仁渡。他也只配如此，因为他还年轻，才二十多岁。

仁山，即明子的舅舅，是当家的。不叫“方丈”，也不叫“住持”，却叫“当家的”，是很有道理的，因为他确确实实干的是当家的职务。他屋里摆的是一张账桌，桌子上放的是账簿和算盘。账簿共有三本。一本是经账，一本是租账，一本是债账。和尚要做法事，做法事要收钱——要不，当和尚干什么？常做的法事是放焰口。正规的焰口是十个人。一个正座，一个敲鼓的，两边一边四个。人少了，八个，一边三个，也凑合了。荸荠庵只有四个和尚，要放整焰口就得和别的庙里合伙。这样的时候也有过，通常只是放半台焰口。一个正座，一个敲鼓，另外一边一个。一来找别的庙里合伙费事；二来这一带放得起整焰口的人家也不多。有的时候，谁家死了人，就只请两个，甚至一个和尚咕噜咕噜念一通经，敲打几声法器就算完事。很多人家的经钱不是当时就给，往往要等秋后才还。这就得记账。另外，和尚放焰口的辛苦钱不是一样的。就像唱戏一样，有份子。正座第一份。因为他要领唱，而且还要独唱。当中有一大段“叹骷髅”，别的和尚都放下法器休息，只有首座一个人有板有眼地曼声吟唱。第二份是敲鼓的。你以为这容易呀？哼，单是一开头的“发擂”，手上没功夫就敲不出迟疾顿挫！其余的，就一样了。这也得记上：某月某日、谁家焰口半台，谁正座，谁敲鼓……省得到年底结账时赌咒骂娘。……这庵里有几十亩庙产，租给人种，到时候要收租。庵里还放债。租、债一向倒很少亏欠，因为租佃借钱的人怕菩萨不高兴。这三本账就够仁山忙的了。另外香烛、灯火、油盐“福食”，这也得随时记记账啊。除了账簿之外，山师父的方丈的墙上还挂着一块水牌，上漆四个红字：“勤笔免思”。

仁山所说当一个好和尚的三个条件，他自已其实一条也不具备。他的相貌只要用两个字就说清楚了：黄，胖。声音也不像钟磬，倒像母猪。聪明吗？难说，打牌老输。他在庵里从不穿袈裟，连海青直裰也免了。经常是披着件短僧衣，袒露着一个黄色的肚子。下面是光脚趿拉着一对僧鞋——新鞋他也是趿拉着。他一天就是这样不衫不履地这里走走，那里走走，发出母猪一样的声音："哞——哞——"

二师父仁海。他是有老婆的。他老婆每年夏秋之间来住几个月，因为庵里凉快。庵里有六个人，其中之一，就是这位和尚的家眷。仁山、仁渡叫她嫂子，明海叫她师娘。这两口子都很爱干净，整天地洗涮。傍晚的时候，坐在天井里乘凉。白天，闷在屋里不出来。

三师父是个很聪明精干的人。有时一笔账大师兄扒了半天算盘也算不清，他眼珠子转两转，早算得一清二楚。他打牌赢的时候多，二三十张牌落地，上下家手里有些什么牌，他就差不多都知道了。他打牌时，总有人爱在他后面看歪头和。谁家约他打牌，就说"想送两个钱给你"。他不但经忏俱通（小庙的和尚能够拜忏的不多），而且身怀绝技，会"飞铙"。七月间有些地方做盂兰会，在旷地上放大焰口，几十个和尚，穿绣花袈裟，飞铙。飞铙就是把十多斤重的大铙钹飞起来。到了一定的时候，全部法器皆停，只几十副大铙紧张急促地敲起来。忽然起手，大铙向半空中飞去，一面飞，一面旋转。然后，又落下来，接住。接住不是平平常常地接住，有各种架势，"犀牛望月""苏秦背剑"……这哪是念经，这是耍杂技。也许是地藏王菩萨爱看这个，但真正因此快乐起来的是人，尤其是妇女和孩子。这是年轻漂亮的和尚出风头的机会。一场大焰口过后，也像一个好戏班子过后一样，会有一个两个大姑娘、小媳妇失踪——跟和尚跑了。他还会放"花焰口"。有的人家，亲戚中多风流子弟，在不是很哀伤的佛事——如做冥寿时，就会提出放花焰口。所谓“花焰口”就是在正焰口之后，叫和尚唱小调，拉丝弦，吹管笛，敲鼓板，而且可以点唱。仁渡一个人可以唱一夜不重头。仁渡前几年一直在外面，近二年才常住在庵里。据说他有相好的，而且不止一个。他平常可是很规矩，看到姑娘媳妇总是老老实实的，连一句玩笑话都不说，一句小调山歌都不唱。有一回，在打谷场上乘凉的时候，一伙人把他围起来，非叫他唱两个不可。他却情不过，说：“好，唱一个。不唱家乡的。家乡的你们都熟，唱个安徽的。”

姐和小郎打大麦，
一转子讲得听不得。
听不得就听不得，
打完了大麦打小麦。

唱完了，大家还嫌不够，他就又唱了一个：

姐儿生得漂漂的，
两个奶子翘翘的。
有心上去摸一把，
心里有点跳跳的。
…………

这个庵里无所谓清规，连这两个字也没人提起。

仁山吃水烟，连出门做法事也带着他的水烟袋。

他们经常打牌。这是个打牌的好地方。把大殿上吃饭的方桌往门口一搭，斜放着，就是牌桌。桌子一放好，仁山就从他的方丈里把筹码拿出来，哗啦一声倒在桌上。斗纸牌的时候多，搓麻将的时候少。牌客除了师兄弟三人，常来的是一个收鸭毛的，一个打兔子兼偷鸡的，都是正经人。收鸭毛的担一副竹筐，串乡串镇，拉长了沙哑的声音喊叫：

“鸭毛卖钱——”

偷鸡的有一件家什——铜蜻蜓。看准了一只老母鸡，把铜蜻蜓一丢，鸡婆子上去就是一口。这一啄，铜蜻蜓的硬簧绷开，鸡嘴撑住了，叫不出来了。正在这鸡十分纳闷的时候，上去一把薅住。

明子曾经跟这位正经人要过铜蜻蜓看看。他拿到小英子家门前试了一试，果然！小英的娘知道了，骂明子：“要死了！明子！你怎么到我家来玩铜蜻蜓了！”

小英子跑过来：“给我！给我！”

她也试了试，真灵，一个黑母鸡一下子就把嘴撑住，傻了眼了！

下雨阴天，这二位就光临荸荠庵，消磨一天。

有时没有外客，就把老师叔也拉出来，打牌的结局，大都是当家和尚气得鼓鼓的：“×妈妈的！又输了！下回不来了！”

他们吃肉不瞒人。年下也杀猪。杀猪就在大殿上。一切都和在家人一样，开水、木桶、尖刀。捆猪的时候，猪也是没命地叫。跟在家人不同的，是多一道仪式，要给即将升天的猪念一道“往生咒”，并且总是老师叔念，神情很庄重：

> ……一切胎生、卵生、息生，来从虚空来，还归虚空去，往生再世，皆当欢喜。南无阿弥陀佛！

三师父仁渡一刀子下去，鲜红的猪血就带着很多沫子喷出来。

…………

明子老往小英子家里跑。

小英子的家像一个小岛，三面都是河，西面有一条小路通到荸荠庵。独门独户，岛上只有这一家。岛上有六棵大桑树，夏天都结大桑葚，三棵结白的，三棵结紫的；一个菜园子，瓜豆蔬菜，四时不缺。院墙下半截是砖砌的，上半截是泥夯的。大门是桐油油过的，贴着一副万年红的春联：

向阳门第春常在

积善人家庆有余

门里是一个很宽的院子。院子里一边是牛屋、碓棚；一边是猪圈、鸡窠，还有个关鸭子的栅栏。露天地放着一具石磨。正北面是住房，也是砖基土筑，上面盖的一半是瓦，一半是草。房子翻修了才三年，木料还露着白茬。正中是堂屋，家神菩萨的画像上贴的金还没有发黑。两边是卧房。隔扇窗上各嵌了一块一尺见方的玻璃，明亮亮的——这在乡下是不多见的。房檐下一边种着一棵石榴树，一边种着一棵栀子花，都齐房檐高了。夏天开了花，一红一白，好看得很。栀子花香得冲鼻子。顺风的时候，在荸荠庵都闻得见。

这家人口不多，她家当然是姓赵。一共四口人：赵大伯、赵大妈，两个女儿，大英子、小英子。老两口没得儿子。因为这些年人不得病，牛不生灾，也没有大旱大水闹蝗虫，日子过得很兴旺。他们家自己有田，本来够吃的了，又租种了庵上的十亩田。自己的田里，一亩种了荸荠——这一半是小英子的主意，她爱吃荸荠，一亩种了慈姑。家里喂了一大群鸡鸭，单是鸡蛋鸭毛就够一年的油盐了。赵大伯是个能干人。他是一个“全把式”，不但田里场上样样精通，还会罾鱼、洗磨、凿砻、修水车、修船、砌墙、烧砖、箍桶、劈篾、绞麻绳。他不咳嗽，不腰疼，结结实实，像一棵榆树。人很和气，一天不声不响。赵大伯是一棵摇钱树，赵大娘就是个聚宝盆。大娘精神得出奇。五十岁了，两个眼睛还是清亮亮的。不论什么时候，头都是梳得滑溜溜的，身上衣服都是利整整的。像老头子一样，她一天不闲着。煮猪食，喂猪，腌咸菜——她腌的咸萝卜干非常好吃，舂粉子，磨小豆腐，编蓑衣，织芦席。她还会剪花样子。这里嫁闺女，陪嫁妆，瓷坛子、锡罐子，都要用梅红纸剪出吉祥花样，贴在上面，讨个吉利，也才好看：“丹凤朝阳”啊，“白头到老”哇，“子孙万代”呀，“福寿绵长”啊。二三十里的人家都来请她：“大娘，好日子是十六，你哪天去呀？”——“十五，我一大清早就来！”

“一定呀！”

“一定！一定！”

两个女儿，长得跟她娘像一个模子里脱出来的。眼睛长得尤其像，白眼珠鸭蛋青，黑眼珠棋子黑，定神时如清水，闪动时像星星。浑身上下，头是头，脚是脚。头发滑溜溜的，衣服利整整的。——这里的风俗，十五六岁的姑娘就都梳上头了。这两个丫头，这一头的好头发！通红的发根，雪白的簪子！娘女三个去赶集，一集的人都朝她们望。

姐妹俩长得很像，性格不同。大姑娘很文静，话很少，像父亲。小英子比她娘还会说，一天叽叽呱呱的不停。大姐说：“你一天到晚叽叽呱呱——”

“像个喜鹊！”

“你自己说的！——吵得人心乱！”

“心乱？”

“心乱！”

“你心乱怪我呀！”

二姑娘话里有话。大英子已经有了人家。小人她偷偷地看过，人很敦厚，也不难看，家道也殷实，她满意。已经下过小定，日子还没有定下来。她这二年，很少出房门，整天赶她的嫁妆。大裁大剪，她都会。挑花绣花，不如娘。她可又嫌娘出的样子太老了。她到城里看过新娘子，说人家现在绣的都是活花活草。这可把娘难住了。最后是小英子忽然一拍屁股：“我给你保举一个人！”

这人是谁？是明子。明子念“上孟下孟”的时候，不知怎么得了半套《芥子园》，他喜欢得很。到了荸荠庵，他还常翻出来看，有时还把旧账簿子翻过来，照着描。小英子说：“他会画！画得跟活的一样！”

小英子把明海请到家里来，给他磨墨铺纸，小和尚画了几张，大英子喜欢得了不得：“就是这样！就是这样！这就可以乱孱！”——所谓“乱孱”是绣花的一种针法：绣了第一层，第二层的针脚插进第一层的针缝，这样颜色就可由深到淡，不露痕迹，不像娘那一代绣的花是平针，深浅之间，界限分明，一道一道的。小英子就像个书童，又像个参谋：

“画一朵石榴花！”

“画一朵栀子花！”

她把花掐来，明海就照着画。

到后来，凤仙花、石竹子、水蓼、淡竹叶，天竺果子、蜡梅花，他都能画。

大娘看着也喜欢，搂住明海的和尚头：“你真聪明！你给我当一个干儿子吧！”

小英子捺住他的肩膀，说：“快叫！快叫！”

小明子跪在地下磕了一个头，从此就叫小英子的娘做干娘。

大英子绣的三双鞋，三十里方圆都传遍了。很多姑娘都走路坐船来看。看完了，就说：“啧啧啧，真好看！这哪是绣的，这是一朵鲜花！”她们就拿了纸来央大娘求了小和尚来画。有求画帐檐的，有求画门帘飘带的，有求画鞋头花的。每回明子来画花，小英子就给他做点好吃的，煮两个鸡蛋，蒸一碗芋头，煎几个藕团子。

因为照顾姐姐赶嫁妆，田里的零碎生活小英子就全包了。她的帮手，是明子。

这地方的忙活是栽秧、车高田水、薅头遍草，再就是割稻子、打场子。这几茬重活，自己一家是忙不过来的。这地方兴换工。排好了日期，几家顾一家，轮流转。不收工钱，但是吃好的。一天吃六顿，两头见肉，顿顿有酒。干活时，敲着锣鼓，唱着歌，热闹得很。其余的时候，各顾各，不显得紧张。

薅三遍草的时候，秧已经很高了，低下头看不见人。一听见非常脆亮的嗓子在一片浓绿里唱：

栀子哎开花哎六瓣头哎……

姐家哎门前哎一道桥哎……

明海就知道小英子在哪里，三步两步就赶到，赶到就低头薅起草来，傍晚牵牛“打汪”，是明子的事。——水牛怕蚊子。这里的习惯，牛卸了轭，饮了水，就牵到一口和好泥水的“汪”里，由它自己打滚扑腾，弄得全身都是泥浆，这样蚊子就咬不透了。低田上水，只要一挂十四轧的水车，两个人车半天就够了。明子和小英子就伏在车杠上，不紧不慢地踩着车轴上的拐子，轻轻地唱着明海向三师父学来的各处山歌。打场的时候，明子能替赵大伯一会儿，让他回家吃饭。——赵家自己没有场，每年都在荸荠庵外面的场上打谷子。明子一扬鞭子，喊起了打场号子：“格当嘚——”

这打场号子有音无字，可是九转十三弯，比什么山歌号子都好听。赵大娘在家，听见明子的号子，就侧起耳朵：“这孩子这把好嗓子！”

连大英子也停下针线：“真好听！”

小英子非常骄傲地说：“一十三省数第一！”

晚上，他们一起看场。——荸荠庵收来的租稻也晒在场上。他们并肩坐在一个石磙子上，听青蛙打鼓，听寒蛇唱歌——这个地方以为蝼蛄叫是蚯蚓叫，而且叫蚯蚓叫“寒蛇”，听纺纱婆子不停地纺纱，“沙——”看萤火虫飞来飞去，看天上的流星。

“呀！我忘了在裤带上打一个结！”小英子说。

这里的人相信，在流星掉下来的时候在裤带上打一个结，心里想什么好事，就能如愿。

…………

“踩”荸荠，这是小英最爱干的生活。秋天过去了，地净场光，荸荠的叶子枯了——荸荠的笔直的小葱一样的圆叶子里是一格一格的，用手一捋，毕毕地响，小英子最爱捋着玩——荸荠藏在烂泥里。赤了脚，在凉浸浸滑溜溜的泥里踩着——哎，一个硬疙瘩！

伸手下去，一个红紫红紫的荸荠。她自己爱干这生活，还拉了明子一起去。她老是故意用自己的光脚去踩明子的脚。

她挎着一篮子荸荠回去了，在柔软的田埂上留了一串脚印。明海看着她的脚印，傻了。五个小小的指头，脚掌平平的，脚跟细细的，脚弓部分缺了一块。明海身上有一种从来没有过的感觉，他觉得心里痒痒的。这一串美丽的脚印把小和尚的心搞乱了。

…………

明子常搭赵家的船进城，给庵里买香烛，买油盐。闲时是赵大伯划船；忙时是小英子去，划船的是明子。

从庵赵庄到县城，当中要经过一片很大的芦花荡子。芦苇长得密密的，当中一条水路，四边不见人。划到这里，明子总是无端端地觉得心里很紧张，他就使劲地划桨。

小英子喊起来：

“明子！明子！你怎么啦？你发疯啦？为什么划得这么快？”

…………

明海到善因寺去受戒。

“你真的要去烧戒疤呀？”

“真的。”

“好好的头皮上烧十二个洞，那不疼死啦？”

“咬咬牙。舅舅说这是当和尚的一大关，总要过的。”

“不受戒不行吗？”

“不受戒的是野和尚。”

“受了戒有啥好处？”

“受了戒就可以到处云游，逢寺挂褡。”

“什么叫‘挂褡’？”

“就是在庙里住。有斋就吃。”

“不把钱?”

“不把钱。有法事，还得先尽外来的师父。”

“怪不得都说‘远来的和尚会念经’。就凭头上这几个戒疤?”

“还要有一份戒牒。”

“闹半天，受戒就是领一张和尚的合格文凭啊!”

“就是!”

“我划船送你去。”

“好。”

小英子早早就把船划到荸荠庵门前。不知是什么道理，她兴奋得很。她充满了好奇心，想去看看善因寺这座大庙，看看受戒是个啥样子。

善因寺是全县第一大庙，在东门外，面临一条水很深的护城河，三面都是大树，寺在树林子里，远处只能隐隐约约看到一点金碧辉煌的屋顶，不知道有多大。树上到处挂着“谨防恶犬”的牌子。这寺里的狗出名的厉害。平常不大有人进去。放戒期间，任人游看，恶狗都锁起来了。

好大一座庙!庙门的门槛比小英子的胳膝都高。迎门矗着两块大牌，一边一块，一块写着斗大两个大字“放戒”，一块是“禁止喧哗”。这庙里果然是气象庄严，到了这里谁也不敢大声咳嗽。明海自去报名办事，小英子就到处看看。好家伙，这哼哈二将、四大天王，有三丈多高，都是簇新的，才装修了不久。天井有二亩地大，铺着青石，种着苍松翠柏。“大雄宝殿”，这才真是个“大殿”!一进去，凉飕飕的。到处都是金光耀眼。释迦牟尼佛坐在一个莲花座上，单是莲座，就比小英子还高。抬起头来也看不全他的脸，只看到一个微微闭着的嘴唇和胖墩墩的下巴。两边的两支大红蜡烛，一搂多粗。佛像前的大供桌上供着鲜花、绒花、绢花，还有珊瑚树，玉如意、整根的大象牙。香炉里烧着檀香。小英子出了庙，闻着自己的衣服都是香的。挂了好些幡。这些幡不知是什么缎子的，那么厚重，绣的花真细。这么大一口磬，里头能装五担水！这么大一个木鱼，有一头牛大，漆得通红的。她又去转了转罗汉堂，爬到千佛楼上看了看。真有一千个小佛！她还跟着一些人去看了看藏经楼。藏经楼没有什么看头，都是经书！妈吔！逛了这么一圈，腿都酸了。小英子想起还要给家里打油，替姐姐配丝线，给娘买鞋面布，给自己买两个坠围裙飘带的银蝴蝶，给爹买旱烟，就出庙了。

等把事情办齐，晌午了。她又到庙里看了看，和尚正在吃粥。好大一个“膳堂”，坐得下八百个和尚。吃粥也有这样多讲究：正面法座上摆着两个锡胆瓶，里面插着红绒花，后面盘膝坐着一个穿了大红满金绣袈裟的和尚，手里拿了戒尺。这戒尺是要打人的。哪个和尚吃粥吃出了声音，他下来就是一戒尺。不过他并不真的打人，只是做个样子。真稀奇，那么多的和尚吃粥，竟然不出一点声音！她看见明子也坐在里面，想跟他打个招呼又不好打。想了想，管他禁止不禁止喧哗，就大声喊了一句：“我走啦！”她看见明子目不斜视地微微点了点头，就不管很多人都朝自己看，大摇大摆地走了。

第四天一大清早小英子就去看明子。她知道明子受戒是第三天半夜——烧戒疤是不许人看的。她知道要请老剃头师傅剃头，要剃得横摸顺摸都摸不出头发茬子，要不然一烧，就会“走”了戒，烧成了一片。她知道是用枣泥子先点在头皮上，然后用香头子点着。

她知道烧了戒疤就喝一碗蘑菇汤，让它“发”，还不能躺下，要不停地走动，叫作“散戒”。这些都是明子告诉她的。明子是听舅舅说的。

她一看，和尚真在那里“散戒”，在城墙根底下的荒地里。一个一个，穿了新海青，光光的头皮上都有十二个黑点子。——这黑疤掉了，才会露出白白的、圆圆的“戒疤”。和尚都笑嘻嘻的，好像很高兴。她一眼就看见了明子。隔着一条护城河，就喊他：

“明子！”

“小英子！”

“你受了戒啦？”

“受了。”

“疼吗？”

“疼。”

“现在还疼吗？”

“现在疼过去了。”

“你哪天回去？”

“后天。”

“上午？下午？”

“下午。”

“我来接你！”

“好！”

…………

小英子把明海接上船。

小英子这天穿了一件细白夏布上衣，下边是黑洋纱的裤子，赤脚穿了一双龙须草的细草鞋，头上一边插着一朵栀子花，一边插着一朵石榴花。她看见明子穿了新海青，里面露出短褂子的白领子，就说："把你那外面的一件脱了，你不热呀！"

他们一人一把桨。小英子在中舱，明子扳艄，在船尾。

她一路问了明子很多话，好像一年没有看见了。

她问，烧戒疤的时候，有人哭吗？喊吗？

明子说，没有人哭，只是不住地念佛。有个山东和尚骂人："俺日你奶奶！俺不烧了！"

她问善因寺的方丈石桥是相貌和声音都很出众吗？

"是的。"

"说他的方丈比小姐的绣房还讲究？"

"讲究。什么东西都是绣花的。"

"他屋里很香？"

"很香。他烧的是伽南香，贵得很。"

"听说他会作诗，会画画，会写字？"

"会。庙里走廊两头的砖额上，都刻着他写的大字。"

"他是有个小老婆吗？"

"有一个。"

"才十九岁？"

"听说。"

"好看吗？"

"都说好看。"

"你没看见？"

"我怎么会看见？我关在庙里。"

明子告诉她，善因寺一个老和尚告诉他，寺里有意选他当沙弥尾，不过还没有定，要等主事的和尚商议。

“什么叫‘沙弥尾’?”

“放一堂戒，要选出一个沙弥头，一个沙弥尾。沙弥头要老成，要会念很多经。沙弥尾要年轻，聪明，相貌好。”

“当了沙弥尾跟别的和尚有什么不同?”

“沙弥头，沙弥尾，将来都能当方丈。现在的方丈退居了，就当。石桥原来就是沙弥尾。”

“你当沙弥尾吗?”

“还不一定呢。”

“你当方丈，管善因寺? 管这么大一个庙?!”

“还早呢!”

划了一气，小英子说：“你不要当方丈!”

“好，不当。”

“你也不要当沙弥尾!”

“好，不当。”

又划了一气，看见那一片芦花荡子了。

小英子忽然把桨放下，走到船尾，趴在明子的耳朵旁边，小声地说：“我给你当老婆，你要不要?”

明子眼睛鼓得大大的。

“你说话呀!”

明子说：“嗯。”

“什么叫‘嗯’啊! 要不要，要不要?”

明子大声地说：“要!”

“你喊什么!”

明子小小声说：“要——”

“快点划!”

英子跳到中舱，两支桨飞快地划起来，划进了芦花荡。

芦花才吐新穗。紫灰色的芦穗，发着银光，软软的，滑溜溜的，像一串丝线。有的地方结了蒲棒，通红的，像一支一支小蜡烛。青浮萍，紫浮萍。长脚蚊子，水蜘蛛。野菱角开着四瓣的小白花。惊起一只青桩（一种水鸟），擦着芦穗，扑棱棱飞远了。

…………

一九八〇年八月十二日，写四十三年前的一个梦

大淖记事

汪曾祺

一

这地方的地名很奇怪，叫作大淖。全县没有几个人认得这个淖字。县境之内，也再没有别的叫作什么淖的地方。据说这是蒙古话。那么这地名大概是元朝留下的。元朝以前这地方有没有，叫作什么，就无从查考了。

淖，是一片大水。说是湖泊，似还不够，比一个池塘可要大得多，春夏水盛时，是颇为浩渺的。这是两条水道的河源。淖中央有一条狭长的沙洲。沙洲上长满茅草和芦荻。春初水暖，沙洲上冒出很多紫红色的芦芽和灰绿色的蒌蒿[①]，很快就是一片翠绿了。夏

① 蒌蒿是生于水边的野草，粗如笔管，有节，生狭长的小叶，初生二寸来高，叫作“蒌蒿薹子”，加肉炒食极清香。苏东坡诗：“竹外桃花三两枝，春江水暖鸭先知，蒌蒿满地芦芽短，正是河豚欲上时。”蒌蒿见之于诗，这大概是第一次。他很能写出节令风物之美。

天，茅草、芦荻都吐出雪白的丝穗，在微风中不住地点头。秋天，全都枯黄了，就被人割去，加到自己的屋顶上去了。冬天，下雪，这里总比别处先白。化雪的时候，也比别处化得慢。河水解冻了，发绿了，沙洲上的残雪还亮晶晶地堆积着。这条沙洲是两条河水的分界处。从淖里坐船沿沙洲西面北行，可以看到高阜上的几家炕房。绿柳丛中，露出雪白的粉墙，黑漆大书四个字“鸡鸭炕房”，非常显眼。炕房门外，照例都有一块小小土坪，有几个人坐在树桩上负曝闲谈。不时有人从门里挑出一副很大的扁圆的竹笼，笼口络着绳网，里面是松花黄色的，毛茸茸，挨挨挤挤，啾啾乱叫的小鸡小鸭。由沙洲往东，要经过一座浆坊。浆是浆衣服用的。这里的人，衣服被里洗过后，都要浆一浆。浆过的衣服，穿在身上沙沙作响。浆是芡实水磨，加一点明矾，澄去水分，晒干而成。这东西是不值什么钱的。一大盆衣被，只要到杂货店花两三个铜板，买一小块，用热水冲开，就足够用了。但是全县浆粉都由这家供应（这东西是家家用得着的），所以规模也不算小了。浆坊有四五个师傅忙碌着。喂着两头毛驴，轮流上磨。浆坊门外，有一片平场，太阳好的时候，每天晒着浆块，白得叫人眼睛都睁不开。炕房、浆坊附近还有几家买卖荸荠、慈姑、菱角、鲜藕的鲜货行，集散鱼蟹的鱼行和收购青草的草行。过了炕房和浆坊，就都是田畴麦垄，牛棚水车，人家的墙上贴着黑黄色的牛屎粑粑——牛粪和水，拍成饼状，直径半尺，整齐地贴在墙上晾干，做燃料，已经完全是农村的景色了。由大淖北去，可至北乡各村。东去可至一沟、二沟、三垛，直达邻县兴化。

大淖的南岸，有一座漆成绿色的木板房，房顶、地面，都是木板的。这原是一个轮船公司。靠外首是候船的休息室。往里去，临水，就是码头。原来曾有一只小轮船，往来本城和兴化，隔日一班，单日开走，双日返回。小轮船漆得花花绿绿的，飘着万国旗，机器突突地响，烟筒冒着黑烟，装货、卸货，上客、下客，也有卖牛肉、高粱酒、花生瓜子、芝麻灌香糖的小贩，吆吆喝喝，是热闹过一阵的。后来因为公司赔了本，股东无意继续经营，就卖船停业了。这间木板房子倒没有拆去。现在里面空荡荡、冷清清，只有附近的野孩子到候船室来唱戏玩，棍棍棒棒，乱打一气；或到码头上比赛撒尿。七八个小家伙，齐齐地站成一排，把一泡泡臊尿哗哗地撒到水里，看谁尿得最远。

大淖指的是这片水，也指水边的陆地。这里是城区和乡下的交界处。从轮船公司往南，穿过一条深巷，就是北门外东大街了。坐在大淖的水边，可以听到远远的一阵一阵朦朦胧胧的市声，但是这里的一切和街里不一样。这里没有一家店铺。这里的颜色、声音、气味和街里不一样。这里的人也不一样。他们的生活，他们的风俗，他们的是非标准、伦理道德观念和街里的穿长衣念过“子曰”的人完全不同。

二

由轮船公司往东往西，各距一箭之遥，有两户住户人家。这两户人家，也是互不相同的，各是各的乡风。

西边是几排错错落落的低矮的瓦屋。这里住的是做小生意的。他们大都不是本地人，是从下河一带，兴化、泰州、东台等处来的客户。卖紫萝卜的（紫萝卜是比荸荠略大的扁圆形的萝卜，外皮染成深蓝紫色，极甜脆），卖风菱的（风菱是很大的两角的菱角，壳极硬），卖山里红的，卖熟藕（藕孔里塞了糯米煮熟）的。还有一个从宝应来的卖眼镜的，一个从杭州来的卖天竺筷的。他们像一些候鸟，来去都有定时。来时，向相熟的人家租一间半间屋子，住上一阵，有的住得长一些，有的短一些，到生意做完，就走了。他们都是日出而作，日入而息。吃罢早饭，各自背着、扛着、挎着、举着自己的货色，用不同的乡音，不同的腔调，吟唱吆喝着上街了。到太阳落山，又都像鸟似的回到自己的窝里。于是从这些低矮的屋檐下就都飘出带点甜味而又呛人的炊烟（所烧的柴草都是半干不湿的）。他们做的都是小本生意，赚钱不大。因为是在客边，对人很和气，凡事忍让，所以这一带平常总是安安静静的，很少有吵嘴打架的事情发生。

这里还住着二十来个锡匠，都是兴化帮。这地方兴用锡器，家家都有几件锡制的家伙。香炉、蜡台、痰盂、茶叶罐、水壶、茶壶、酒壶，甚至尿壶，都是锡的。嫁闺女时都要陪送一套锡器。最少也要有两个能容四五升米的大锡罐，摆在柜顶上，否则就不成其为嫁妆。出阁的闺女生了孩子，娘家要送两大罐糯米粥（另外还要有两只老母鸡，一百个鸡蛋），装粥用的就是娘柜顶上的这两个锡罐。因此，二十来个锡匠并不显多。

锡匠的手艺不算费事，所用的家什也较简单。一副锡匠担子，一头是风箱，绳系里夹着几块锡板；一头是炭炉和两块二尺见方，一面裱着好几层表芯纸的方砖。锡器是打出来的，不是铸出来的。人家叫锡匠来打锡器，一般都是自己备料——把几件残旧的锡器回炉重打。锡匠在人家门道里或是街边空地上，支起担子，拉动风箱，在锅里把旧锡化成锡水——锡的熔点很低，不大一会儿就化了；然后把两块方砖对合着（裱纸的一面朝里），在两砖之间压一条绳子，绳子按照要打的锡器圈成近似的形状，绳头留在砖外，把锡水由绳口倾倒过去，两砖一压，就成了锡片；然后，用一个大剪子剪剪，焊好接口，用一个棰在铁砧上敲敲打打，大约一两顿饭工夫就成型了。锡是软的，打锡器不像打铜器那样费劲，也不那样吵人。粗使的锡器，这样就能交活。若是细巧的，就还要用刮刀刮一遍，用砂纸打一打，用竹节草（这种草中药店有卖的）磨得锃亮。

这一帮锡匠很讲义气。他们扶持疾病，互通有无，从不抢生意。若是合伙做活，工钱也分得很公道。这帮锡匠有一个头领，是个老锡匠，他说话没有人不听。老锡匠人很耿直，对其余的锡匠（不是他的晚辈就是他的徒弟）管教得很紧。他不许他们赌钱喝酒；嘱咐他们出外做活，要童叟无欺，手脚要干净；不许和妇道嬉皮笑脸。他教他们不要怕事，也绝不要惹事。除了上市应活，平常不让到处闲游乱串。

老锡匠会打拳，别的锡匠也跟着练武。他屋里有好些白蜡杆，三节棍，没事便搬到外面场地上打对儿。老锡匠说：这是消遣，也可以防身，出门在外，会几手拳脚不吃亏。除此之外，锡匠们的娱乐便是唱唱戏。他们唱的这种戏叫作“小开口”，是一种地方小戏，唱腔本是萨满教的香火（巫师）请神唱的调子，所以又叫“香火戏”。这些锡匠并不信萨满教，但大都会唱香火戏。戏的曲调虽简单，内容却是成本大套，李三娘挑水推磨，生下咬脐郎；白娘子水漫金山；刘金定招亲；方卿唱道情……可以坐唱，也可以化了装彩唱。遇到阴天下雨，不能出街，他们能吹打弹唱一整天。附近的姑娘媳妇都挤过来看——听。

老锡匠有个徒弟，也是他的侄儿，在家大排行第十一，小名就叫个十一子，外人都只叫他小锡匠。这十一子是老锡匠的一件心事。因为他太聪明，长得又太好看了。他长得挺拔厮称，肩宽腰细，唇红齿白，浓眉大眼，头戴遮阳草帽，青鞋净袜，全身衣服整齐合体。天热的时候，敞开衣扣，露出扇面也似的胸脯，五寸宽的雪白的板带煞得很紧。走起路来，高抬脚，轻着地，麻溜利索。锡匠里出了这样一个一表人才，真是鸡窝里飞出了金凤凰。老锡匠心里明白：唱“小开口”的时候，那些挤过来的姑娘媳妇，其实都是来看这位十一郎的。

老锡匠经常告诫十一子，不要和此地的姑娘媳妇拉拉扯扯，尤其不要和东头的姑娘媳妇有什么勾搭：“她们和我们不是一样的人！”

三

轮船公司东头都是草房，茅草盖顶，黄土打墙，房顶两头多盖着半片破缸破瓮，防止大风时把茅草刮走。这里的人，世代相传，都是挑夫。男人、女人，大人、孩子，都靠肩膀吃饭。

挑得最多的是稻子。东乡、北乡的稻船，都在大淖靠岸。满船的稻子，都由这些挑夫挑走。或送到米店，或送进哪家大户的廒里，或挑到南门外琵琶闸的大船上，沿运河外运。有时还会一直挑到车逻、马棚湾这样很远的码头上。单程一趟，或五六里，或七八里、十多里不等。一二十人走成一串，步子走得很匀，很快。一担稻子一百五十斤，中途不歇肩。一路不停地打着号子。换肩时一齐换肩。打头的一个，手往扁担上一搭，一二十副担子就同时由右肩转到左肩上来了。每挑一担，领一根“筹子”——尺半长、一寸宽的竹牌，上涂白漆，一头是红的。到傍晚凭筹领钱。

稻谷之外，什么都挑。砖瓦、石灰、竹子（挑竹子一头拖在地上，在砖铺的街面上擦得唰唰地响），桐油（桐油很重，使扁担不行，得用木杠，两人抬一桶）……因此，一年三百六十天，天天有活干，饿不着。

十三四岁的孩子就开始挑了。起初挑半担，用两个柳条笆斗。练上一二年，人长高了，力气也够了，就挑整担，像大人一样的挣钱了。

挑夫们的生活很简单：卖力气，吃饭。一天三顿，都是干饭。这些人家都不盘灶，烧的是“锅腔子”——黄泥烧成的矮瓮，一面开口烧火。烧柴是不花钱的。淖边常有草船，乡下人挑芦柴入街去卖，一路总要撒下一些。凡是尚未挑担挣钱的孩子，就一人一把竹篾，到处去搂。因此，这些顽童得到一个稍带侮辱性的称呼，叫作“篾草鬼子”。有时懒得费事，就从乡下人的草担上猛力拽出一把，拔腿就溜。等乡下人撂下担子叫骂时，他们早就没影儿了。锅腔子无处出烟，烟子就横溢出来，飘到大淖水面上，平铺开来，停留不散。这些人家无隔宿之粮，都是当天买，当天吃。吃的都是脱壳的糙米。一到饭时，就看见这些茅草房子的门口蹲着一些男子汉，捧着一个蓝花大海碗，碗里是骨堆堆的一碗紫红紫红的米饭，一边堆着青菜小鱼，臭豆腐、腌辣椒，大口大口地在吞食。他们吃饭不怎么嚼，只在嘴里打一个滚，咕咚一声就咽下去了。看他们吃得那样香，你会觉得世界上再没有比这个饭更好吃的饭了。

他们也有年，也有节。逢年过节，除了换一件干净衣裳，吃得好一些，就是聚在一起赌钱。赌具，也是钱。打钱，滚钱。打钱：各人拿出一二十铜圆，叠成很高的一摞。参与者远远地用一个钱向这摞铜钱砸去，砸倒多少取多少。滚钱又叫“滚五七寸”。在一片空场上，各人放一摞钱；一块整砖支起一个斜坡，用一个铜圆由砖面落下，向钱注密处滚去，钱停住后，用事前备好的两根草棍量一量，如距钱注五寸，滚钱者即可吃掉这一注；距离七寸，反赔出与此注相同之数。这种古老的博法使挑夫们得到极大的快乐。旁观的闲人也不时大声喝彩，为他们助兴。

这里的姑娘媳妇也都能挑。她们挑得不比男人少，走得不比男人慢。挑鲜货是她们的专业。大概是觉得这种水淋淋的东西对女人更相宜，男人们是不屑于去挑的。这些“女将”都生得颀长俊俏，浓黑的头发上涂了很多梳头油，梳得油光水滑（照当地说法是：苍蝇站上去都会闪了腿）。脑后的发髻都极大。发髻的大红头绳的发根长到二寸，老远就看到通红的一截。她们的发髻的一侧总要插一点什么东西。清明插一个柳球（杨柳的嫩枝，一头拿牙咬着，把柳枝的外皮连同鹅黄的柳叶使劲往下一抹，成一个小小球形），端午插一丛艾叶，有鲜花时插一朵栀子，一朵夹竹桃，无鲜花时插一朵大红剪绒花。因为常年挑担，衣服的肩膀处易破，她们的托肩多半是换过的。旧衣服，新托肩，颜色不一样，这几乎成了大淖妇女的特有的服饰。一二十个姑娘媳妇，挑着一担担紫红的荸荠、碧绿的菱角、雪白的连枝藕，走成一长串，风摆柳似的嚓嚓地走过，好看得很！

她们像男人一样的挣钱，走相、坐相也像男人。走起来一阵风，坐下来两条腿岔得很开。她们像男人一样赤脚穿草鞋（脚指甲却用凤仙花染红）。她们嘴里不忌生冷，男人怎么说话她们怎么说话，她们也用男人骂人的话骂人。打起号子来也是“好大娘个歪歪子咧！”——“歪歪子咧……”

没出门子的姑娘还文雅一点，一做了媳妇就简直是“姜太公在此百无禁忌”，要多野有多野。有一个老光棍黄海龙，年轻时也是挑夫，后来腿脚有了点毛病，就在码头上看看稻船，收收筹子。这老头儿老没正轻，一把胡子了，还喜欢在媳妇们的胸前屁股上摸一把，拧一下。按辈分，他应当被这些媳妇称呼一声叔公，可是谁都管他叫“老骚胡子”。有一天，他又动手动脚的，几个媳妇一咬耳朵，一二三，一齐上手，眨眼之间叔公的裤子就挂在大树顶上了。有一回，叔公听见卖饺面[1]的挑着担子，敲着竹梆走来，他又来劲了：“你们敢不敢到淖里洗个澡？——敢，我一个人输你们两碗饺面!”

“真的?”

“真的!”

“好!”几个媳妇脱了衣服跳到淖里扑通扑通洗了一会儿。爬上岸就大声喊叫：“下面!”

这里人家的婚嫁极少明媒正娶，花轿吹鼓手是挣不着他们的钱的。媳妇，多是自己跑来的；姑娘，一般是自己找人。他们在男女关系上是比较随便的。姑娘在家生私孩子；一个媳妇，在丈夫之外，再“靠”一个，不是稀奇事。这里的女人和男人好，还是恼，只有一个标准：情愿。有的姑娘、媳妇相与了一个男人，自然也跟他要钱买花戴，但是有的不但不要他们的钱，反而把钱给他花，叫作“倒贴”。

因此，街里的人说这里“风气不好”。

到底是哪里的风气更好一些呢？难说。

① 一半馄饨一半面下在一起，当地叫作“饺面”。

四

大淖东头有一户人家。这一家只有两口人，父亲和女儿。父亲名叫黄海蛟，是黄海龙的堂弟（挑夫里姓黄的多）。原来是挑夫里的一把好手。他专能上高跳。这地方大粮行的“窝积”（长条芦席围成的粮囤），高到三四丈，只支一只单跳，很陡。上高跳要提着气一口气蹿上去，中途不能停留。遇到上了一点岁数的或者“女将”，抬头看看高跳，有点含糊，他就走过去接过一百五十斤的担子，一支箭似的上到跳顶，两手一提，把两箩稻子倒在“窝积”里，随即三五步就下到平地。因为为人忠诚老实，二十五岁了，还没有成亲。那年在车逻挑粮食，遇到一个姑娘向他问路。这姑娘留着长长的刘海，梳了一个“苏州俏”的发髻，还抹了一点胭脂，眼色张皇，神情焦急，她问路，可是连一个准地名都说不清，一看就知道是大户人家逃出来的使女。黄海蛟和她攀谈了一会儿，这姑娘就表示愿意跟着他过。她叫莲子。——这地方丫头、使女多叫莲子。

莲子和黄海蛟过了一年，给他生了个女儿。七月生的，生下的时候满天都是五色云彩，就取名叫作巧云。

莲子的手很巧，也勤快，只是爱穿件华丝葛的裤子，爱吃点瓜子零食，还爱唱“打牙牌”之类的小调：“凉月子一出照楼梢，打个呵欠伸懒腰，瞌睡子又上来了。哎哟，哎哟，瞌睡子又上来了……”这和大淖的乡风不大一样。

巧云三岁那年，她的妈莲子，终于和一个过路戏班子的一个唱小生的跑了。那天，黄海蛟正在马棚湾。莲子把黄海蛟的衣裳都浆洗了一遍，巧云的小衣裳也收拾在一起，焖了一锅饭，还给老黄打了半斤酒，把孩子托给邻居，说是她出门有点事，锁了门，从此就不知去向了。

巧云的妈跑了，黄海蛟倒没有怎么伤心难过。这种事情在大淖这个地方也值不得大惊小怪。养熟的鸟还有飞走的时候呢，何况是一个人！只是她留下的这块肉，黄海蛟实在是疼得不行。他不愿巧云在后娘的眼皮底下委委屈屈地生活，因此发心不再续娶。他就又当爹又当妈，和女儿巧云在一起过了十几年。他不愿巧云去挑扁担，巧云从十四岁就学会结渔网和打芦席。

巧云十五岁，长成了一朵花。身材、脸盘都像妈。瓜子脸，一边有个很深的酒窝。眉毛黑如鸦翅。长入鬓角。眼角有点吊，是一双凤眼。睫毛很长，因此显得眼睛经常是眯缝着；忽然回头，睁得大大的，带点吃惊而专注的神情，好像听到远处有人叫她似的。她在门外的两棵树杈之间结网，在淖边平地上织席，就有一些少年人装着有事的样子来来去去。她上街买东西，甭管是买肉、买菜，打油、打酒，撕布、量头绳，买梳头油、雪花膏，买石碱、浆块，同样的钱，她买回来，分量都比别人多，东西都比别人的好。这个奥秘早被大娘、大婶们发现，她们都托她买东西。只要巧云一上街，都挎了好几个竹篮，回来时压得两个胳臂酸疼酸疼。泰山庙唱戏，人家都自己扛了板凳去。巧云散着手就去了。一去了，总有人给她找一个得看的好座。台上的戏唱得正热闹，但是没有多少人叫好。因为好些人不是在看戏，是看她。

巧云十六了，该张罗着自己的事了。谁家会把这朵花迎走呢？炕房的老大？浆坊的老二？鲜货行的老三？他们都有这意思。这点意思黄海蛟知道了，巧云也知道。不然他们老到淖东头来回晃悠是干什么呢？但是巧云没怎么往心里去。

巧云十七岁，命运发生了一个急转直下的变化。她的父亲黄海蛟在一次挑重担上高跳时，一脚踏空，从三丈高的跳板上摔下来，摔断了腰。起初以为不要紧，养养就好了。不想喝了好多药酒，贴了好多膏药，还不见效。她爹半瘫了，他的腰再也直不起来了。他有时下床，扶着一个剃头担子上用的高板凳，咯噔咯噔地走一截，平常就只好半躺下靠在一摞被卧上。他不能用自己的肩膀为女儿挣几件新衣裳，买两枝花，却只能由女儿用一双手养活自己了。还不到五十岁的男子汉，只能做一点老太婆做的事：绩了一捆又一捆的供女儿结网用的麻线。事情很清楚：巧云不会撇下她这个老实可怜的残废爹。谁要愿意，只能上这家来当一个倒插门的养老女婿。谁愿意呢？这家的全部家产只有三间草屋（巧云和爹各住一间，当中是一个小小的堂屋）。老大、老二、老三时不时走来走去，拿眼睛瞟着隔着一层渔网或者坐在雪白的芦席上的一个苗条的身子。他们的眼睛依然不缺乏爱慕，但是减少了几分急切。

老锡匠告诫十一子不要老往淖东头跑，但是小锡匠还短不了要来。大娘、大婶、姑娘、媳妇有旧壶翻新，总喜欢叫小锡匠来。从大淖过深巷上大街也要经过这里，巧云家门前的柳荫是一个等待雇主的好地方。巧云织席，十一子化锡，正好做伴。有时巧云停下活计，帮小锡匠拉风箱。有时巧云要回家看看她的残废爹，问他想不想吃烟喝水，小锡匠就压住炉里的火，帮她织一气席。巧云的手指划破了（织席很容易划破手，压扁的芦苇薄片，刀一样的锋快），十一子就帮她吮吸指头肚子上的血。巧云从十一子口里知道他家里的事：他是个独子，没有兄弟姐妹。他有一个老娘，守寡多年了。他娘在家给人家做针线，眼睛越来越不好，他很担心她有一天会瞎……

好心的大人路过时会想：这倒真是两只鸳鸯，可是配不成对。一家要招一个养老女婿，一家要接一个当家媳妇，弄不到一起。他们俩呢，只是很愿意在一处谈谈坐坐。都到岁数了，心里不是没有。只是像一片薄薄的云，飘过来，飘过去，下不成雨。

有一天晚上，好月亮，巧云到淖边一只空船上去洗衣裳（这里的船泊定后，把桨拖到岸上，寄放在熟人家，船就拴在那里，无人看管，谁都可以上去）。她正在船头把身子往前倾着，用力涮着一件大衣裳，一个不知轻重的顽皮野孩子轻轻走到她身后，伸出两手胳肢她的腰。她冷不防，一头栽进了水里。她本会一点水，但是一下子蒙了。这几天水又大，流很急。她挣扎了两下，喊救人，接连喝了几口水。她被水冲走了！正赶上十一子在炕房门外土坪上打拳，看见一个人冲了过来，头发在水上漂着。他褪下鞋子，一猛子扎到水底，从水里把她托了起来。

十一子把她肚子里的水控了出来，巧云还是昏迷不醒。十一子只好把她横抱着，像抱一个婴儿似的，把她送回去。她浑身是湿的，软绵绵，热乎乎的。十一子觉得巧云紧紧挨着他，越挨越紧。十一子的心怦怦地跳。

到了家，巧云醒来了。（她早就醒来了！）十一子把她放在床上。巧云换了湿衣裳（月光照出她的美丽少女的身体）。十一子抓一把草，给她熬了半铫子姜糖水，让她喝下去，就走了。

巧云起来关了门，躺下。她好像看见自己躺在床上的样子。月亮真好。

巧云在心里说："你是个呆子！"

她说出声来了。

不大一会儿，她也就睡死了。

就在这一天夜里，另外一个人，拨开了巧云家的门。

五

由轮船公司对面的巷子转东大街，往西不远，有一个道士观，叫作炼阳观。现在没有道士了，里面住了不到一营水上保安队。这水上保安队是地方武装。他们名义上归县政府管辖，饷银却由县商会开销，水上保安队的任务是下乡剿土匪。这一带土匪很多，他们抢了人，绑了票，大都藏匿在芦荡湖泊中的船上（这地方到处是水），如遇追捕，便于脱逃。因此，地方绅商觉得很需要成立一个特殊的武装力量来对付这些成帮结伙的土匪。水上保安队装备是很好的。他们乘的船是“铁板划子”——船的三面都有半人高、三四分厚的铁板，子弹是打不透的。铁板划子就停在大淖岸边，样子很高傲。一有任务，就看见大兵们扛着两挺水机关，用箩筐抬着多半筐子弹（子弹不用箱装，却使箩抬，颇奇怪），上了船，开走了。

或七八天，或十天半月，他们得胜回来了（他们有铁板划子，又有水机关，对土匪有压倒优势，很少有伤亡）。铁板划子靠了岸，上岸列队，由深巷，上大街，直奔县政府。这队伍是四列纵队。前面是号队。这不到一营的人，却有十二支号。一上大街，就“嗒嗒嗒嘀嗒”齐齐整整地吹起来。后面是全队弟兄，一律荷枪实弹。号队之后，大队之前的正中，是捉来的土匪。有时三个五个，有时只有一个，都是五花大绑。这队伍是很神气的。最妙的是被绑着的土匪也一律都和着号音，步伐整齐，雄赳赳气昂昂地走着。甚至值日官喊“一、二、三、四”，他们也随着大声地喊。大队上街之前，要由地保事先通知沿街店铺，凡有鸟笼的（有的店铺是养八哥、画眉的），都要收起来，因为土匪大哥看见不高兴，这是他们忌讳的（他们到了县政府，都下在大狱里，看见笼中鸟，就无出狱希望了）。看看这样的铜号放光，刺刀雪亮，还夹着几个带有传奇色彩的土匪英雄的威武雄壮的队伍，是这条街上的民众的一件快乐事情。其快乐程度不下于看狮子、龙灯、高跷、抬阁和僧道齐全、六十四杠的大出丧。

除了下乡办差，保安队的弟兄们没有什么事。他们除了把两挺水机关扛到大淖边突突地打两梭（把淖岸上的泥土打得簌簌地往下掉），平常是难得出操、打野外的。使人们感觉到这营把人的存在的，是这十二个号兵早晚练号。早晨八九点钟，下午四五点钟，他们就到大淖边来了。先是拔长音，然后各自吹几段，最后是合吹进行曲、三环号（他们吹三环号只是吹着玩，因为从来没有接受检阅的时候）。吹完号，就解散，想干什么干什么。有的，就轻手轻脚，走进一家的门外，咳嗽一声，随着，走了进去，门就关起来了。

这些号兵大都衣着整齐，干净爱俏。他们除了吹吹号，整天无事干，有的是闲空。他们的钱来得容易——饷钱倒不多，但每次下乡，总有犒赏；有时与土匪遭遇，双方谈条件，也常从对方手中得到一笔钱，手面很大方，花钱不在乎。他们是保护地方绅商的军人，身后有靠山，即或出一点什么事，谁也无奈他何。因此，这些大爷就觉得不风流风流，实在对不起自己，也辜负了别人。

十二个号兵，有一个号长，姓刘，大家都叫他刘号长。这刘号长前后跟大淖几家的媳妇都很熟。

拨开巧云家的门的，就是这个号长！

号长走的时候留下十块钱。

这种事在大淖不是第一次发生。巧云的残废爹当时就知道了。他拿着这十块钱，只是长长地叹了一口气。邻居们知道了，姑娘、媳妇并未多议论，只骂了一句："这个该死的!"

巧云破了身子，她没有淌眼泪，更没有想到跳到淖里淹死。人生在世，总有这么一遭！只是为什么是这个人？真不该是这个人！怎么办？拿把菜刀杀了他？放火烧了炼阳观？不行！她还有个残废爹。她怔怔地坐在床上，心里乱糟糟的。她想起该起来烧早饭了。她还得结网，织席，还得上街。她想起小时候上人家看新娘子，新娘子穿了一双粉红的缎子花鞋。她想起她的远在天边的妈。她记不得妈的样子，只记得妈用一个筷子头蘸了胭脂给她点了一点眉心红。她拿起镜子照照，她好像第一次看清楚自己的模样。她想起十一子给她吮手指上的血，这血一定是咸的。她觉得对不起十一子，好像自己做错了什么事。她非常后悔：没有把自己给了十一子！

她的这个念头越来越强烈。这个号长来一次，她的念头就更强烈一分。

水上保安队又下乡了。

一天，巧云找到十一子，说："晚上你到大淖东边来，我有话跟你说。"

十一子到了淖边。巧云踏在一只"鸭撇上"（放鸭子用的小船，极小，仅容一人。这是一只公船，平常就拴在淖边。大淖人谁都可以撑着它到沙洲上挑蒌蒿，割茅草，捡野鸭蛋），把篙子一点，撑向淖中央的沙洲，对十一子说："你来!"

过了一会儿，十一子泅水到了沙洲上。

他们在沙洲的茅草丛里一直待到月到中天。

月亮真好哇!

六

十一子和巧云的事，师兄们都知道，只瞒着老锡匠一个人。他们偷偷地给他留着门，在门窝子里倒了水（这样推门进来没有声音）。十一子常常到天快亮的时候才回来。有一天，又是这时候才推开门。刚刚要钻被窝，听见老锡匠说："你不要命啦！"

这种事情怎么瞒得住人呢？终于，传到刘号长的耳朵里。其实没有人跟他嚼舌头，刘号长自己还不知道？巧云看见他都讨厌，她的全身都是冷淡的。刘号长咽不下这口气。本来，他跟巧云又没有拜过堂，完过花烛，闲花野草，断了就断了。可是一个小锡匠，夺走了他的人，这丢了当兵的脸。太岁头上动土，这还行！这种事从来没有发生过。连保安队的弟兄也都觉得面上无光，在人前矬了一截。他是只许自己在别人头上拉屎撒尿，不许别人在他脸上溅一星唾沫的。若是闭着眼过去，往后，保安队的人还混不混了？

有一天，天还没亮，刘号长带了几个弟兄，踢开巧云家的门，从被窝里拉起了小锡匠，把他捆了起来。把黄海蛟、巧云的手脚也都捆了，怕他们去叫人。

他们把小锡匠弄到泰山庙后面的坟地里，一人一根棍子，搂头盖脸地打他。

他们要小锡匠卷铺盖走人，回他的兴化，不许再留在大淖。

小锡匠不说话。

他们要小锡匠答应不再走进黄家的门，不挨巧云的身子。

小锡匠还是不说话。

他们要小锡匠告一声饶，认一个错。

小锡匠的牙咬得紧紧的。

小锡匠的硬铮把这些向来是横着膀子走路的家伙惹怒了："你这样硬！打不死你！"——"打！"七八根棍子风一样、雨一样打在小锡匠的身上。

小锡匠被他们打死了。

锡匠们听说十一子被保安队的人绑走了，他们四处找，找到了泰山庙。

老锡匠用手一探，十一子还有一丝悠悠气。老锡匠叫人赶紧去找陈年的尿桶。他经验过这种事，打死的人，只有喝了从桶里刮出来的尿碱，才有救。

十一子的牙关咬得很紧，灌不进去。

巧云捧了一碗尿碱汤，在十一子的耳边说："十一子，十一子，你喝了！"

十一子微微听见一点声音，他睁了睁眼。巧云把一碗尿碱汤灌进了十一子的喉咙。

不知道为什么，她自己也尝了一口。

锡匠们摘了一块门板，把十一子放在门板上，往家里抬。

他们抬着十一子，到了大淖东头，还要往西走。巧云拦住了："不要。抬到我家里。"

老锡匠点点头。

巧云把屋里存着的渔网和芦席都拿到街上卖了，买了七厘散，医治十一子身子里的瘀血。

东头的几家大娘、大婶杀了下蛋的老母鸡，给巧云送来了。

锡匠们凑了钱，买了人参，熬了参汤。

挑夫，锡匠，姑娘，媳妇，川流不息地来看望十一子。他们把平时在辛苦而单调的生活中不常表现的热情和好心都拿出来了。他们觉得十一子和巧云做的事都很应该，很对。大淖出了这样一对年轻人，使他们觉得骄傲。大家的心喜洋洋，热乎乎的，好像在过年。

刘号长打了人，不敢再露面。他那几个弟兄也都躲在保安队的队部里不出来。保安队的门口加了双岗。这些好汉原来都是一窝“草鸡”！

锡匠们开了会。他们向县政府递了呈子，要求保安队把姓刘的交出来。

县政府没有答复。

锡匠们上街游行。这个游行队伍是很多人从未见过的。没有旗子，没有标语，就是二十来个锡匠挑着二十来副锡匠担子，在全城的大街上慢慢地走。这是个沉默的队伍，但是非常严肃。他们表现出不可侵犯的威严和不可动摇的决心。这个带有中世纪行帮色彩的游行队伍十分动人。

游行继续了三天。

第三天，他们举行了“顶香请愿”。二十来个锡匠，在县政府照壁前坐着，每人头上用木盘顶着一炉炽旺的香。这是一个古老的风俗：民有沉冤，官不受理，被逼急了的百姓可以用香火把县大堂烧了，据说这不算犯法。

这条规矩不载于《六法全书》，现在不是大清国，县政府可以不理会这种“陋习”。但是这些锡匠是横了心的，他们当真干起来，后果是严重的。县长邀请县里的绅商商议，一致认为这件事不能再不管。于是由商会会长出面，约请了有关的人：一个承审——作为县长代表，保安队的副官，老锡匠和另外两个年长的锡匠，还有代表挑夫的黄海龙，四邻见证——卖眼镜的宝应人，卖天竺筷的杭州人，在一家大茶馆里举行会谈，来“了”这件事。

会谈的结果是：小锡匠养伤的药钱由保安队负担（实际是商会拿钱），刘号长驱逐出境。由刘号长画押具结。老锡匠觉得这样就给锡匠和挑夫都争了面子，可以见好就收了。只是要求在刘某人的甘结上写上一条：如果他再踏进县城一步，任凭老锡匠一个人把他收拾了！

过了两天，刘号长就由两个弟兄持枪护送，悄悄地走了。他被调到三垛去当了税警。

十一子能进一点饮食，能说话了。巧云问他：“他们打你，你只要说不再进我家的门，就不打你了，你就不会吃这样大的苦了。你为什么不说？”

“你要我说吗？”

“不要。”

“我知道你不要。”

“你值吗。”

“我值。”

“十一子，你真好！我喜欢你！你快点好。”

“你亲我一下，我就好得快。”

“好，亲你！”

巧云一家有了三张嘴。两个男的不能挣钱，但要吃饭。大淖东头的人家就没有积蓄，也没有什么东西可以变卖典押。结渔网，打芦席，都不能当时见钱。十一子的伤一时半会儿不会好，日子长了，怎么过呢？巧云没有经过太多考虑，把爹用过的箩筐找出来，磕磕尘土，就去挑担挣“活钱”去了。姑娘、媳妇都很佩服她。起初她们怕她挑不惯，后来看她脚下很快，很匀，也就放心了。从此，巧云就和邻居的姑娘、媳妇在一起，挑着紫红的荸荠、碧绿的菱角、雪白的连枝藕，风摆柳似的穿街过市，发髻的一侧插着大红花。她的眼睛还是那么亮，长睫毛呼扇呼扇的。但是眼神显得更深沉，更坚定了。她从一个姑娘变成了一个很能干的小媳妇。

十一子的伤会好吗？

会。

当然会！

一九八一年二月四日，旧历大年三十

溪鳗——矮凳桥的鱼非鱼小酒家

林斤澜

自从矮凳桥兴起了纽扣市场，专卖纽扣的商店和地摊，粗算也有了六百家。早年间，湖广客人走到县城，就是不远千里的稀客了。没有人会到矮凳桥来的，翻这个锯齿山做什么？本地土产最贵重的不过是春茶冬笋，坐在县城里收购就是了。现在，纽扣——祖公爷绝料不着的东西，却把北至东三省，内蒙古，南到香港的客人都招来了。接着，街上开张了三十多家饮食店，差不多五十步就有一家。这些饮食店门口，讲究点的有个玻璃阁子，差点的就是个摊子，把成腿的肉，成双的鸡鸭，花蚶港蟹，会蹦的虾，吱吱叫的鲜鱼……全摆到街面上来，做实物招牌。摊子里面一点，汤锅蒸锅热气蒸腾，炒锅的油烟弥漫。这三十多家饮食，把这六百家的纽扣，添上了开胃口吊舌头的色、香、味，把成条街都引诱到喝酒吃肉过年过节的景象里。

拿实物做广告，真正的招牌倒不重要了。有的只写上个地名：矮凳桥饭店。有的只取个吉利：隆盛酒楼。取得雅的，也只直白叫作味雅餐馆。唯独东口溪边有一家门口，横挂匾额，上书“鱼非鱼小酒家”，可算得特别。

这里只交代一下这个店名的由来，不免牵扯到一些旧人旧事，有些人事还扯不清，只好零零碎碎听凭读者自己处理也罢。

店主人是个女人家，有名有姓，街上却只叫她个外号：溪鳗。这里又要交代一下，鳗分三种：海鳗、河鳗、溪鳗。海鳗大的有人长，蓝灰色。河鳗粗的也有手腕粗，肉滚滚一身油，不但味道鲜美，还滋阴补阳。溪鳗不多，身体也细小，是溪里难得的鲜货。这三种鳗在生物学上有没有什么关系，不清楚。只是形状都仿佛蛇形，嘴巴又长又尖，密匝匝锋利的牙齿，看样子不是好玩的东西，却又好吃。这三种鳗在不同的水域里，又都有些兴风作浪的传说。乡镇上，把一个女人家叫作溪鳗，不免把人朝水妖那边靠拢了。

不过，这是男人的说法。女人不大一样。有的女人头疼脑热，不看医生，却到溪鳗那里嘁嘁喳喳，一会儿，手心里捏一个纸包赶紧回家去。有的饭前饭后，爱在溪鳗店门口站一站，听两句婆婆妈妈的新闻。袁相舟家的丫头她妈，就是一天去站两回三回的一个。

这天早晨，丫头她妈煮了粥就“站”去了。回来把锅里的剩粥全刮在碗里，把碗里的剩咸菜全刮在粥里，端起来呼噜喝一大口，说：“溪鳗叫你去写几个字呢。”

袁相舟穷苦潦倒时候，在街上卖过春联，贴过“代书”的红纸，街坊邻居叫写几个字，何乐不为。答应一声就走了去。

这家饮食店刚刚大改大修，还没有全部完工。先前是开一扇门进去，现在整个打开。后边本来暗洞洞的只一扇窗户，窗外是溪滩，现在接出来半截，三面都是明晃晃的玻璃窗，真是豁然开朗。这接出来的部分，悬空在溪滩上边，用杉篙撑着，本地叫作吊脚楼的就是。

还没有收拾停当，还没有正式开张。袁相舟刚一进门，溪鳗就往里边让。袁相舟熟人熟事的，径直在吊脚楼中间靠窗坐下，三面临空，下边也不着地，不觉哈了一口气，好不爽快。这时正是暮春三月，溪水饱满坦荡，好像敞怀喂奶、奶水流淌的小母亲。水边滩上的石头，已经晒足了阳光，开始往外放热了；石头缝里的青草，绿得乌油油，箭一般射出来了；黄的紫的粉的花朵，已经把花瓣甩给流水，该结子结果的要灌浆坐果了；就是说，夏天扑在春天身上了。

一瓶烫热的花雕递到袁相舟手边，袁相舟这才发觉一盘切片鱼饼，一双筷子一个酒杯不知什么时候摆上桌子。心想先前也叫写过字，提起笔来就写三个大字“鱼丸面”。下边两行小字“收粮票二角五、不收粮票三角”。随手写下，没有先喝酒的道理，今天是怎么了？拿眼睛看着溪鳗……

素日，袁相舟看溪鳗，是个正派女人，手脚也勤快，很会做吃的。怎么说很会做呢？不但喜欢做，还会把这份喜欢做了进去，叫人吃出喜欢来。她做的鱼丸鱼饼，又脆又有劲头，有鱼香又看不见鱼形。对这样的鱼丸鱼饼也还有不实之词，对这个做鱼丸鱼饼的女人家，有种种稀奇传说，还有这么个古怪外号，袁相舟都以为不公道。

追究原因，袁相舟觉着有两条：一是这个女人长了个鸭蛋脸，眼窝还里眍。本地的美人脸都是比月亮还圆，月亮看去是扁的，她们是圆鼓鼓的。再是本地美人用不到过三十岁，只要生了两个孩子就出老了。这个女人不知道生过孩子没有，传说不一，她的年纪也说不清。袁相舟上中学的时候，她就鲜黄鱼一样戳眼了。现在袁相舟鹤发童颜一个退休佬，她少说也应当有五十。今天格子布衫外边，一件墨绿的坎肩，贴身，干净，若从眼面前走过去，袅袅的，论腰身，说作三十岁也可以吧。

溪鳗见袁相舟端着酒杯不喝，就说戏文上唱的，斗酒诗百篇。多喝几杯，给这间专卖鱼丸、鱼饼、鱼松、鱼面的鱼食店，起个好听的名号。溪鳗做鱼，本地有名气，不过几十年没有挂过招牌，大家只叫作溪鳗鱼丸、溪鳗鱼面……怎么临老倒要起名号了？袁相舟觉着意外，看看这吊脚楼里，明窗净几，也就一片的高兴，说："喀，你看丫头她妈，只给我半句：叫你写几个字。连一句话也没有说全。"

溪鳗微微一笑，那牙齿密匝匝还是雪白的，说："老夫妻还是话少点的好，话多了就吵了。不是吵，哪有这么多话说呢。"

说着，眼睛朝屋角落一溜。屋角落里有个男人，坐在小板凳上，脚边一堆木头方子，他佝偻着身子，拿着尺子，摆弄着方子，哆哆嗦嗦画着线。要说是小孩子玩积木吧，这个男人的两鬓已经见白了，脑门已经拔顶了。袁相舟走进屋里来，没有和他打招呼，没有把他当回事。他也没有出声，也没有管别人的闲事。

锅里飘来微微的煳味儿，这种煳味儿有的人很喜欢。好比烟熏那样，有熏鸡、熏鱼、熏豆腐干，也有煳肉，煳肘子，这都是一种风味。溪鳗从锅里盛来一盘刚焙干的鱼松，微微的煳味儿上了桌子。袁相舟也不客气，喝一口酒，连吃几口热鱼松，鱼松热着吃，那煳味儿特别的香，进口的时候是脆的，最好不嚼，抿抿就化了。袁相舟吃出滋味来，笑道："你这里专门做鱼，你做出来的鱼，不论哪一样，又都看不见鱼。这是个少有的特点，给你这里起个招牌，要从这里落笔才好。"

溪鳗倒不理会，不动心思，只是劝酒："喝酒，喝酒，多喝两杯，酒后出真言，自会有好招牌。”

说着，在灶下添火，灶上添汤，来回走动，腰身灵活，如鱼游水中，从容自在。俗话说忙者不会，会者不忙，她是一个家务上的会人。

袁相舟端着杯子，转脸去看窗外，那汪汪溪水漾漾流过晒烫了的石头滩，好像抚摸亲人的热身子。到了吊脚楼下边，再过去一点，进了桥洞。在桥洞那里不老实起来，撒点娇，抱点怨，发点梦呓似的呜噜呜噜……

那一座桥，就是远近闻名的矮凳桥。这个乡镇也拿桥名做了名号。不过桥名的由来，一般人都说不知道。那是九条长石条，三条做一排，下边四个桥墩，搭成平平塌塌、平平板板的一条石头桥。没有栏杆，没有拱洞，更没有亭台碑碣。从上边看下来，倒像一条长条矮脚凳。

桥墩和桥面的石条缝里，长了绿茵茵的苔藓。溪水到了桥下边，也变了颜色，又像是绿，又像是蓝。本地人看来，闪闪着鬼气。本地有不少传说，把这条不起眼的桥，蒙上了神秘的烟雾。

不过，现在，广阔的溪滩，坦荡的溪水，正像壮健的夏天和温柔的春天刚刚拥抱，又马上要分离的时候，无处不蒸发着体温。像雾不是雾，像烟云，像光影，又都不是，只是一片的朦胧。

袁相舟没有想出好招牌来，却在酒意中，有一支歌涌上心头。二十多年前，袁相舟在县城里上学，迷上了音乐。是个随便拿起什么歌本，能够从头唱到尾的角色。

花非花，雾非雾
夜半来，天明去

来如春梦几多时
去似朝云无觅处

这歌词原是大诗人白居易的名作。白居易的诗，袁相舟本来只知道“江州司马青衫湿”，那一首《琵琶行》。因唱歌，才唱会了这一首。

见景生情，因情来歌，又因歌触动灵机，袁相舟想出了好招牌，拍案而起。

身后桌子上，不知什么时候铺上了纸张，打开了墨盒，横着大小几支毛笔。这些笔墨都是袁相舟家的东西，也不知什么时候丫头她妈给拿过来了。袁相舟趁着酒兴，提笔蘸墨汁，写下六个大字：“鱼非鱼小酒家”。

写罢叫溪鳗过来斟酌，溪鳗认得几个字，但她认字只做记账用，没有别的兴致。略看一眼，她扭身走到那男人面前，弯下腰来，先看看摆弄着的木头方子，对着歪歪扭扭画的线，笑起来说：“画得好，真好。”

其实是和哄一年级小学生一样。说着平伸两只手在男人面前，含笑说了声：“给。”

那男人伸手抓住她给的手腕子。溪鳗又说了声：“起。”

男人慢慢被拉了起来，溪鳗推着男人的后背，走去看新写的招牌。

这个男人的眼睛仿佛不是睁着，是撑着的。他的脸仿佛一边长一边短，一边松动一边紧缩，一只手拳着，一半边身子僵硬。他直直地看了会儿，点着头：“呜啊，呜啊，啊……”

溪鳗“翻译”着说：“写得好，合适，就这样……”一边让袁相舟还坐下来喝酒，又推着男人坐在袁相舟对面。袁相舟想着找几句话和男人说说呢，也不知道他喝不喝酒，给不给他拿个酒杯……还没有动身，溪鳗端过来两碗热腾腾的鱼面，热气里腾腾着鱼的鲜味、香味、海味、清味。不用动脑筋另外找话说了，眼前这鱼面的颜色、厚薄、口劲、汤料，就是说不尽的话题。

鱼面也没有一点鱼样子，看上去是扁面条，或是长条面片。鱼面两个字是说给外地人听的，为的好懂。世界上再没有别的地方，吃鱼有这种吃法。本地叫作敲鱼，把肉细肉厚，最要紧是新鲜的黄鱼、鲈鱼、鳗鱼去皮去骨，蘸点菱粉，用木槌敲成薄片，切成长条……

三十年前，这个男人是矮凳桥的第一任镇长。那时候凡是个头目人，都带枪。部长所长背个“木壳”，镇长腰里别一支“左轮”。那“左轮”用大红绸子裹着塞在枪套里，红绸子的两只角龇在枪套外边，真比鲜花还要打眼。记不清搞什么运动，在一个什么会上，镇长训话：“……别当我们不掌握情况，溪鳗那里就是个白点。苍蝇见血一样嗡到那里去做什么？喝酒？赌钱？迷信？溪鳗是什么好人，来历不明。没爹没娘，是溪滩上抱来的，白生生，光条条，和条鳗鱼一样。身上连块布，连个记号也没有，白生生，光条条，什么好东西，来历不明……”

过不久，规定逢五逢十，溪鳗要到镇上汇报思想，交代情况。镇长忙得不亦乐乎，溪鳗要跟着他走到稻田中间，或是溪滩树林去谈话。

镇长当年才二十多岁，气色红润，脸上还没有肥肉，身上已经上膘。一天傍晚，从锯齿山口吃了酒回来，敞开衣服，拎着红绸枪套，燥燥热热地走到矮凳桥头，日落西山，夜色在溪滩上，像水墨在纸上洇了开来。镇长觉着凉爽，从桥头退下来，想走到水边洗一把脸，醒一醒酒。哟，水边新长出来一棵柳树？哟，是个人，是溪鳗。

“你在这里做什么？鬼鬼怪怪的。”

溪鳗往下游头水里一指，那里拦着网。

“人是要吃饭的。”

“也要吃酒。这两天什么鱼多？”

“白鳗。”

“为什么白鳗多？它过年还是过节？”

“白鳗肚子胀了，到下边去甩子。”

镇长把红脸一扭，“肚子胀了？”两眼不觉乜斜，“红鳗呢？”

溪鳗扭身走开，咬牙说道：“疯狗拉痢，才是红的。”

夜色昏昏，水色沉沉，镇长的酒暗暗作怪，抢上两步，拦住溪鳗，喘着说道：“我说有红鳗，就是有。不信你过来。”

溪鳗咯咯笑起来，说：“慢着，等我拉网捉了鱼。到我家去，给你煮碗鱼汤醒醒酒。我做的鱼汤，清水见底，看得见鱼儿白生生，光条条……”

镇长扯开衣服，说：“我下水帮你拉网。”

扭头只见溪鳗走上了桥头。镇长叫道：“你往哪里走？你当我喝醉了？渔网在下游头，水中央……”

溪鳗只管袅袅地往前走，镇长追了上去，说：“我没有醉，骗不了我，随你鬼鬼怪怪……”

眨眼间，只见前边的溪鳗，仿佛一个白花花的影子。脚下绿茵茵的石头桥却晃起来，晃着晃着扭过长条石头来。这桥和条大鳗似的扭向下游头，扭到水中央，扭到网那里，忽然，一个光条条的像是人，又像是鳗，又好看，又好怕，晃晃地往网那里钻……

镇长张嘴没有叫出声来，拔腿逃命不成脚步。有人在路边看见，说镇长光条条，红通通——那是酒的不是了。

一时间，这成了茶余酒后的头条新闻。过不久，镇长倒了霉，调到一个水产公司当了个副职。这还藕断丝连地给溪鳗捎些做鱼松的小带鱼，做鱼丸的大鲈鱼来。

袁相舟到县城上学，在外边住了几年。隐隐绰绰听说溪鳗生过一个孩子，和谁生的？究竟有没有做下这种传宗接代的事？也无凭据。

倒是这乡镇改造过商贩，也不断割过“尾巴”，个体的饮食业好比风卷落叶了。可是风头稍过一过，溪鳗这里总还是支起个汤锅，关起门来卖点鱼丸，总还有人推门进来，拿纸包了，出去带门。

袁相舟看见过屋里暗洞洞的，汤锅的蒸汽仿佛香烟缭绕，烟雾中一张溪鳗的鸭蛋脸，眍眼窝里半合着眼皮，用一个大拇指把揉透的鱼肉，刮到汤锅里，嘴皮嚅嚅的不知道是数数，还是念咒。有的女人家拿纸包了回家，煮一碗热汤，放上胡椒米醋，又酸又辣端给病人吃。

袁相舟又喝了两杯花雕，看着对面当年的镇长，把一碗鱼面吃得汤水淋漓，不忍细看。转头去看窗外，蒸蒸腾腾，溪上滩上似有似无的烟雾，却在心头升起，叫人坐不住，不觉站起来，拿笔斟酌着又写下几句：

鳗非鳗，鱼非鱼

来非来，去非去

今日春梦非春时

但愿朝云长相处

溪鳗走过来看一眼，没有看清，也不想看清，就扭身拿块布给那男人擦脸上、手上、衣襟上的汤水，搀起男人，推着他到字纸面前。男人直着撑着的眼睛看了会儿：“呜啊呜啊，呜呜呜啊……”

溪鳗淡淡笑着，像是跟自己说话：“他说好，他喜欢，他要贴起来，贴在哪里？他说贴在里屋门口，说贴就要贴，改不了的急性子……”

男人伸手拿纸，拳着的左手帮着倒忙。溪鳗说：“你贴你贴，我帮你拿着这一头。”

溪鳗伸开两只手，拿住了纸张的五分之四，剩下一条边让男人托着，嘴里说：“我们抬着，你走前头，你看好地方，你来贴……”

溪鳗在里屋门口板壁上刷上糨子，嘴里说：“我帮你贴上这个角，帮你贴贴下边。你退后一步看看，啊，不歪不斜，你贴端正了……”

却说当年的镇长祸不单行，随后又打个脚绊，从水产公司的副职上跌下来，放到渔业队里劳动。不多几年前，队里分鱼，倒霉镇长看见鱼里有条溪鳗，竟有两尺长，实在少见。就要了来盘在竹篮里，盖上条毛巾，到了黄昏，挎着篮子回家去。劳动地点离他家有七八里路，走着，天黑了。那天没有月亮，黑得和锅底一样。倒霉镇长把这走熟了的路，不当回事，只管脚高脚低地乱走，只把盘着溪鳗的篮子抱在怀里。其实怀里还不如脚下，高高低低还好说，乱乱哄哄说不得……忽见前边一溜灯火，这里怎么有条街？灯火上上下下，这条街上有楼？走到什么地方来了？只见人影晃晃的，人声嗡嗡的，细一看，看不清一个人模样，细一听，也听不清一句人话……倒霉镇长吃惊不小，把篮子紧紧搂住，忽觉得毛巾下边盘着的溪鳗，扑通扑通地跳动。镇长的两只脚也不听指挥了，自己乱跑起来。又觉得脚底下忽然平整了，仿佛是石板，定睛看时，模糊糊是一条石头桥，一片哗哗水声。在一个墨黑墨黑的水洞里吗？不对，这是矮凳桥，烧成灰也认得的矮凳桥。怎么走到矮凳桥来了呢！倒霉镇长的家，原在相反的方向。镇长一哆嗦，先像是太阳穴一麻痹。麻痹电一样往下走，两手麻木了，篮子掉在地上，只见盘着的溪鳗，顶着毛巾直立起来，光条条，和人一样高。说时迟，那时快，那麻痹也下到腿上了，倒霉镇长一摊泥一样瘫在桥头。

一时间，这又是茶余酒后的头条新闻。不过，有件事不是说说的。众人亲眼看见，溪鳗从卫生所把这个男人接到家里来，瘫在床上屎尿不能自理，吃饭要一口口地喂。现在这个样子算是养回来了，像个活人了。贴上了字纸，还会直直盯着，呜啊呜啊地念着，是认得字的。

呜啊，里屋门一开，跑出来一个七八岁的女孩子，直奔后窗，手脚忙不迭地爬上凳子，扑出身子看外边的溪滩，人都来不及看见她的面貌。溪鳗三脚两步，风快走到女孩子身后，说：“怎么？怎么?”

女孩子好像是从梦中惊醒的，说：“妈妈，鱼叫，鱼叫。妈妈，叫我，叫我。”

溪鳗搂住女孩子，那鸭蛋脸差点贴着孩子的短发，眍眼窝里垂下眼皮，嘴唇嚅嚅的。啊，袁相舟心里也一惊，真像是念咒了：“呸，呸，鱼不叫你，鱼不叫你。呸，呸，鱼来贺喜，鱼来问好。女儿，女儿，你是溪滩上抱回来的，光条条抱回来，不过你命好，赶上了好日子，妈妈有钱也有权开店了。妈妈教你，都教你，做好人，开好店，呸，呸……”

袁相舟想溜掉，回头看见那男人，眼睛直撑撑地站在角落里，嘴角流下口水，整个人颤颤的，是从心里颤颤出来的。

袁相舟踅着脚往外走，却看见丫头她妈挑来一担碧绿青菜，正要叫唤。袁相舟打个手势叫她不要声张，做贼一样踮着脚走了出来，走到街上，还只管轻手轻脚地朝家里走。

丫头她妈小声说道：“莫非吃错酒了。”

百合花

茹志鹃

一九四六年的中秋。

这天打海岸的部队决定晚上总攻。我们文工团创作室的几个同志，就由主攻团的团长分派到各个战斗连去帮助工作。大概因为我是个女同志吧！团长对我抓了半天后脑勺，最后才叫一个通信员送我到前沿包扎所去。

包扎所就包扎所吧！反正不叫我进保险箱就行。我背上背包，跟通信员走了。

早上下过一阵小雨，现在虽放了晴，路上还是滑得很，两边地里的秋庄稼，却给雨水冲洗得青翠水绿，珠烁晶莹。空气里也带有一股清鲜湿润的香味。要不是敌人的冷炮，在间歇地盲目地轰响着，我真以为我们是去赶集的呢！

通信员撒开大步，一直走在我前面。一开始他就把我撂下几丈远。我的脚烂了，路又滑，怎么努力也赶不上他。我想喊他等等我，却又怕他笑我胆小害怕；不叫他，我又真怕一个人摸不到那个包扎所。我开始对这个通信员生起气来。

哎！说也怪，他背后好像长了眼睛似的，倒自动在路边站下了。但脸还是朝着前面。没看我一眼。等我紧走慢赶地快要走近他时，他又噔噔噔地自个向前走了，一下又把我甩下几丈远。我实在没力气赶了，索性一个人在后面慢慢晃。不过这一次还好，他没让我撂得太远，但也不让我走近，总和我保持着丈把远的距离。我走快，他在前面大踏步向前；我走慢，他在前面就摇摇摆摆。奇怪的是，我从没见他回头看我一次，我不禁对这通信员发生了兴趣。

刚才在团部我没注意看他，现在从背后看去，只看到他是高挑挑的个子，块头不大，但从他那副厚实实的肩膀看来，是个挺棒的小伙，他穿了一身洗淡了的黄军装，绑腿直打到膝盖上。肩上的步枪筒里，稀疏地插了几根树枝，这要说是伪装，倒不如算作装饰点缀。

没有赶上他，但双脚胀痛得像火烧似的。我向他提出了休息一会儿后，自己便在做田界的石头上坐了下来。他也在远远的一块石头上坐下，把枪横搁在腿上，背向着我，好像没我这个人似的。凭经验，我晓得这一定又因为我是个女同志的缘故。女同志下连队，就有这些困难。我着恼地带着一种反抗情绪走过去，面对着他坐下来。这时，我看见他那张十分年轻稚气的圆脸，顶多有十八岁。他见我挨他坐下，立即张皇起来，好像他身边埋下了一颗定时炸弹，局促不安，掉过脸去不好，不掉过去又不行，想站起来又不好意思。我拼命忍住笑，随便地问他是哪里人。他没回答，脸涨得像个关公，讷讷半晌，才说清自己是天目山人。原来他还是我的同乡呢！

"在家时你干什么？"

"帮人拖毛竹。"

我朝他宽宽的两肩望了一下，立即在我眼前出现了一片绿雾似的竹海，海中间，一条窄窄的石级山道，盘旋而上。一个肩膀宽宽的小伙，肩上垫了一块老蓝布，扛了几支青竹，竹梢长长的拖在他后面，刮打得石级哗哗作响。……这是我多么熟悉的故乡生活啊！我立刻对这位同乡，越发亲热起来。我又问："你多大了？"

"十九。"

"参加革命几年了？"

"一年。"

"你怎么参加革命的？"我问到这里自己觉得这不像是谈话，倒有些像审讯。不过我还是禁不住地要问。

"大军北撤时我自己跟来的。"

"家里还有什么人呢？"

"娘，爹，弟弟妹妹，还有一个姑姑也住在我家里。"

"你还没娶媳妇吧？"

"……"他飞红了脸，更加忸怩起来，两只手不停地数摸着腰皮带上的扣眼。半晌他才低下了头，憨憨地笑了一下，摇了摇头。我还想问他有没有对象，但看到他这样子，只得把嘴里的话，又咽了下去。

两人闷坐了一会儿，他开始抬头看看天，又掉过来扫了我一眼，意思是在催我动身。

当我站起来要走的时候，我看见他摘了帽子，偷偷地在用毛巾拭汗。这是我的不是，人家走路都没出一滴汗，为了我跟他说话，却害他出了这一头大汗，这都怪我了。

我们到包扎所，已是下午两点钟了。这里离前沿有三里路，包扎所设在一个小学里，大小六个房子组成品字形，中间一块空地长了许多野草，显然，小学已有多时不开课了。我们到时屋里已有几个卫生员在弄着纱布棉花，满地上都是用砖头垫起来的门板，算作病床。

我们刚到不久，来了一个乡干部，他眼睛熬得通红，用一片硬拍纸插在额前的破毡帽下，低低地遮在眼睛前面挡光。他一肩背枪，一肩挂了一杆秤；左手挎了一篮鸡蛋，右手提了一口大锅，呼哧呼哧地走来。他一边放东西，一边对我们又抱歉又诉苦，一边还喘息地喝着水，同时还从怀里掏出一包饭团来嚼着。我只见他迅速地做着这一切。他说的什么我就没大听清。好像是说什么被子的事，要我们自己去借。我问清了卫生员，原来因为部队上的被子还没发下来，但伤员流了血，非常怕冷，所以就得向老百姓去借。哪怕有一二十条棉絮也好。我这时正愁工作插不上手，便自告奋勇讨了这件差事，怕来不及就顺便也请了我那位同乡，请他帮我动员几家再走。他踌躇了一下，便和我一起去了。

我们先到附近一个村子，进村后他向东，我往西，分头去动员。不一会儿，我已写了三张借条出去，借到两条棉絮，一条被子，手里抱得满满的，心里十分高兴，正准备送回去再来借时，看见通信员从对面走来，两手还是空空的。

“怎么，没借到?”我觉得这里老百姓觉悟高，又很开通，怎么会没有借到呢？我有点惊奇地问。

“女同志，你去借吧！……老百姓死封建……”

“哪一家？你带我去。”我估计一定是他说话不对，说崩了。借不到被子事小，得罪了老百姓影响可不好。我叫他带我去看看。但他执拗地低着头，像钉在地上似的，不肯挪步，我走近他，低声地把群众影响的话对他说了。他听了，果然就松松爽爽地带我走了。

我们走进老乡的院子里，只见堂屋里静静的，里面一间房门上，垂着一块蓝布红额的门帘，门框两边还贴着鲜红的对联。我们只得站在外面向里“大姐、大嫂”地喊，喊了几声，不见有人应，但响动是有了。一会儿，门帘一挑，露出一个年轻媳妇来。这媳妇长得很好看，高高的鼻梁，弯弯的眉，额前一溜蓬松松的刘海。穿的虽是粗布，倒都是新的。我看她头上已硬挠挠地绾了髻，便大嫂长大嫂短地向她道歉，说刚才这个同志来，说话不好别见怪等等。她听着，脸扭向里面，尽咬着嘴唇笑。我说完了，她也不作声，还是低头咬着嘴唇，好像忍了一肚子的笑料没笑完。这一来，我倒有些尴尬了，下面的话怎么说呢！我看通信员站在一边，眼睛一眨不眨地看着我，好像在看连长做示范动作似的。我只好硬了头皮，讪讪地向她开口借被子了，接着还对她说了一遍共产党的部队，打仗是为了老百姓的道理。这一次，她不笑了，一边听着，一边不断向房里瞅着。我说完了，她看看我，看看通信员，好像在掂量我刚才那些话的斤两。半晌，她转身进去抱被子了。

通信员乘这机会，颇不服气地对我说道："我刚才也是说的这几句话，她就是不借，你看怪吧！……"

我赶忙白了他一眼，不叫他再说。可是来不及了，那个媳妇抱了被子，已经在房门口了。被子一拿出来，我方才明白她刚才为什么不肯借的道理了。这原来是一条里外全新的新花被子，被面是假洋缎的，枣红底，上面撒满白色百合花。她好像是在故意气通信员，把被子朝我面前一送，说："抱去吧。"

我手里已捧满了被子，就一努嘴，叫通信员来拿。没想到他竟仰起脸，装作没看见。我只好开口叫他，他这才绷了脸，垂着眼皮，上去接过被子，慌慌张张地转身就走。不想他一步还没有走出去，就听见嗞的一声，衣服挂住了门钩，在肩膀处，挂下一片布来，口子撕得不小。那媳妇一面笑着，一面赶忙找针拿线，要给他缝上。通信员却高低不肯，夹了被子就走。

刚走出门不远，就有人告诉我们，刚才那位年轻媳妇，是刚过门三天的新娘子，这条被子就是她唯一的嫁妆。我听了，心里便有些过意不去，通信员也皱起了眉，默默地看着手里的被子。我想他听了这样的话一定会有同感吧！果然，他一边走，一边跟我嘟哝起来了。

“我们不了解情况，把人家结婚被子也借来了，多不合适呀！……”

我忍不住想给他开个玩笑，便故作严肃地说：“是呀！也许她为了这条被子，在做姑娘时，不知起早熬夜，多干了多少零活，才积起了做被子的钱，或许她曾为了这条花被，睡不着觉呢。可是还有人骂她死封建……”

他听到这里，突然站住脚，呆了一会儿，说：“那！……那我们送回去吧！”

“已经借来了，再送回去，倒叫她多心。”我看他那副认真、为难的样子，又好笑，又觉得可爱。不知怎么的，我已从心底爱上了这个傻乎乎的小同乡。

他听我这么说，也似乎有理，考虑了一下，便下了决心似的说：“好，算了。用了给她好好洗洗。”他决定以后，就把我抱着的被子，统统抓过去，左一条、右一条地披挂在自己肩上，大踏步地走了。

回到包扎所以后，我就让他回团部去。他精神顿时活泼起来了，向我敬了礼就跑了。走不几步，他又想起了什么，在自己挎包里掏了一阵，摸出两个馒头，朝我扬了扬，顺手放在路边石头上，说：“给你开饭啦！”说完就脚不点地地走了。我走过去拿起那两个干硬的馒头，看见他背的枪筒里不知在什么时候又多了一枝野菊花，跟那些树枝一起，在他耳边抖抖地颤动着。

他已走远了，但还见他肩上撕挂下来的布片，在风里一飘一飘。我真后悔没给他缝上再走。现在，至少他要裸露一晚上的肩膀了。

包扎所的工作人员很少。乡干部动员了几个妇女，帮我们打水，烧锅，做些零碎活。那位新媳妇也来了，她还是那样，笑眯眯地抿着嘴，偶然从眼角上看我一眼，但她时不时地东张西望，好像在找什么。后来她到底问我说："那位同志弟到哪里去了？"

我告诉她同志弟不是这里的，他现在到前沿去了。

她不好意思地笑了一下说："刚才借被子，他可受我的气了！"说完又抿了嘴笑着，动手把借来的几十条被子、棉絮，整整齐齐地分铺在门板上、桌子上（两张课桌拼起来，就是一张床）。我看见她把自己那条白百合花的新被，铺在外面屋檐下的一块门板上。

天黑了，天边涌起一轮满月。我们的总攻还没发起。敌人照例是忌怕夜晚的，在地上烧起一堆堆的野火，又盲目地轰炸，照明弹也一个接一个地升起，好像在月亮下面点了无数盏的汽油灯，把地面的一切都赤裸裸地暴露出来了。在这样一个"白夜"里来攻击，有多困难，要付出多大的代价呀！

我连那一轮皎洁的月亮，也憎恶起来了。

乡干部又来了，慰劳了我们几个家做的干菜月饼。原来今天是中秋节了。

啊，中秋节，在我的故乡，现在一定又是家家门前放一张竹茶几，上面供一炷香烛，几碟瓜果月饼。孩子们急切地盼那炷香快些焚尽，好早些分摊给月亮娘娘享用过的东西，他们在茶几旁边跳着唱着："月亮堂堂，敲锣买糖……"或是唱着："月亮嬷嬷，照你照我……”我想到这里，又想起我那个小同乡，那个拖毛竹的小伙，也许，几年以前，他还唱过这些歌吧！……我咬了一口美味的家做月饼，想起那个小同乡大概现在正趴在工事里，也许在团指挥所，或者是在那些弯弯曲曲的交通沟里走着哩！……

一会儿，我们的炮响了，天空划过几颗红色的信号弹，攻击开始了。不久，断断续续地有几个伤员下来，包扎所的空气立即紧张起来。

我拿着小本子，去登记他们的姓名、单位，轻伤的问问，重伤的就得拉开他们的符号，或是翻看他们的衣襟。我拉开一个重彩号的符号时，“通信员”三个字使我突然打了个寒战，心跳起来。我定了下神才看到符号上写着×营的字样。啊！不是，我的同乡他是团部的通信员。但我又莫名其妙地想问问谁，战地上会不会漏掉伤员。通信员在战斗时，除了送信，还干什么——我不知道自己为什么要问这些没意思的问题。

战斗开始后的几十分钟里，一切顺利，伤员一次次带下来的消息，都是我们突破第一道鹿寨，第二道铁丝网，占领敌人前沿工事打进街了。但到这里，消息忽然停顿了，下来的伤员，只是简单地回答说“在打”，或是“在街上巷战”。但从他们满身泥泞，极度疲乏的神色上，甚至从那些似乎刚从泥里掘出来的担架上，大家明白，前面在进行着一场什么样的战斗。

包扎所的担架不够了，好几个重彩号不能及时送后方医院，耽搁下来。我不能解除他们任何痛苦，只得带着那些妇女，给他们拭脸洗手，能吃得的喂他们吃一点，带着背包的，就给他们换一件干净衣裳，有些还得解开他们的衣服，给他们拭洗身上的污泥血迹。

做这种工作，我当然没什么，可那些妇女又羞又怕，就是放不开手来，大家都要抢着去烧锅，特别是那新媳妇。我跟她说了半天，她才红了脸，同意了。不过只答应做我的下手。

前面的枪声，已响得稀落了。感觉上似乎天快亮了，其实还只是半夜。外边月亮很明，也比平日悬得高。前面又下来一个重伤员。屋里铺位都满了，我就把这位重伤员安排在屋檐下的那块门板上。担架员把伤员抬上门板，但还围在床边不肯走。一个上了年纪的担架员，大概把我当作医生了，一把抓住我的膀子说："大夫，你可无论如何要想办法治好这位同志呀！你治好他，我……我们全体担架队员给你挂匾……"他说话的时候，我发现其他的几个担架员也都睁大了眼盯着我，似乎我点一点头，这伤员就立即会好了似的。我心想给他们解释一下，只见新媳妇端着水站在床前，短促地"啊"了一声。我急拨开他们上前一看，我看见了一张十分年轻稚气的圆脸，原来棕红的脸色，现已变得灰黄。他安详地合着眼，军装的肩头上，露着那个大洞，一片布还挂在那里。

"这都是为了我们……"那个担架员负罪地说道，"我们十多副担架挤在一个小巷子里，准备往前运动，这位同志走在我们后面，可谁知道狗日的反动派不知从哪个屋顶上撂下颗手榴弹来，手榴弹就在我们人缝里冒着烟乱转，这时这位同志叫我们快趴下，他自己就一下扑在那个东西上了……"

新媳妇又短促地"啊"了一声。我强忍着眼泪，给那些担架员说了些话，打发他们走了。我回转身看见新媳妇已轻轻移过一盏油灯，解开他的衣服，她刚才那种忸怩羞涩已经完全消失，只是庄严而虔诚地给他拭着身子，这位高大而又年轻的小通信员无声地躺在那里……我猛然醒悟地跳起身，磕磕绊绊地跑去找医生，等我和医生拿了针药赶来，新媳妇正侧着身子坐在他旁边。

她低着头，正一针一针地在缝他衣肩上那个破洞。医生听了听通信员的心脏，默默地站起身说："不用打针了。"我过去一摸，果然手都冰冷了。新媳妇却像什么也没看见，什么也没听到，依然拿着针，细细地、密密地缝着那个破洞。我实在看不下去了，低声地说："不要缝了。"她却对我异样地瞟了一眼，低下头，还是一针一针地缝。我想拉开她，我想推开这沉重的氛围，我想看见他坐起来，看见他羞涩的笑。但我无意中碰到了身边一个什么东西，伸手一摸，是他给我开的饭，两个干硬的馒头……

卫生员让人抬了一口棺材来，动手揭掉他身上的被子，要把他放进棺材去。新媳妇这时脸发白，劈手夺过被子，狠狠地瞪了他们一眼。自己动手把半条被子平展展地铺在棺材底，半条盖在他身上。卫生员为难地说："被子……是借老百姓的。"

"是我的——"她气汹汹地嚷了半句，就扭过脸去。在月光下，我看见她眼里晶莹发亮，我也看见那条枣红底色上撒满白色百合花的被子，这象征纯洁与感情的花，盖上了这位平常的、拖毛竹的青年人的脸。

一九五八年三月

红　豆

宗　璞

天气阴沉沉的，雪花成团地飞舞着。本来是荒凉的冬天的世界，铺满了洁白柔软的雪，仿佛显得丰富了，温暖了。江玫手里提着一只小箱子，在X大学的校园中一条弯曲的小道上走着。路旁的假山，还在老地方。紫藤萝架也还是若隐若现地躲在假山背后。还有那被同学戏称为阿木林的枫树林子，这时每株树上都积满了白雪，真是“忽如一夜春风来，千树万树梨花开”了。雪花迎面扑来，江玫觉得又清爽又轻快。她想起六年以前，自己走着这条路，离开学校，走上革命的工作岗位时的情景，她那薄薄的嘴唇边，浮出一个微笑。脚下不觉愈走愈快，那以前住过四年的西楼，也愈走愈近了。

江玫走进了西楼的大门，放下了手中的箱子，把头上紫红色的围巾解下来，抖着上面的雪花。楼里一点声音也没有，静悄悄的。江玫知道这楼已做了单身女教职员宿舍，比从前是学生宿舍时，自然不同。只见那间门房，从前是工友老赵住的地方，门前挂着一个牌子，写着“传达室”三个字。

“有人吗？”江玫环顾着这熟悉的建筑，还是那宽大的楼梯，还是那阴暗的甬道，吊着一盏大灯。只是墙边布告牌上贴着“今晚团员大会”的布告，又是工会基层选举的通知，用红纸写着，显得喜气洋洋的。

“谁呀？”一个苍老的声音从传达室里发出来。传达室门开了，一个穿着干部服的整洁的老头儿，站在门口。

“老赵！”江玫叫了一声，又高兴又惊奇，跑过去一把抱住了他，“你还在这儿！”

“是江玫！”老赵几乎不相信自己昏花的老眼，揉了揉眼睛，仔细看着江玫，“是江玫！打前儿个总务处就通知我，说党委会新来了个干部，叫给预备一间房，还说这干部还是咱们学校的学生呢，我可再也没想到是你！你离开学校六年啦，可一点没变样，真怪，现时的年轻人，怎么再也长不老哇！走！领你上你屋里去，可真凑巧，那就是你当学生时住的那间房！”

老赵絮絮叨叨领着江玫上楼。江玫抚着楼梯栏杆，好像又接触到了六年以前的大学生生活。

这间房间还是老样子，只是少了一张床，有了些别的家具。窗外可以看到阿木林，还有阿木林后面的小湖，在那里，夏天时，是要长满荷花的。江玫四面看着，眼光落到墙上嵌着的一个耶稣苦像上。那十字架的颜色，显然深了许多。

好像是有一个看不见的拳头，重重地打了江玫一下。江玫觉得一阵头昏，问老赵：“这个东西怎么还在这儿？”

“本来说要取下来，破除迷信，好些房间都取下来了。后来又说是艺术品让留着，有几间屋子就留下了。”

“为什么要留下？为什么要留下这一间的？”江玫怔怔地看着那

十字架，一歪身坐在还没有铺好的床上。

“那也是凑巧呗!”老赵把桌上的一块破抹布捡在手里，“这屋子我都给收拾好啦，你归置归置，休息休息。我给你张罗点开水去。”

老赵走了。江玫站起身来，伸手想去摸那十字架，却又像怕触到使人疼痛的伤口似的，伸出手又缩回手，怔了一会儿，后来才用力一揿耶稣的右手，那十字架好像一扇门一样打开了。墙上露出一个小洞。江玫踮起脚往里看，原来被冷风吹得绯红的脸色唰的一下变得惨白。她低声自语：“还在!”遂用两个手指，钳出了一个小小的有象牙托子的黑丝绒盒子。

江玫坐在床边，用发颤的手揭开了盒盖。盒中露出来血点似的两粒红豆，镶在一个银丝编成的指环上，没有耀眼的光芒，但是色泽十分匀净而且鲜亮。时间没有给它们留下一点痕迹——

江玫知道这里面有多少欢乐和悲哀。她拿起这两粒红豆，往事像一层烟雾从心上升起，泪水遮住了眼睛——

那已经是八年以前的事了。那时江玫刚二十岁，上大学二年级。那正是一九四八年，那动荡的翻天覆地的一年，那激动，兴奋，流了不少眼泪，决定了人生的道路的一年。

在这一年以前，江玫的生活像是山岩间平静的小溪流，一年到头潺湲地流着，从来也没有波浪。她生长于小康之家，父亲做过大学教授，后来做了几年官。在江玫五岁时，有一天，他到办公室去，就再没有回来过。江玫只记得自己被送到舅母家去住了一个月，回家时，看见母亲如画的脸庞消瘦了，眼睛显得惊人的大，看去至少老了十年。据说父亲是患了急性肠炎去世了。以后，江玫上了小学上中学，上了中学上大学。日寇入侵的那段水深火热的日子，江玫也在母亲的尽力遮蔽下较平静地度过。在中学时，有一些密友常常整夜叽叽喳喳地谈着知心话。上大学后，因为大家都是上课来，下课走，不参加什么活动的人简直连同班同学也不认识，只认识自己的同屋。江玫白天上课弹琴，晚上坐图书馆看参考书，礼拜六就回家。母亲从摆着夹竹桃的台阶上走下来迎接她，生活就像那粉红色的夹竹桃一样与世隔绝。

一九四八年春天，新年刚过去，新的学期开始了。那也是这样一个下雪天，浓密的雪花安安静静地下着。江玫从练琴室里走出来，哼着刚弹过的调子。那雪花使她感到非常新鲜，她那年轻的心充满了欢快。她走在两排粉妆玉琢的短松墙之间，简直想去弹动那雪白的树枝，让整个世界都跳起舞来。她伸出了右手，自己马上觉得不好意思，连忙缩了回来，掠了掠鬓发，按了按母亲从箱子底下找出来的一个旧式发夹，发夹是黑白两色发亮的小珠穿成的，还托着两粒红豆，她的新同屋萧素说好看，硬给她戴在头上的。

在这寂静的道路上，一个青年人正急速地向练琴室走来。他身材修长，穿着灰绸长袍，罩着蓝布长衫，半低着头，眼睛看着自己前面三尺的地方，世界对于他，仿佛并不存在。也许是江玫身上活泼的气息脸上鲜亮的颜色搅乱了他，他抬起头来看了她一眼。江玫看见他有着一张清秀的象牙色的脸，轮廓分明，长长的眼睛，有一种迷惘的做梦的神气。江玫想，这人虽然抬起头来，但是一定并没有看见我。不知为什么，这个念头，使她觉得很遗憾。

晚上，江玫躺在床上，久久不能入睡。许多片段在她脑中闪过。她想着母亲，那和她相依为命的老母亲，这一生欢乐是多么少。好像有什么隐秘的悲哀在过早地染白她那一头丰盛的头发。她非常嫌恶那些做官的和有钱的人，江玫也从她那里承袭了一种清高的气息。那与世隔绝的清高，江玫想想，忽然好笑了起来。

江玫自己知道，觉得那种清高好笑是因为想到萧素的缘故。萧素是江玫这一学期的新同屋。同屋不久，可是两人已经成为很要好的朋友。萧素说江玫像是从另一个世界来的，清高这个词儿也是萧素说的，她还说："当然，这也有好处也有不好处。"这些，江玫并不完全了解。只不知为什么，乱七八糟的一些片段都在脑海中浮现出来。

这屋子多么空！萧素还不回来。江玫很想看见她那白中透红的胖胖的面孔，她总是给人安慰、知识和力量。学物理的人总是聪明的，而且她已经四年级了，江玫想。但是在萧素身上，好像还不只是学物理和上到大学四年级，她还有着更丰富的东西，江玫还想不出是什么。

正乱想着，萧素推门进来了。

"哦！小鸟儿！还没有睡！"小鸟儿是萧素给江玫起的绰号。

"睡不着。直希望你快点回来。"

"为什么睡不着?"萧素带回来一个大萝卜，切了一片给江玫。

"等着吃萝卜——还等着你给讲点什么。"江玫望着萧素坦白率真的脸，又想起了母亲。上礼拜她带萧素回家去，母亲真喜欢萧素，要江玫多听萧姐姐的话。

"我会讲什么？你是幼稚园？要听故事？努，给你本小书看看。"江玫接过那本小书，书面上写着《方生未死之间》。

两人静静地读起书来了。这本书很快就把江玫带进了一个新的天地。它描写着中国人民受的苦难，在血和泪中，大家在为一种新的生活——真正的丰衣足食，真正的自由——奋斗，这种生活，是大家所需要的。

"大家?"江玫把书抱在胸前，沉思起来。江玫的二十年的日子，可以说全是在那粉红色的夹竹桃后面度过的。但她和母亲一样，憎恶权势，憎恶金钱。母亲有时会流着泪说："大家都该过好日子，谁也不该屈死。"母亲的"大家"在这本小书里具体化了。是的，要为了大家。

"萧素，"江玫靠在枕上说，"我这简单的人，有时也曾想过人活着是为了什么，但想不通。你和你的书使我明白了一些道理。"

"你还会明白得更多。"萧素热切地望着她，"你真善良——你让我忘记刚才的一场气了。刚刚我为我们班上的齐虹真发火——"

"齐虹？他是谁？"

"就是那个常去弹琴，老像在做梦似的那个齐虹，真是自私自利的人，什么都不能让他关心。"

萧素又拿起书来看了。

江玫也拿起书来，但她觉得那清秀的象牙色的脸，不时在她眼前晃动。

雪不再下了。坚硬的冰已经逐渐变软。江玫身上的黑皮大衣换成了灰呢子的，配上她习惯用的红色的围巾，洋溢着春天的气息。她跟着萧素，生活渐渐忙起来。她参加了"大家唱"歌咏团和"新诗社"。她多么喜欢那"你来我来他来她来大家一齐来唱歌"的热情的声音，她因为《黄河大合唱》刚开始时万马奔腾的鼓声兴奋得透不过气来。她读着艾青、田间的诗，自己也悄悄写着什么"飞翔，飞翔，飞向自由的地方"的句子。"小鸟儿"成了大家对她的爱称。她和萧素也更接近，每天早上一醒来，先要叫一声"素姐"。

她还是天天去弹琴，天天碰见齐虹，可是从没有说过话。本来总在那短松夹道的路上碰见他，后来常在楼梯上碰见他，后来江玫弹完了琴出来时，总看见他站在楼梯栏杆旁，仿佛站了很久了似的，脸上的神气总是那样漠然。

有一天天气暖洋洋的，微风吹来，丝毫不觉得冷，确实是春天来了。江玫在练琴室里练习贝多芬的《月光曲》，总弹也弹不会，老要出错，心里烦躁起来，没到时间就不弹了。她走出琴室，一眼就看见齐虹站在那里。他的神色非常柔和，劈头就问："怎么不弹了？"

"弹不会。"江玫多少带了几分诧异。

"你大概太注意手指的动作了。不要多想它，只记着调子，自然会弹出来。"

他在钢琴旁边坐下了，冰冷的琴键在他的弹奏下发出了那样柔软热情的声音。换上别的人，脸上一定会带上一种迷醉的表情，可是齐虹神采飞扬，目光清澈，仿佛现实这时才在他眼前打开似的。

"这是怎么样的人？"江玫问着自己，"学物理，弹一手好钢琴，那神色多么奇怪。"

齐虹停住了，站起来，看着倚在琴边的江玫，微微一笑。

"你没有听？"

"不，我听了。"江玫分辩道，"我在想——"想什么，她自己也不知道。

"我送你回去，好吗？"

"你不练琴吗？"

"不想练。你看天气多么好！"

就这样，他们开始了第一次的散步，就这样，他们散步，散步，看到迎春花染黄了柔软的嫩枝，看到亭亭的荷叶铺满了池塘。他们曾迷失在荷花清远的微香里，也曾迷失在桂花浓酽的甜香里，然后又是雪花飞舞的冬天。哦！那雪花，那阴暗的下雪天！

齐虹送她回去，一路上谈着音乐，齐虹说："我真喜欢贝多芬，他真伟大，丰富，又那样朴实。每一个音符上都充满了诗意。"

江玫懂得他的"诗意"含有一种广义的意思。她的眼睛很快地表露了她这种懂得。

齐虹接着说："你也是喜欢贝多芬的。不是吗？据说肖邦最不喜欢贝多芬，简直不能容忍他的音乐。"

"可我也喜欢肖邦。"江玫说。

"我也喜欢。那甜蜜的忧愁——人和人之间是有很多相同的也有很多不相同的东西——"那漠然的表情又来到他的脸上。"物理和音乐能把我带到一个真正的世界去，科学的、美的世界，不像咱们活着的这个世界，这样空虚，这样紊乱，这样丑恶！"

他送她到西楼，冷淡地点了一个头就离开了，根本没有问她的姓名。江玫又一次感到有些遗憾。

晚上，江玫从图书馆里出来，在月光中走回宿舍。身后有一个声音轻轻唤她："江玫！"

"哦！是齐虹。"她回头看见那修长的身影。

"你怎么知道我的名字？"齐虹问。月光照出他脸上热切的神气。

"你怎么知道我的名字？"江玫反问。她觉得自己好像认识齐虹很久了，齐虹的问题可以不必回答。

"我生来就知道。"齐虹轻轻地说。

两人都不再说话。月光把他们的影子投在地上。

以后，江玫出来时，只要是一个人，就总会听到温柔的一声"江玫"。他们愈来愈熟。不知从什么时候起，从图书馆到西楼的路就无限度地延长了。走哇，走哇，总是走不到宿舍。江玫并不追究路为什么这样长，她甚至希望路更长一些，好让她和齐虹无止境地谈着贝多芬和肖邦，谈着苏东坡和李商隐，谈着济慈和勃朗宁。他们都很喜欢苏东坡的那首《江城子》：“十年生死两茫茫，不思量，自难忘。千里孤坟、无处话凄凉。”他们幻想着十年的时间会在他们身上留下怎样的痕迹。他们谈时间，空间，也谈论人生的道理——

齐虹说：“人活着就是为了自由。自由，这两个字实在好极了。自就是自己，自由就是什么都由自己，自己爱做什么就做什么。这解释好吗？”他的语气有些像开玩笑，其实他是认真的。

“可是我在书里看见，认识必然才是自由。”江玫那几天正在看《大众哲学》，“人也不能只为自己，一个人怎么活？”

“呀！”齐虹笑道，“我倒忘了，你的同屋就是萧素。”

“我们非常要好。”

因为看到路旁的榆叶梅，齐虹说用热闹两字形容这种花最好。江玫很赞赏这两个字。就把自由问题搁下了。

江玫隐约觉得，在某些方面，她和齐虹的看法永远也不会一致。可是她并没有去多想这个，她只欢喜和他在一起，遏制不住地愿意和他在一起。

一个礼拜天，江玫第一次没有回家。她和齐虹商量好去颐和园。春天的颐和园真是花团锦簇，充满了生命的气息。来往的人都脱去了臃肿的冬装，显得那样轻盈可爱。江玫和齐虹沿着昆明湖畔向南走去，那边简直没有什么人，只有和暖的春风和他们做伴。绿得发亮的垂柳直向他们摆手。他们一路赞叹着春天，赞叹着生命，走到玉带桥旁。

“这水多么清澈，多么丰满哪。”江玫满心欢喜地向桥洞下面跑去。她笑着想要摸一摸那湖水。齐虹几步就追上了她，正好在最低的一层石阶上把她抱住。

“你呀！你再走一步就掉到水里去了！”齐虹掠着她额前的短发，“我救了你的命，知道吗？小姑娘，你是我的。”

“我是你的。”江玫觉得世界上什么都不存在了。她靠在齐虹胸前，觉得这样撼人的幸福渗透了他们。在她灵魂深处汹涌起伏着潮水似的柔情，把她和齐虹一起融化。

齐虹抬起了她的脸：“你哭了？”

“是的。我不知为什么，为什么这样感动——”

齐虹也感动地望着她，在清澈的丰满的春天的水面上，映出了一双倒影。

齐虹喃喃地说：“我第一次看见你，就是那个下雪天，你记得吗？我看见了你，当时就下了决心，一定要永远和你在一起，就像你头上的那两粒红豆，永远在一起，就像你那长长的双眉和你那双会笑的眼睛，永远在一起。”

“我还以为你没有看见我——”

“谁能不看见你！你像太阳一样发着光，谁能不看见你！”齐虹的语气是那样热烈，他的脸上真的散发出温暖的光辉。

他们循着没有人迹的长堤走去，因为没有别人而感到自由和高兴。江玫抬起她那双会笑的眼睛，悄声说：“齐虹，咱们最好去住在一个没有人的岛上，四面是茫茫的大海，只有你是唯一的人——”

齐虹快乐地喊了一声，用手围住她的腰：“那我真愿意！我恨人类！只除了你！”

对于江玫来说，正是由于深切的爱，才想到这样的念头，她不懂齐虹为什么要联想到恨，未免有些诧异地望着他。她在齐虹光亮的眼睛里读到了热情，但在热情后面却有一些冰冷的东西，使她发抖。

齐虹注意到她的神色，改了话题："冷吗，我的小姑娘？"

"我只是奇怪，你怎么能恨——"

"你甜蜜的爱，就是珍宝，我不屑把处境跟帝王对调。"齐虹顺口念着莎士比亚的两句诗，他确是真心的。可是江玫听来，觉得他对那两句诗的情感，更多于对她自己。她并没有多计较，只说是真有些冷，柔顺地在他手臂中，靠得更紧一些。

江玫的温柔的衰弱的母亲不大喜欢齐虹。江玫问她："他怎么不好？他哪里不好？"母亲忧愁地微笑着，说他是聪明极了，也称得起漂亮，但作为一个人，他似乎少些什么，究竟少些什么，母亲也说不出。在江玫充满爱情的心灵里，本来有着一个奇怪的空隙，这是任何在恋爱中的女孩子所不会感到的。而在江玫，这空隙是那样尖锐，那样明显，使她在夜里痛苦得睡不着。她想马上看见他，听他不断地诉说他的爱情。但那空隙，是无论怎样的诉说也填不满的吧。母亲的话更增加了江玫心上的阴影。更何况还有萧素。

红五月里，真是热闹非凡。每天晚上都有晚会。五月五日，是诗歌朗诵会。最后一个朗诵节目是艾青的《火把》。江玫担任其中的唐尼。她本来是再也不肯去朗诵诗的，她正好是属于一听朗诵诗就浑身起鸡皮疙瘩的那种人。萧素只问了她两句话："喜欢这首诗不？""喜欢。""愿意多有一些人知道它不？""愿意。""那好了。你去念吧。"江玫拂不过她，最后还是站到台上来了。她听到自己清越的声音飘在黑压压的人群上，又落在他们心里。她觉得自己就是举着火把游行的唐尼，感觉到了一种完全新的东西、陌生的东西。而萧素正像是指导着唐尼的李茵。她愈念愈激动，脸上泛着红晕。

她觉得自己在和上千的人共同呼吸，自己的情感和上千的人一同起落。“黑夜从这里逃遁了，哭泣在遥远的荒原。”那雄壮的齐诵好像是一种无穷的力量，推着她，江玫想要奔跑，奔跑……

回到房间里，她对萧素说：“我今天忽然懂得了大伙儿在一起的意思，那就是大家有一样的认识，一样的希望，爱同样的东西，也恨同样的东西。”

萧素直看着她，问道：“你和齐虹有一样的认识，一样的期望吗？”

江玫很怪萧素这时提到齐虹，打断了她那些体会，她那双会笑的眼睛严肃起来：“我真不知道怎样告诉你，我和齐虹，照我看，有很多地方，是永远也不会一致的。”

萧素也严肃地说：“本来是不会一致。小鸟儿，你是一个好女孩子，虽然天地窄小，却纯洁善良。齐虹憎恨人，他认为无论什么人彼此都是互相利用。他有的是疯狂的占有的爱，事实上他爱的还是自己。我和他已经同学四年——”

“你怎么能这样说他！我爱他！我告诉你我爱他！”江玫早忘了她和齐虹之间的分歧，觉得有一团火在胸中烧，她斩钉截铁地说，砰的一声关上房门，到走廊里去了。

“回来！回来。”第一声是严厉的，第二声是温柔的。萧素打开房门，看见她站在走廊里，眼睛像星星般亮，“你这礼拜天回家吗？有点事要你做。”

江玫是从不拒绝萧素的任何要求的。她隐约觉得萧素正在为一个伟大的事业做着工作，萧素的生活是和千百万人联系在一起的，非常炽热，似乎连石头也能温暖。她望着萧素，慢慢走了回来。

“什么事？交给我办好了。”

“你不回家吗?”

“原来想回去看看。听说面粉已经涨到三百万一袋了。前几天《大公报》登了几首小诗，有一点稿费，想去送给母亲。”江玫一下子觉得疲倦得要命，坐在椅子上。

萧素本来想说“不食人间烟火的江玫也知道关心物价了”，又一想，就没有说。只说：“这里有几篇壁报稿子，礼拜一要出，你来把它们修改一遍，文字上弄通顺些，抄写清楚。我明天进城，可以把钱送给伯母。”她把稿子递给江玫，关心地看着她，说：“过两天，咱们还要好好谈一谈。”

礼拜天，江玫吃过早饭就坐在桌旁看那些稿子。为什么这些短短的文字并不怎么通顺的文章这样有说服力？要民主反饥饿，像钟声一样在江玫耳边敲着。参加新诗朗诵会的兴奋心情又升起来了。《火把》中的唐尼的形象仿佛正站在窗帘上。

有人敲门。

“江玫!”是齐虹的声音。

江玫转过头去，正是齐虹站在门口，一脸温柔的笑意，在看着江玫。

“哦！你来了!”

“昨天晚上到你家里去了，伯母说你没有回来。我连家也没有回，就回学校来了。”他走上来握住江玫的手。

一提起齐虹的家，江玫眼前就浮现出富丽堂皇的大厅，老银行家在数着银圆，叮叮当当响，这和江玫手上的那些文章很不调和。甚至齐虹，这温文尔雅的齐虹，也和它们很不调和，但江玫看见他，还是很高兴的。

“在干什么？要出壁报吗？听说你还朗诵诗？你怎么，也参加民主运动了？我的女诗人！”

江玫不太喜欢他那说话的语气，颔首要他坐下。

“我是来找你出去玩的。你看天气多么好！转眼就是夏天了。我来接你到‘绝域’去做春季大扫除。”

“绝域”是他们两个都喜欢的一个童话《潘彼得》中的神仙领域。他们的爱情就建筑在这些并不存在的童话——终究要萎谢的花朵、要散的云、会缺的月上面。

“今天不行啊，齐虹。”江玫抱歉地说，抽回了自己的手，理了理放在桌上的稿子，“萧素要我——”

“萧素！又是萧素！你怎么这么听她的话！”齐虹不耐烦地说。

“她的话对嘛！”

“可是你知道我多么想和你在一起，去听那新生的小蝉的叫唤，去看那新长出来的小小的荷叶——我想要怎样，就要做到！”齐虹脸上温柔的笑意不见了，好像江玫是他的一本书，或者一件仪器。

江玫惊诧地望着他。

“也许，你还会去参加游行吧！你真傻透了！就知道一个萧素！”愤怒的阴云使他的脸变得很凶恶。但他马上又换上一副温和的腔调：“跟我去吧，我的小姑娘。”

江玫咬着自己的嘴唇，几乎咬出血来。

门外有人叫：“小鸟儿！江玫！快来看看这幅漫画，合适不合适。”

江玫想要出去。齐虹却站在桌前不放她走。江玫绕到桌子这边，齐虹也绕了过来，照旧拦住她。江玫又急又气，怎么推他也推不动，不一会儿，江玫的头发散乱，那红豆发夹落在地上，马上就被齐虹那穿着两色镶皮鞋的脚踩碎了，满地散着黑白两色的小珠。

江玫觉得自己整个的灵魂正像那个发夹一样给压碎了。她再没有一点力气，屈辱地伏在桌上哭起来。

齐虹需要的正是这样的哭泣。他捡起那两粒红豆，极其体贴地抚着她的肩：“原谅我，原谅我！我太任性，我只是说不出地要和你在一起，我需要你——”

“别哭了，别哭了，我的小姑娘。”齐虹真的着急起来，“我再也不惹你生气了，再也不——再也不——”

江玫觉得这一切真没意思。她很快就抬起头来，擦干了眼泪。她看出来壁报是编不成了，但她也下定决心不跟他出去。只呆呆地坐着，望着窗外。

“好了，好了，不要生气。我来做个盒子把这两粒红豆装起来吧。做个纪念，以后绝不会再惹你。咱们该把这两粒红豆藏在哪儿?”

以后，这两粒红豆就被装在一个精致的盒子里面，放在耶稣像后面的小洞里了。那小洞是齐虹偶然发现的。江玫睡在床上看见耶稣的像，总觉得他太累，因为他负荷着那么多人世间的痛苦。

这一次争吵以后，齐虹和江玫并不是再也不，而是把争吵、哭泣，变成了他们爱情中的一部分。他们每次见面总有一阵风波，有时大有时小，但如有一天不见面，不看到听到对方的音容笑貌，在他们却又是受不了的事。他们的爱情正像鸦片烟一样，使人不幸，而又断绝不了。江玫一天天地消瘦了，苍白了，母亲望着她忍不住哭。齐虹脸上那种漠不关心的神气消失了，换上的是提心吊胆的急躁和忧愁。因为他对人生不信任，他对爱情也不信任，他监视着爱情，监视着幸福，监视着江玫——

就在这个时候，江玫也一天天明白了许多事。她知道少数人剥削多数人的制度该被打倒。她那善良的少女的心，希望大家都过好的生活。而且物价的飞涨正影响着江玫那平静温暖的小天地。母亲存着一些积蓄的那家银行忽然关了门。江玫和母亲一下子变成舅舅的负担了。江玫是决不愿意成为别人的负担的。她渴望着新的生活，新的社会秩序。共产党在她心里，已经成为一盏导向幸福自由的灯，灯光虽还模糊，但毕竟是看得见的了。

也就在这时候，江玫的母亲原有的贫血症愈来愈严重，医生说必须加紧治疗，每天注射肝精针，再拖下去的话，后果不堪设想。但是这一笔医药费用筹办起来谈何容易！舅舅已经是自顾不暇了，难道还去麻烦他？本来和齐虹一提也可以，但是江玫绝不愿求他。江玫只自己发愁，夜里直睡不着觉。

萧素很快就看出来江玫有心事。一盘问，江玫就一五一十告诉了她。

“那可不能拖下去。”萧素立刻说，她那白白的脸上的神色总是那样果断。

“我输血给她！小鸟儿，你看，我这样胖！”

她含笑弯起了手臂。

江玫感动地抱住了她：“不行，萧素。你和我的血型一样，和母亲不一样，不能输血。”

“那怎么办？我们总得想办法去筹一笔款子。”

第三天，晚上萧素兴高采烈地冲进房间。一进来就喊：“江玫！快看！”江玫吃惊地看她，她大笑着，扬起了一沓钞票。

“素！哪里来的？你怎么这样有本事！”江玫也笑了，笑得那样放心。这种笑，是齐虹极想要听而听不到的。

“你别管，明天快拿去给伯母治病吧。”萧素眨眨眼睛，故作神秘地说。

"非要知道不可！不然我不安心！"

"别说了。我要睡觉了。"萧素笑过了，一下子显得很是疲倦。她脱去了朴素的蓝外套，只穿着短袖竹布旗袍，坐在床边上。

江玫上下打量她，忽然看见她的臂弯里贴着一块橡皮膏。

江玫过去拉起她的手，看看橡皮膏，又看看她的脸。

"有什么好打量的?"萧素微笑着抽回了手，盖上了被。

"你——抽了血?"

萧素满不在乎地说："我卖了血。不止我一个人，还有几个伙伴。"

人常常会在一刹那，也许只是因为一个眼神一个手势，伤透了心，破坏了友谊。人也常常会在一刹那，也许就因为手臂上的一点针孔，建立了生死不渝的感情。江玫这时什么话也说不出来。她一下子跪在床边，用两只手遮住了脸。

礼拜六，江玫一定要萧素自己送钱去给母亲。萧素答应了和江玫一道回家，江玫也答应了萧素不告诉母亲钱的来源。

两人欢欢喜喜回家去了。到了家，江玫才发现母亲已经病倒在床，这几天饭都是舅母那边送过来的。她站在衰老病弱的母亲床边，一阵心酸，眼泪夺眶而出。萧素也拿出了手绢。但她不只是看见这一位母亲躺在床上，她还看见千百万个母亲形销骨立心神破碎地被压倒在地下。

这一晚，两人自己做了面，端在母亲床边一同吃了。母亲因为高兴，精神也好了起来。她吃过了面，笑着说："我真是病得老了，今天你舅母来，问我有火没有，我听成有狗没有。直告诉她从前咱们养了一只狗，名叫斐斐——"萧素和江玫听了笑得不得了。江玫正笑着，想起了齐虹。她想：这种生活和感情是齐虹永远不会懂的。她也没有告诉给他的欲望。

六月，反对美国扶植日本的运动达到了高潮。江玫比以前更关心当前的政治局势。她感到美国正在筹谋着什么坏主意。很明显，扶植压迫中国人民八年之久的日本，在每一个中国人心上都会引起抑制不住的愤怒。

有一天，萧素和江玫坐在窗前，读着当时美驻华大使司徒雷登在报上发表的声明，一面读一面生气。声明中说："如使日人成为饥饿不安之人民，则日人亦将续为和平之威胁，此种情形适为共产主义所需。如吾人诚意为一般之利益计，必须消灭鼓励共产主义之因素。"这很可以看清楚美国的目的究竟何在了。读完报纸，江玫愤愤地说："要不要共产主义，是我们自己的事！"

萧素微笑道："你知道共产主义是什么？"

江玫坦率地说："我不知道。不过我想那种生活总不会比现在坏。那时的人，都像你一样——"

萧素又笑道："现在哪里不够好？你吃着大米饭，穿的花布旗袍，还坏吗？"

江玫倚在萧素身上，一面想，一面说："这个人吃人的社会，不只在物质上，也在精神上。"她出了一会儿神，又说："萧素，要知道，我是多么寂寞呀。"

萧素抚着她的肩，说："人生的道路，本来不是平坦的。要和坏人斗争，也要和自己斗争——"以后江玫在最困难的时候，总会想起这几句话。

六月九日，北京学生举行反美扶日大游行，江玫也参加了。

那天早上，窗外还黑得像老鸦的翅膀，江玫就起来收拾医药包，她是救护队的。她看看萧素空了一夜的床，又看看救护包上的红十字，心想萧素这一夜不知忙得怎样了，也许今天就会用这包里的绷带纱布来救护她吧。不知为什么，江玫特别为萧素和几个社团里的同学担心，江玫摸摸碘酒和红药水的药瓶，心中又兴奋，又不安。

“小鸟儿快走哇!”同学在门外叫起来了。

她们跑到操场上，夏天的太阳刚在东柳村那边村庄的屋顶上射出一片红光。萧素正在人丛里，她分明是一夜没有睡，胖胖的面庞有些苍白，但精神还是那样好。她看见江玫和同学们跑来，脸上闪过一个嘉许的微笑:“江玫!”

“萧素!”江玫悄悄地塞给她一个大苹果，那是齐虹昨天送来的。对于齐虹不断向西楼运来的各式各样的礼物，江玫只偶尔接受一点水果和糖食。

长长的队伍出发了，举着各种标语，沉默地走在郊外的大道上。愈走天愈亮，愈走路愈分明，一个男同学问江玫:“药包重吗?我代你拿。”江玫微笑，说:“一个兵士的枪，能让人家代他背着吗?”那男同学也微笑，看着她穿着白衬衫蓝长裤红背心的雄赳赳的样子，问:“你永远都要做一个兵?”江玫严肃地睁大眼睛，略想了一想，她回答:“是的，永远。”

队伍七点钟就到了西直门，可是城门关了，进不去。人群中有的喊着:“不开城门，决不回校!”有的喊着:“大家冲啊，冲进去!”一时群情激昂，人声嘈杂，那些标语牌子忽高忽低地起伏着。萧素在队伍里跑来跑去叫着:“别嚷!别乱!已经去交涉了。”江玫忽然很希望自己是一个手执拂尘的仙女，用拂尘一指，城门马上便开——自己这样想想，又觉得好笑，还是等萧素他们交涉，萧素比仙女有用得多。

果然，到九点钟时，城门开了，队伍涌进城去，正遇到城里几个大学的同学拥在门前迎接他们。“同学们，你好！”“兄弟们，你好！”热情的呼声，此起彼落，江玫觉得泪水已冲到了眼睛里，她连忙低下头，看着自己的鞋尖。

游行开始了，大家一步步地走着，一声声地喊着。“反对美国扶植日本！”“要自由！”“要独立！”口号像炸弹一样在空中炸了开来，路旁有些军警脸上带了惊慌的神色。江玫几乎来不及想喊了些什么，只觉得每一步路每一声喊都使大家更接近光明——

队伍走过了西四西单天安门，绕南池子到北京大学的民主广场。走过天安门的时候，江玫望着那宏伟的建筑，心里升起一种怜悯而又惭愧的心情。天安门在不肖的子孙手里，蒙受了多少耻辱。江玫觉得那剥落的红墙也在盼望着：新的社会快点来，让中华民族站起来，让天安门也站起来！

在民主广场举行了群众大会，有几个教授讲演。也许是累了，也许是别的原因，江玫觉得思想很不集中，那种兴奋和激动已经过去了。她惦记着那黄昏笼罩了的初夏的校园，惦记着自己住的西楼，说得更确切些，她是惦记着那在西楼窗下徘徊的那个年轻人。天知道他会急成什么样子，会发多么大的脾气，会做出怎样的事来！她把肩上挎的药包紧了一紧，感觉到一阵头昏。

萧素走过来了，低声问：“你不舒服吗？”

“没有，一点都没有！”江玫连忙振作起了精神。自己暗暗责骂自己，在这样的场合，偏会想到他！

大队回到学校时，灯光已经缀满校园。江玫回到房间里，两腿再也抬不起来，像是绑上了两块大石头。这时有人敲门，江玫心中一紧，感到一场风暴就要发生了，她靠在床栏杆上，默默地啜着热水。门开了，进来的是老赵。他的眉头皱得打了结，手里拿着一个破碎的糖盒子，往桌上一放说："哎哟江小姐！可真不得了啦！我活了这么大年纪也没见过脾气这么火暴的人！你们这位齐先生别是用公鸡血喂大的吧？他要死了，准得下冰冻地狱把人镇凉了才行，要不然连阎王殿都给烧啦！"

"什么'你们齐先生'？别这么说。他怎么了？你快说呀。"江玫放下了手中的杯子。

"今儿个下午他来找您，我说江小姐游行去了。他一听，就把他带来的这盒糖扔到大门外台阶上了，像是扔球似的！盒子破了，糖都滚了出来，我看这盒糖啊，值一袋面的钱，心里怪舍不得，我说：'齐先生，江小姐不在，你给东西留下得了，干吗发这么大的火呀？'他一听更急了，一张脸煞红煞白，抄起门房的一个茶杯就摔在玻璃窗上，哗啦！你瞧这满地的玻璃碴子！我看他是有点疯病！摔完了拔腿就走，还扔在台阶上三百万的票子，那是让我们修玻璃买茶杯？您说是不是？"

"别说了。"江玫无力地挥手，"就补块玻璃买个茶杯吧。"

"这糖，我看怪可惜了的，给您捡了来了。"

"你带回家去，那不是我的，我不要。"

这时萧素已经进来了，把这一段话都听了去。她一回来就洗脸洗脚，都收拾好了就伏在桌上写什么。而江玫还靠在床栏杆上，一动也不动。

萧素停下笔来："你干什么？小鸟儿？你这样会毁了自己的。看出来了没有？齐虹的灵魂深处是自私残暴和野蛮，干吗要折磨自己？结束了吧，你那爱情！真的到我们中间来，我们都欢迎你，爱你——”萧素走过来，用两臂围着江玫的肩。

“可是，齐虹——”江玫没有完全明白萧素在说什么。

“什么齐虹！忘掉他！”萧素几乎是生气地喊了起来，“你是个好孩子，好心肠，又聪明能干，可是这爱情会毒死你！忘掉他！答应我！小鸟儿。”

江玫还从没有想到要忘掉齐虹。他不知怎么就闯入了她的生命，她也永不会知道该如何把他赶出去。她迟钝地说：“忘掉他——忘掉他——我死了，就自然会忘掉。”

萧素真生她的气：“怎么这样说话！好好儿要说到死！我可想活呢，而且要活得有价值！”她说着，颜色有些凄然。

“怎么了？素姐！”细心而体贴的江玫一眼就看出有什么不平常的事。对萧素的关心一下子把她自己的痛苦冲了开去。

萧素望着窗外，想了一会儿，说：“危险得很。小鸟儿。我离开你以后，你还是要走我们的路，是不是？千万不要跟着齐虹走，他真会毁了你的。”

“离开我！”江玫一把抱住了萧素，“离开我！为什么！我要跟你在一起！”

“我要毕业了呀，家里要我回湖南去教书。”萧素似真似假地回答。她是湖南人，父亲是个中学教员。

“毕业？”

“是毕业呀。”

可是萧素并没有能毕业，当然也没有回湖南去教书。她去参加毕业考试的最后一项课目，就没有回来。

同学们跑来告诉江玫时，江玫正在为《英国小说选》这一门课写读书报告，读的书是英国女作家艾米莉·勃朗特的《呼啸山庄》。江玫和齐虹常常谈论这本书。齐虹对这本书有那么多精辟的见解，了解得那样透彻，他真该是最懂得人生最热爱人生的，但是竟不然——

萧素被捕的消息一下子就把江玫从《呼啸山庄》里拉出来了。江玫跳起来夺门而出，不顾那精心写作的读书报告撒得满地。好些同学跟她一起跑出了西楼，一直跑到学校门口，只看见一条笔直的马路，空荡荡的，望不到头。路边的洋槐上发散着淡淡的香气。江玫手扶着一棵洋槐树，连声问："在哪儿？在哪儿？"一个同学痛心地说："早装上闷子车，这会子到了警察局了。"江玫觉得天旋地转，两腿再没有一点力气，一下子就坐在地上了。大家都拥上来看她，有的同学过来搀扶她。

"你怎么了？"

"打起精神来，江玫！"

大家嘁嘁喳喳在说着。是谁愤愤的声音特别响："流血，流泪，逮捕，更教人睁开了眼睛！"

"是呀！"江玫心里说，"逮走一个萧素，会让更多的人都长成萧素。"

江玫弄不清楚人群怎样就散开了，而自己却靠在齐虹的手臂上，缓缓走着。

齐虹对她说："我们系里那些进步同学嚷嚷着江玫晕倒了，我就明白是为了那萧素的缘故，连忙赶来。"

"对了。你们不是一起考高等数学吗？听说她是在课堂上被抓走的。"江玫这时多么希望谈谈萧素。

"是在考试时被抓走的。你看，干那些民主活动，有什么好下场！你还要跟着她跑！我劝你多少次——"

“什么！你说什么！”江玫叫了起来，她那会笑的眼睛射出了火光，“你！你真是没有心肝！”她把齐虹扶着她的手臂用力一推，自己向宿舍跑去了。跑得那么快，好像后面有什么妖魔鬼怪在追着她。

她好容易跑到自己房间，一下子扑在床上，半天喘不过气来。这时齐虹的手又轻轻放在她肩上了。齐虹非常吃惊，他不懂江玫为什么会发这么大的脾气，他曲着一膝伏在床前说：“我又惹了你吗？玫！我不过忌妒着萧素罢了，你太关心她了。你把我放在什么地方？我常常恨她，真的，我觉得就是她在分开咱们俩——”

“不是她分开我们，是我们自己的道路不一样。”江玫抽咽着说。

“什么？为什么不一样？我们有些看法不同，我们常常打架，我的脾气，确实不好。不过，那有什么关系，反正我只知道，没有你就不行。我还没有告诉你，玫，我家里因为近来局势紧张，预备搬到美国去，他们要我也到美国去留学。”

“你！到美国去？”江玫猛然坐了起来。

“是的。还有你，玫。我已经和父亲说到了你，虽然你从来都拒绝到我家里去，他们对你都很熟悉。我常给他们看你的相片。”齐虹得意地拿出他随身携带的小皮夹子，那里面装着江玫的一张照片，是齐虹从她家里偷去的。那是江玫十七岁时照的，一双弯弯的充满了笑意的眼睛，还有那深色的嘴唇微微翘起，像是在和谁赌气，“我对他们说，你是一首最美的诗，一支最美的乐曲——”若说起赞美江玫的话来，那是谁也比不上齐虹的。

“不要说了。”江玫心酸地止住了他，“不管是什么，可不能把你留在你的祖国呀。”

“可是你是要和我一块儿去的，玫，你可以接着念大学，我们要永远在一起，没有任何东西能分开我们。”

“不要说了，不要说了。”这是江玫唯一能说的话。

心上的重压逼得江玫走投无路。她真怕看萧素留下的那张空床，那白被单刺得她眼睛发痛。没有到礼拜六，她就回家去了。那晚正停电，母亲坐在摇曳的烛光下面缝着什么，在阴影里，她显得那样苍老而且衰弱。江玫心里一阵发痛，无声地唤着“心爱的母亲，可怜的母亲”，眼泪不由自主地流了下来。

“玫儿！”母亲丢了手中的活计。

“妈妈！萧素被捉走了。”

“她被捉走了？”母亲对女儿的好朋友是熟悉的。她也深深爱着那坦率纯朴的姑娘，但她对这个消息竟有些漠然，她好像没有知觉似的沉默着，坐在阴影里。

“萧素被捉走了。”江玫又重复了一遍。她眼前仿佛看见一个殷红的圆圆的面孔。

“早想得到哇。”母亲喃喃地说。

江玫把手中的书包扔到桌上，跑过来抱住母亲的两腿。

“您知道！”

“我不知道但我想得到。”母亲叹了一口气，用她枯瘦的手遮住自己的脸，停了一下，才说，“我一直没有告诉你。我想着，没有父亲的日子，对我的小女儿来说，已经够受的了，怎能再加上别的缘故，让你的日子更沉重？要知道你的父亲，十五年前，也是这样不明不白地就再没有回来。他从来也没有害过什么肠炎胃炎，只是那些人说他思想有毛病。他脾气倔，不会应酬人，还有些别的什么道理，我不懂，说不明白。他反正没有杀人放火，可我们就这样糊里糊涂地再也看不见他了——”母亲说着，失声痛哭起来。

原来父亲并不是死于什么肠炎！无怪母亲常常说不该有一个人屈死。屈死！父亲正是屈死的！江玫几乎要叫出来。她也放声哭了。母亲抚着她的头，眼泪浇湿了她的头发——

从父亲死后，江玫只看见母亲无言流泪，还从没有看见她这样激动过。衰弱的母亲，心底埋藏了多少悲痛和仇恨！江玫觉得母亲的眼泪滴落在她头上，这眼泪使得她逐渐平静下来了。是的，难道还该要这屈死人的社会吗？彷徨挣扎的痛苦离开了她，仿佛有一种大力量支持着她走自己选择的路。她把母亲粗糙的手搁在自己被泪水浸湿的脸颊上，低声唤着：“父亲——我的父亲——”

门轻轻开了，烛光把齐虹的修长的影子投在墙上，母亲吃惊地转过头去。江玫知道是齐虹，仍埋着头不作声。齐虹应酬地唤了一声“伯母”，便对江玫说：“你怎么今天回家来了？我到处找你找不着。”

江玫没有理他，抬头告诉母亲：“他要到美国去。”

“是要和江玫一块儿去，伯母。”齐虹抢着加了一句。

“孩子，你会去吗？”母亲用颤抖的手摸着女儿的头。

“您说呢？妈妈！”江玫抱住母亲的双膝，抬起了满是泪痕的脸。

“我放心你。”

“您同意她去了，伯母？”人总是照自己所期待的那样理解别人的话，齐虹惊喜万分地走过来。

“母亲放心我自己做决定。她知道我不会去。”江玫站起来，直望着齐虹那张清秀的象牙色的脸。齐虹浑身上下都滴着水，好像他是游过一条大河来到她家似的。

可是齐虹自己一点不觉得淋湿了，他只看见江玫满脸泪痕，连忙拿出手帕来给她擦，一面说："咱们别再闹别扭了，玫，老打架，有什么意思?"

"是下雨了吗?"母亲包起她的活计，"你们商量吧，玫儿，记住你的父亲。"

"我不知道下雨了没有。"齐虹心不在焉地回答，他没有看见江玫的母亲已经走出房去，他的眼睛一刻都没有离开江玫。

江玫呆呆地瞪着他，尽他拭去了脸上的泪，叹了一口气，说："看来竟不能不分手了。我们的爱情还没有能让我们舍弃自己的一生。"

"我们一定会过得非常舒适而且快活——为什么提到舍弃，为什么提到分手?"齐虹狂热地吻着他最熟悉的那有着粉红色指甲的小手。

"那你留下来!"江玫还是呆呆地看着他。

"我留下来? 我的小姑娘，要我跟着你满街贴标语，到处去游行吗? 我们是特殊的人，难道要我丢了我的物理音乐，我的生活方式，跟着什么群众瞎跑一气，扔开智慧，去找愚蠢! 傻心眼的小姑娘，你还根本不懂生活，你再长大一点，就不会这样天真了。"

"傻心眼? 人总还是傻点好!"

"你一定得跟我走!"

"跟你走，什么都扔了。扔开我的祖国，我的道路，扔开我的母亲，还扔开我的父亲!"江玫的声音细若游丝，她自己都听不见自己在说什么。说到父亲两字，她的声音猛然大起来，自己也吃了一惊。

"可是你有我。玫!"齐虹用责备的语气说。他看见江玫眼睛里闪耀一种亮得奇怪的火光，不觉放松了江玫的手。紧接着一阵遏止不住的渴望和激怒，使他抓住了江玫的肩膀。他压低了声音，一字一字地说：“我恨不得杀了你！把你装在棺材里带走！”

江玫回答说：“我宁愿听说你死了，也不愿知道你活得不像个人。”

风呼啸着，雨滴急速地落着。疾风骤雨，一阵比一阵紧，忽然哗啦一声响，是什么东西摔碎了。齐虹把江玫搂在胸前，借着闪电的惨白的光辉，看见窗外阶上的夹竹桃被风刮到了阶下。江玫心里又是一阵疼痛，她觉得自己的爱情，正像那粉碎了的花盆一样，像那被吹落的花朵一样，永远不能再重新完整起来，永远不能再重新开在枝头。

这种爱情，就像碎玻璃一样割着人。齐虹和江玫，虽然都把话说得那样决绝，却还是形影相随。花池畔，树林中，不断地增添着他们新的足迹。他们也还是不断地争吵，流泪——

十月里东北局势紧张，解放军排山倒海地压来，解放了好几个城市。当时蒋介石提出的方针是：“维持东北，确保华北，肃清华中。”虽然对华北是确保，但华北的“贵人”们还是纷纷南迁，齐虹的家在秋初就全部飞南京转沪赴美了，只有齐虹一个人留在北京。他告诉家里说论文还有点尾巴没写好，拿不到毕业文凭，而实际上，他还在等着江玫回心转意。他根本不相信江玫可能不跟他走。他，齐虹，这样的齐虹，又在发疯地爱着的齐虹！在那执拗的江玫面前，他不止一次想，若真能把她包扎起来带走该有多好！他脸上的神色愈来愈焦愁，紧张，眼神透露着一种凶恶。这些都常在黑夜里震荡着江玫的梦。

江玫的梦现在已不是那种透明的、颜色非常鲜亮的少女的梦了。局势的变化，萧素的被捕，齐虹的爱，以及她自己的复杂的感情，使她多懂了许多事。在抗议“七五”事件（国民党屠杀东北来的青年学生）的游行里，她已经不再当救护队员，而打着“反剿民，要活命，要请愿”的大标语走在队伍的前列了。她领头喊着“为死者申冤，为生者请命”的口号，她奇怪自己的声音竟会这样响。她想到，在死者里面有她的父亲；在生者里面有母亲、萧素和她自己。她渴望着把青春贡献给为了整个人类解放的事业，她渴望着生活来一次翻天覆地的变动。

后来据萧素说（萧素在解放后出狱，在广播电台做播音员，向全世界广播北京的声音），那时的地下组织原打算发展江玫参加地下民主青年联盟的，只是她和齐虹的感情，让人闹不清她究竟爱什么，憎恶什么，就搁下来了。江玫听说这话，只轻轻叹了口气。

一九四八年冬天，北京已经到了解放前夕。城里流传着这样的民谣：“家家挂红灯，迎接毛泽东。”最沉得住气的反动官员们、大亨们都纷纷逃走了。齐虹家里几乎是一天一封电报催他走，并且代他订了飞机座位。那时江玫的中心工作是和同学们一起讨论怎样应“变”，宣传护校。她为即将到来的解放，感到兴奋，好像等待着一件期待已久的亲人的礼物，满怀着感情，幻想解放后的日子。而同时，她和齐虹那注定了的无可挽回的分别啮咬着她的心。她觉得自己的心一面在开着花，同时又在萎缩。

一天，齐虹进城去了，直到晚上还没有露面。江玫坐在图书馆里，一页书也没有看，进来一个人她就抬头，可是直到电灯开了，齐虹还是不见。她忽然想，很可能他已经走了。走了，永远再也见不到他了。可是江玫一定还要再看他一眼，最后一眼！“齐虹！齐虹！”江玫几乎要叫出来，叫得全图书馆都听见。她连忙紧咬着嘴唇，快步走出了图书馆。

那是那一年冬天的第一个下雪天。路上的雪还没有上冻，灯光照在雪花上，闪闪刺人的眼。江玫一直向北楼走去，她想看一看那正对着一棵白杨树梢的窗子，有没有灯光。那个房间她从没有去过，可是那窗口她却十分熟悉。齐虹常对她讲窗口的白杨树叶的沙沙声怎样伴着他度过多少不眠的夜。

透过飞舞着的迷乱的雪花，她一下子就找到那棵白杨树，而那白杨树梢的窗口，漆黑一片，没有灯光。

江玫的心沉了下去。她两腿发软，站在北楼前，一动也不动。

也许他从城里回来太累，已经去睡了？也许他还没有回来？江玫快步走进了北楼，走到齐虹的房间，她敲门又推门，门是锁着的。

“难道再见不着他了！真见不着他了！”江玫走出北楼，心里在大声哭泣。她完全没有看见新诗社的一个同学从她身边走过，也没有听见人家在唤着“小鸟儿”。

好容易走到西楼，江玫真是一点力气都没有了。她想找个地方靠一靠再上楼，一眼看见自己房间里有灯光。那房间，自从萧素被抓去以后，是那样空，那样冷，晚上进去总是黑洞洞的。这时竟点着灯，这灯光温暖了江玫，她三步两步跑上去，在门外就叫着“虹！”

果然是齐虹在房间里等她，满脸的焦急使他看上去苍老了许多。他一看见江玫，连忙迎上来握着她的手，疲倦地，也多少有些安心地说：“你到底回来了！我以为我再也见不着你了。”

江玫没有回答。她怕自己会把刚才那一番焦急向他倾吐，会让他明白她多离不开他。而他却就要走了，永远地走了。

"明天一早的飞机，今晚就要去机场。"齐虹焦躁地说，"一切都已经定了，怎么样？咱们就得分别吗？"

"分别？——永远不能再见你——"江玫看着那耶稣受难的像，她仿佛看见那像后的两粒红豆。

"完全可以不分别，永不分别！玫！只要你说一声同我一道走，我的小姑娘。"

"不行。"

"不行！你就不能为我牺牲一点！你说过只愿意跟我在一起！"

"你自己呢？"江玫的目光这样说。

"我嘛！我走的路是对的。我绝不能忍受看见我爱的人去过那种什么'人民'的生活！你该跟着我！你知道吗！我从来没有这样求过人！玫！你听我说！"

"不行。"

"真的不行吗？你就像看见一个临死的人而不肯去救他一样，可他一死去就再也不会活转来了。再也不会活了！走开的人永远也不会再回来。你会后悔的，玫！我的玫！"他摇着江玫的肩，摇得她骨头直响。

"我不后悔。"

齐虹看着她的眼睛，还是那亮得奇怪的火光。他叹了一口气，"好，那么，送我下楼吧。"

江玫温柔地代他系好围巾，拉好了大衣领子，一言不发，送他下楼。

纷飞的雪花在无边的夜里飘荡，夜，是那样静，那样静。

他们一出楼门，马上开过来一辆小汽车，从车里跳出一个魁梧的司机。齐虹对司机摇摇手，把江玫领到路灯下，看着她，摇头，说："我原来预备抢你走的。你知道吗？你看，我预备了车。飞机票也买好了。不过，我看了出来，那样做，你会恨我一辈子。你会的，不是吗？"他拿出一张飞机票，也许他还希望江玫会忽然同意跟他走，迟疑了一下，然后把它撕成几半。碎纸片混在飞舞的雪花中，不见了。"再见！我的玫。我的女诗人！我的女革命家！"他最后几句话，语气非常尖刻。

江玫看见他的脸因为痛苦而变了形，他的眼睛红肿，嘴唇出血，脸上充满了烦躁和不安。江玫忽然想起，第一次看见他时，他脸上那种漠不关心、什么都没看见的神气。

江玫想说点什么，但说不出来，好像有千把刀子插在喉头。她心里想："我要撑过这一分钟，无论如何要撑过这一分钟。"她觉得齐虹冰凉的嘴唇落在她的额上，然后汽车响了起来。周围只剩了一片白，天旋地转的白，淹没了一切的白——

她最后对齐虹说的一句话就是"我不后悔"。

江玫果然没有后悔。那时称她革命家是一种讽刺，这时她已经真的成长为一个好的党的工作者了。解放后又渐渐健康起来的母亲骄傲地对人说："她父亲有这样一个女儿，死得也不算冤了。"

雪还在下着。江玫手里握着的红豆已经被泪水滴湿了。

"江玫！小鸟儿！"老赵在外面喊着，"有多少人来看你啦！史书记，老马，郑先生，王同志，还有小耗子——"

一阵笑语声打断了老赵不伦不类的通报。江玫刚流过泪的眼睛早已又充满了笑意。她把红豆和盒子放在一旁，从床边站了起来。

陈奂生上城

高晓声

一

“漏斗户主”陈奂生，今日悠悠上城来。

一次寒潮刚过，天气已经好转，轻风微微吹，太阳暖烘烘，陈奂生肚里吃得饱，身上穿得新，手里提着一个装满东西的干干净净的旅行包，也许是气力大，也许是包儿轻，简直像拎了束灯草，晃荡晃荡，全不放在心上。他个儿又高、腿儿又长，上城三十里，经不起他几晃荡；往常挑了重担都不乘车，今天等于是空身，自更不用说，何况太阳还高，到城嫌早，他尽量放慢脚步，一路如游春看风光。

他到城里去干啥？他到城里去做买卖。稻子收好了，麦垄种完了，公粮余粮卖掉了，口粮柴草分到了，乘这个空当，出门活动活动，赚几个活钱买零碎。自由市场开放了，他又不投机倒把，卖一点农副产品，冠冕堂皇。

他去卖什么？卖油绳[①]。自家的面粉，自家的油，自己动手做成的。今天做好今天卖，嘎嘣脆，又香又酥，比店里的新鲜，比店里的好吃，这旅行包里装的尽是它；还用小塑料袋包装好，有五根一袋的，有十根一袋的，又好看，又干净。一共六斤，卖完了，稳赚三元钱。

赚了钱打算干什么？打算买一顶簇新的、呱呱叫的帽子。说真话，从三岁以后，四十五年来，没买过帽子。解放前是穷，买不起；解放后是正当青年，用不着；“文化大革命”以来，肚子吃不饱，顾不上穿戴，所以说年纪越来越大，渐渐地，也怕脑后风了。正在无可奈何，幸亏有人送了他一顶“漏斗户主”帽，也就只得戴上，横竖不要钱。七八年决分[②]以后，帽子不翼而飞，当时只觉得头上轻松，竟不曾想到冷。今年好像变娇了，上两趟寒流来，就缩头缩颈，伤风打喷嚏，日子不好过，非买一顶帽子不行。好在这也不是大事情，现在活路大，这几个钱，上一趟城就赚到了。

陈奂生真是无忧无虑，他的精神面貌和去年大不相同了。他是过惯苦日子的，现在开始好起来，又相信会越来越好，他还不满意吗？他满意透了。他身上有了肉，脸上有了笑；有时候半夜里醒过来，想到囤里有米、橱里有衣，总算像家人家了，就兴致勃勃睡不着，禁不住要把老婆推醒了陪他聊天讲闲话。

提到讲话，就触到了陈奂生的短处，对着老婆，他还常能说说，对着别人，往往默默无言。他并非不想说，实在是无可说。别人能说东道西，扯三拉四，他非常羡慕。他不知道别人怎么会碰到那么多新鲜事儿，怎么会想得出那么多特别的主意，怎么会具备那

① 油绳：一种油煎的面食。

② 决分：指生产队年终决算、分红。

么多离奇的经历，怎么会记牢那么多怪异的故事，又怎么会讲得那么动听。他毫无办法，简直犯了死症毛病，他从来不会打听什么，上一趟街，回来只会说“今天街上人多”或“人少”“猪行里有猪”“青菜贱得卖不掉”之类的话。他的经历又和村上大多数人一样，既不特别，又是别人一目了然的，讲起来无非是“小时候娘常打我的屁股，爹倒不凶”“也算上了四年学，早忘光了”“三九年大旱，断了河底，大家捉鱼吃”“四九年改朝换代，共产党打败了国民党”“成亲以后，养了一个儿子、一个小女”……索然无味，等于不说。他又看不懂书；看戏听故事，又记不牢。看了《三打白骨精》，老婆要他讲，他也只会说：“孙行者最凶，都是他打死的。”老婆不满足，又问白骨精是谁，他就说：“是妖怪变的。”还是儿子巧，声明“白骨精不是妖怪变的，是白骨精变成的妖怪”，才算没有错到底。他又想不出新鲜花样来，比如种田，只会讲“种麦要用锄头抨碎泥块”“莳秧一蔸莳六棵”……谁也不要听。再如这卖油绳的行当，也根本不是他发明的，好些人已经做过一阵了，怎样用料？怎样加工？怎样包装？什么价钱？多少利润？什么地方、什么时间买客多、销路好？都是向大家学来的经验。如果他再向大家夸耀，岂不成了笑话！甚至刻薄些的人还会吊他的背筋：“哎！连‘漏斗户主’也有油、粮卖油绳了，还当新闻哩！”还是不开口也罢。

如今，为了这点，他总觉得比别人矮一头。黄昏空闲时，人们聚拢来聊天，他总只听不说，别人讲话也总不朝他看，因为知道他不会答话，所以就像等于没有他这个人。他只好自卑，他只有羡慕。他不知道世界上有“精神生活”这一个名词，但是生活好转以后，他渴望过精神生活。哪里有听的，他爱去听，哪里有演的，他爱去看，没听没看，他就觉得没趣。有一次大家闲谈，一个问题专家出了个题目：“在本大队你最佩服哪一个？”他忍不住也搭了腔，说：“陆龙飞最狠。”人家问：“一个说书的，狠什么？”他说：“就为他能说书，我佩服他一张嘴。”引得众人哈哈大笑。

于是，他又惭愧了，觉得自己总是不会说，又被人家笑，还是不说为好。他总想，要是能碰到一件大家都不曾经过的事情，讲给大家听听就好了，就神气了。

二

当然，陈奂生的这个念头，无关大局，往往蹲在离脑门三四寸的地方，不大跳出来，只是在尴尬时冒一冒尖，让自己存个希望罢了。比如现在上城卖油绳，想着的就只是新帽子。

尽管放慢脚步，走到县城的时候，还只下午六点不到。他不忙做生意，先就着茶摊，出一分钱买了杯热茶，啃了随身带着当晚餐的几块僵饼，填饱了肚子，然后向火车站走去。一路游街看店，遇上百货公司，就弯进去侦察有没有他想买的帽子，要多少价钱。三爿店查下来，他找到了满意的一种。这时候突然一拍屁股，想到没有带钱。原先只想卖了油绳赚了利润再买帽子，没想到油绳未卖之前商店就要打烊；那么，等到赚了钱，这帽子就得明天才能买了。可自己根本不会在城里住夜，一无亲，二无眷，从来是连夜回去的，这一趟分明就买不成，还得光着头冻几天。

受了这点挫折，心情不挺愉快，一路走来，便觉得头上凉飕飕，更加懊恼起来。到火车站时，已过八点了。时间还早，但既然来了，也就选了一块地方，敞开包裹，亮出商品，摆出摊子来。这时车站上人数不少，但陈奂生知道难得会有顾客，因为这些都是吃饱了晚饭来候车的，不会买他的油绳，除非小孩嘴馋吵不过，大人才会买。只有火车上下车的旅客到了，生意才会忙起来。他知道九点四十分、十点半，各有一班车到站，这油绳到那时候才能卖掉，因为时近半夜，店摊收歇，能买到吃的地方不多，旅客又饿了，自然争着买。如果十点半卖不掉，十一点二十分还有一班车，不过太晏了，陈奂生宁可剩点回去也不想等，免得一夜不得睡，须知跑回去也是三十里呀。

果然不错，这些经验很灵，十点半以后，陈奂生的油绳就已经卖光了。下车的旅客一拥而上，七手八脚，伸手来拿，把陈奂生搞得昏头昏脑，卖完一算账，竟少了三角钱，因为头昏，怕算错了，再认真算了一遍，还是缺三角，看来是哪个贪小利拿了油绳未付款。他叹了一口气，自认晦气。本来他也晓得，人家买他的油绳，是不能向公家报销的，那要吃而不肯私人掏腰包的，就会耍一点魔术；所以他总是特别当心，可还是丢失了，真是双拳不敌四手，两眼难顾八方。只好认了吧，横竖三块钱赚头，还是有的。

他又叹了口气，想动身凯旋回府。谁知一站起来，双腿发软，两膝打战，竟是浑身无力。他不觉大吃一惊，莫非生病了吗？刚才做生意，精神紧张，不曾觉得，现在心定下来，才感浑身不适，原先喉咙嘶哑，以为是讨价还价喊哑的，现在连口腔上爿都像冒烟，鼻气火热；一摸额头，果然滚烫，一阵阵冷风吹得头皮好不难受。他毫无办法，只想先找杯热茶解渴。那时茶摊已无，想起车站上有个茶水供应地方，便硬撑着移步过去。到了那里，打开龙头，热水倒有，只是找不到茶杯。原来现在讲究卫生，旅客大都自带茶缸，车站上落得省劲，就把杯子节约掉了。陈奂生也顾不得卫生不卫生，双手捧起龙头里流下的水就喝。那水倒也有点烫，但陈奂生此时手上的热度也高，还忍得住，喝了几口，算是好过一点。但想到回家，竟是千难万难；平常时候，那三十里路，好像经不起脚板一颠，现在看来，真如隔了十万八千里，实难登程。他只得找个位置坐下，耐性受难，觉得此番遭遇，完全错在忘记了带钱先买帽子，才受凉发病。一着走错，满盘皆输；弄得上不上、下不下，进不得、退不得，卡在这儿，真叫尴尬。万一严重起来，此地举目无亲，耽误就医吃药，岂不要送掉老命！可又一想，他陈奂生是个堂堂男子汉，一生干净，问心无愧，死了也口眼不闭；活在世上多种几年田，有益无害，完全应该提供宽裕的时间，没有任何匆忙的必要。想到这里，陈奂生高兴起来，他嘴巴干燥，笑不出声，只是两个嘴角，向左右同时嘻开，露出一个微笑。那扶在椅上的右手，轻轻提了起来，像听到了美妙的乐曲似的，在右腿上赏心地拍了一拍，松松地吐出口气，便一头横躺在椅子上卧倒了。

三

一觉醒来，天光已经大亮，陈奂生肢体瘫软，头脑不清，眼皮发沉，喉咙痒痒地咳了几声；他懒得睁眼，翻了一个身便又想睡。谁知此身一翻，竟浑身颤了几颤，一颗心像被线穿着吊了几吊，牵肚挂肠。他用手一摸，身下贼软；连忙一个翻身，低头望去，证实自己猜得一点不错，是睡在一张棕绷大床上。陈奂生吃了一惊，连忙平躺端正，闭起眼睛，要弄清楚怎么会到这里来的。他好像有点印象，一时又糊涂难记，只得细细琢磨，好不容易才想出了县委吴书记和他的汽车，一下子理出头绪，把一串细关节脉都拉了出来。

原来陈奂生这一年真交了好运，逢到急难，总有救星。他发高烧昏睡不久，候车室门口就开来一辆吉普车，载来了县委书记吴楚。他是要乘十二点一刻那班车到省里去参加明天的会议。到火车站时，刚只十一点四十分，吴楚也就不忙，在候车室徒步起来，那司机一向要等吴楚进了站台才走，免得他临时有事找不到人，这次也照例陪着。因为是半夜，候车室旅客不多，吴楚转过半圈，就发现了睡着的陈奂生。吴楚不禁笑了起来，他今秋在陈奂生的生产队里蹲了两个月，一眼就认出他来，心想这老实肯干的忠厚人，怎么在这儿睡着了？若要乘车，岂不误事。便走去推醒他；推了一推，又发现那屁股底下，垫着个瘪包，心想坏了，莫非东西被偷了？就着紧推他，竟也不醒。这吴楚原和农民玩惯了的，一时调皮起来，就去捏他的鼻子；一摸到皮肤热辣辣，才晓得他病倒了，连忙把他扶起，总算把他弄醒了。

这些事情，陈奂生当然不晓得。现在能想起来的，是自己看到吴书记之后，就一把抓牢，听到吴书记问他："你生病了吗？"他点点头。吴书记问他："你怎么到这里来的？"他就去摸了摸旅行包。吴书记问他："包里的东西呢？"他就笑了一笑。当时他说了什么？究竟有没有说？他都不记得了；只记得吴书记好像已经完全明白了他的意思，便和驾驶员一同扶他上了车，车子开了一段路，叫开了一家门（机关门诊室），扶他下车进去，见到了一个穿白衣服的人，晓得是医生了。那医生替他诊断片刻，向吴书记笑着说了几句话（重感冒，不要紧），倒过半杯水，让他吃了几片药，又包了一点放在他口袋里，也不曾索钱，便代替吴书记把他扶上了车，还关照说："我这儿没有床，住招待所吧，安排清静一点的地方睡一夜就好了。"车子又开动，又听吴书记说："还有十三分钟了，先送我上车站，再送他上招待所，给他一个单独房间，就说是我的朋友……”

陈奂生想到这里，听见自己的心嗵嗵跳得比打鼓还响，合上的眼皮，流出晶莹的泪珠，在眼角膛里停留片刻，便一条线挂下来了。这个吴书记真是大好人，竟看得起他陈奂生，把他当朋友，一旦有难，能挺身而出，拔刀相助，救了他一条性命，实在难得。

陈奂生想，他和吴楚之间，其实也谈不上交情，不过认识罢了。要说有什么私人交往，平生只有一次。记得秋天吴楚在大队蹲点，有一天突然闯到他家来吃了一顿便饭，听那话音，像是特地来体验体验“漏斗户”的生活改善到什么程度的。还带来了一斤块块糖，给孩子们吃。细算起来，等于两顿半饭钱。那还算什么交情呢！说来说去，是吴书记做了官不曾忘记老百姓。

陈奂生想罢，心头暖烘烘，眼泪热辣辣，在被口上拭了拭，便睁开来细细打量这住的地方，却又吃了一惊。原来这房里的一切，都新堂堂、亮铮铮，平顶（天花板）白得耀眼，四周的墙，用青漆漆了一人高，再往上就刷刷白，地板暗红闪光，照出人影子来；紫檀色五斗橱，嫩黄色写字台，更有两张出奇的矮凳，比太师椅还大，里外包着皮，也叫不出它的名字来。再看床上，垫的是花床单，盖的是新被子，雪白的被底，崭新的绸面，呱呱叫三层新①。陈奂生不由自主地立刻在被窝里缩成一团，他知道自己身上（特别是脚）不大干净，生怕弄脏了被子……随即悄悄起身，悄悄穿好了衣服，不敢弄出一点声音来，好像做了偷儿，被人发现就会抓住似的。他下了床，把鞋子拎在手里，光着脚跑出去；又眷顾着那两张

---

① 三层新：被面、被里、被絮都是新的。

大皮椅，走近去摸一摸，轻轻捺了捺，知道里边有弹簧，却不敢坐，怕压瘪了弹不饱。然后才真的悄悄开门，走出去了。

到了走廊里，脚底已冻得冰冷，一瞧别人是穿了鞋走路的，知道不碍，也套上了鞋。心想吴书记照顾得太好了，这哪儿是我该住的地方！一向听说招待所的住宿费贵，我又没处报销，这样好的房间，不知要多少钱，闹不好，一夜天把顶帽子钱住掉了，才算不来呢。

他心里不安，赶忙要弄清楚。横竖他要走了，去付了钱吧。

他走到门口柜台处，朝里面正在看报的大姑娘说："同志，算账。"

"几号房间?"那大姑娘恋着报纸说，并未看他。

"几号不知道。我住在最东那一间。"

那姑娘连忙丢了报纸，朝他看看，甜甜地笑着说："是吴书记汽车送来的?你身体好了吗?"

"不要紧，我要回去了。"

"何必急，你和吴书记是老战友吗?你现在在哪里工作?……"大姑娘一面软款款地寻话说，一面就把开好的发票交给他。笑得甜极了。陈奂生看看她，真是绝色!

但是，接到发票，低头一看，陈奂生便像给火钳烫着了手。他认识那几个字，却不肯相信。"多少?"他忍不住问，浑身燥热起来。

"五元。"

"一夜天?"他冒汗了。

"是一夜五元。"

陈奂生的心，忐忑忐忑大跳。"我的天!"他想，"我还怕困掉一顶帽子，谁知竟要两顶!”

“你的病还没有好，还正在出汗呢!”大姑娘惊怪地说。

千不该，万不该，陈奂生竟说了一句这样的外行语：“我是半夜里来的呀!”

大姑娘立刻看出他不是一个人物，她不笑了，话也不甜了，像菜刀剁着砧板似的笃笃响着说：“不管你什么时候来，横竖到今午十二点为止，都收一天钱。”这还是客气的，没有嘲笑他，是看了吴书记的面子。

陈奂生看着那冷若冰霜的脸，知道自己说错了话，得罪了人，哪里还敢再开口，只得抖着手伸进袋里去摸钞票，然后细细数了三遍，数定了五元；交给大姑娘时，那外面一张人民币，已经半湿了，尽是汗。

这时大姑娘已在看报，见递来的钞票太零碎，更皱了眉头。但她还有点涵养，并不曾说什么，收进去了。

陈奂生出了大价钱，不曾讨得大姑娘欢喜，心里也有点愤愤然。本想一走了之，想到旅行包还丢在房间里，就又回过来。

推开房间，看看照出人影的地板，又站住犹豫：“脱不脱鞋?”一转念，愤愤想道：“出了五块钱呢!”再也不怕弄脏，大摇大摆走了进去，往弹簧太师椅上一坐：“管它，坐瘪了不关我事，出了五元钱呢。”

他饿了，摸摸袋里还剩一块僵饼，拿出来啃了一口，看见了热水瓶，便去倒一杯开水和着饼吃。回头看刚才坐的皮凳，竟没有瘪，便故意立直身子，扑通坐下去……试了三次，也没有坏，才相信果然是好家伙。便安心坐着啃饼，觉得很舒服，头脑清爽，热度退尽了，分明是刚才出了一身大汗的功劳。他是个看得穿的人，这时就有了兴头，想道："这等于出晦气钱——譬如买药吃掉！"

啃完饼，想想又肉痛起来，究竟是五元钱哪！他昨晚上在百货店看中的帽子，实实在在是二元五一顶，为什么睡一夜要出两顶帽钱呢？连沈万山[①]都要住穷的；他一个农业社员，去年工分单价七角，困一夜做七天还要倒贴一角，这不是开了大玩笑！从昨半夜到现在，总共不过七八个钟头，几乎一个钟头要做一天工，贵死人！真是阴错阳差，他这副骨头能在那种床上躺尸吗！现在别的便宜拾不着，大姑娘说可以住到十二点，那就再困吧，困到足十二点走，这也是捞着多少算多少。对，就是这个主意。

这陈奂生确是个向前看的人，认准了自然就干，但刚才出了汗，吃了东西，脸上嘴上，都不惬意，想找块毛巾洗脸，却没有。心一横，便把提花枕巾捞起来干擦了一阵，然后衣服也不脱，就盖上被头困了，这一次再也不怕弄脏了什么，他出了五元钱呢——即使房间弄成了猪圈，也不值！

可是他睡不着，他想起了吴书记。这个好人，大概只想到关心他，不曾想到他这个人经不起这样高级的关心。不过人家忙着赶火车，哪能想得周全！千怪万怪，只怪自己不曾先买帽子，才伤了风，才走不动，才碰着吴书记，才住招待所，才把油绳的利润用光，连本钱也蚀掉一块多……那么，帽子还买不买呢？他一狠心：买，不买还要倒霉的！

想到油绳，又觉得肚皮饿了。那一块僵饼，本来就填不饱，可惜昨夜生意太好，油绳全卖光了，能剩几袋倒好；现在懊悔已晚，再在这床上困下去，会越来越饿，身上没有粮票，中饭到哪里去

---

① 沈万山：元末明初大富翁。

吃！到时候饿得走不动，难道再在这儿住一夜吗？他慌了，两脚一踹，把被头踢开，拎了旅行包。开门就走。此地虽好，不是久恋之所，虽然还剩得有二三个钟点，又带不走，忍痛放弃算了。

他出得门来，再无别的念头，直奔百货公司，把剩下来的油绳本钱，买了一顶帽子，立即戴在头上，飘然而去。

一路上看看野景，倒也容易走过；眼看离家不远，忽然想到这次出门，连本搭利，几乎全部搞光，马上要见老婆，交不出账，少不得又要受气，得想个主意对付她。怎么说呢？就说输掉了；不对，自己从不赌。就说吃掉了；不对，自己从不死吃。就说被扒掉了；不对，自己不当心，照样挨骂。就说做好事救济了别人；不对，自己都要别人救济。就说送给一个大姑娘了，不对，老婆要犯疑……那怎么办？

陈奂生自问自答，左思右想，总是不妥。忽然心里一亮，拍着大腿，高兴地叫道："有了。"他想到此趟上城，有此一番动人的经历，这五块钱花得值透。他总算有点自豪的东西可以讲讲了。试问，全大队的干部、社员，有谁坐过吴书记的汽车？有谁住过五元钱一夜的高级房间？他可要讲给大家听听，看谁还能说他没有什么讲的！看谁还能说他没见过世面？看谁还能瞧不起他，嗯！……他精神陡增，顿时好像高大了许多。老婆已不在他眼里了；他有办法对付，只要一提到吴书记，说这五块钱还是吴书记看得起他，才让他用掉的，老婆保证服帖。哈，人总有得意的时候，他仅仅花了五块钱就买到了精神的满足，真是拾到了非常的便宜货，他愉快地迈着快步，像一阵清风荡到了家门……

果然，从此以后，陈奂生的身份显著提高了，不但村上的人要听他讲，连大队干部对他的态度也友好得多，而且，上街的时候，背后也常有人指点着他告诉别人说："他坐过吴书记的汽车。"或者"他住过五元钱一天的高级房间。"……公社农机厂的采购员有一次碰着他，也拍拍他的肩胛说："我就没有那个运气，三天两头住招待所，也住不进那样的房间。"

从此，陈奂生一直很神气，做起事来，更比以前有劲得多了。

一九八〇年一月

小巷深处

陆文夫

一

苏州，这古老的城市，现在是熟睡了。她安静地躺在运河的怀抱里，像银色河床中的一朵睡莲。那不太明亮的街灯，照着秋风中的白杨，婆娑的树影在石子马路上舞动，使街道也布满了蒙眬的睡意。

城市的东北角，在深邃而铺着石板的小巷里，有间屋子里的灯还亮着。灯光下有个姑娘坐在书桌旁，手托着下巴在凝思。她的鼻梁高高的，眼睛乌黑发光，长睫毛；两条发辫，从太阳穴上面垂下来，拢到后颈处又并为一条，直拖到腰际，在两条辫子合并的地方，随便结着一条花手帕。

在这条巷子里，很少有人知道这姑娘是做什么的，邻居们只知道她每天读书到深夜。只有邮递员知道她叫徐文霞，是某纱厂的工人，因为邮递员常送些写得漂亮的信件给她，而她每接到这种信件时便要皱起眉毛，甚至当着邮递员的面便撕得粉碎。

徐文霞看着桌上的小代数，怎样也看不下去，感到一阵阵的烦恼。这些日子，心中常常涌起少女特有的烦恼，每当这种烦恼泛起时，便带来了恐惧和怨恨，那一段使她羞耻、屈辱和流泪的回忆就在眼前升起。

是秋雨连绵的黄昏，是寒风凛冽的冬夜吧，闸门外那些旅馆旁的马路上、屋角边、阴暗的弄堂口，闲荡着一些打扮得十分妖艳的姑娘。她们有的蜷曲着坐在石头上，有的依在墙壁上，两手交驻在胸前，故意把那假乳房压得高高的，嘴角上随便叼着烟卷，眯着眼睛看着旅馆的大门和路上的行人。每当一个人走过时，她们便娇声娇气地喊起来："去吧，屋里去吧。"

"不要脸，婊子，臭货!"传来了行人的谩骂。

这骂声立即引起她们一阵哄笑，于是回敬对方一连串下流的咒骂："寿头，猪猡，赤佬……"

在这一群姑娘中，也混杂着徐文霞，那时她被老鸨叫作阿四妹。她还是十六岁的孩子，瘦削而敷满白粉的脸，映着灯光更显得惨白。这些都是七八年前的事了，徐文霞一想起心就颤抖。

一九五二年，政府把所有的妓女都收进了妇女生产教养院。徐文霞度过了终生难忘的一年，治病、诉苦、学习生产技能。她记不清母亲是什么样子，也不知道母爱的滋味，人间的幸福就莫过如此吧，最大的幸福就是在阳光下抬着头做个正直的人!

那一年以后，徐文霞便进了勤大纱厂。厂长见她年轻，又生着一副伶俐相，说："别织布吧，学电气去，那里需要灵巧的手。"

生活在徐文霞面前放出绚丽的光彩：尊敬、荣誉、爱抚的眼光，一齐向她投过来。她什么时候体验过做人的尊严呢！她深藏着自己的经历，好在几次调动工作之后，已无人知道这点了，党总支书记虽然知道的，也不愿提起这些，使她感到屈辱。没人提，那就让它过去吧，像噩梦般地消逝吧。

爱情呢，家庭的幸福呢？徐文霞不敢想。她也怕别人夸耀自己的爱人，怕人提起从前的苦难，更怕小姐妹翻准备出嫁的衣箱。她渐渐地孤独起来，在寂静无声的夜晚，常蒙着被头流泪，无事时不愿有人在身边。于是，她便在这条古老的巷子里住下来，这里没人打扰她，只是偶然门外有鞋敲打着石板，发出空洞的回响。她拼命地读书，伴着书度过长夜，忘掉一切。只是那些曾玩弄过她的臭男人不肯放松她，常写信来求婚，徐文霞接到这些信时便引起一阵怅惘，后来索性不看便撕掉："谁能和做过妓女的人有真正的爱情，别尝这杯苦酒吧！"

徐文霞站起身在房间里走动，把所有的杂念都赶掉，翻开小代数，叹了口气，自语道："把工作让给我，把爱情让给别人吧！"

徐文霞重新埋进书本，努力探索难解的方程式。一会儿，字母便在眼前舞动，扭曲着，糊成一片黑。她拉拉眼皮，想唤回注意力。可能是天气燥热吧，她伸手推玻璃窗。窗外起着小风，树叶儿沙沙地响着，夜气和秋声那样催人入眠，徐文霞更加烦躁了。

徐文霞为啥烦躁，只有她自己知道，那个大学毕业的技术员张俊的影子，如今还在眼前晃动。他年轻，方方的脸放着红光，老是带着笑容和她谈话，跑到她身边来找点什么，却又涨红着脸无声地走开了。徐文霞知道为着这件事烦恼，却故意不肯承认，用这种办法，她击退过好几次爱情的干扰。今天怎么搞的呢，说不想又偏去想："他今天为什么到我这里来呢？光是轻轻地敲了一下门，隔半天又敲了一次，想进来，又不想进来的样子。他的脸那么红干吗，别这样红吧，同志！难道我这个人还能讥讽人吗？唉，他为什么不讲话，他挺会说话的，今天倒结结巴巴的，尽翻我的书看，还看得很有趣呢！这些书他不是都读过吗？他要帮我补习代数，还要教我物理。昏啦，我竟答应了他，要是他怀着什么心思，我可怎么得了呀！”徐文霞平静的心被搅乱了，全部“防线”都崩溃了，她不理睬那许多对她含着深情的眼光，撕掉好些向她吐露爱情的信件，却无法逃避张俊那纯真的孩子般的眼睛。她收不住奔驰起来的思想，一会儿充满了幸福，幸福得心向外膨胀，一会儿充满了恐惧，感到这事是那么可怕。各种矛盾的心情，痛苦地绞缢着她，悲惨的往事又显明起来，她伏在桌上抽泣着，肩膀在柔和的灯光下抖动。

窗外下起雨来，檐漏水滴在石板上，像倾诉着说不完的闲话。

二

时间从秋天到了冬天，徐文霞心里却像开满了春花。

一下班，张俊便到徐文霞的房间里来了。他坐在徐文霞的对面，眼不转睛地看着她。看得徐文霞脸红心跳起来，忙说：“来吧，抓紧时间。”

张俊笑着，打开课本。他不仅讲，还表演，不知又从哪里找来许多生动的譬喻。这一点，张俊自己也不明白，在徐文霞面前，他的智慧像流不完的河水。

徐文霞开始做习题时，张俊便坐到另一张桌上做自己的功课。这时候，房间里静极了，只有笔在纸上唰唰地响。张俊一伏到书桌上，就两三小时不动身。徐文霞生怕他过度疲劳，便走过去拉拉他的耳朵，搔搔他的后脑。张俊嚷起来："好，你又破坏学习。"

徐文霞咯咯地笑着，便坐下来。不一会儿，她又向张俊手里塞进一只苹果。张俊把苹果放在桌子上，先不去动，过了一会儿，拿起来看看，然后便到徐文霞的口袋里摸小刀。

"好，这次是你破坏学习。"

"苹果是你送给我的。"

这一骚动，两个人都学不下去了，便收起书本，海阔天空地谈起来。张俊老是爱谈将来，一开口便是"五年以后"的理想："到那时候我是工程师，你是技术员……"

"我也能做技术员吗？"

"只要你学习时不调皮。"张俊调皮的眼光望着她，"那时我们还在一起工作，机器出了毛病，我和你一起修，我满脸都是机器油，嘿，你会不认识我哩！"

"你掉进染缸里我也认识。"

"要是世界上有这么一对，他们一起工作，一道回家，星期天一起上街买东西，该多好哇！"

徐文霞被说得心直跳，脸上绯红，故意装作不明白地说："那是人家的事情，你谈它做啥。"

徐文霞好像浸在一缸温水里，她第一次感到爱情给人幸福和激动。

实在没话谈了，他们便挽着手到街头散步。苏州街上的夜晚，空气是很清新的，行人又那么稀少。他们净拣没人的地方走，踩着法国梧桐的落叶，沙沙的怪舒服。徐文霞老爱把那些枯叶踢得四处飞扬。到底走多少路，他们并不计较，总是看到北寺塔，看到那高大巍峨的黑影时便回头。

张俊每天到徐文霞这里来，实在忙了，睡觉之前也一定来说一声："睡吧！文霞，明天见。"

徐文霞也习惯了，等到十点半张俊还不来，她便睡下等他。果然听着门上的钥匙响，张俊走进来，用手在她的被头上拍两下："睡吧，文霞……"然后她才能真的安详地熟睡了。

在爱情的海洋里，徐文霞本来已经绝望了，却忽然碰着救命圈，她拼命抓着，生怕滑掉。夜里，她常常梦见张俊铁青着脸，指着她的鼻子骂："我把你当块白璧，原来你做过妓女，不要脸的东西，从此一刀两断！"徐文霞哭着，拉着张俊："不能怪我呀，旧社会逼的……"张俊理也不理，手一摔，走出门去。徐文霞猛扑过去，扑了个空。醒来却睡在床上，浑身出着冷汗，索性痛哭起来，泪水湿了枕头，人还在抽泣。

徐文霞再也睡不着了，多少苦痛都来折磨她，寻思道："怎么办哩，老是这样下去吗？万一我的过去给张俊知道呢？告诉他吧。不，他不会原谅我，像他这样的人，多少纯洁的姑娘会爱上他，怎能要做过妓女的人呢？不能讲，千万不能讲啊！"

徐文霞用力绞着胸前的衬衣，打开床头的电灯，她恐惧，她怕。她不能失去张俊，不能没有张俊的爱情。

三

初冬晴朗的早晨，天暖和得出奇。苏州人都蹓进了那些古老的花园度过他们的假日。

徐文霞穿着鹅黄色闪着白花的绸棉袄，这棉袄似乎有点短窄，可是却把她束得更苗条而伶俐。辫子好像更长了，齐到棉袄的下摆，给人一种修长而又秀丽的感觉。她左手拎一只黄草提包，和张俊慢慢地走进了留园，在幽静曲折的小道上，徐文霞的硬底皮鞋，咯噔咯噔地叩着鹅卵石。小道的两旁，是堆得奇巧的假山石，瘦削的太湖石到处耸立着，安排得均匀适中。晚开的菊花还是那么挺秀，不时从太湖石的洞眼中冒出一枝来。徐文霞的眼睛像清水里的一点黑油，滴溜溜地转动着，心旷神怡。

他们在清澈的小石潭中看了金鱼，又转过耸峙的石峰，前面出现了一座小楼。

“上楼去吧。”徐文霞眼睛柔和发亮地望着他。

张俊拉着她的手却向假山上爬。

“咦，上楼多好！”徐文霞跌跌撞撞的，爬到山顶直喘气，“我叫你上楼偏要上山！”

“已经上楼啦，还怪人。”

徐文霞向前一看，真的上了楼，原来假山又当楼梯，使人在欣赏山景中不知不觉地登上楼，免去爬楼梯那枯燥的步行。徐文霞忍不住笑起来，停会儿又叹气说：“俊，你看造花园的人多灵巧哇，人总是费尽心机，想把生活弄得美好一些。”

“走吧，说这些空话做啥。”

他们穿着曲折的回廊，徐文霞心中有些忧伤，说：“唉，空话，要是明白了造园人的苦心，你就会同情他，同情他那美好的愿望。”

张俊心一悸动，看着徐文霞忧伤的眼色，忙说：“你怎么啦，文霞，想起什么了吧？”

“不，没有什么。”

“那你为什么不高兴呢？”

“高兴哩，能和你在一起，总是高兴的。”徐文霞强笑了一下，“走吧，你看前面又是什么地方？”

他们走进了一个满月形的洞门，眼前出现了一片乡村景色，豆棚瓜架竖立着，翻开的黑土散发着芬芳。他们在牵满了葫芦藤的花架下散步，看那繁星一样缀在枯藤上的小葫芦。

张俊沉默着，忽然一副庄重的神色说：“文霞，你说心里话，你觉得我这个人怎样。”

“怎么说呢，我这一世，要找第二个人，恐怕……再也……”

张俊兴奋极了，满脸放着光彩，快活地说：“这么说，文霞，我们结婚……”

徐文霞陡然一震动，喜悦夹杂着恐怖向她奔袭过来。她脸色有些苍白，嘴唇边微微抖动，半晌才说：“走吧，我们向前。”

张俊兴奋的话说个没完：“文霞，人生的道路是漫长的，在这条路上，两个人携着手，齐奔自己的理想；一个疲乏，另一个扶着他；一个胜利，另一个祝贺他。你说，还有爬不过的高山，渡不过的大河吗？”

徐文霞感动得几乎掉下眼泪来，有这样的一个人，伴着一生，不正是自己的梦想吗？可是，她却怀疑地望着张俊，想道：“要是你知道我的过去，你还能说这些话？”她痛苦地低下头，忙说：“走吧。”

在那边，出现了一座土山，山上长满了枫树，早霜把枫叶染红了，红得像清晨的朝霞。在半山腰的石凳上，坐着个人。这人背朝着徐文霞，拉起大衣领子晒太阳。

徐文霞咯噔咯噔的皮鞋声，引起了他的注意，便回过头来，露出一张扁平的脸，像一张绷紧了的鼓皮，在鼓皮的两条裂缝中间，滴溜溜的眼睛盯着徐文霞。等徐文霞发现这人时，已到了跟前，这人也跟着站起来，恭恭敬敬地说：“你好哇四妹，你还在苏州吗?”

“你！你……也在这里玩吗。再见！俊，到山顶上去看看吧。”徐文霞拉着张俊的手，一溜烟奔上了山峰。她神色慌乱，喘着气，腿肚在抖，眼皮跳动，浑身直打寒噤。

张俊望着那个人，见他已懒洋洋地下山了，就说：“那人是谁，怎么叫你四妹?”

徐文霞哆嗦着，“没有什么，一个熟人，四妹是我小名。”她呆了一下，“回去吧，这里很冷，没啥玩头。”

徐文霞奇怪的神色，心里疑惑着，忐忑不安地走出了园门。

四

门上，轻轻敲了一下。半晌，又轻轻地敲了一下。

徐文霞的脸色从惊疑变成喜悦地敏捷地从床上跳起来：“冒失鬼，又忘了带钥匙啦!”

徐文霞慢慢地拉开门，想猛地冲出去吓张俊一下。忽然，有个扁平的脸在眼前出现了。徐文霞一惊，一阵凉气从脚下传遍全身，暗自吃惊道：“朱国魂！就是那天在留园碰到的朱国魂。”徐文霞愣住了，不知道把门关上呢还是放他进来。

朱国魂微笑着，向巷子的两端看了一眼，不等什么邀请，很快地折进门来，跟着把门关上，恭恭敬敬地叫了声徐小姐。

听到喊徐小姐，徐文霞更惊惶地想：“都知道啦，这个鬼。”她强力使自己镇静，不露出一点张皇的神色，冷冷地问：“这几年在哪里得意呀，朱经理?”

“嘿嘿，没有什么。前几年政府说我破坏了市场，把我劳动改造了两年。徐小姐，听说你这两年很抖哇。”朱国魂努力想说点新腔，不小心又露出了这句老话。

“现在谈不到抖不抖。”徐文霞感到一阵恶心。

朱国魂向房间里打量着，一时不讲话。徐文霞也戒备着，不知道他下一步会耍出什么花腔。她看着这张扁平脸，眼睛里藏着屈辱和愤怒。就是这个投机商，解放前她还是一个十六岁纯洁少女的时候，他是第一次曾那样残酷地侮辱过她，把她的身子尽力地摧残。现在他想干什么呢？他不讲话，抻长着脖子挨过来，咧着那个圆圈圈似的嘴直喘气。徐文霞向后让着，真想伸手给这张扁平脸一记耳光，可是她忍耐着。从碰到他的那天起，她就怕这个人，总觉得有把柄落在这人手里。

朱国魂突然用解放前的那副流氓腔调说：“嘻嘻，阿四妹，你真有两手，竟给你搭上张俊那小子，一表人才呀！喀，有苗头。不过当心噢，过去的那段事得瞒得紧点，露了风可就炸啦！”朱国魂睐着他那小眼睛，又意味深长他说：“你放心，我不会公开我们解放前那段交情，你的好事我总得要成全，对不对？”

徐文霞手足发凉，极力保持着的镇静消失干净。脱口说出心里话：“你怎么晓得这样清楚！”

“唉，买卖人嘛，打探消息的本事还有点哩！”

徐文霞脸色煞白，一瞬转了很多念头：痛骂他一顿，轰他出去，拉他到派出所。这些都容易办到，可是要给张俊知道呢，要是这恶棍添油加醋地告诉张俊呢……她不敢想，头昏目眩起来。她狠狠地望着对方，那张扁平脸在眼前无限制地伸长，扩大，成了极其可怕的怪相。

“你要怎么样呢，朱经理，大家都是明白人，有什么里子翻出来看看。”

“喀，谈不上怎么样，这又不是解放前。不过，我现在摆了个小摊，短点本。想问你借一点，大家心里有数嘛，互相帮忙。”

徐文霞下意识地伸出微抖的手，摸出一沓钞票放在桌子上。

朱国魂站起来，一迭声地说谢谢。他把大拇指放在唇边上擦了点唾沫，熟练地一数，又笑嘻嘻地放在桌子上，说：“徐小姐，这二十块钱不能派什么用场。要是你身边不便，我改日再来拜访。”

徐文霞紧咬着牙，脸涨得发紫。她把半个月的工资狠命地摔在地板上，转身朴到枕头上，哽咽不成声地哭着。

五

冬天渐渐摆出冷酷的面貌，连日刮着西北风，雪花飞飞扬扬地飘落下来。

徐文霞呆坐着，面容消瘦了，眼睛也无光了。她看雪花扑打到玻璃窗上，化成水珠，像眼泪似的流下来。透过这挂满眼泪的玻璃窗，看到外面大团的雪花飞舞着，使天空变成白茫茫的一片。

床头闹钟嘀嗒嘀嗒地响，永远那样平稳。徐文霞又向钟看了一眼：“咦，他怎么还不来！”

“朱国魂大概把我的一切告诉他啦！”徐文霞的心像悬在蛛丝上，快掉下来，却又悬荡着：他爱的人原来做过妓女呀！他还有脸见人吗？他哪里还能来呢。

“丁零零！”闹钟突然响起来。徐文霞一惊，以为是门铃响，她手捺着那跳得突突的胸脯。她怕朱国魂又来纠缠，又怕张俊来撞上朱国魂。她想："朱国魂不会轻易地放我，这条毒蛇，不把血吸干了是不会吃肉的。"

张俊进来了，跺着脚，抖掉雨衣上的雪，脸冻得通红，嘴里喷出白气。他满脸是笑地说："文霞，多大的雪，你出去看看，嘿，好几年不下这样大的雪啦！"

徐文霞飞奔过去吻着他："怎么现在才来，最近怎么常来得这样迟呀？"

"是你心理作用，我还不是和过去一样，下班就来看你！文霞，别乱猜，无论怎样，我总不会离开你。"

徐文霞紧紧地搂着他："别离开我，俊，别丢掉我呀！不，就是丢掉我，我也不会怨你。"

张俊扬起了眉毛，不明白地望着徐文霞，心想道："她近来消瘦了，眼眶里含着泪水，心中埋藏着什么痛苦呢，不肯说，又不准问。唉，亲爱的姑娘！"他的唇边动了两下，想问什么又忍住了，只说："结婚吧！文霞，结了婚我们会天天在一起的。"

徐文霞低头沉默着。突然，她又无声地哭了起来，伏在张俊的怀里揩眼泪。

张俊抚摸着她的头发，又怜惜又着急："别难过，文霞，我是用真诚的心待你的，为什么你对我忽然又不信任了呢？"张俊拍拍徐文霞，安慰她一会儿，才说："还有个会等我去，你先看看复习题，晚上我再来讲新课。"

徐文霞恍恍惚惚地想："走啦，又走啦！最近他总是这样匆匆忙忙的，好吧，结局快到了，到了，总有一天会到的，不如早些吧！"她哪有心思复习小代数哇，不知不觉又去打开箱子，把新大衣穿起来，新皮鞋穿上，围好那红色的围巾，对着镜子旋转了几下，然后叹了口气，又一件件脱下来。她自己也不相信，这些东西竟是他买来的，准备结婚的。她幻想着这一天，却又不相信会有这一天。近几天张俊不在时，她便独自翻弄这些衣服，玩赏着，做出各种美妙的想象，交织成光彩夺目的生活图画。越是痛苦失望的时候，她越是爱想这些。

蓦地，朱国魂撞了进来，皮笑肉不笑地说："你好哇，徐小姐，准备结婚啦，我讨杯喜酒吃。"

徐文霞一看见他，所有的幻想都破灭了，她发怒地把衣裳都塞进箱子里。全是这个人，一切幸福与欢笑都被这个人砸得粉碎，她怒睁着眼睛问："你又来做什么?"

"上次承你借了点小本钱，可是……又光啦。"

"怎么，我是你的债户?"徐文霞立起来，眼睛都气红了，恨不得燃起一场大火，把这个人燃成灰烬。

"何必这样动火呢，徐小姐，有美酒大家尝尝，一个人吃光了是要醉的。"

徐文霞所有的怒火都升起了："跟这个畜生拼了吧。"可是回头看看那乱七八糟的衣箱，心又软下来，手颤抖地摸出二十块钱。

朱国魂没料到第二次勒索竟这么容易，不禁向她看了一眼，发现她近几年竟长得如此苗条而又多姿，高高的胸脯，滚圆的肩膀，浑身发散着青春诱人的气息。他的心动起来了，升起一种邪恶的念头，扁平的脸上充满了血，打个哈哈说："今晚我睡在这里。"

"叭叭!"两下清脆的耳光声。

朱国魂猛地向后一跳，手捂着面颊。他仍微笑着说："喀，装什么正经啊，你和我又不是第一次!"

徐文霞猛扑过去，像一头发怒了的狮子。所有的痛苦、屈辱和愤怒一齐迸发出来了，她用力捶打着朱国魂。朱国魂还是嘻嘻地笑着说："看哪，欺侮人哪，但是我原谅你，打是亲来骂是爱！"徐文霞更气得脸都白了，什么也不顾，一口咬住朱国魂的膀子。朱国魂真的痛得跳起来了，随手拎起一个方凳子，想了一下，又轻轻地放下来，放下脸来说："别这么神气，我只要写封信给张俊，告诉他你是干什么的，过去和我曾有过那么……"

徐文霞夺过方凳猛力掷过去。朱国魂知道再闹下去不好，转身溜出门去。方凳子"轰隆"一声撞在板壁上，把四邻都惊动了。

六

徐文霞站在张俊的宿舍门口，头发蓬乱着，脸色发青，眼睛里充满绝望的神色："去，告诉他，出丑让我一个人，痛苦由我承当。"心里虽这么想，脚下却不肯移动，仿佛门槛里有条深渊，跨进一步就无法挽救。

张俊洗完脸，端了满满的一盆肥皂水，正要用力向门外泼，忽见门外有人，连忙收住，水在地板上泼了一大摊。

"是你！文霞。"张俊惊叫起来，看见徐文霞这副样子，更是惊慌。他忙拉着她的手坐到床上："发生什么事啦文霞，快告诉我，快！"

徐文霞痴呆着，眼睛直愣愣地看着张俊，眼泪一滴追一滴地落在地上。

"什么事，文霞？"张俊摇着她的肩膀，"快说吧！看你气成这个样子，唉，急死人啦！"

徐文霞还是僵坐着，突然一转身，扑到张俊床上，只是泣不成声地哭着。张俊心乱极了："别哭，有话说呀，别哭啦，给人家听见了笑话。"

徐文霞不停地哭着，让眼泪来诉说她的身世、痛苦和屈辱。一直哭了十多分钟，才觉得塞在心头的东西疏通了，慢慢地平静下来，深深地吸了口气，坦率地诉说着自身的遭遇。曾经有多少个夜晚哪，她把这些话在胸中深深地埋藏着，让自己独自忍受着这痛苦。

张俊开始被徐文霞的叙述弄得不知所措，只吃惊地张着眼睛，但是后来他像听到一个不平的故事一样，怒不可遏地从床上跳起来："那个坏蛋在哪里，岂有此理，现在竟敢做这种事，我去找他！"

"别去吧，俊，派出所会找他的，不要为我的事情再闹得你也没脸见人。我对不起你，你一片真心待我，我却把我的身世对你瞒了这么长时间。别骂我，俊，我是怕你……"

"别哭吧，文霞。"

"我知道你不会再爱一个曾经做过妓女的女孩子，我为什么要拖住你呢，拖住你来分担我的羞耻和痛苦！我要离开苏州，请求组织调我到上海去工作。今后希望你和我仍做个知己的朋友吧……"徐文霞说不下去了。又伏倒在床上哭起来。

张俊沉默着，混乱得说不出一句话来。心里像打翻了五味瓶，说不出是个什么滋味。

徐文霞揩干了眼泪，渐渐平静下来，想站起来走了，却没有一点力气。又过了一会儿，她像一个出征的战士，一切想好之后，带着一副毅然的神色离开了张俊的屋子，走上了她的征途。

张俊仍一人在屋子里呆立着，不知怎样处理这件事才好，脑袋什么也不能思索。

…………

夜深了，冷得要命，大半个月亮架在屋檐上，像冰做的，露水在寂静中凝成了浓霜。

在那条深邃而铺着石板的小巷里，张俊在徘徊。他远远望着徐文霞那个亮着灯的窗户，每次要到窗户跟前又退回来：“怎么说呢，向她说些什么呢？”他想得出，那盏灯下坐着个少女，这少女是善良的化身，她无论怎样也不能和妓女这名词联系起来。他知道她在痛苦中：由于她屈辱的过去而无法生活下去。他的心又软下来：“不能怪她呀，在那个黑暗的时代里，一个软弱的孤儿，能做得了什么主呢！”

要是作为一个普通女孩的不幸，毫无疑问，张俊是会同情的，而且马上就能谅解。可是，这是徐文霞，是个要伴着自己一生的姑娘。他踌躇着，在巷子里一趟又一趟地走着，似乎下决心要数出地上的石头。许多事情在眼前起伏，他想起和徐文霞相处的那些充满了幸福和幻想的日子，在这些日子里，人就变得聪明，而且对一切事情充满了信心。这些都是一个姑娘带来的，这姑娘挣扎出了苦海，向自己献出了一颗纯洁的心。她忍受着那许多痛苦来爱自己，又那么向往着美好的未来而不断地努力。张俊突然一转，奔跑到徐文霞的门前，一摸口袋，又忘了带钥匙，便提起拳头拼命地敲门。

那性急的擂门声，在空寂的小巷子里，引起了不平凡的回响。

在悬崖上

邓友梅

夏天的晚上，闷热得很，蚊子嗡嗡的。熄灯之后，谁也睡不着，就聊起天来。

大家轮流谈自己的恋爱生活。约好了，一定要坦白。

睡在最东面的，是设计院下来的一位技术员，是个挺善谈的人。轮到他说的时候，他却沉默许久也不开始。

人们你一句我一句地催他。

终于，他叹了口气，说起来了——

我和我爱人，是自由恋爱结婚的。

前年，我刚从大学毕业，到工地上做技术员。头一天进工地，我就出了个娄子——坐火车没有要报销单据。我懊丧极了，心想会计员一定不肯给我报，就是给报，也要狠狠地批评我一顿。我噘着嘴进了会计室。

坐在办公桌后边的，是位挺端庄的姑娘，剪着发，身上浅蓝色的衬衣已经洗得发白了。她推了把椅子让我坐下。

“您怎么会忘记要报销单据呢？”她严肃地说，“这是国家的制度哇！”

我擦着汗说：“是的，我，我才从学校出来，还没这习惯……”

“嗯！”她微笑着，“那就是另一回事了，我写个信，您去车站补领一份吧。”

我把信接过来，走出门，她又喊住了我，赶出来说：“您头一天来，也许还有许多事要办，您写个补领条，我替您办了好不好？”

我对她有了个极深的印象。

这时，我正申请入团。她担任团支书的职务，三天两头和我个别谈话。她长得挺秀气，笑起来很美。我很高兴有这样一个支书帮助我，但我没想到会和她恋爱，我觉着她和我不是一样的人，她要比我高些。

过了些天，她的历史我也知道了：她上学不多，初中毕业后，在家中闲住了一阵，新中国成立后又上了一个时期会计学校，就出来工作。现在经过自修，已能看俄文的联共党史，在我来的那年春天入了党。我对她就又加上了一层敬意。工地上的人也都挺尊敬她。

不知怎么一来，我就爱上她了。我找一切机会接近她，星期天约她一块去玩，听到她大方地回应我，我是那么受宠若惊，似乎跟她走在一起，我的人格也高尚了许多。——她是青年们的领导人哪！

我提出要求来了。她沉思了一会儿，温柔地说：“再考虑一下吧，我比你大两三岁呢，这也许不大好。”

我急道：“你这么说真伤害我，我爱的是你这个人，年龄有什么相干？”

从这以后，她对我更加亲切了。不仅在思想上督促我进步，生活细节她也处处操心。我不会有计划地用钱，发薪的那两天，整天地又是吃又是买，一过十五号便连烟也没的抽。她要求替我管账，从此我不仅每个月都过得很富裕，而且能按月积蓄一点钱。过去，我的袜子、手帕，一个月也不想洗一次。碰到星期天，要和她一道去玩了，就慌慌忙忙地去买新的来。她看见，便玩笑地说："你以为穿上新袜子，别人就更喜欢你些吗？"于是就让我把旧的拿出来帮我洗洗补补。我不好意思地说："你帮我做这些，人家会笑你吧。"她正色说："这有什么可笑的！两人一起做点事不比在街上瞎逛有意思？"真的，同志们并不笑她，只说我"野马上了笼头了"。我听了，心中暗暗得意。

有好几次，她问我对她有什么意见，我实在说不出来，她就说："你瞧，你总是不在政治上注意别人，对我还这样呢，对同志们又该怎样？"我脸红着答应改过，可是总也改不过来。

这年秋天，我们结婚了。我主张买架有弹簧的双人床，她却说："睡木板不一样？"我要买个美术化的大理石台灯，她却说："买个普通的，看去还大方、美观。"我说："结婚，一辈子只有一次，钱不够可以借！"而她说："结婚只是新生活的开始，以后日子还长呢！"

结婚后，我们感情很好。早上一起上班，下午一齐回家。我们很少坐车，总是一边散步，一边谈心。不知为什么谈话的资料总是那么丰富，平常的小事两人也谈得兴趣很浓。回家之后就一齐学习，先是她读俄文，我读技术书。后来，她说要纠正我不爱读政治书的毛病，便把俄文移到早上去念，晚上叫我念政治书给她听。有时候我们两人也分开读，那时我就常常把眼睛从书本上移到她脸上，端详着那一双黑黑的眉毛和稍显得苍白的脸，越看越看不够，简直不敢相信她是自己的妻，要和自己共同生活到永远永远。她发觉我在看她，却不抬起头来，仍低着头看书。但脸渐渐地红了，嘴角露出微笑。我忍不住跳过去抱住她，用力吻着她说：“我什么都不需要了，剩下的就是工作，工作，好好地工作！”她笑着，倚着我闭上眼睛待一会儿，然后说：“行了，该用功了，咱们规定好半小时休息一次，谁破坏了罚谁，要不然咱俩就要变成二流子了。”

后来我调到设计院工作，两人每周只能见一次面。于是每个星期天都成了我们的节日，我们一起去参观展览会，看电影，跳舞。她买了只小炭炉，有时不想出去，我们就请朋友们来家吃饭。她会炒许多样菜，在冷天，还用玻璃瓶装了叫我带到机关去吃。不管做菜、洗衣服，我都当她的助手，虽然我一动手总是给她添许多额外的麻烦，她还是让我去帮助她。

我们经常谈着自己一星期来的工作、思想等。在这些谈话中，我渐渐认出了她的许多特点，给我印象最深的就是她的质朴，或叫作“实事求是”。我是若不夸大事情的一些地方，就会连那事情本身也说不出来。比如我设计完了一项图纸，总这样说：“嘿，费了九牛二虎之力，总算完成了，真费劲！”她呢，却总是简单的一两句话：“我做完了月结算。”若不就再加上一句，“有个地方还要复核一下。”我们也常谈到未来。有时我说：“等到下一两个五年计划时，也许我能给我们自己设计一座最新式的住宅，还要有阳台，有浴室，有……”她却说：“咱们从下月起该节省些，存点钱，万一明年有个小宝宝，这房就住不开了。”她这种性格不知不觉地影响着我。当我接受任务设计一幢办公楼时，不知怎么，我一向追求表面华丽的作风使自己感到可厌了！我竭力从实用和大方上着手。结果这套设计得到了表扬，在反形式主义学习时上级还叫我做了典型报告。在生活作风上，我也逐渐改变自己言过其实、锋芒毕露的毛病，同志们都说我踏实多了。在这种情形下我参加了青年团。

这时期，我工作和生活都很愉快。我常想：只要这样按部就班地学习、工作、生活，一步步走下去，不断地提高自己，争取做一个好党员和红色专家还有什么难处呢？

没有料到，我像一个参加长途竞走的人，半路上贪恋一株新异的花草，忘了路标的指示，走起弯路来了。

设计院来了一个才从艺术学院毕业的、做雕塑师的姑娘，叫加丽亚。她父亲是位音乐教授，母亲是个德国人，她北京话和柏林话都说得挺流利。她来时是秋天，穿着件浅灰色的裙子，米黄色的毛线衣，头发是棕色的，眼睛却是黑色的，眼睫毛很长。于是“加丽亚”三字就粘到小伙子们的嘴唇上了。开会的时候，这个给她搬椅子，那个给她递茶水。休息时，这个约她去散步，那个请她去打球。她一天到晚兴高采烈的，一会儿把她的快乐传染给这个，一会儿又传染给那个。我自然不会像那些单身汉似的去献殷勤，不过，说良心话，我也挺欣赏她的相貌和风度，很愿和她一起散散步，谈谈心。

中秋节，机关组织大家去游颐和园。加丽亚说她要去，许多小伙子也争先恐后报了名。有人替她拿水果袋，有人给她在车上留座位。那天我爱人要参加她们工地上的集体活动，我只好一个人去，坐在车上，我冷眼看着那些小伙子发笑。

加丽亚上来了，假装没听见人家招呼她坐，却意外地，竟走到我面前笑笑说：“劳驾，往里一点。”

我往里挪挪，从侧面看着她。她脸朝着前面，故意做出严肃的样子。车子过了西郊公园，猛然转了个弯，她撞到我身上了。重新坐好后，她向我点点头说：“对不起。”

我说：“您真客气。”

“对您不敢不客气。”她望着我笑道，“您总是那么严肃，好吓人哪！”

“嗯！”我大声笑起来。

我俩热烈地谈起来了。我称赞她的衣服和身材，她不仅不害羞，反倒爽快地议论姑娘们的身材特点，以及应该如何打扮之类。我很喜欢她这种爽快劲，便也毫无顾忌地发表意见，然后又谈到了大学生活，共同的兴趣……越谈越投机，下车时，我们俨然像朋友了。

“你船划得怎样？”她妩媚地看着我。

在学校里谁没受过姑娘的青睐？谁没有点在同辈青年中争胜的劲头？加丽亚似乎一下子又把我拖回到三年以前去了，我得意地看看那些用嫉妒眼光盯着我的小伙子，拉着加丽亚说：“走，咱买船票去。”

这以后，我和她成了要好的朋友，有好电影和音乐会，我们总是一道去。

有一次看《杜勃罗夫斯基》。回来的路上，她说：“这俩演员真漂亮啊！”

我说：“两人很相称！”

“人家是有意识这样选的。”她正经地说，“爱情，除了性格、志趣之外还应该是美的结合，两个人都漂亮，不仅自己幸福，对旁观的人也是幸福的……”正说着，对面走过一对男女来，男的有二十七八岁，很年轻、精神。女的在笑着，脸上堆了几条皱纹，看来要比男的大四五岁。她立刻用肘子一碰我说：“喏，你瞧，也许他俩感情还不错，可是叫别人看起来总有不愉快之感，不能不算遗憾吧？”

我看看那两人的背影，先还挺高兴，以为加丽亚在暗示我俩“很相称”，接着，我想起我妻子来了。她比我大两岁，也没加丽亚这么漂亮，要叫加丽亚看见我俩一起走，她会怎样评论呢？不由得有些扫兴。

正巧，这个星期六我们机关有舞会，我把爱人约来了。我们坐在大厅角上，觉着背后有人喊喊喳喳地连笑带议论，回头一看，正是加丽亚。她见我看她，便索性大声道：“我正议论你呢！”甩甩头发，走过来向我眨眨眼说：“可以介绍下吗？”

我红着脸，把爱人介绍给她。天晓得，在加丽亚对面我爱人怎么显得那么呆板，没有风度和苍白。我真后悔，不该把她带到这里来现眼。以后乐曲再响的时候，我就请加丽亚跳，请别的同志跳。加丽亚问我：“你让她一人坐在那儿她不会生气吗？”我说：“她并不太喜欢跳舞，也不太会跳。”然而，当我跳完一个华尔兹回到妻的身旁时，妻却很不高兴地说：“我想回家了，你一人留下来跳吧。”我忙说：“为什么，还早呢？”她说：“我累了！”我只好耐着性陪她回去。路上我们一直沉默着，快到家门口了，我装作玩笑的口吻问她：“是不是我净和别人跳，你生气了？”她说：“干吗要拉我去做展览品呢？我在家看点书不更好？”我说：“人家要认识你也没有什么恶意，我请别人跳也是礼貌。”她说：“我见不得那种轻浮相。我尊敬别人，也希望别人尊重我！”

到家之后，我们默默地坐了一阵就睡了。躺在床上，我忽然想道：如果我身边躺的不是她，而是加丽亚，这些不愉快不就没有了吗？

是呀，假如妻也有加丽亚的相貌、风度、趣味，那我该多幸福哇！

为了避免惹闲气，我一连几个星期都没参加舞会。

一个星期六晚上，我正收拾东西准备回家，加丽亚进来了，对我笑道：“女主人管教得真严，舞会上都见不着你的面了。”

我说：“我自己不愿意跳。”

“说这么好听干吗？”她努努嘴，“出名的舞蹈能手。不过身不由己罢了。”

我有点挂不住火，说：“这么说，我今天就跳一晚上给你看！”

“回去挨骂可没有人同情啊！”她笑笑，又说道，“今晚上有联欢晚会，说要选几个跳得好的起示范作用，你怎么样？”

我说：“好，我俩算一对！决定了！”

她笑着推我：“那还不快打电话请假。”

我急道：“向谁请假？我是自由的！”

话虽这么说，我可确实担心妻在家里着急，只是不好意思去打电话。

我许久没进舞厅，一听乐声，一见那灯光，立刻兴奋起来，把别的事全放在脑后了。

加丽亚换了一身漂亮的衣服。音乐一响，我俩就旋风似的转过了整个大厅，人们那赞赏的眼光紧追着我俩闪来闪去。加丽亚得意地说：“我好久没这么高兴过了，跳舞本身是愉快的，被人欣赏也是愉快的。我告诉你个秘密，姑娘虽然爱在人前装得神圣不可侵犯，可是心里还是愿意被人欣赏！”我笑道：“小伙子们又何尝不如此？”她说：“你也这样？”我笑道：“可惜我不漂亮，引不起人们的欣赏。”她笑道：“别客气，我还是头一个欣赏你的。”我们边跳边说笑，总是撞着别人。她耸耸肩说：“不管他，我快乐的时候，根本不考虑周围还有别人存在！”我说：“也不考虑你自己是否存在吧？”

“对极了，这才叫忘我。”转了一转，她又笑道，“我能忘我，你就不能！”

我问：“为什么？”

“你忘了自己，可有个人没有忘你。”

本来我已忘了家中的事，她这一提，我的兴致立刻减了不少，便说：“咱们不谈别人好不好？”

正这时，门口有人喊我的名字：“电话，您爱人找！”

“怎么样？”她推开我，笑道，“生命诚可贵，爱情价更高，若为自由故哇……”

我气冲冲地跑出来，到传达室一把抓起电话来大声吼道：“我马上回去！”

说完，电话里没有人回答，我奇怪了，问道：“怎么回事，你走了吗？”

里边干咳一声，低声说：“我是问你回来吃饭不，省得我等，又没催你回……”

我听到她那委屈的声调，再没心思跳舞了，真觉着自己失去了自由。走到大厅去向加丽亚告别，她正和一个穿蓝西装的年轻人跳舞，脸上仍然洋溢着快乐，还兴高采烈地说着什么。经过我面前时，她只轻轻地点了一下头。我赌气一句话也没说，便走回家去。

我爱人正在桌前坐着，桌上放着冷了的饭菜，见我进来，她把头一扭。

我说：“怪不得人们说女同志小气，我就回来得晚一些，也不至于这样啊！”

“我对你说什么了，你拿起电话就发凶？”她生气地说，“我妨碍你什么了吗？”

我听她话里有话，急道：“好，好，你别说这些，以后不离开你一步就是了。”

“我并没这样要求你。”她喊了一声，又赶紧住了嘴，两只眼睛阴凄凄地望望我，小声说，“真可怕，星期六你也不愿回家来了，我们也开始吵嘴了……”

“不要胡思乱想，”我说，“夫妻吵嘴是难免的。”

“唉，既吵开了头，谁又保险不会永远吵下去？”

这阵风暴过去，她睡了。我躺在床上又想起了舞会，想起了加丽亚，想起了大街上和舞会上人们投过来的羡慕的眼光。于是，我不由得看了一眼我们的结婚照片，第一次发现我们的年龄差别是这样明显。我有些害怕地想：“我结婚得太匆促了点吧……”

她翻了个身，醒了，见我还开着灯，问道：“怎么还不睡？生气了？”

我摇摇头。

“别生气，也许我们还不善于处理生活问题……不过，你不该连个电话也不给我，”她吻着我，“你知道我站在门口等了多久哇，菜凉了，我去热，热好了，你还不回来……”

“是我不好。”我抚摸着她的头发说，心里却又去想起了加丽亚，我觉得自己虚伪得可怕，但又制止不住自己。

加丽亚初来时所引起的骚动，平静下去了不少。许多围绕着她的青年也自动散开了。而且人们提到她的名字时，越来越多地由赞赏变成责难，说她轻浮，在感情上打游击。我想，男孩子们追求一个姑娘落了空，总难免说吃不到嘴的葡萄是酸的，所以我不仅不因此改变对她的看法，反倒有些替她抱不平。看得出，她也隐隐有些苦闷，于是和我接近得更密切了。每天晚饭后我们都到什刹海边去散步，或去溜冰。她脑子里随时都能出现奇异的幻想，看到冰，便想到将来有一天马路上的人行道会全用冰铺起来，行人全穿着冰刀。她说："那时咱俩在星期天就可以散步到天津去。"看到水，她又想到将来她要盖一间双层玻璃的雕塑室，玻璃之间灌满了水。我就说："将来我为自己设计住宅时，一定为你预备一间这样的水晶宫，把你像金鱼一样地养在里边。"说完，我偷察她的脸色，她并没生气，倒说："你真是个知音者，我要有你这样个哥哥该多好！"我说："好，你就做我的妹妹吧。"从这以后，单我俩在一起时，我们就兄妹相称。

有一次我们在什刹海边散步，她手里拈着枝梅花，一边往头上簪一边哼着："啊，姑娘啊——"唱到半句，忽然停下来，自言自语，"姑娘，这两个字多响亮啊，像黄金一样，我一辈子也不让它离开我。"

我笑道："照这样说，一结婚，黄金就贬值了！那，你是永远也不结婚的了？""也不一定，"她笑起来，"也许将来有个人能使我不得不用这黄金似的名字去换他的爱情——谁知道这个人在哪里呢？"

我心里发起热来，以为她在暗示着我。

冬天，加丽亚总是戴一顶灰色的哥萨克式羊皮帽。我很喜欢这样的皮帽，曾问过帽店，说是要一个月才有，我就等着。妻见我这么冷的天还光着头，便买了顶长毛绒的给我，说："你也不要太节省了，条件允许也该注意一下仪表。"戴上绒帽的第二天，加丽亚跑来找我说："你不是喜欢我的皮帽吗？店里有了，咱去买吧。"我毫不犹疑地和她一齐走了出去。半路上，我觉得这样办有点不妥，踌躇说："等一等，也许我钱不够——"

"我送给你，"加丽亚痛快地说，"全机关就我这一顶未免太孤单了，它要有伙伴。"

她真的不准我付钱，送了一顶给我，并且当着许多店员和顾客的面给我试过来试过去，一边端详着我，一边拍手说："帅，帅，我要给你塑个半身像，戴这帽子的。"她不顾旁边人的窃笑，也不管我脸红。

我一时大意，星期六晚上戴着皮帽回家了，妻一见便吃惊地问："你买的？"

我脸一红，支吾道："不买还有人送？"

"我不是才给你买了新帽子？"

"我……"

"你根本不把我买的东西放在眼里，"她不高兴地说，"我真傻，还以为不买帽子是为了省钱呢。原来人家没找到合适的，哼，越打扮越好看了！"

"她就不懂什么叫美！"我想，"加丽亚就不是这样！这就是艺术修养啊……"

"你为什么发愣？"她睁大眼睛问，"生气了？唉，你想想你这是浪费不是？个人的好坏不在他的打扮上，在灵魂里！"

"你瞧，劝我买帽子也是你，反过来说我也是你！"为了不使她疑心，我又说了几句笑话，便帮她一起布置饭桌。吃过饭，我倚在床上休息，不知不觉地又想念起加丽亚来。我在脑里重演着我们在一起玩的情景，回忆每一句似乎有意又似乎无意的话，不知过了多久，渐渐地我感到有什么不正常的气息了，为什么这样静呢？我找寻妻，她头伏在桌上，肩膀一耸一耸的。

我意识到她在哭，心里烦躁起来，走到她身边问："我又没惹你，无缘无故哭什么？"

她不说话。

"到底怎么了呀！"我急道，"有什么话不能说？是不是见我买了顶帽子心疼？"

"你有心事，回家来就自己出神，理都不理我！"

"哎呀，我工作一天累了，你又不是小孩，要人回来哄你。"

她又放声哭起来，呜呜咽咽地说："咱们谁也不是小孩子，夫妻之间应该怎样生活也都懂得的，这样冷冰冰的总该有个原因。"

我急道："你不要乱扯好不好？"

"谁也不瞎，星期六也不愿回来，打电话一找就发脾气……你根本忘记了还有我这样一个人存在！"

我竭力强词夺理地分辩，可是连我自己也感到了笑声和话声中的虚伪调子。她的眼睛里，从此增加了忧郁和怀疑的影子，我的脾气也更暴躁了。似乎一切都变了个样，以前回家去，老远见到她在门口等我，心中感到无限幸福，现在一见她在门口等我，心中立刻发起怒来，"哼，都不放松我，在这儿盯着呢！"进屋之后，她催我吃饭，我就没好气地说："你叫我喘喘气好不好？"她看我一眼，便赌气坐在床上不响了。过了许久，她又问我："咱们有什么问题当面揭开谈谈好不好，不要这样折磨别人！"我当然不能揭开谈，只好说她："你就是小气，别人随便说几句话你都胡想，这样子别人怎么跟你相处呢？"

她冷冷地笑一笑说："随你怎么说吧，不过我愿对你进两句忠告，往错误路上走的人，开始总是并不太自觉的，而且开头都是从极小的细节上开始……"

我气道："你就是真理，谁对你不好谁就是往错误的路上走，多高明的逻辑呀！"

就这样，我们几乎没有一个星期不吵架。只要一听到她来电话，我心中立刻像坠了块铅，一听说她星期六不能回家，我就浑身感到轻松。

回家，成了我最大的痛苦。

和爱人的关系越坏，对加丽亚的感情也越浓。对加丽亚的感情越浓，也和爱人的关系越坏。到底哪是因，哪是果，我已不甚了然了。

只有一点是明白的：每当我看到加丽亚的可爱处，便暗暗去和妻的讨厌处相比。甚至把妻引我讨厌的行为试放在加丽亚身上，那时就觉得这些行为也是可爱的。于是，我想象中的加丽亚就比现实的加丽亚更可爱、更完美。而想象中的妻，却比现实中的妻更难相处。

我不能否认妻在品质上、在思想上那些值得尊敬的地方，我觉得这对一个革命同志来说是重要的，但不一定适合做我的爱人。既这样，何不换个人？

我做离婚的打算了。

我下了多少次决心，但一到对着妻的面时我就张不开嘴了。我知道她爱我，我提出离婚对她是个沉重的打击，我不忍说出口。我绞尽脑汁想找一个既不使她痛苦又能达到离婚目的的办法。我找机会说些别人离婚的故事，称赞那些人做得干脆。又偷偷地把两人的衣服分开箱子，暗示她。我已下决心要离开她，但天晓得，当她真的懂得了我的用意，脸色变得那么悲哀和可怕时，我又慌了，又拼命安慰她，不叫她多心，说我这一切行动全是无意的。结果问题没有解决，我们之间更紧张，更痛苦了，我连夜地失眠，她明显地瘦了下去。我痛骂自己这种倒霉的“善良”，却又下不了狠心。

在机关里，我的日子也很难熬。人们已经在说我和加丽亚的闲话了，他们甚至当着我的面说加丽亚是个道德堕落的人，说她是纯粹的资产阶级作风，有人半玩笑半正经地说我昏了头，但我又怎么能放弃和加丽亚接近呢？她是那么不稳定，今天给这个画油画像，明天和那个合作漫画，最喜欢和她跳舞的那个穿蓝西装的人（现在穿皮猴了，也是蓝色的）仍死追着她，我若把她失掉了，岂不是两头落空吗？

团里注意上这件事了，小组会上大家正式给我提出意见。支书也找我谈话，并且明示我这样下去将为团的纪律不允许。我不能不收敛一些了。可是加丽亚呢，这个冤家一点都不体谅我。有一次，她当着许多人的面约我陪她去买东西，我含糊了一句，她立刻一甩头发走了。我追上去解释，她说：“你不去别人会陪我去，没什么！”我说：“咱们感情好，何必当着人面表现出来……”

“我跟你有什么不能见人的事？我就不怕别人诬蔑我，你怕受连累不要接近我好了！”

“加丽亚，你冤枉人心……”

她见我真急了，反倒扑哧一笑说：“光知道注意别人的反应，就不知道注意下自己的脖子吗？瞧，围巾都破了，不能换一条吗？”我苦笑道：“哪里顾得上。”她说：“自己都不爱美，还说欣赏旁人呢。”她把自己一条驼色的解下来围在我脖子上。围巾上带着她的体温和芳香，使我发醉。

但，到底还是痛苦多。我真不知道一个人的脑子竟会乱到那样的程度，我总想把自己的心事整理出个头绪来，却怎样也整理不出来。

组织上交给我设计一个医院的任务。我高兴极了，以为这下精神有了新的寄托，可以暂时忘记这些杂事了，谁知道我在桌前一坐下来，脑子就又转到了加丽亚和我妻的身上去。设计神经病房，我就想到自己提出离婚会给妻带来多沉重的痛苦，为自己的残酷害怕。画到日光浴室我又想起了加丽亚的玻璃雕塑室，加丽亚是这么可爱，我怎么能和幸福交臂而过呢？不，忍受过一时的良心责备，就是一生的幸福哇……就这样想啊想的，日子一天天过去了，连张草图都没画出来。上边催了，再不能耽误了，我设法叫自己相信这一切都是为加丽亚效劳。设计病房，我就想着她披着轻软的睡衣在屋里躺着；设计阳台，我又想象她在阳光下画水彩画。图设计出来以后，我吃惊地发现自己在舒适、美观上花了那么多心思，甚至显得太豪华了，但已经没有修改的时间。

图纸交上去不久，批回来了，不仅指责了许多地方不适用、形式主义，还在上面写道："一个人的设计风格和他整个的思想感情是分不开的，你的朴素的风格在失去，这是一件值得你深思的事情！"

这个打击使我更加深了一层苦恼，在爱情上我是这么不幸，在事业上我若再没有了前途，我还有什么可希望的呢？我悲观极了，既找不到引起这一切的原因，又不知道应该把这一切怎样结束。

团里专为我开了一个批评会。大家帮我分析，说我的资产阶级意识在作怪，说我道德品质低下。我是这样反感，但又没勇气反驳他们，我说我和加丽亚只是一般关系，顶多是感情趣味上相投些。大家又批评加丽亚的感情趣味，说她是在感情上剥削人。发言最尖锐的正是过去围绕加丽亚的几个青年，你想，我能服气吗？

散会以后，留在我脑子里的只一个印象——这一切该有个结果了，越拖延下去越糟糕！

这天晚饭后，我悄悄约加丽亚去海边散步。偏巧在路上遇上了我们的科长。他是个老干部，在科里威信很高。他用不喜欢的眼色瞅了瞅我俩，对我说：“晚上到我这儿来一下好不？”

我答应着，猜到他要和我谈什么，心里忐忑起来。

显然，加丽亚也猜到了这一点，她瞅瞅我，嘴角轻轻一弯，像嘲笑我，又像嘲笑她自己。

我俩各想着心事，顺着海边走了半天。她轻轻叹口气说：“在咱们这儿做人真难，尤其是姑娘！”她皱起眉来，那声调却一点也没有伤心的意味，反倒像有点得意地说，“长得漂亮点又成了罪过，人们围你，追你，你心肠好点，和他们亲热些，人们说你感情廉价。你不理他，他闹情绪了，又说不负责任。难道，这一切都能怨我吗？”

我说：“有些话，只当听不见算了！”

“我也有缺点，有点温情主义，喜欢和男孩子们玩玩，可是，难道这样就非逼我嫁一个人才行吗？谁爱出嫁谁出嫁好了，何必管我！”

我笑一笑。

她看看我，小声说：“他们还说我破坏了你们夫妻关系……”

我紧张起来，忙说：“这是哪里的话！”

“我只是把你当作哥哥的，并没有想别的，你如果因为这受到旁人批评，尽可以不理我。”

“加丽亚，我又没惹你……”

我心中顿然一悟，啊，女孩子常常要说和自己心情相反的话：她怕你和她分开，就故意说愿和你分开，她心里真爱你，又怎么好直说出来呢？特别在这众目所视的情况下……

“唉！”她手里拿着个树枝，拍打着自己的裤子说，“最苦闷的，莫过于没人理解你了。”

“加丽亚，”我捏住她的手，低声说，“相信我，我理解你。”

我们挨得紧紧地站着，有好几次我想吻她，但终于压制住了。站了好久才往回走。想到立刻要去见科长，我一步比一步走得慢。

科长坐在办公室的沙发上，见我进来，将身子一挪，便招呼我坐下。

“上次叫你考虑一下自己在设计作风上的变化，你考虑了没有？”

“……想是想了，还没想仔细。”

“怎么想的？孤立的，就设计思想考虑设计思想？”

我含糊地应了声。

“那样考虑不出名堂来！”他昂起头，自语一句。他思考了一下，直爽地问道：“你谈谈，最近一个时期，在你心中占最重要地位的是什么问题？”

“生活问题！”我也坦白地说，“和爱人相处得不好。”

“为什么相处得不好？”

我把我的情况和想法大概和他谈了一下。

他沉默了许久，叹口气：“有些人说爱情问题是生活琐事，我倒不是这样看法，我觉得在这个问题上最能考验一个人的阶级意识、道德品质。”接着他详细地给我讲了一段从前他自己想离婚而又没有离成的故事。抗战前他在家里结的婚，两人感情一直很好，胜利以后他进了城市，接触了好多知识分子，便产生了要和自己老婆离婚的念头。经过几次请求，领导上批准他回家去办理手续了。

在回家坐的火车上他碰见有一孕妇要生产，当时整个车厢里的人都忙起来了，有人解开行李撕被单给小孩做尿布，有人从这车厢跑到那车厢来回地找大夫，列车长额上挂满了汗珠，就像那个生产的人是他的女人一样。这一切使老科长有了很多感触，他一边思索着一边和我说："当时我就想，我们这个社会的人，所追求的道德精神，不就是要这样地关心别人，关心集体吗？对别人负责，对集体负责，互相都把对方的痛苦当作自己的痛苦，说穿了，共产主义精神不就是这么个内核吗？我在离婚这件事上，为我爱人着想了多少？她等待我好多年，今天把丈夫等来了，却是来和她离婚的，不难想象，她的思想，她的精神要发生什么样的变化呀！……还有比否定自己整个儿的精神品质更严重的悲剧吗？就算离婚后我能找到一个漂亮的、合意的新爱人，它能弥补我这终身不能挽回的损失不能？在尖锐的斗争中，自己向自己低了头，以后再说自己是真正愿做个真实的共产主义者，恐怕连自己也不会相信了！"

他的事情，他的话，动了我的心，我有好几次不自觉地联想到了自己老婆那痛苦处境。可是，我又怕我自己的意志软，会真的听了科长的话悔了离婚的念头，等将来后悔失去了加丽亚时再挽救也来不及了。我对自己说："狠一点，一咬牙就过去了！"便竭力、故意地增加自己对科长反感的情绪，心里在说："他说的光是大道理，他是没有碰到我这样的具体情况。你身边有一个加丽亚看……"

我嗫嚅地问道："这么说，两个人在性格、作风方面的不同就不能成为他们是否能幸福地生活下去的主要条件了？"

"是的。当然这很有关系，所以任何人在恋爱和结婚以前都有权利选择。为什么你在恋爱和婚后都很喜欢她而现在变了呢？为什么人家嫁给你以后你又见异思迁呢？"他不放松我，追问道，"听说你喜欢加丽亚?”

我含糊地应了一声。

“加丽亚在美术学院因为作风不好被记了过，你倒跟她的性格相投。嗯？你觉得她的作风跟我们健康的思想感情不相容没有？你批评过她这些没有?”

听到他说加丽亚这样，我真吃了一惊，但紧接着，我心里袒护起她来了。是呀，许多人在她那儿碰了钉子，当然不会说她好话。至于美术学院的事，谁知道真相怎样呢？反正加丽亚跟“品质恶劣”四个字连不在一起。莫忘记，科长是在打通我的思想啊，他还会对我称赞她的好处吗，更何况她的许多美处只有我一个人认得出。

科长见我低头不语，以为我动了心，便叫我回去好好想想。

怎么想呢？说良心话，他的道理没有一句不对；就是有一样，加丽亚是活生生的人，我爱她，也相信她会爱我。我曾想象和描绘了那么多我们将来共同生活的图画，如今一百步走了九十九步，我怎么甘心一刀两断呢?

我知道，如果我认真地去咀嚼科长的话，我自己的良心会受不住的，结果我还是两边下不了决心，那只会无限期地把事情再拖下去，如今从上到下全注意上这事了，哪还有拖延的余地?

我决定回家把事情说穿，跟妻一刀两断!

想到马上要处理，我又害怕起来。妻的许多可爱的地方一下子又都涌到了我的眼前：从我们第一次见面，她给我留下的好印象，到我们最近一次吵架中她的忍让态度，一场比一场鲜明地在自己脑子里重映开了。我不禁问自己：“我真没有冒失吗？我失去了她，真的不至于后悔吗？……”

“果断一些！”我出声地对自己说，“照这样犹豫不决，什么事也做不成!”然而，我还是决断不了。加丽亚呀加丽亚，你若不出现在我面前，我不是会平平静静地生活下去，并不感到有什么不满足吗？你害了我!

啊，不，幸福的机会，一生也许就只有一次，如果碰不上加丽亚，也许我今生都不会体验到和加丽亚相处时的愉快，你还是该来的。

另外我也想到，加丽亚尽管跟我很好，但从来没有明确表白过我们的爱情。万一她变了呢？我还是要先试探一下。

我悄悄走到加丽亚宿舍门口，胆怯地敲了敲门。

里边一阵脚步响，门开了。她披着头发站在我面前，笑道："半夜三更，什么事？"

我说："没事，我从来没到你这屋来过，看看……"

"那就请进吧!

她的墙上挂着两幅她的油画像——一个是正面半身，一个是倚在大石柱子上的全身——和一张漫画像，下边各有一个简化的作者的署名。对面墙上，是一张许多穿着滑冰服的人的合影，加丽亚站在中间，周围有一群小伙子。她推了把椅子给我坐。我看到桌上面，台灯前边放着个未完成的半身泥塑人像，便问道："这是我的？"

"你的完了!"她回身从书柜上拿下一个硬纸匣来，递给我说："请自我欣赏吧。"

我打开一看，果然是戴着皮帽的我的半身像。因为比我本人漂亮，有些不大像我了。我禁不住称赞说："好，好极了!"

她笑道："是人长得好，不是我塑得好。比如我吧，再好的雕塑师也不能把我塑成个艺术品。"

我说："得了，不用塑，你本身就是件最好的艺术品!"

说笑了一会儿，我正打算把话转到正题上去，外边有人敲起门来。

“谁?”加丽亚拉开门，进来的又是那个穿蓝皮猴的（他又改穿中国式的绸棉袄了，还是蓝色的）。他进来后对我点点头，便在桌的一旁坐下了。

我暗骂他来得不是时候，心想他一定有什么事，索性等他走了再说吧，便随手从桌上拿起本书来乱翻着。

见他的鬼，他也坐在那儿翻起书来了！我看看加丽亚，希望她设法把他支出去。

加丽亚看看我，又看看他，咯咯地笑起来了，说道：“真妙，你们怎么上我这儿演哑剧来了。”

我不由得笑了，他也笑了。

“咱打牌吧。”加丽亚打破僵局说，“赌倒茶的，输了的人给赢了的倒茶。”

我急得了不得，哪有心思打牌，可又不甘心出去让那家伙在这儿——我很后悔以前竟没想到上宿舍来找加丽亚，他一定常常来的！就跟他们打起牌来。

鬼知道怎么搞的，一上去我就输，还要给他倒茶，而且一点也看不出加丽亚对我比对他更亲热些。到第三盘，我把牌一推说：“我不玩了，背得很!”

“别丧气嘛！”加丽亚半玩笑地说，“人们都说赌场上失意，情场上得意呀!”

我觉着加丽亚这话大有深意，立刻浑身都舒畅起来，用胜利者的眼色扫了扫蓝棉袄，说：“好，打!”

可是外边也响熄灯铃了。

我恋恋不舍地抱着我的塑像走出屋，加丽亚送我们出来，悄悄对我说："你回去看看塑像的肚子里有什么东西。"

"调皮鬼！"我说完，轻飘飘地向宿舍走去，我等不及回去看，走到一盏路灯下就把纸匣打开了，伸进手一摸，摸出一张纸条，上边写道："人还像，只是不知他的心是怎么样的！星期天下午三点，我去北海，你来不？"

一股暖流从心底冲上脑袋，我呼吸都困难起来。一时高兴，便抽出笔来在一边写道："加丽亚，加丽亚，你就要看到我的心了！"

苦苦地思索了好几天，决定最后一次试试妻子，看还有没有和平解决的希望。若实在没有，那就让她恨我好了，也许那样更好些！若叫她带着怀念离开我，对她说来就更难忍受，对我说来，也会加深良心上的自责。

星期六的夜晚到来了。

天冷得出奇，北风吱吱乱吼，马路上冷冷落落，偶有几个行人，也把头躲在大衣领里边。悬在街正中钢丝上的电灯疯了似的乱摇着。

我到家时，妻已先回来了，正在火炉上煮什么，满屋都是甜味。她一只手拿着筷子，两眼直瞪瞪地瞅着火苗。

见我进来，她问道："外边冷吧？"

我随便答应着，把塑像放在桌上。她凑到桌前，打开纸匣一看，便叫道："好！"端详了一阵，又说："可惜这人的技术不高，塑得有些走样了。"

我板着脸说："艺术是要夸张一些的，你不懂。"

"干什么单单夸张这顶皮帽和围巾。看！帽子还歪着。"她笑道，"好好的人，弄得像个资产阶级大少爷。"

我说：“我本来就不是无产阶级出身，请原谅。”

“你不用凶，”她笑道，“我今后反正不跟你吵架了！真下了决心！”

我觉得她真的有点和平常不一样，暗暗感到有些蹊跷，但又不好意思再板着脸，便假笑道：“不吵了，哭起来还不比吵架更烦人？”

“也不哭了，傻瓜才吵架和哭！”她微笑着说，“我想明白了，那样能解决问题吗？不能！只表现自己软弱无能，反正两人要过下去的，干吗不找个能解决问题的办法，光冲动毫无用处。”

“她是打算一辈子不与我分开了？”我暗想着，有点失措，脱掉大衣后，便拉了把椅子在一旁坐下，心里一边想主意，一边说些没用的话应付她，省得她发现我心不在焉，又伤心。

我问她：“煮什么？

“山楂酱，最近我……”她笑笑说，“我想吃，你不爱吃吗？煮好，咱们一人装一罐带到机关去吃。”

我不感兴趣地说：“算了吧，罐子不好刷。”

“我来刷。”

我便不再说话了。她也不像平常那样追问我为什么不说话，只一边搅锅里的山楂，一边对着火苗出神。我觉得她有些异样，但没心情去关怀。坐了会儿，我说困了，便先睡下。

睡到半夜，一翻身，我觉出床在轻轻地颤抖，注意了一下，听到她在被底下抽泣。

“讨厌，和这种人一起生活就是哑巴也会发脾气！”我心想，不愿理她，扭过身去。

过了半天，她还不停，我忍不住了，回过头来喊道：“你有什么委屈的，说出来好不好，只是哭！别人老远回家来就是听你哭的？”

她不回话，哭得更响了。我觉着再在她身旁躺下去，浑身要烦躁得炸裂，便一撩被子，披上大衣下了床，拧开灯，从桌上抽出一本小说来，坐在火炉旁看书。眼睛看着书上的字，脑子里却想着其他事。我对自己说："看来只有离婚才能从这种痛苦里解脱出来了，这算什么生活？每星期六都这样度过！科长光知道讲大道理，让他来过两天这样的生活看……"

过了许久，我觉得又冷又困，她也安静下来了。我才又回到床上去躺下，一边盖被，一边生气说："你考虑一下，这屋子并不是只有你一个人，你只顾耍脾气，别人怎么忍受？我们都是平等的人，我又没有压迫你。"

她沉默着。我躺了一会儿，就睡着了。

第二天我睁开眼，她已在地下缝东西。炉子周围烤着我昨晚脱下的内衣，干净的衣服放在我枕边。我心里鄙视地说："真是一个不直爽的人，心里明明对我不满，表面上还这样做！加丽亚绝不会这样。"

我一边穿衣服，一边淡淡地问："缝什么呢？"

她头也不抬，说："手套，你的。"

"歇一会儿吧，我打算买呢。"

"我知道你不会戴它，但既做了，就做完吧。"她忽然口气转为凄然地说，"什么都应该有始有终不是？"

我走下地，见她两眼红肿得厉害，便说："你瞧，昨晚你自己说的，再也不哭了，结果倒哭得更厉害了！"

"你放心好了，今后再不叫你看见眼泪。"说完，她轻轻叹了口气。

我讪讪地找些话来问她，她回答得很平静。我想："她平静下来了，该找机会摊牌了。"

吃饭时，她突然说道：“我今天下午有事要回去。”

我说：“正好，我下午三点有个会。”

她隐隐地冷笑了下说：“碰得真巧。不过我下个星期不一定回来了。”

我说：“那——我去看你好吗？”

她冷笑道：“不必啦，我们那儿同志也多得很，这个家，也确实叫人痛苦。”说着，她又对着窗发起愣来。

望着她那委屈、痛心的神色，我也很难过，心想快刀斩乱麻，一下子了了吧，便把口气放得极缓和地说：“我问你一句话，你不要动感情，冷静地、理智地考虑一下再回答我好不好？”

她震动了一下，随即平静下来，两眼瞅着地说：“你说吧。”

“你是个好同志，我也爱你，可是，你考虑一下，你跟我性格相投吗，共同生活下去会有真正的幸福吗？你不要生气，你冷静下来想想……”

“我知道你要提这问题了。”她似乎胸有成竹地说，“我先问你一个问题好不？”

“好。”

“你坦白地说，你最不满意我的是什么？”

我脸红起来结结巴巴地说：“咱们个性不同，我常使你痛苦，我也很惭……”

“不必拐弯！”她脸色苍白地直视着我说，“我们到底共同生活了许久，互相还是知道些根底。什么个性不同，我们开始不是相处得挺好吗？我替你说好了，我年纪比你大，我长得不漂亮……”

我忙解释：“你……”

“不用解释，不用担心我会受不住，我用不着人怜惜的！”

我急道："你别误会，我早说了，我只是提个问题，叫你别冲动……"

"没有什么误会，我又不是孩子！"她顿住，眼睛一转，落下两颗泪来，她急忙转过身去，背对着我问，"我只问你，当初我说我年纪比你大，要你认真考虑，你为什么说考虑好了？……说什么，全怨我自己没出息……"

"你别急眼！"我说，"我只是问问，又没提离婚！"

"你怕负责任，怕我怀恨你，不敢提！"她转过身来，冷静地说道，"没关系，我主动提出来好了。我并不是要求好坏有个丈夫，我要的是真正的爱情，两人这样敷衍下去都没好处！以前我一直存着个重新和好的希望，现在我明白没希望了，不会拖的！"她说，从椅子上提起手提包，头也不回地走出门去，又回身轻轻地把门拉上，就好像平常回去一样，一点暴怒的痕迹都没有。

我麻木了似的望着门，骤然间堆上了一大堆问题在眼前：桥拆了，她的心伤透了，再也没有和好的希望了！可是，我面前的路真的像平日想象的那么美吗？会不会再想回来又回不来呢？加丽亚万一……天哪，我本以为一解决了和她分离的问题，事情就会单纯下来，我的脑子会安静下来，哪知道，反倒更复杂了，更乱了！这屋子挤得人喘不出气来，我得出去，赶快去找加丽亚，可是她说的三点钟在北海等我，现在才十一点。表哇，你怎么不走了？

我披上大衣，锁上门，走到了街上。外边风小了，雪花大片大片地往下落着，我不坐三轮，也不坐电车，昏头昏脑地在街上乱走，从隆福寺走到东安市场，又从东安市场走到王府井南口，一路上我什么也没看见。有好几次我被三轮工人从马路上推开，他们还指着脸挖苦我，我不跟他们计较，也不生气，只随着旁人走去。

好容易到了两点半。我跳上一辆三轮，拍着车厢喊："北海，快!"他要撑篷，我说，"敞着痛快。"

三轮在雪地上飞驰起来，我却急得恨不能跳下去自己跑。雪越下越大了。金黄色的故宫屋顶全变成了银色的。已经分不出哪是御河，哪是白玉石的河岸。我不停地擦着脸上的雪水，望着北海前门。

终于看到了呀!

加丽亚像朵艳丽的花站在白雪中，她穿着一件紫红色的呢大衣，白色镶红边的毡靴。我大声喊道："加丽亚……"

她提起一只黄黑两色的毛手套，跳着喊起我的名字。车还没站稳，我就跳了下来，我握着她的手觉着有千言万语要马上倾泻给她。

"瞧我选的这块地方怎样?"她闪着长睫毛，冻得红红的脸上堆着微笑，"北海的雪景多美呀！咱们上后山去玩，堆雪人，嗯？不要走桥上，从冰上滑过去!"

我俩手拉着手在冰上边走边溜。

我拉着她，心中打着腹稿，准备尽量艺术地把事情说给她。她呢，大声地笑着，跟我谈雪，谈梅花，谈鸟，就是不问关于我的"心"事。

我耐不住了，上岸时，一边小心地扶着她，一边笑道："你不是要看我的心吗？我带来了!"

"啊?"她疑问地看看我，随即笑起来，"那就掏出来看看。"

"我和爱人离婚了。"说完，我打了个冷战，紧张地望着她的脸色。

"真的?"她停住了脚，思索了一下，说，"既然离了，我说句话也没妨碍了，本来我就觉着你结婚早了些，尿布、奶瓶、火炉、家庭……哎呀呀！这些俗事会把任何一个天才的想象力全磨光的!

爱情本来是诗，可是一弄这些，哪里还有诗？”

我有些茫然地看着她，不知说什么好。

“还有，理想的爱人要慢慢发现哪！”她甩甩头发，笑道，“不结婚时，你有爱五亿九千九百九十九万人的权利，和被他们爱的权利。一结婚，完了，只能守着那一个人，老早把自己缚在一个人身上，再碰到理想的人时，后悔也来不及了！”

“加丽亚，别净说这些！”我靠近她说，“我假如没有新的爱情来补偿，马上会疯的！”

她笑道：“你现在自由了，爱谁不可以？”

我鼓足了勇气说：“我爱你！”

她歪了歪头，从地上拾起一块湿漉漉的石子，朝松树上的乌鸦投过去，乌鸦呀呀地叫着。她回过头来说：“我没权利不准人家爱我，可有一样，你不要一翻脸，又去给我提意见，说是加丽亚害了你。”

我急道：“加丽亚，我说的是真话，你明白我现在是处在什么样的地位上！”

“嗯？”她住了嘴，看了看我的脸色，马上收住了笑容，咬着嘴唇看了一会儿自己的脚尖，抬起头来时，又换成了平日的神色，无所谓地说，“你想叫我嫁给你？嗯？”

我吃惊了，她怎么真像心里没有这件事似的，我说：“你该明白我的心！”

她脸上现出得意的神色，两颊更红了，她说：“坦白地说，我从来还没有考虑过出嫁这件事，它距离我还远得很呢！我跟你说过，我不轻易离开姑娘的地位。请你原谅！”

“啊？”我像头顶被人砸了一石头，两腿软了下来，我气喘着说，“加丽亚，我为你才离的婚，你怎么……”

“什么？”她叫一声，想了一想立刻指着脸跺着脚哭道，“你吓我，你把你离婚的罪往我身上加，威胁我嫁给你！我不怕的！啊，我怎么办哪，所有的人都欺侮我！”

她哭着，也不顾怜惜衣服，背靠着树摇起来。

我走上去，抚着她的肩哀求地说：“加丽亚，加……”

“走开，走开，知人知面不知心，我把你当哥哥，你却暗算我！跟我谈这样的话，谁让你离婚来？你这样说出去，大家更抓住打击我的借口了，设计院我待不下去了……”

“加丽亚，冷静一点，加丽亚……”

“走，走，你不走我走！”她推开我，回身就跑。我追着她，拼命地喊道：“加丽亚！加丽亚！”

正好有两个人从山后转过来，一见我们这情景，惊住了。我脸一红对加丽亚喊道：“你放心吧！我还并不像你想象的那么卑鄙。”离开了加丽亚，自己朝山上走去。

我两只脚机械地走哇，走哇，走个不停，恨不能一拳把身边的东西全毁了，一边走着，一边觉着自己脚下的雪地在往下陷，马上就要把我跌进深坑里去了。

我怎么了？我闹了些什么？这一切是真的，还只是我脑子里想象的？我觉着两腿沉重得抬不起来，走进一个亭子里坐下了。我靠着亭柱，想清理下脑子里的一团乱丝，但我清理不出来，想来想去只有几句话：“老婆走了！加丽亚并不爱我！只剩下我自己了！”

天暗下来了。雪仍无声地往下飘着，公园里寂静得不见一个人影，西边的大楼上，冒出稀稀的黑烟来。隐约地听到了园外街上的熙攘声和看到电车的火花。冷，冷得浑身发抖。我无可奈何地走出园门，雇了辆三轮，回到家里去。

屋门锁着，我想起这屋门是我自己锁上的。接着，从我结婚时起，在这屋里发生的一切又都重新涌上了我的眼前，不知为什么我把自己摆在我爱人的地位上去想，我假定我是她，天天想她，一到星期六早早地回来把一切准备好，站在门口风地里等候她，等久了，打个电话问问，可是得到的回答却是怒斥和冷淡……我这才第一次看到了自己那冷酷的面目。怎么搞的，我是这样一个无情的、狠毒的自私小人哪！她竟忍受住了！

我的眼圈湿了，我恨不得立即找到她，向她诉说一切，让她随便怎样惩处我！我不要她饶恕，我在道德上犯了罪，我伤害了她！

门锁着，我不愿开门，怕看到屋里的情景自己会忍不住。我踉踉跄跄地离开家，往机关走。

"全是加丽亚，这个狠毒的人！"我走着，咬牙说。但是，一个反对的声音在我脑子里问道："机关里人有的是，有结了婚的，也有没结婚的，为什么只有你被她害成了这样？"

于是，我和加丽亚的初次见面，我们的交谈、散步……都重新涌到眼前来了。我这才第一次冷静地重听了我俩每一句"有诗意"的谈话，重见了"有情感"的每一次来往。我发起烧来了，多卑鄙呀，什么"诗意"，不就是"调情"吗？什么"情感"，不是自我"陶醉"吗？这不明明是我那些已不知不觉淡下去了的"趣味"又被加丽亚唤出来，蒙上了自己的眼！被资产阶级感情趣味弄昏了头的人哪！你虽然和爱人结婚很久了，但你并没认识到她的真正可爱处，因为，原来并没完全爱她最值得爱的地方……

日常同志们对我的批判、科长说的话，又都像石子似的重新打在我的心坎上。

想这些做什么，现在什么都没用了，迟了。

我以后的日子怎么过呢？永远沉陷在孤寂的、悔恨的心情中吗？我才二十多岁呀！啊！我原来不是都很正常，未来的生活也看得清清楚楚的吗？我怎么把自己从正常生活的轨道抛出来了呢？

…………

被脚下的石头绊了一下，我清醒了过来，看到前边已是机关的大门了。看到这个大门，我更加清楚地明白了今天发生的一切。原来一切都结束了，只剩下我这个暴露出原形的、没有人同情的小人了。妻心寒到那种程度，不会回来的；加丽亚只担心着我会对她有什么不利，自然也不会再理睬我。同志们呢，同志们……我的眼又模糊了。

“×同志，您的东西！”门房老李认出我，老远就喊起来。我擦擦泪走上去，他从屋里拿出个布包来给我，说：“您爱人四点多钟时送来的，她说忙着去赶火车，没工夫等你回来了。”

“赶火车？”我浑身战栗了一下，手忙脚乱地解开了包裹，没防备从里边滚出一个玻璃瓶来，落在地上摔碎了，溅得满地都是果酱。包里是今早上换下来的衣服，中间夹着一封信。我抽出来，头一眼看见的是加丽亚塞在我的塑像中的那个便条，我挺奇怪，赶紧看那封长信。

我难过极了，心里乱得很，唯一的希望是你耐心地把它看完。

昨天上午，我去医院检查身体，医生给我贺喜，说我怀上小孩了。当时，我立刻想起了我们最近的生活情形。我们在一起共同生活得不好，这样下去，对不起我们自己当初的愿望，更对不起这没出世的小宝宝！我想，我是有责任的，我在感情上要求你的多，在思想上关心你、体贴你的少……在医院，我就下了决心，今后不再哭闹了，要耐心地和你商量，帮助你分清是非。

可是，还没等我把这一切告诉你，我收拾屋子时，无意中发现了这个字条！我以前只风闻你和另一个女孩子在感情上有些不正常，但真没想到竟发展到这地步，这对我的打击太大了！我伤心极了，慌张极了，苦苦地想了一夜，我又替孩子伤心，他有什么罪过，一生下来就碰到这样难堪的处境，这全是我们的不好，我们不配做父母。

当你刚才提出离婚的问题时，我就抱着“干脆利落、不要你怜惜”的心情回答你的。但回答之后，我难过了，甚至有些后悔了，我在屋里不能待下去了，我不愿在你面前表现出软弱，我走了出来。

明天我开始休假，我本打算在家住些天，现在，我觉得一个人住在那间屋里是一种不堪忍受的折磨，我决定立刻回天津家里去！咱们分居一个时期，也可以更冷静地考虑问题。

我不知你爱的另一个人是谁。我虽不满意她，但我绝不毁谤她，我只希望你想一想，一个不尊重别人幸福的人，她会给你带来幸福吗?

亲爱的（让我还这么叫你吧），我爱你，我真担心你会走上错路，在这些地方，你是那么叫人不放心。你最近在各方面都有变化，在爱情上的变化只是思想意识变化的一部分反映，我过去没有严格地提醒你注意这些，现在又没有机会来提醒你了！你自己也该注意一下才好！

也许，你看见这些话会更对我反感了。不要以为，我是用这些威胁你要你不离开我。不，虽然我爱你（甚至觉得现在比以往更需要你的爱情），我一想到和你分开就疯了似的浑身战栗，可是如果你不再爱我，不愿再重建我们的爱情，我决不祈求你怜惜！

算了吧，话是说不完的！

我看完一遍，没有懂她说了些什么，又急急地看了一遍，才模糊地觉得她还在爱我，还可以饶恕我。我急忙跑出机关大门，跳上一辆过路的三轮喊道："快，快！上车站！"

门房老李在后边喊："同志，你的东西，你的……"

技术员讲着，讲着，发现听的人一点动静都没有，问道："怎么？都睡了！"

"没有，没有。"

"你说下去呀！"

"嗯！"他安慰地嘘了口气，想了想说，"完了，你们知道的，我没有离婚。"

听的人说："你到车站找着她没有，回来以后又怎么样？事还多呢，怎么样了？"

讲故事的人说："回来后，为了重建我们的爱情，两人也还费了好大力气的，不过，那要讲起来就太长了，明天还上班呢。"

沉默一会儿，他笑了声："最好星期天你们上我家去做客吧！耳闻不如一见哪！"

组织部新来的青年人

王　蒙

一

三月，天空中纷洒着似雨似雪的东西。三轮车在区委会门口停住，一个年轻人跳下来。车夫看了看门口挂着的大牌子，客气地对乘客说："您到这儿来，我不收钱。"传达室的工人、复员荣军老吕微跛着脚走出，问明了那年轻人的来历后，连忙帮他搬下微湿的行李，又去把组织部的秘书赵慧文叫出来。赵慧文紧握着林震的两只手，说："我们等你好久了。"林震在小学教师支部的时候，就与赵慧文认识。她的苍白而美丽的脸上，两只大眼睛闪着友善亲切的光亮，只是下眼皮上有着因疲倦而现出来的青色。她带林震到男宿舍，把行李放好，解开，把湿了的毡子晾上，再铺被褥。在她料理这些事情的时候，常常撩一撩自己的头发，正像那些能干而漂亮的女同志们一样。

她说："我们等了你好久！半年前就要调你来，区人民委员会文教科死也不同意，后来区委书记直接找区长要人，又和教育局人事室吵了一回，这才把你调了来。”

“可我前天才知道，”林震说，“听说调我到区委会，真不知怎么好。咱们区委会净干什么呀?”

“什么都干。”

“组织部呢?”

“组织部就做组织工作。”

“工作忙不忙?”

“有时候忙，有时候不忙。”

赵慧文端详着林震的床铺，摇摇头，大姐姐似的不以为然地说：“小伙子，真不讲卫生！瞧那枕头布，已经由白变黑；被头呢，吸饱了你脖子上的油；还有床单，那么多褶子，简直成了泡泡纱……”

林震觉得，他一走进区委会的门，他的新的生活刚一开始，就碰到了一个很亲切的人。

他带着一种节日的兴奋心情跑着到组织部第一副部长的办公室去报到。副部长有一个古怪的名字：刘世吾。在林震心跳着敲门的时候，他正仰着脸衔着烟考虑组织部的工作规划。他热情而得体地接待林震，让林震坐在沙发上，自己坐在办公桌边，推一推玻璃板上摞得高高的文件，从容地问：“怎么样?”他的左眼微皱，右手弹着烟灰。

“支部书记通知我后天搬来，我在学校已经没事，今天就来了。叫我到组织部工作，我怕干不了，我是个新党员，过去做小学教师，小学教师的工作与党的组织工作有些不同……”

林震说着他早已准备好的话，说得很不自然，正像小学生第一次见老师一样。于是他感到这间屋子很热。三月中旬，冬天就要过去，屋里还生着火，玻璃上的霜花融解成一条条的污道子。他的额头沁出了汗珠，他想掏出手绢擦擦，在衣袋里摸索了半天没有找到。

刘世吾机械地点着头，看也不看地从那一大摞文件中抽出一个牛皮纸袋，打开纸袋，拿出林震的党员登记表，锐利的眼光迅速掠过，宽阔的前额上出现了密密的皱纹，闭了一下眼，手扶着椅子背站起来，披着的棉袄从肩头滑落了，然后用熟练的毫不费力的声调说："好，对，好极了，组织部正缺干部，你来得好。不，我们的工作并不难做，学习学习就会做的，就那么回事。而且你原来在下边工作的……相当不错嘛，是不是不错？"

林震觉得这种称赞似乎有某种嘲笑意味，他惶恐地摇头："我工作做得并不好……"

刘世吾的不太整洁的脸上现出隐约的笑容，他的眼光聪敏地闪动着，继续说："当然也可能有困难，可能。这是个了不起的工作。中央的一位同志说过，组织工作是给党管家的，如果家管不好，党就没有力量。"然后他不等问就加以解释，"管什么家呢？发展党和巩固党，壮大党的组织和增强党组织的战斗力，把党的生活建立在集体领导、批评和自我批评与密切联系群众的基础上。这样做好了，党组织就是坚强的，活泼的，有战斗力的，就足以团结和指引群众，完成和更好地完成社会主义建设与社会主义改造的各项任务……"

他每说一句话，都干咳一下，但说到那些惯用语的时候，快得像说一个字。譬如他说："把党的生活建立在……上。"听起来就像："把生活建在登登登上。"他纯熟地驾驭那些林震觉得是相当深奥的概念，像拨弄算盘子一样的灵活。林震集中最大的注意力，仍然不能把他讲的话全部把握住。

接着，刘世吾给他分配了工作。

当林震推门要走的时候，刘世吾又叫住他，用另一种全然不同的随意神情问："怎么样，小林，有对象了没有?"

"没……"林震的脸唰地红了。

"大小伙子还红脸?"刘世吾大笑了，"才二十二岁，不忙。"他又问："口袋里装着什么书?"

林震拿出书，说出书名：《拖拉机站站长和总农艺师》。

刘世吾拿过书去，从中间打开看了几行，问："这是他们团中央推荐给你们青年看的吧?"

林震点头。

"借我看看。"

"您有时间看小说吗?"林震看着副部长桌上的大摞材料，惊异了。

刘世吾用手托了托书，试了试分量，微皱着左眼说："怎么样?这么一薄本有半个夜车就开完啦。四本《静静的顿河》我只看了一个星期，就那么回事。"

当林震走向组织部大办公室的时候，天已经放晴，残留的几片云现出了亮晶晶的边缘。太阳照亮了区委会的大院子。人们都在忙碌：一个穿军服的同志夹着皮包匆匆走过，传达室的老吕提着两个大铁壶给会议室送茶水，可以听见一个女同志顽强地对着电话机子说："不行，最迟明天早上！不行……"还可以听见忽快忽慢的"哐哧、哐哧"声——是一只生疏的手使用着打字机。"她也和我一样，是新调来的吧?"林震不知凭什么理由，猜打字员一定是个女的。他在走廊上站了一站，望着耀眼的区委会的院子，高兴自己新生活的开始。

二

组织部的干部算上林震一共二十四个人，其中三个人临时调到肃反办公室去了，一个人半日工作准备考大学，一个人请产假。能按时工作的只剩下十九个人。四个人做干部工作，十五个人按工厂、机关、学校分工管理建党工作，林震被分配与二厂支部联系组织发展党的工作。

组织部部长由区委副书记李宗秦兼任，他并不常过问组织部的事，实际工作是由第一副部长刘世吾掌握。另一个副部长负责干部工作。具体指导林震工作的是工厂建党组组长韩常新。

韩常新的风度与刘世吾迥然不同。他二十七岁，穿蓝色海军呢制服，干净得抖都抖不下土。他有高大的身材，配着英武的只因为粉刺太多而略有瑕疵的脸。他拍着林震的肩膀，用嘹亮的嗓音讲解工作，不时发出豪放的笑声，使林震想："他比领导干部还像领导干部。"特别是第二天韩常新与一个支部的组织委员的谈话，加强了他给林震的这种印象。

"为什么你们只谈了半小时？我在电话里告诉你，至少要用两小时讨论'发展计划'！"

那个组织委员说："这个月生产任务太忙……"

韩常新打断了他的括，富有教训意味地说："生产任务忙就不认真研究发展工作了？这是把中心工作与经常工作对立起来，也是党不管党的一种表现……"

林震弄不明白什么叫"中心工作与经常工作对立起来"和"党

不管党”，他熟悉的是另外一类名词“课堂五环节”与“直观教具”。他很钦佩韩常新的这种气魄与能力——迅速地提高到原则上分析问题和指示别人。

他转过头，看见正伏在桌上复写材料的赵慧文，她皱着眉怀疑地看一看韩常新，然后扶正头上的假琥珀发卡，用微带忧郁的目光看向窗外。

晚上，有的干部去参加街道上基层组织生活，有的休息了，赵慧文仍然赶着复写“税务分局培养、提拔干部的经验”，累了一天，手腕酸痛，不时在写的中间撂下笔，摇摇手，往手上吹口气。林震自告奋勇来帮忙，她拒绝了，说：“你抄，我不放心。”于是林震帮她把抄过的美浓纸叠整齐，站在她身旁，起一点精神支援作用。她一边抄，一边时时抬头看林震，林震问：“干吗老看我？”赵慧文咬了一下复写笔，调皮地笑了笑。

三

林震是一九五三年秋天由师范学校毕业的，当时是候补党员，被分配到这个区的中心小学当教员。做了教师的他，仍然保持中学生的生活习惯：清晨练哑铃，夜晚记日记，每个大节日——五一、七一……以前到处征求人们对他的意见。曾经有人预言，过不了三个月他就会被那些生活不规律的成年人“同化”。但，不久以后，许多教师夸奖他也羡慕他了，说：“这孩子无忧无虑，无牵无挂，除了工作，就是工作……”

他也没有辜负这种羡慕，一九五四年寒假，由于教学上的成绩，他受到了教育局的奖励。

人们也许以为，这位年轻的教师就会这样平稳地、满足而快乐地度过自己的青年时代。但是不，孩子般单纯的林震，也有自己的心事。

一年以后，他更经常焦灼地鞭策自己。是因为社会主义高潮的推动，全国青年社会主义积极分子会议的召开，还是因为年龄的增长？

他已经二十二岁了，记得在初中一年级时做过一篇文，题目是“当我××岁的时候”，他写成“当我二十二岁的时候，我要……”现在二十二岁，他的生命史上好像还是白纸，没有功勋，没有创造，没有冒险，也没有爱情——连给某个姑娘写一封信的事都没有做过。他努力工作，但是他做得少、慢，和青年积极分子们比较，和生活的飞奔比较，难道能安慰自己吗？他定规划，学这学那，做这做那，他要一日千里！

这时，接到调动工作的通知，“当我二十二岁的时候，我成了党工作者……”也许真正的生活在这里开始了？他抑制住对于小学教育工作和孩子们的依恋，燃烧起对新的工作的渴望。支部书记和他谈话的那个晚上，他想了一夜。

就这样，林震口袋里装着《拖拉机站站长和总农艺师》，兴高采烈地登上区委会的石阶，对于党工作者（他是根据电影里全能的党委书记的形象来猜测他们的）的生活，充满了神圣的憧憬。但是，等他接触到那些忙碌而自信的领导同志，看到来往的文件和同时举行的会议，听到那些尖锐争吵与高深的分析，他眨眨那有些特别的淡褐色眼珠的眼睛，心里有点怯……

到区委会的第四天，林震去通华麻袋厂了解第一季度发展党员工作的情况，去以前，他看了有关的文件和名叫《怎样进行调查研究》的小册子，再三地请教了韩常新，他密密麻麻地写了一篇提纲，然后飞快地骑着新领到的自行车，向麻袋厂驶去。

工厂门口的警卫同志听说他是委员会的干部，没要他签名，信任地请他进去了。穿过一个大空场，走过一片放麻的露天仓库与机器隆隆响的厂房，他心神不安地去敲厂长兼支部书记王清泉办公室的门，得到了里面“进来”的回答后，他慢慢地走进去，怕走快了显得没有经验，他看见一个阔脸、粗脖子、身材矮小的男人正与一个头发上抹了许多油的驼背的男人下棋。小个子的同志抬起头，右手玩着棋子，问清了林震找谁以后，不耐烦地挥一挥手：“你去西跨院党支部办公室找魏鹤鸣，他是组织委员。”然后低下头继续下棋。

林震找着了红脸的魏鹤鸣，开始按提纲发问了：“一九五六年第一季度，你们发展了几个人？”

“一个半。”魏鹤鸣粗声粗气地说。

“什么叫‘半’？”

“有一个通过了，区委拖了两个多月还没有批下来。”

林震掏出笔记本记了下来。又问：“发展工作是怎么样进行的，有什么经验？”

“进行过程和向来一样——和党章的规定一样。”

林震看了看对方，为什么他说出的话像搁了一个星期的窝窝头一样干巴？魏鹤鸣托着腮，眼睛看着别处，心里也像在想别的事。

林震又问：“发展工作的成绩怎么样？”

魏鹤鸣答：“刚才说过了，就是那些。”他好像应付似的希望快点谈完。

林震不知道应该再问什么了，预备了一下午的提纲，和人家只谈上五分钟就用完了。他很窘。

这时门被一只有力的手推开了。那个小个子的同志进来，匆匆忙忙地问魏鹤鸣："来信的事你知道吗？"

魏鹤鸣无精打采地点了点头。

小个子的同志来回踱着步子，然后劈开腿站在房中央："你们要想办法！质量问题去年就提出来了，为什么还等着合同单位给纺织工业部写信？在社会主义高潮当中我们的生产迟迟不能提高，这是耻辱！"

魏鹤鸣冷冷地看着小个子的脸，用颤抖的声音问："您说谁？"

"我说你们大家！"小个子手一挥，把林震也包括在里面了。

魏鹤鸣因为抑制着愤怒的爆发而显得可怕，他的红脸更红了，他站起来问："那么您呢？您不负责任？"

"我当然负责。"小个子的同志却平静了，"对于上级，我负责，他们怎么处分我，我也接受。对于我，你得负责，谁让你做生产科长呢？你得小心……"说完，他威胁地看了魏鹤鸣一眼，走了。

魏鹤鸣坐下，把棉袄的扣子全解开了，喘着气。林震问："他是谁？"魏鹤鸣讽刺地说："你不认识？他就是厂长王清泉。"

于是魏鹤鸣向林震详细地谈起了王清泉的情况。王清泉原来在中央某部工作，因为在男女关系上犯错误受了处分，一九五一年调到这个厂子做副厂长，一九五三年厂长他调，他就被提拔做厂长。他一向是吃饱了转一转，躲在办公室批批文件下下棋，然后每月在工会大会、党支部大会、团总支大会上讲话批评工人群众竞赛没搞好，对质量不关心，有经济主义思想……魏鹤鸣没说完，王清泉又推门进来了。他看着左腕上的表，下令说："今天中午十二点十分，你通知党、团、工会和行政各科室的负责人到厂长室开会。”然后把门乒地一带，走了。

魏鹤鸣嘟哝着：“你看他怎么样?”

林震说：“你别光发牢骚，你批评他，也可以向上级反映，上级绝不允许有这样的厂长。”

魏鹤鸣笑了，问林震：“老林同志，你是新来的吧?”

“老林”同志脸红了。

魏鹤鸣说：“批评不动！他根本不参加党的会议，你上哪儿批评去？偶尔参加一次，你提意见，他说：‘提意见是好的，不过应该掌握分寸，也应该看时间、场合。现在，我们不应该因为个人意见侵占党支部讨论国家任务的宝贵时间。’好，不占用宝贵时间，我找他个别提，于是我们俩吵成了现在这个样子。”

“向上级反映呢?”

“一九五四年我给纺织工业部和区委写了信，部里一位张同志与你们那儿的老韩同志下来检查了一回。检查结果是：‘官僚主义较严重，但主要是作风问题，任务基本上完成了，只是完成任务的方法有缺点。’然后找王清泉‘批评’了一下，又找我鼓励了一下开展自下而上的批评的精神，就完事了。此后，王厂长有一个来月对工作比较认真，不久他得了肾病，病好以后他说自己是‘因劳致疾’，就又成了这个样子。”

“你再反映啊!”

“哼，后来与韩常新也不知说过多少次，老韩也不搭理，反倒向我进行教育说，应该尊重领导，加强团结。也许我不该这样想，但我觉得也许要等到王厂长贪污了人民币或者强奸了妇女，上级才会重视起来!”

林震出了厂子再骑上自行车的时候，车轮旋转的速度就慢多了。他深深地把眉头皱起来。他发现他的工作的第一步就有重重的困难，但他也受到一种刺激，甚至是激励——这正是发挥战斗精神的时候哇！他想着想着，直到因为车子溜进了急行线而受到交通民警的申斥。

四

吃完午饭，林震迫不及待地找韩常新汇报情况。韩常新有些疲倦地靠着沙发背，高大的身体显得笨重，从身上掏出火柴匣，拿起一根火柴剔牙。

林震杂乱地叙述他去麻袋厂的见闻，韩常新脚尖打着地不住地说："是的，我知道。"然后他拍一拍林震的肩膀，愉快地说："情况没了解上来不要紧，第一次下去嘛。下次就好了。"

林震说："可是我了解了关于王清泉的情况。"他把笔记本打开。

韩常新把他的笔记本合上，告诉他："对，这个情况我早知道。前年区委让我处理过这个事情，我严厉地批评过他，指出他的缺点和危险性，我们谈了至少有三四个钟头……"

"可是并没有效果呀，魏鹤鸣说他只好一个月……"林震插嘴说。

"一个月也是效果，而且绝不止一个月。魏鹤鸣那个人思想上有问题，见人就告厂长的状……"

"他告的状是不是真的?"

"很难说不真，也很难说全真。当然这个问题是应该解决的，我和区委副书记李宗秦同志谈过。"

“副书记的意见是什么?”

“副书记同意我的意见，王清泉的问题是应该解决也是可能解决的……不过，你不要一下子就陷到这里边去。”

“我?”

“是的。你第一次去一个工厂，全面情况也不了解，你的任务又不是去解决王清泉的问题，而且，直爽地说，解决他的问题也需要更有经验的干部；何况我们并不是没有管过这件事……你要是一下子陷到这个里头，三个月也出不来，第一季度的建党总结还了解不了解？上级正催我们交汇报呢!”

林震说不出话。

韩常新又拍拍林震的肩膀：“不要急躁嘛，咱们区三千个党员，百十几个支部，你一来就什么问题都摸还行?”他打了个哈欠，有倦意的脸上的粉刺涨红了，“啊——哈，该睡午觉了。”

“那，发展工作怎么再去了解?”林震没有办法地问。

韩常新又去拍林震的肩膀，林震不由得躲开了。韩常新有把握地说：“明天咱们俩一齐去，我帮你去了解，好不好?”然后他拉着林震一同到宿舍去。

第二天，林震很有兴趣观察韩常新如何了解情况。三年前，林震在北京师范上学的时候，出去做过见习教师，老教师在前面讲，林震和学生一起听，学了不少东西。这次，他也抱着见习的态度，打开笔记本，准备把韩常新的工作过程详细记录下来。

韩常新问魏鹤鸣：“发展了几个党员?”

“一个半。”

“不是一个半，是两个，我是检查你们的发展情况，不是检查区委批没批。”韩常新纠正他，又问：“这两个人本季度生产计划完成得怎么样?”

“很好，他们一个超额百分之七，一个超额百分之四，厂里黑板报还表扬……”

谈起生产情况，魏鹤鸣似乎起劲了些，但是韩常新打断了他的话：“他们有些什么缺点?”

魏鹤鸣想了半天，空空洞洞地说了些缺点。

韩常新叫他给所举的缺点提一些例子。

提完例子，韩常新再问他党的积极分子完成本季度生产任务的情况，他特别感兴趣的是一些数字和具体事例，至于这些先进的工人克服困难、钻研创造的过程，他听都不要听。

回来以后，韩常新用流利的行书示范地写了一个“麻袋厂发展工作简况”，内容是这样的：“……本季度（一九五六年一月至三月）麻袋厂支部基本上贯彻了积极慎重发展新党员的方针，在建党工作上取得了一定的成绩，新通过的党员朱××与范××受到了共产党员的光荣称号的鼓舞，增强了主人翁的观念，在第一季度繁重的生产任务中各超额百分之七，百分之四。广大积极分子，围绕在支部周围，受到了朱××与范××模范事例的教育，并为争取入党的决心所推动，发挥了劳动的积极性与创造性，良好地完成或者超额完成了第一季度的生产任务……（下面是一系列数字与具体事例）这说明：一、建党工作不仅与生产工作不会发生矛盾，而且大大推动了生产，任何借口生产忙而忽视建党工作的做法是错误的。二、……但同时必须指出，麻袋厂支部的建党工作，也仍然存在着一定的缺点……例如……”

林震把写着“简况”的稿纸捧在手里看了又看，他有一刹那甚至于怀疑自己去没去过麻袋厂，还是上次与韩常新同去时自己睡着了，为什么许多情况他根本不记得呢？他迷惑地问韩常新："这，这是根据什么写的？"

"根据那天魏鹤鸣的汇报哇。"

"他们在生产上取得的成绩是因为建党工作吗？"林震口吃起来。

韩常新抖一抖裤脚，说："当然。"

"不吧？上次魏鹤鸣并没有这样讲。他们的生产提高了，也可能是由于开展竞赛，也许由于青年团建立了监督岗，未必是建党工作的成绩……"

"当然，我不否认。各种因素是统一起来的，不能形而上学地割裂地分析这是甲项工作的成绩，那是乙项工作的成绩。"

"那，譬如我们写第一季度的捕鼠工作总结，是不是也可以用这些数字和事例呢？"

韩常新沉着地笑了，他笑林震不懂"行"，他说："那可以灵活掌握……"

林震又抓住几个小问题问："你怎么知道他们的生产任务是繁重的呢？"

"难道现在会有一个工厂任务很轻闲吗？"

林震目瞪口呆了。

五

区委会的工作是紧张而严肃的，在区委书记办公室，连日开会到深夜。从汉语拼音到预防大脑炎，从劳动保护到政治经济学讲座，无一不经过区委会的讨论。林震有一次去收发室取报纸，看见一份厚厚的材料，第一页上写着“区人民委员会党组关于调整公私合营工商业的分布、管理、经营方法及贯彻市委关于公私合营工商业工人工资问题的报告的请示”。他怀着敬畏的心情看着这份厚得像一本书的材料和它的长题目。有时，又觉得区委干部们的精神状态是随意而松懈的，他们在办公时间聊天，看报纸，大胆地拿林震认为最严肃的题目开玩笑，例如，青年监督岗开展工作，韩常新半嘲笑地说：“吓，小青年们脑门子热起来啦……”林震参加的组织部一次部务会议也很有意思，讨论市委布置的一个临时任务，大家抽着烟，说着笑话，打着岔，开了两个钟头，拖拖沓沓，没有什么结果。这时，皱着眉思索了好久的刘世吾提出了一个方案，马上热烈地展开了讨论，很多人发表了使林震惊佩的精彩意见。林震觉得，这最后的三十多分钟的讨论要比以前的两个钟头有效十倍。某些时候，譬如说夜里，各屋亮着灯：第一会议室，出席座谈会的胖胖的工商业者愉快地与统战部长交换意见；第二会议室，各单位的学习辅导员们为“价值”与“价格”的关系争得面红耳赤；组织部坐着等待入党谈话的激动的年轻人，而市委的某个严厉的书记出其不意地出现在书记办公室，找区委正副书记汇报贯彻工资改革的情况……这时，人声嘈杂，人影交错，电话铃声断断续续，林震仿佛从中听到了本区生活的脉搏的跳动，而区委会这座不新的、平凡的院落，也变得辉煌壮观起来。

在一切印象中，最突出和新鲜的印象是关于刘世吾的：刘世吾工作极多，常常同一个时间好几个电话催他去开会，但他还是一会儿就看完了《拖拉机站站长和总农艺师》，把书转借给了韩常新；而且，他已经把前一个月公布的拼音文字草案学会了，开始在开会时用拼音文字做记录了。某些传阅文件刘世吾拿过来看看题目和结尾就签上名送走，也有的不到三千字的指示他看上一下午，密密麻麻地画上各种符号。刘世吾有时一面听韩常新汇报情况，一面漫不经心地查阅其他的材料，听着听着却突然指出：“上次你汇报的情况不是这样！”韩常新不自然地笑着，刘世吾的眼睛捉摸不定地闪着光；但刘世吾并不深入追究，仍然查他的材料，于是韩常新恢复了常态，有声有色地汇报下去。

赵慧文与韩常新的关系也被林震看出了一些疑窦：韩常新对一切人都是拍着肩膀，称呼着“老王”“小李”，亲热而随便。独独对赵慧文，却是一种礼貌的“公事公办”的态度。这样说话：“赵慧文同志，党刊第一百零四期放在哪里？”而赵慧文也用警戒的神情对待他。

奇怪得很，林震说不清他的这个新环境是好是坏。他还是像在小学时一样，每天照样很早就起来玩哑铃，还是照常地给人以“单纯”的甚至“天真”的印象。但是，他的内心活动却比在小学的时候多得多。他必须学会判断一切事情和一切人。

……四月，东风悄悄地刮起，不再被人喜爱的火炉蜷缩在阴暗的贮藏室，只有各房间熏黑了的屋顶还存留着严冬的痕迹。往年，这个时候，林震就会带着活泼的孩子们去卧佛寺或者西山八大处踏青，在早开的桃李与混浊的溪水中寻找春天的消息……区委会的生活却丝毫不受季节的影响，继续以那种紧张的节奏和复杂的色彩流转着。当林震从院里的垂柳上摘下一颗多汁的嫩芽时，他稍微有点怅惘，因为春天来得那么快，而他，却没做出什么有意义的事情来迎接这个美妙的季节……

晚上九点钟，林震走进了刘世吾办公室的门。赵慧文正在这里，她穿着紫黑色的毛衣，脸儿在灯光下显得越发苍白。听到有人进来，她迅速地转过头来，林震仍然看见了她略略突出的颧骨上的泪迹。他回身要走，低着头吸烟的刘世吾做手势止住他：“坐在这儿吧，我们就谈完了。”

林震坐在一角，远远地隔着灯光看报，刘世吾用烟卷在空中画着圆圈，诚恳地说：“相信我的话吧，没错。年轻人都这样，最初互相美化，慢慢发现了缺点，就觉得都很平凡。不要做不切实际的要求，没有遗弃，没有虐待，没有发现他政治上、品质上的问题，怎么能说生活不下去呢？才四年嘛。你的许多想法是从苏联电影里学来的，实际上，就那么回事……”

赵慧文没说话，她撩一撩头发，临走的时候，对林震惨然地一笑。

刘世吾走到林震旁边，问：“怎么样？”他丢下烟蒂，又掏出一支来点上火，紧接着贪婪地吸了几口，缓缓地吐着白烟，告诉林震：“赵慧文跟她爱人又闹翻了……”接着，他开开窗户，一阵风吹掉了办公桌上的几张纸，传来了前院里散会以后人们的笑声，招呼声和自行车铃响。

刘世吾把只抽了几口的烟扔出去，伸了个懒腰，扶着窗户，低声说：“真的是春天了呢！”

“我想谈谈来区委工作的情况，我有一些问题不知道怎么解决。”林震用一种坚决的口气说，同时把落在地上的纸页拾起来。

“对，很好。”刘世吾仍然靠着窗户框子。

林震从去麻袋厂说起：“……我走到厂长室，正看见王清泉同志……”

“下棋呢还是打扑克？”刘世吾微笑着问。

“您怎么知道？”林震惊骇了。

“他老兄什么时候干什么我都算得出来，”刘世吾慢慢地说，“这个老兄棋瘾很大，有一次在咱这儿开了半截会，他出去上厕所，半天不回来，我出去一找，原来他看见老吕和区委书记的儿子下棋，他在旁边支上着儿了。”

林震不顾对方老是不在意地打断他的话，坚持着把自己所知道的情况说了一遍。

刘世吾关上窗户，拉一把椅子坐下，用两个手扶着膝头支持着身体，轻轻地摆动着头：“魏鹤鸣是个直性子，他一来就和王清泉吵得面红耳赤……你知道，王清泉也是个特殊人物，不太简单。抗日胜利以后，王清泉被派到国民党军队里工作，他做过国民党军的副团长，是个呱呱叫的情报人员。一九四七年以后他与我们的联系中断，直到解放以后才接上线。他是去瓦解敌人的，但是他自己也染上国民党军官的一些习气，改不过来，其实是个英勇的老同志。”

“这样……”

“是呀。”刘世吾严肃地点点头，接着说，“当然，这不能为他辩护，党是派他去战胜敌人而不是与敌人同流合污，所以他的错误是不可原谅的。”

“怎么去解决呢？魏鹤鸣说，这个问题已经拖了好久。他到处写过信……”

“是呀。”刘世吾又干咳了一会儿，做着手势说：“现在下边支部里各类问题很多，你如果一一地用手工业的方法去解决，那是事倍功半的。而且，上级布置的任务追着屁股，完成这些任务已经感到很吃力。作为领导，必须掌握一种把个别问题与一般问题结合起来，把上级分配的任务与基层存在的问题结合起来的艺术。再者，王清泉工作不努力是事实，但还没有发展到消极怠工的地步；作风有些生硬，也不是什么违法乱纪；显然，这不是组织处理问题而是经常教育的问题。从各方面看，解决这个问题的时机目前还不成熟。”

林震沉默着，他判断不清究竟哪样对；是娜斯嘉的“对坏事决不容忍”对呢，还是刘世吾的“条件成熟论”对。他一想起王清泉那样的厂长就觉得难受，但是，他驳不倒刘世吾的“领导艺术”。刘世吾又告诉他：“其实，有类似毛病的干部也不止一个……”这更加使得林震睁大了眼睛，觉得这跟他在小学时所听的党课的内容不是一个味儿。

后来，林震又把看到的韩常新如何了解情况与写简报的事说了说，他说，他觉得这样整理简报不太真实。

刘世吾大笑起来，说：“老韩……这家伙……真高明……”笑完了，又长出一口气，告诉林震：“对，我把你的意见告诉他。”

林震犹豫着，刘世吾问：“还有别的意见吗？”

于是林震勇敢地提出：“我不知道为什么，来了区委会以后发现了许多许多缺点，过去我想象的党的领导机关不是这样……”

刘世吾把茶杯一放：“当然，想象总是好的，实际呢，就那么回事。问题不在有没有缺点，而在什么是主导的。我们区委的工作，包括组织部的工作，成绩是基本的呢，还是缺点是基本的？显然成绩是基本的，缺点是前进中的缺点。我们伟大的事业，正是由这些有缺点的组织和党员完成着的。”

走出办公室以后，林震有一种奇怪的感觉：和刘世吾谈话似乎可以消食化气，而他自己的那些肯定的判断，明确的意见，却变得模糊不清了。他更加惶惑了。

六

不久，在党小组会上，林震受到了一次严厉的批评。

事情是这样：有一次，林震去麻袋厂，魏鹤鸣说，由于季度生产质量指标没有达到，王厂长狠狠地训了一回工人，工人意见很大，魏鹤鸣打算找些人开个座谈会，搜集意见，准备向上反映。林震很同意这种做法，以为这样也许能促进“条件的成熟”。过了三天，王清泉气急败坏地到区委会找副书记李宗秦，说魏鹤鸣在林震支持下搞小集团进行反领导的活动，还说参加魏鹤鸣主持的座谈会的工人都有历史问题……最后说自己请求辞职。李宗秦批评了他的一些缺点，同意制止魏鹤鸣再开座谈会，“至于林震，”他对王清泉说，“我们会给以应有的教育的。”

批评会上，韩常新分析道：“林震同志没有和领导上商量，擅自同意魏鹤鸣召集座谈会，这首先是一种无组织无纪律行为……”

林震不服气，他说：“没有请示领导，是我的错。但是我不明白为什么我们不但不去主动了解群众的意见，反而制止基层这样做！”

“谁说我们不了解？”韩常新跷起一条腿，“我们对麻袋厂的情况统统掌握……”

“掌握了而不去解决，这正是最痛心的！党章上规定着，我们党员应该向一切违反党的利益的现象做斗争……”林震的脸变青了。

富有经验的刘世吾开始发言了，他向来就专门能在一定的关头起扭转局面的作用。

“林震同志的工作热情不错，但是他刚来一个月就给组织部的干部讲党章，未免仓促了些。林震以为自己是支持自下而上的批评，是做一件漂亮事，他的动机当然是好的喽；不过，自下而上的批评必须有领导地去开展，譬如这回事，请林震同志想一想：第一，魏鹤鸣是不是对王清泉有个人成见呢？很难说没有。那么魏鹤鸣那样积极地去召集座谈会，可不可能有什么个人目的呢？我看不一定完全不可能。第二，参加会的人是不是有一些历史复杂别有用心的分子呢？这也应该考虑到。第三，开这样一个会，会不会在群众里造成一种王清泉快要挨整了的印象因而天下大乱了呢？等等。至于林震同志的思想情况，我愿意直爽地提出一个推测：年轻人容易把生活理想化，他以为生活应该怎样，便要求生活怎样，做一个党工作者，要多考虑的却是客观现实，是生活可能怎样。年轻人也容易过高估计自己，抱负甚多，一到新的工作岗位就想对缺点斗争一番，充当个娜斯嘉式的英雄。这是一种可贵的，可爱的想法，也是一种虚妄……”

林震像被打中了一拳似的颤了一下，他紧咬住下嘴唇忍住了心里的气愤和痛苦。

他鼓起勇气再问：“那么王清泉……”刘世吾把头一仰：“我明天找他谈话，有原则性的并不仅是你一个人。”

七

星期六晚上，韩常新举行婚礼。林震走进礼堂，他不喜欢那迷漫的呛人的烟气，还有地上杂乱的糖果皮与空中杂乱的哄笑；没等婚礼开始他就退了出来。

林震回办公室，办公室黑着，他拉开灯，看见自己桌上的信，是小学的同事们写来的，其中还夹着孩子们用小手签了名的信：

林老师：您身体好吗？我们特别特别想您，女同学都哭了，后来就不哭了，后来我们做算术，题目特别特别难，我们费了半天劲，中于算出来了……

看着信，林震不禁独自笑起来了，他拿起笔把“中于”改成“终于”，准备在回信时告诉他们下次要避免别字。他仿佛看见了系蝴蝶结的李琳琳，爱画水彩画的刘小毛和常常把铅笔头含在嘴里的孟飞……他猛地把头从信纸上抬起来，所看见的却是电话、吸墨纸和玻璃板。他所熟悉的孩子的世界已经离他而去了，现在是到了一个有些陌生的环境里来了……他想起前天党小组会上人们对他的批评。难道自己真的错了？真的是莽撞和幼稚，再加几分年轻人的廉价的勇气？也许真的应该切实估量一下自己，把分内的事做好，过两年，等到自己“成熟”了以后再干预一切吧？

礼堂里传来爆发的掌声和笑声。

一只柔软的手落在肩上，他吃惊地回过头来，灯光显得刺眼，赵慧文没有声响地站在他的身边，女同志走路都有这种不声不响的本事。

赵慧文问：“怎么不去玩？”

“我懒得去。你呢？”

“我该回家了，”赵慧文说，“到我家坐坐好吗？省得一个人在这儿想心事。”

“我没有心事。”林震分辩着，但他接受了赵慧文的好意。

赵慧文住在离区委会不远的一个小院落里。

孩子睡在浅蓝色的小床里，幸福地含着指头。赵慧文吻了儿子，拉林震到自己房间里来。

“他父亲不回来吗？”林震小心地问。

赵慧文摇摇头。

这间卧室好像是布置得很仓促，墙壁因为空无一物而显得过分洁白，盆架孤单地缩在一角，窗台上的花瓶傻气地张着口；只有床头小桌上的收音机，好像还能扰乱这卧室的安静。

林震坐在藤椅上，赵慧文靠墙站着。林震指着花瓶说：“应该插枝花。”又指着墙壁说：“为什么不买几张画挂上？”

赵慧文说：“经常也不在，就没有管它。”然后她指着收音机问：“听不听？星期六晚上，总有好的音乐。”

收音机亮了，一种梦幻的柔美的旋律从远处飘来，慢慢变得热情激荡。提琴奏出的诗一样的主题立即揪住了林震的心。他托着腮，屏住了气。他的青春，他的追求，他的碰壁，似乎都能与这乐曲相通。

赵慧文背着手靠在墙上，不顾衣服蹭上了石灰粉，等这段乐曲过去，她用和音乐一样的声音说：“这是柴可夫斯基的意大利随想曲，让人想到南国，想到海……我在文工团的时候常听它，慢慢觉得，这调子不是别人演奏出的，而是从我心里钻出来的……”

“在文工团？”

“参加军事干部学校以后被分配去的，在朝鲜，我用我的蹩脚的嗓子给战士唱过歌，我是个哑嗓子的歌手。”

林震像第一次见面似的又重新打量赵慧文。

“怎么？不像了吧？”这时电台改放“剧场实况”了，赵慧文把收音机关了。

“你是文工团的，为什么很少唱歌?”林震问。

她不回答，走到床边，坐下。她说：“我们谈谈吧，小林，告诉我，你对咱们区委的印象怎么样?”

“不知道，我是说，还不明确。”

“你对韩常新和刘世吾有点意见吧，是不?”

“也许。”

“当初我也这样，从部队转业到这里，和部队的严格准确比较，许多东西我看不惯。我给他们提了好多意见，和韩常新激动地吵过一回，但是他们笑我幼稚，笑我工作没做好，意见倒一大堆，慢慢地我发现，和区委的这些缺点做斗争是我力不胜任的……”

“为什么力不胜任?”林震像刺痛了似的跳起来，他的眉毛拧在一起了。

“这是我的错，”赵慧文抓起一个枕头，放在腿上，“那时我觉得自己水平太低，自己也很不完美，却想纠正那些水平比自己高得多的同志，实在不量力。而且，刘世吾、韩常新还有别人，他们确实把有些工作做得很好。他们的缺点散布在咱们工作的成绩里边，就像灰尘散布在美好的空气中，你嗅得出来，但抓不住，这正是难办的地方。”

“对!”林震把右拳头打在左手掌上。

赵慧文也有些激动了，她把枕头抛开，话说得更慢，她说：“我做的是事务工作，领导同志也不大过问，加上个人生活上的许多牵扯，我沉默了，于是，上班抄抄写写，下班给孩子洗尿布，买奶粉。我觉得我老得很快，参加军干校时候那种热情和幻想，不知道哪里去了。”她沉默着，一个一个地捏着自己那白白的好看的手指，接着说：“两个月以前，北京市进入社会主义高潮，工人、店员还有资本家，放着鞭炮，打着锣鼓到区委会报喜，工人、店员把入党申请书直接送到组织部，大街上一天一变，整个区委会彻夜通明，吃饭的时候，宣传部、财经部的同志滔滔不绝地讲着社会主义高潮中的各种气象；可我们组织部呢？工作改进很少！打电话催催发展数字，按前年的格式添几条新例子写写总结……最近，大家检查保守思想，组织部也检查，拖拖沓沓开了三次会，然后写个材料完事。……哎，我说乱了，社会主义高潮中，每一声鞭炮都刺着我，当我复写批准新党员通知的时候，我的手激动得发抖，可是我们的工作就这样依然故我地下去吗？”她喘了一口气，来回踱着，然后接着说：“我在党小组会上谈自己的想法，韩常新满足地问：‘难道我们发展数字的完成比例不是各区最高的？难道市委组织部没要我们写过经验？’然后他进行分析，说我情绪不够乐观，是因为不安心事务工作……”

“开始的时候，韩常新给人一个了不起的印象，但是实际一接触……”林震又说起那次写汇报的事。

赵慧文同意地点头：“这一二年，虽然我没提什么意见，但我无时无刻不在观察。生活里的一切，有表面也有内容，做到金玉其外，并不是难事。譬如韩常新，充领导他会拉长了声音训人，写汇报他会强拉硬扯生动的例子，分析问题，他会用几个无所不包的概念；于是，俨然成了个少壮有为的干部，他漂浮在生活上边，悠然得意。”

“那么刘世吾呢？”林震问，“他绝不像韩常新那样浅薄，但是他的那些独到的见解，精辟的分析，好像包含着一种可怕的冷漠，看到他容忍王清泉这样的厂长，我无法理解，而当我想向他表示什么意见的时候，他的议论却使人越绕越糊涂，除了跟着他走，似乎没有别的路……”

“刘世吾有一句口头语：就那么回事。他看透了一切，以为一切就那么回事。按他自己的说法，他知道什么是‘是’，什么是‘非’，还知道‘是’一定战胜‘非’，又知道‘是’不是一下子战胜‘非’，他什么都知道，什么都见过——党的工作给人的经验本来很多；于是他不再操心，不再爱也不再恨。他取笑缺陷，仅仅是取笑，欣赏成绩，仅仅是欣赏。他蛮有把握地应付一切，再也不需要虔诚地学习什么，除了拼音文字之类的具体知识。一旦他认为条件成熟需要干一气，他一把把事情抓在手里，教育这个，处理那个，俨然是一切人的上司。凭他的经验和智慧，他当然可以做好一些事，于是他更加自信。”赵慧文毫不容情地说着。这些话曾经在多少个不眠的夜晚萦绕在她的心头……

“我们的区委副书记兼部长呢？他不管吗？”

赵慧文更加兴奋了，她说：“李宗秦身体不好，他想去做理论研究工作，嫌区的工作过于具体。他做组织部长只是挂名，把一切事情推给刘世吾。这也是一种相当普遍的不正常的现象，有一批老党员，因为病、因为文化水平低，或者因为是首长爱人，他们挂着厂长、校长和书记的名，却由副厂长、教导主任、秘书或者某个干事做实际工作。”

“我们的正书记——周润祥同志呢？”

“周润祥同志工作太多，他忙着肃反，私营企业的改造……各种带有突击性的任务，我们组织部的工作呢，一般说永远成不了带突击性的中心任务，所以他管得也不多。”

“那……怎么办呢？”林震直到现在，才开始明白了事情的复杂性，一个缺点，仿佛粘在从上到下的一系列的缘故上。

“是呀。”赵慧文沉思地用手指弹着自己的腿，好像在弹一架钢琴，然后她向着远处笑了，她说，“谢谢你……”

“谢我?”林震以为自己听错了。

“是的，见到你，我好像又年轻了。你常常把眼睛盯在一个地方不动，老是在想，像个爱幻想的孩子。你又挺容易兴奋起来，动不动就红脸。可是，你又天不怕地不怕，敢于和一切坏现象做斗争，于是我有一种婆婆妈妈的预感：你……一场风波要起来了。”

林震又真的脸红了。他根本没想到这些，他正为自己的无能而十分羞耻。他嘟囔着：“但愿是真正的风波而不是瞎胡闹。”然后他问：“你想了这么多，分析得这么清楚，为什么只是憋在心里呢?”

“我老觉得没有把握，”赵慧文把手放在自己的胸前，“我看了想，想了又看，我有时候想得一夜都睡不好，我问自己：‘你的工作是事务性的，你能理解这些吗?’”

“你怎么会这样想?我觉得你刚才说得对极了！你应该把你刚才说的对区委书记谈，或者写成材料给《人民日报》……”

“瞧，你又来了。”赵慧文露出润湿的牙齿笑了。

“怎么叫又来了?”林震不高兴地站起来，使劲搔着头皮，“我也想过多少次，我觉得，人要在斗争中使自己变正确，而不能等到正确了才去做斗争!”

赵慧文突然推门出去了，把林震一个人留在这空旷的屋子里。他嗅见了肥皂的香气。马上，赵慧文回来了，端着一个长柄的小锅，她跳着进来，像一个梳着三条辫子的小姑娘。她打开锅盖，戏剧性地向林震说：“来，我们吃荸荠，煮熟了的荸荠，我没有找到别的好吃的。”

“我从小就喜欢吃熟荸荠，”林震愉快地把锅接过来，他挑了一个大的没剥皮就咬了一口，然后他皱着眉吐了出来，“这是个坏的，又酸又臭。”赵慧文大笑了。林震气愤地把捏烂了的酸荸荠扔到地上。

临走的时候，夜已经深了，纯净的天空上布满了畏怯的小星星。有一个老头儿吆喝：“炸丸子开锅！”推车走过。林震站在门外，赵慧文站在门里，她的眼睛在黑暗中闪光，她说：“下次来的时候，墙上就有画了。”

林震会心地笑着：“而且希望你把丢下的歌儿唱起来！”他摇了一下她的手。

林震用力地呼吸着春夜的清香之气，一股温暖的泉水在心头涌了上来。

八

韩常新最近被任命为组织部副部长。新婚和被提拔，使他愈益精神焕发和朝气勃勃。他每天刮一次脸，在参观了服装展览会以后又做了一套凡尔丁料子的衣服。不过，最近他亲自出马下去检查工作少了，主要是在办公室听汇报，改文件和找人谈话。刘世吾仍然那么忙……

一天，晚饭以后，韩常新把《拖拉机站站长和总农艺师》还给林震，他用手弹一弹那本书，点点头说：“很有意思，也很荒唐。当个作家倒不坏，编得天花乱坠。赶明儿我得了风湿性关节炎或者犯错误受了处分，就也写小说去。”

林震接过书，赶快拉开抽屉，把它压在最底下。

刘世吾坐在另一边的沙发上正出神地研究一盘象棋残局，听了韩常新的话，刻薄地说："老韩将来得关节炎或者受处分倒不见得不可能，至于小说，我们可以放心，至少在这个行星上不会看到您的大作。"他说的时候一点不像开玩笑，以至韩常新尴尬地转过头，装没听见。

这时刘世吾又把林震叫过去，坐在他旁边，问："最近看什么书了？有没有好的借我看看？"

林震说没有。

刘世吾挪动着身体，斜躺在沙发上，两手托在脑后，半闭着眼，缓慢地说："最近在《译文》上看了《被开垦的处女地》第二部的片段，人家写得真好，活得很……"

"您常看小说？"林震真不大相信。

"我愿意荣幸地表示，我和你一样地爱读书：小说、诗歌、包括童话。解放以前，我最喜欢屠格涅夫，小学五年级，我已经读《贵族之家》，我为伦蒙那个德国老头儿流泪，我也喜欢叶琳娜；英沙罗夫写得却并不好……可他的书有一种清新的、委婉多情的调子。"他忽地站起来，走近林震，扶着沙发背，弯着腰继续说，"现在也爱看，看的时候很入迷，看完了又觉得没什么，你知道，"他紧挨林震坐下，又半闭起眼睛，"当我读一本好小说的时候，我梦想一种单纯的、美妙的、透明的生活。我想去做水手，或者穿上白衣服研究红血球，或者做一个花匠，专门培植十样锦……"他笑了，从来没这样笑过，不是用机智，而是用心。"可还是得做什么组织部长。"他摊开了手。

"为什么您把现在的工作看得和小说那么不一样呢？党的工作不单纯，不美妙，也不透明吗？"林震友好而关切地问。

刘世吾接连摇头，咳嗽了一会儿，又站起来，靠到远一点的地方，嘲笑地说：“党工作者不适合看小说。……譬如，”他用手在空中一划，“拿发展党员来说，小说可以写：‘在壮丽的事业里，多少名新战士参加了无产阶级的先锋行列，万岁！’而我们呢，组织部呢，却正在发愁：第一，某支部组织委员工作马大哈，谈不清新党员的历史情况。第二，组织部压了百十几个等着批准的新党员，没时间审查。第三，新党员需经常委会批准，常委委员一听开会批准党员就请假。第四，公安局长参加常委会批准党员的时候老是打瞌睡……”

“您不对！”林震大声说，他像本人受了侮辱一样地难以忍耐，“真奇怪！……”他说不下去了。

刘世吾笑了笑，叫韩常新：“来，看看报上登的这个象棋残局，该先挪车呢还是先跳马？”

九

魏鹤鸣告诉林震，他要求回到车间做工人，他说：“这个支部委员和生产科长我干不了。”林震费尽唇舌，劝他把那次座谈会搜集的意见写给党报，并且质问他：“你退缩了，你不信任党和国家了，是吗？”后来魏鹤鸣和几个意见较多的工人写了一封长信，偷偷地寄给报纸，连魏鹤鸣本人都对自己有些怀疑：“也许这又是‘小集团活动’？那就处罚我吧！”他是带着有罪的心情把大信封扔进邮箱的。

五月中旬，《北京日报》以显明的标题登出揭发王清泉官僚主义作风的群众来信。署名“麻袋厂一群工人”的信，愤怒地要求领导上处理这一问题。《北京日报》编者也在按语中指出：“……有关领导部门应迅速做认真的检查……”

赵慧文首先发现了：她叫林震来看。林震兴奋得手发抖，看了半天连不成句子，他想：“好！终于揭出来了！时机总算成熟了吧？”

他把报纸拿给刘世吾看，刘世吾仔细地看了几遍，然后抖一抖报纸，客观地说：“好，开刀了！”

这时，区委书记周润祥走进来，他问：“王清泉的情况你们了解不？”

刘世吾不慌不忙地说：“麻袋厂支部的一些不健康的情况那是确实存在的。过去，我们就了解过，最近我亲自找王清泉谈过话，同时小林同志也去了解过。”他转身向林震：“小林，你谈谈王清泉的情况吧。”

有人敲门。魏鹤鸣紧张地撞进来，他的脸由红色变成了青色，他说，王厂长在看到《北京日报》以后非常生气，现在正追查写信的人。

……经过党报的揭发与区委书记的过问，刘世吾以出乎林震意料的雷厉风行的精神处理了麻袋厂的问题。刘世吾一下决心，就可以把工作做得很出色。他把其他工作交代给别人，连日与林震一起下到麻袋厂去。他深入车间，详细调查了王清泉工作的一切情况，征询工人群众的一切意见。然后，与各有关部门进行了联系，只用了一个多星期的时间，就对王清泉做了处理——党内和行政都予以撤职处分。

处理王清泉的大会一直开到深夜，开完会，外面下起雨，雨忽大忽小，久久地不停息。风吹到人脸上有些凉。刘世吾与林震到附近的一个小铺子去吃馄饨。

这是新近公私合营的小铺子，整理得干净而且舒适。由于下雨，顾客不多。他们避开热气腾腾的馄饨锅，在墙角的小桌旁坐下来。

他们要了馄饨，刘世吾还要了白酒，他呷了一口酒，抬着手指，有些感触地说："我这是第六次参加处理犯错误的负责干部的问题了，头几次，我的心很沉重。"由于在大会上激昂地讲过话，他的嗓音有些嘶哑，"党工作者是医生，他要给人治病，他自己却是并不轻松的。"他用无名指轻轻敲着桌子。

林震同意地点头。

刘世吾忽然问："今天是几号？"

"五月二十。"林震告诉他。

"五月二十，对了。九年前的今天，青年军二〇八师打坏了我的腿。"

"打坏了腿？"林震对刘世吾的过去历史还不了解。

刘世吾不说话，雨一阵大起来，他听着那哗啦哗啦的单调的响声，嗅着潮湿的土气。一个被雨淋透的小孩子跑进来避雨，小孩的头发在往下滴水。

刘世吾招呼店员："切一盘肘子。"然后告诉林震："一九四七年，我在北大做自治会主席。参加'五二〇'游行的时候，二〇八师的流氓打坏了我的腿。"他挽起裤子，可以看到一道弧形的疤痕，然后他站起来，"看，我的左腿是不是比右腿短一点？"

林震第一次以深深的尊敬和爱戴的眼光看着他。

喝了几口酒，刘世吾的脸微微发红，他坐下，把肉片夹给林震，然后斜着头说："那时候……我是多么热情，多么年轻啊！我真恨不得……"

"现在就不年轻，不热情了吗？"林震试探着问。他想了解一下这个人，想逗得他多说几句。

“当然不，”刘世吾玩着空酒杯，“可是我真忙啊！忙得什么都习惯了，疲倦了。解放以来从来没睡够过八小时觉。我处理这个人和那个人，却没有时间处理处理自己。”他托起腮，用最质朴的人对人的态度看着林震，“是呀，一个布尔什维克，经验要丰富，但是心要单纯。……再来一两！”刘世吾举起酒杯，向店员招手。

这时林震已经开始被他深刻和真诚的抒发所感动了。刘世吾接着闷闷地说：“据说，炊事员的职业病是缺少良好食欲，饭菜是他们做的，他们整天和饭菜打交道。我们，党工作者，我们创造了新生活，结果，生活反倒不能激动我们……”

林震的嘴动了动，刘世吾摆摆手，表示希望不要现在就和他辩论。他不说话，独自托着腮发愣。

“雨小多了，这场雨对麦子不错。”过了半天，刘世吾叹了口气，忽然又说：“你这个干部好，比韩常新强。”

林震在慌乱中赶紧喝汤。

刘世吾盯着他，亲切地笑着，问他：“赵慧文最近怎么样？”

“她情绪挺好。”林震随口说。他拿起筷子去夹熟肉，看见了他熟悉的刘世吾的闪烁的目光。

刘世吾把椅子拉近他，缓缓地说：“原谅我的直爽，但是我有责任告诉你……”

“什么？”林震停止了夹肉。

“据我看，赵慧文对你的感情有些不……”

林震颤抖着手放下了筷子。

离开馄饨铺，雨已经停了，星光从黑云下面迅速地露出来，风更凉了，积水潺潺地从马路两边的泄水池流下去。林震迷惘地跑回宿舍，好像喝了酒的不是刘世吾，倒是他。同宿舍的同志都睡得很甜，粗短的和细长的鼾声此起彼伏。林震坐在床上，摸着湿了的裤脚，难过，难过，说不清为什么要难过。眼前浮现了赵慧文的苍白而美丽的脸……他还是个毛小伙子，他什么也没经历过，什么都不懂。难过，难过……他走近窗子，把脸紧贴在外面沾满了水珠的冰冷的玻璃上。

十

区委常委开会讨论麻袋厂的问题。

林震列席参加。他坐在一角，心跳，紧张，手心里出了汗。他的衣袋里装着好几千字的发言提纲，准备在常委会上从麻袋厂事件扯出组织部工作中的问题。他觉得麻袋厂问题的揭发和解决，造成了最好的机会，可以促请领导从根本上考虑一下组织部的工作。时候到了！

刘世吾正在条理分明地汇报情况。书记周润祥显出沉思的神色，用左拳托着士兵式的粗壮而宽大的脸，右腕子压着一张纸，时而在上面写几个字。李宗秦用食指在空中写画着。韩常新也参加了会，他专心地把自己的鞋带解开又系上。

林震几次想说话，但是心跳得使他喘不上气。第一次参加常委会，就做这种大胆的发言，未免过于莽撞吧？不怕，不怕！他鼓励自己。他想起八岁那年在青岛学跳水，他也一边听着心跳，一边生气地对自己说：“不怕，不怕！”

区委常委批准了刘世吾对于麻袋厂问题提出的处理意见，马上就要进行下面一项议程了，林震霍地举起了手。

"有意见吗？不举手就可以发言的。"周书记笑着说。

林震站起来，碰响了椅子，掏出笔记本看着提纲，他不敢看大家。

他说："王清泉个人是做了处理了，但是如何保证不再有第二、第三个王清泉出现呢？我们应该检查一下区委组织工作中的缺点：第一，我们只抓了建党，对于巩固党没给以应有的注意，使基层的党内斗争处于自流状态。第二，我们明知有问题却拖延着不去解决，王清泉来厂子整整五年，问题一直存在而且愈发展愈严重。……具体地说，我认为韩常新同志与刘世吾同志有责任……"

会场起了轻微的骚动，有人咳嗽，有人放下了烟卷，有人打开笔记本，有人挪了一下椅子。

韩常新耸了一下肩，用舌头舐了一下扭动着的牙床，讽刺地说："往往听到一种事后诸葛亮的意见：'为什么不早一点处理呢？'当然是愈早愈好喽……高饶事件发生了，有人问为什么不早一点，贝利亚，也有人问为什么不早一点。再者，组织部并不能保证第二、三个王清泉不会出现，林震同志也未尝能保证这一点。……"

林震抬起头，用激怒的目光看韩常新。韩常新却只是冷冷地笑。林震压抑着自己，他说："老韩同志知道缺点的存在是规律，但他不知道克服缺点前进更是规律。老韩同志和刘部长，就是抱住了头一个规律，因而对各种严重的缺点采取了容忍乃至于麻木的态度！"说完，他用手抹了抹头上的汗，他也不知道自己怎么敢说得这样尖锐，但是终究说出来了，他有一种如释重负的感觉。

李宗秦在空中画着的食指停住了。周润祥转头看看林震又看看大家，他的沉重的身躯使木椅发出了吱吱声。他向刘世吾示意："你的意见？"

刘世吾点点头："小林同志的意见是对的，他的精神也给了我一些启发……"然后他悠闲地蹓到桌子边去倒茶水，用手抚摸着茶碗沉思地说："不过具体到麻袋厂事件，倒难说了。组织部门巩固党的工作抓得不够，是的，我们干部太少，建党还抓不过来。麻袋厂王清泉的处理，应该说还是及时而有效的。在宣布处理的工人大会上，工人的情绪空前高涨，有些落后的工人也表示更认识到了党的大公无私，有一个老工人在台上一边讲话一边落泪，他们口口声声说着感谢党，感谢区委……"

林震小声说："是的，正因为这样，我才觉得我们工作中的麻木、拖延、不负责任，是对群众犯罪。"他提高了声音："党是人民的、阶级的心脏，我们不允许心脏上有灰尘，就不允许党的机关有缺点！"

李宗秦把两手交叉起来放在膝头，他缓缓地说，像是一边说一边思索着如何造句："我认为林震、韩常新、刘世吾同志的主要争论有两个症结，一个是规律性与能动性的问题……一个是……"

林震以不知从哪儿来的勇气对李宗秦说："我希望不要只做冷静而全面的分析……"他没有说下去，他怕自己掉下眼泪来。

"为什么？"周润祥问林震，他严厉地说："冷静而全面的分析比急躁而片面的冲动好得多。同志，你太容易激动了，背诵着抒情诗去做组织工作是不相宜的！"然后他对大家说："讨论下一项议程吧。"

散会后，林震气恼得没有吃下饭，区委书记的态度他没想到。他不满甚至有点失望。韩常新与刘世吾找他一齐出去散步，就像根本没理会他对他们的不满意，这使林震更意识到自己和他们力量的悬殊。他苦笑着想："你还以为常委会上发一席言就可以起好大的作用呢！”他打开抽屉，拿起那本被韩常新嘲笑过的苏联小说，翻开第一篇，上面写着：“按娜斯嘉的方式生活！”他自言自语：“真难哪！”

十一

第二天下班以后，赵慧文告诉林震：“到我家吃饭去吧，我自己包饺子。”他想推辞，赵慧文已经走了。

林震犹豫了好久，终于在食堂吃了饭再到赵慧文家去。赵慧文的饺子刚刚煮熟。她第一次穿上暗红色的旗袍，系着围裙，手上沾满面粉，像一个殷勤的主妇似的对林震说：“新下来的豆角做的馅子……”

林震嗫嚅地说：“我吃过了。”

赵慧文不信，跑出去给他拿来了筷子，林震再三表示确实吃过，赵慧文不满意地一个人吃起来。林震不安地坐在一旁，一会儿看看这，一会儿看看那，一会儿搓搓手，一会儿晃一晃身体。那种说不出来的温暖和难过的感觉又一齐涌上了他的心头。他的心在痛，好像失掉了什么。他简直不敢看赵慧文那张被红衣裳映红了的美丽的脸儿。

“小林，有什么事吗?”赵慧文停止了吃饺子。

“没……有。”

“告诉我吧。”赵慧文目不转睛地看着他。

“昨天在常委会上我把意见都提了，区委书记睬都不睬……”

赵慧文咬着筷子端想了想，她坚决地说：“不会的，周润祥同志也许只是不轻易发表意见……”

“也许，”林震半信半疑地说，他低下头，不敢正面接触赵慧文关切的目光。

赵慧文吃了几个饺子，又问：“还有呢?”

林震的心跳起来了。他抬起头，看见了赵慧文那同情他和鼓励他的眼睛，他轻轻地叫：“赵慧文同志……”

赵慧文放下筷子，靠在椅子背上，有些吃惊了。

“我很想知道，你是否幸福。”林震用一种粗重的完全像大人一样的声音说，“我看见过你的眼泪，在刘世吾的办公室，那时候春天刚来……后来忘记了。我自己马马虎虎地过日子，也不会关心人。你幸福吗?”

赵慧文略略疑惑地看着他，摇头：“有时候我也忘记……”然后点头：“会的，会幸福的。你为什么问它呢?”她安详地笑着。

林震把刘世吾对他讲的告诉了她：“……请原谅我，把刘世吾同志随便讲的一些话告诉了你，那完全是瞎说……我很愿意和你一起说话或者听交响乐，你好极了，那是自然而然的……也许这里边有什么不好的，不合适的东西，马马虎虎的我忽然多虑了，我恐怕我扰乱谁。”林震抱歉地结束了。

赵慧文安详地笑着，接着皱起了眉尖儿，又抬起了细瘦的胳臂，用力擦了一下前额，然后她甩了一下头，好像甩掉什么不愉快的心事似的转过身去了。

她慢慢地走到墙壁上新挂的油画前边，默默地看画。那幅画的题目是“春”，莫斯科，太阳在春天初次出现，母亲和孩子到街头去……

一会儿，她又转过身来，迅速地坐在床上，一只手扶着床栏杆，异常平静地说：“你说了些什么呀？真是！我不会做那些不经过考虑的事。我有丈夫，有孩子，我还没和你谈过我的丈夫，”她不用常说的“爱人”，而强调地说着“丈夫”，“我们在五二年结的婚，我才十九，真不该结婚那么早。他从部队里转业，在中央一个部里做科长，他慢慢地染上了一种‘油条’劲，争地位、争待遇，和别人不团结。我们之间呢，好像也只剩下了星期六晚上回来和星期一走。他的理论是：或者是崇高的爱情，或者什么都没有。我们争吵了……但我仍然等待着……他最近出差去上海，等回来，我要和他好好谈一谈。可你说了些什么呢？”她又一次问，“小林，你是我所尊敬的顶好的朋友，但你还是个孩子——这个称呼也许不对，对不起。我们都希望过一种真正的生活，我们希望组织部成为真正的党的工作机构，我觉着你像是我的弟弟，你盼望我振作起来，是吧？生活是应该有互相支援和友谊的温暖，我从来就害怕冷淡。就是这些了，还有什么呢？还能有什么呢？”

林震惶恐地说：“我不该受刘世吾话的影响……”

“不，”赵慧文摇头，“刘世吾同志是聪明人，他的警告也许并不是完全没有必要，然后……”她深深地吐一口气，“那就好了。”

她收拾起碗筷，出去了。

林震茫然地站起来，来回踱着步子，他想着，想着，好像有许多话要说，慢慢地，又没有了。他要说什么呢？本来什么都没有发生。生活有时候带来某种情绪的波流，使人激动也使人困扰，然后波流流过去，没有一点痕迹……真的没有痕迹吗？它留下对于相逢者的纯洁和美好的回忆，虽然淡淡，却难忘……

赵慧文又进来了，她领着两岁的儿子，还提着一个书包。小孩已经与林震见过几次面，亲热地叫林震“夫夫”——他说不清“叔叔”。

林震用强健的手臂把他举了起来。空旷的屋子里顿时充满了孩子的笑闹声。

赵慧文打开书包，拿出一沓纸，翻着，说："今天晚上，我要让你看几样东西。我已经把三年来看到的组织部工作中的一些问题和自己的意见写了一个草稿。这个……"她不好意思地摸了一下一张橡皮纸，"大概这是可笑的，我给自己规定了一个竞赛的办法。让今天的自己和昨天的自己竞赛。我画了表，如果我的工作有了失误——写入党批准通知的时候抄错了名字或者统计错了新党员人数，我就在表上画一个黑叉子，如果一天没有错，就画一个小红旗。连续一个月都是红旗，我就买一条漂亮的头巾或者别的什么奖励自己……也许，这像幼儿园的做法吧？你笑吗？"

林震入神地听着，他严肃地说："决不，我尊敬你对你自己的……"

临走的时候，夜已经深了，林震站在门外，赵慧文站在门里，她的眼睛在黑暗中闪着光，她说："今天的夜色非常好，你同意吗？你嗅见槐花的香气了没有？平凡的小白花，它比牡丹清雅，比桃李浓馥，你嗅不见？真是！再见。明天一早就见面了，我们各自投身在伟大而麻烦的工作里边。然后晚上来找我吧，我们听美丽的意大利随想曲。听完歌，我给你煮荸荠，然后我们把荸荠皮扔得满地都是……"

……林震靠着组织部门前的大柱子好久好久地呆立着，望着夜的天空。初夏的南风吹拂着他——他来时是残冬，现在已经是初夏了。他在区委会度过了第一个春天。

一阵莫名其妙的情绪涌上了他的心头，仿佛是失掉了什么宝贵的东西，仿佛是由于想起了自己几个月来工作得太少而进步也太慢……不，他仿佛是第一次尝到了爱情痛苦的滋味。

在这以前，他并没有想到自己会对赵慧文发生什么特别的感情，他不过是把她当作一位朋友，一位大姐；不过是偶然想起她对他的友谊时，心里有一股温暖的、然而又有些难过的和惭愧的味儿。他一直并没有好好地去想一想为什么会有这样的心情。但正因为有这样的心情，再加上刘世吾的点破，他才更加不安，好像是担心会有什么不幸的事情要发生，因此他才有了刚才那样一段坦率的表白。却没有想到，当赵慧也做了同样坦率的表白以后，当她仍旧把他当作亲密的朋友，当她说出人与人之间需要热情，当她宣布了自己今后力求进步的计划以后，她的一举一动，她的心灵，反而显得更加可爱了，一股真正的爱情的滋味反而从他的内心深处涌出来了！……不，她是有丈夫的人，不会爱他，他也不应该爱她……人，是多么复杂呀！一切一切事情，绝不会像刘世吾所说的："就那么回事。"不，绝不是就那么回事。正因为不是就那么回事，所以人应该用正直的感情严肃认真地去对待一切。正因为这样，所以看见了不合理的事情，不能容忍的事情，就不要容忍，就要一次两次三次地斗争到底，一直到事情改变了为止。所以绝不要灰心丧气……至于爱情呢，既是……那就咬咬牙，把这热情悄悄地压在自己心里吧！

"我要更积极，更热情，但是一定要更坚强……"最后，林震低声对自己说了这么两句，挺起胸脯来深深地吸了一口夜的凉气。

隔着窗子，他看见绿色的台灯和夜间办公的区委书记的高大侧影，他坚决地、迫不及待地敲响领导同志办公室的门。

一九五六年五月至七月

灵与肉

张贤亮

他是一个被富人遗弃的儿子……

——维克多·雨果《悲惨世界》

一

许灵均没有想到还会见着父亲。

这是一间陈设考究的客厅，在这家高级饭店的七楼。窗外，只有一片空漠的蓝天，抹着疏疏落落的几丝白云。而在那儿，在那黄土高原的农场，窗口外就是绿色的和黄色的田野，开阔而充实。他到了这里，就像忽然升到云端一样，有一种晃晃悠悠的感觉，再加上父亲烟斗里喷出的青烟像雾似的在室内飘浮，使眼前的一切就更如不可捉摸的幻觉了。可是，父亲吸的还是那种印着印第安酋长头像的烟斗丝，这种他小时候经常闻到的、略带甜味的咖啡香气，又从嗅觉上证实了这不是梦，而是的的确确的现实。

“过去的就让它过去吧！”父亲把手一挥。三十年代初期他在哈佛取得学士学位以后，一直保持着在肯布里季时的气派，现在，他穿着一套花呢西服，跷着腿坐在沙发上。“我一到大陆，就会了一句政治术语，叫‘向前看’。你还是快些准备出国吧！”

房里的陈设和父亲的衣着使他感到莫名的压抑。他想，过去的是已经过去了，但又怎能忘记呢？

整整三十年前，也是这样一个秋天，他捏着母亲写的地址，找到霞飞路上的一所花园洋房。阵雨过后，泛黄的树叶更显得憔悴，滴滴水珠从围墙里的法国梧桐上滴落下来。围墙上拉着带刺的铁丝；大门也是铁的，涂着严峻的灰色油漆。他揿了很长时间门铃，铁门上才打开一方小小的窗口。他认得这个门房，正是经常送信给父亲的人。门房领着他，经过一条两旁栽着冬青的水泥路，进到一幢两层楼洋房里的起居室。

那时，父亲当然比现在年轻多了，穿着一件米黄色的羊毛坎肩，肘臂倚在壁炉上，低着头抽烟斗。壁炉前面的高背沙发上，坐着母亲成天诅咒的那个女人。

“这就是那个孩子？”他听见她问父亲，“倒是挺像你的。来，过来！”

他没有过去，但不由自主地瞥了她一眼。他记得他看见了一对明亮的眼睛和两片涂得很红的嘴唇。

“有什么事？嗯？”父亲抬起头来。

“妈病了，她请你回去。”

“她总是有病，总是……”父亲愤然离开壁炉，在地毯上来回走着。地毯是绿色的，上面织有白色的花纹。他的眼睛追踪着父亲的脚步，强忍住不让泪水流出来。

“你跟你妈说，我等一下就回去。”父亲终于站在他面前。但他知道这个答复是不可靠的，母亲在电话里听过不止一次了。他胆怯而固执地要求："她要您现在就回去。"

"我知道，我知道……"父亲把手搭在他肩膀上，轻轻地把他推向门口，"你先回去，坐我的汽车回去。要是你妈病得厉害，叫她先去医院。"父亲送他到前厅，突然，又很温存地摸着他的头，嗫嚅地说，"你要是再大一点就好了，你就懂得，懂得……你妈妈，很难和她相处。她是那样，那样……"他仰起脸，看见父亲蹙皱着眉，一只手不住地擦着额头，表现出一种软弱的、痛苦的神情，又反而有点可怜起父亲来。

然而，当他坐在父亲的克莱斯勒里，在滚动着金黄落叶的法租界穿行的时候，他的泪水却一下子涌出来了。一股屈辱、自怜、孤独的情绪陡然袭来。谁也不可怜！只有自己才可怜！他没有受过多少母亲的爱抚，母亲摩挲麻将的时候比摩挲他头发的时候多得多；他没有受过多少父亲的教诲，父亲一回家，脸就是阴沉的、懊丧的、厌倦的，然后就和母亲开始无休无止地争吵。父亲说他要是再大一点就好了，就能懂得……实际上，十一岁的他已经模模糊糊地懂得了一些：他母亲最需要的是他父亲的温情，而父亲最需要的却是摆脱这个脾气古怪的妻子。不论是他母亲或父亲，都不需要他！他，不过是一个美国留学生和一个地主小姐不自由的婚姻的产物而已。

后来，父亲果然没有回家。不久，当他母亲知道父亲带着外室离开了大陆，不几天也就死在一家德国人开的医院里。

而正在这时，解放大军开进了上海……

现在，经过了三十年漫长的岁月，经过历史上任何三十年都从未容纳过的那么多变故，这个父亲却突然回来了，并且还要把他带到国外去。整个事情是那么不可思议，以致他都不能完全相信坐在他面前的是他的父亲，坐在他父亲面前的就是他自己。

刚刚，有父亲的女秘书密司宋打开贮藏室给父亲拿衣服的时候，他看见大大小小的箱子上贴满了花花绿绿的旅馆商标：洛杉矶的、东京的、曼谷的、香港的，还有美国环球航空公司印着波音747的椭圆形标签。从这个小小的贮藏室里掀开了一个广阔的世界。而他呢，只不过是在三天前得到领导转来的国际旅行社的通知，经过两天两夜汽车和火车的颠簸才到这里的。他提来的灰色人造革提包放在长沙发的一角。这种提包在农场还算是比较洋气的，但一到这间客厅也好像忸怩起来，可怜巴巴地缩成一团。提包上面放着他的尼龙网袋，里面装着他的牙具和几个在路上吃剩下来的茶叶蛋。他看着那几个诧异得咧开了嘴的、畏缩地挤在一起的茶叶蛋，想起临走那天晚上，秀芝还叫他多带些茶叶蛋给父亲吃，不禁苦笑了一下。

前天，秀芝一定要带着清清到县城的汽车站去送他。自他们结婚，他还没有离开过农场，他这次远行简直成了他们小家庭的一次划时代的壮举。

"爸爸，北京在啥子地方？"

"北京在县城的东北边。"

"北京有好多好多县城大吗？"

"有好多好多县城大。"

"有马兰花？"

"没有。"

"有沙枣子吗？"

"没有。"

"唉——"清清像大人似的长叹一声，用手托着下颏，显得非常非常失望，她认为好地方是应该有马兰花和沙枣子的。

“傻丫头，北京可是个大地方咧！”赶车的老赵逗她，“你爸爸这回可要远走高飞！说不定要跟你爷爷出国哩。是不是，许老师？”

秀芝蜷着腿坐在老赵背后，向他微微一笑。她没有说话，但仅仅这一笑，就表现了她的信赖和忠贞。她不能想象他会到别的国家去，就和清清不能想象北京有多大一样。

车辙交错的土路坎坷不平，牲口在上面颠簸地踏着碎步。路北边是一片整齐的条田，路南边，在雾霭蒙蒙的远方，就是他原来放马的草场。这里的一切都像是有股磁性的吸力，三匹马拉着一辆车也显得那么费劲。是的，这里的一草一木都能勾起他绵绵不尽的回忆，要离开它们了，他陡然感到更加亲切。他知道三棵紧挨着的白杨后面，有一棵粗壮的沙枣树。他下车折了一枝，几个人在车上一颗颗地吃起来。这是西北特有的酸涩而略带甜味的野果，六〇年饥荒的年代，他曾经靠这种野果度日。很多年没有吃了，现在吃起来却品出了一种特别令人留恋的乡土味，怪不得清清要问北京有没有沙枣呢！

“她爷爷保证没有吃过沙枣！”秀芝把核吐到车外，笑着说。这是她发挥了最大的想象力来想象这个从国外回来的公公了。

其实并不需要想象，父子两人是如此相似，就是秀芝在街上碰见也会认得出来的。两个人都是细长的眼睛，线条纤细的、挺直的鼻梁，轮廓丰满的嘴唇，甚至举手投足之间都表现出基因的痕迹。父亲并不显老，虽然肤色和儿子一样黝黑，但那一定是在洛杉矶或是香港的海滨浴场上晒出来的，一点也不憔悴。父亲仍然是那样讲究，那样注意仪表，头发尽管花白却一丝不乱，手背上虽然出现了老人斑，但指甲却修剪得十分光洁。茶几上，在精致的咖啡杯周围，散乱地放着三B牌烟斗、摩洛哥羊皮的烟丝袋、金质打火机和镶着钻石的领针。他怎么会吃过沙枣呢?!

二

“啊，这儿还能听到丹尼·古德门的《恒河上的月光》!”密司宋能说一口纯正的普通话。她长得高大丰满，身上散发出一股素馨花的香气，一头长长的黑发被一条紫色的缎带束在脑后，不时像马尾一样甩动着。“董事长，您看，北京人跳迪斯科比香港人还够味，他们现在也现代化了!”

“任何人都抵御不了享乐的诱惑。”父亲像把一切都看透了的哲学家似的笑着，“他们现在也不承认自己是禁欲主义者了。”

吃完晚饭，父亲和密司宋把他带到舞厅。他没有想到北京也有这样的地方。小时候，他也曾跟父母到过上海的“梯梯斯”“百乐门”和“法国夜总会”，现在应该像是旧地重游，但是，当他看到在柔和的乳白色的灯光中，像男人一样的女人和像女人一样的男人在他身边像月光中的幽灵似的游荡的时候，却感到不安起来，就像一个观众突然被拉到舞台上去当演员一样，他无法进入要他扮演的角色。刚才在餐厅里，他看见有的菜只动了几筷子就端了回去，竟从肠胃里发出一阵痉挛似的反感。在他那儿，上县城的国营食堂都要带一个铝制饭盒，把吃剩下的饭菜带回家去。

大厅里响着乐曲，有几对男女跳起奇形怪状的舞蹈。他们不是搂抱在一起，而是面对面像斗鸡一样互相挑逗，前仰后合。这些人就这样来消耗过剩的精力！他想起现在正在热得发烫的稻田里收割的人们。他们弯着腰，从右到左，又从左到右不停地摆动上肢。偶尔，他们抬起头向远远的担子嘶哑地喊着："喂，水，水……"啊，要是他现在能够躺在那一片绿荫下，在汩汩的黄色的渠水边，闻着饱含稻草和苜蓿香气的微风，那该有多好……

"您会跳舞吗，许先生？"忽然，他听见密司宋在旁边问他。他刚捕捉到的一点味儿马上消失了。他掉过头瞥了她一眼：她也有一对明亮的眼睛和两片涂得很红的嘴唇。

"不，不会。"他心不在焉地向她笑笑。他会放马，会犁田，会收割，会扬场……为什么他要会跳舞呢？

"你别为难他了，"父亲笑着对密司宋说，"你看，汪经理来请你了。"

一个穿灰色西服的漂亮男子绕过桌子走来，笑嘻嘻地向密司宋一弯腰，两人翩翩下了舞池。

"你还要考虑什么呢？嗯？"父亲又燃起烟斗，"你比我还清楚，共产党的政策是经常变的，现在办签证还比较容易，以后怎么样，就很难说了。"

"我也有我所留恋的。"他转过身来面对着父亲。

"包括那些痛苦吗？"父亲意味深长地问。

"唯其有痛苦，幸福才更显出它的价值。"

"嗯？"父亲凝视着他，不解地耸了耸肩膀。

他心头突然掠过一阵惆怅。这才想起父亲也是属于这个陌生的、不可理解的世界的。形体上的相似消除不了精神上的隔膜。他也像父亲凝视他那样望着父亲，而两个人的目光都不能透过对方的视网膜看到眼睛深处的东西。

"是还……还怨恨吗？"最后，父亲低下眼睛。

"不，完全不是！"他把手一挥。这个动作也完全像他父亲，

“正如您说的：过去的已经过去了。这完全是另外的事……”

舞曲变换了，这次是低沉的、缓慢的，像渠水经过长长的渠道。灯光好似暗淡了一些，他看不清舞池里幢幢的人影。父亲低下头，用手不住地擦着额头，又表现出那种软弱的痛苦的神情。“是呀，过去的是已经过去了。可是回想起来，还是痛苦的……不过，我的确很想念你，尤其到现在……”

父亲喃喃的低语配上这支比较典雅的舞曲，也使他动了感情。“是的，这我相信。”他沉思地说，“我也想念过你的。”

“是吗?”父亲抬起头来。

是的。二十年前，在那个秋天的夜晚，月光穿过窗纸被大雨淋破的窗棂，洒在一群像一堆堆破布的人们身上。十几个人睡在一间低矮的土坯房里。他紧贴着墙根，带着土碱味的潮气浸透了他的衣服。他冷得直打寒战，干脆从湿漉漉的稻草上爬起来。外面，泥泞在月光下像碎玻璃一样闪光。到处是残存的雨水。空气里弥漫着腐败的水腥气。他找到马圈。那里还比较干燥，马粪尿蒸发出一股熏人的暖气。马、骡子、毛驴都在各自的槽头上吭哧吭哧地嚼着干草。他看到有一段马槽前没有拴牲口，就爬了进去，像初生的耶稣一样睡在木头马槽里。

月光斜射进来，在马棚的山墙上划出一条分开光与影的对角线。一匹匹牲口的头垂在马槽边，像对着月亮朝拜似的。这时，他陡然感到非常凄怆，整个情景完全象征性地指出了他孤独的处境：人们抛弃了他，使他来和牲口为伍!

他哭了。狭窄的马槽夹着他的身躯，正像生活从四面八方在压迫他一样。先是被父亲遗弃，母亲死了。舅舅把母亲所有的东西都卷走，单单撇下了他。以后他搬到学校宿舍，靠人民助学金上学。

共产党收留了他，共产党的学校教育了他。在五十年代那种开朗的气氛中，虽然他具有一副在畸形的家庭中养成的孤僻、敏感和沉默寡言的性格，但也慢慢地融化在一个大集体里。和五十年代所有的中学生一样，他对未来也有一个美丽的梦。毕业了，梦成了现实。他穿着蓝布制服，夹着备课本，拿着粉笔走进教室。他有了自己生活的道路。但是，就因为学校支部书记要完成抓右派的指标，就又把他推到父亲那里去。好像肉体上的血缘关系必然决定阶级的传宗接代，他又成了资产阶级一分子。过去，资产阶级遗弃了他，只给他留下一个履历表上的“资产”，后来，人们又遗弃了他，却给他头上戴了顶右派帽子。他成了被所有的人都遗弃了的人，流放到这个偏僻的农场来劳教。

一匹马吃完了面前的干草，顺着马槽向他这边挪动过来。它尽着缰绳所能达到的距离，把嘴伸到他头边。他感到一股温暖的鼻息喷在他的脸上。他看见一匹棕色马掀动着肥厚的嘴唇在他头边寻找槽底的稻粒。一会儿，棕色马也发现了他。但它并不惊惧，反而侧过头来用湿漉漉的鼻子嗅他的头，用软和和的嘴唇擦他的脸。这样的抚慰使他的心颤抖了。他突然抱着长长的、瘦骨嶙峋的马头痛哭失声，把眼泪抹在它棕色的鬃毛上。然后，他跪爬在马槽里，拼命地把槽底的稻粒扒在一起，堆在棕色马面前。

啊，父亲，那时你在哪里？

三

现在，这个父亲终于回来了！

这不是梦，父亲就睡在他隔壁；这不是梦，他自己也的的确确是睡在一张柔软的席梦思床上。他摸着身下的床垫，和那硬邦邦的木头马槽多么不同！月光透过薄纱窗帷，在地毯上、沙发上、床上投下一块块边缘模糊的菱形方格。在朦胧的月光中，这一天获得的印象这时又清晰地呈现了出来，而他所得到的总的感觉，则是他完全不适应、不习惯这一切。父亲回来了，但这却是一个全然陌生的人。父亲的回来不过是勾引起他痛苦的回忆，打破了他的平静而已。

尽管已到秋天，但房间里好像越来越闷热。他索性掀开毛毯，翻身坐起来，扭亮台灯，用漠然的眼光环顾四周。最后，他的目光落在自己的躯体上。他看到肌肉突起的胳膊，看到静脉曲张的小腿肚，看到指头分得很开的双脚，看到手掌、脚跟上发黄的茧子，他想起了下午父亲对他的谈话。

下午，喝完咖啡，父亲支使开密司宋，对他谈到公司在海外的发展，谈到他的几个异母弟的无能，谈到对他和故土的思念。

"……有你在身边，我能得到一点安慰。"父亲说，"三十年前的事，我后来越来越觉着不安。我知道大陆上讲究家庭出身，老搞阶级斗争，你的日子不会好过，甚至以为你已经不在了，心里总是惦记你。你小时候的模样经常在我脑子里出现。尤其是你生下来，你爷爷为你在南京外交部旁边的华侨招待所设汤饼筵的那天，你在奶妈怀里的样子，我记得清清楚楚，就像是昨天一样。那天，申新的荣家、先施的郭家、华纺的刘家、英美烟草公司的郑家都从上海来了人。你知道，你是我们家的长房长孙……"

现在，当他在罩着淡绿色灯罩的灯光下，看着自己裸露着的强健的肌体的时候，他突然获得了一个极其新奇的印象。因为他还是第一次在父亲口里听到他记忆的史前时期——他儿时的情景，于是，过去的自己和现在的自己在脑海中形成了一个非常鲜明的对比。终于，他发现了他们父子之间隔膜的真正所在：他这个钟鸣鼎食之家的长房长孙，曾经裹在锦缎的襁褓中，在红灯绿酒之间被京沪一带工商界大亨和他们的太太啧啧称赞的人，已经变成了一个名副其实的劳动者了！而在这两端之间的全部过程，是糅合着那么多痛苦和欢欣的平凡的劳动！

他解除劳教以后，因为无家可归，于是被留在农场放马，成了一名放牧员。清晨，太阳刚从杨树林的梢上冒头，银白色的露珠还在草地上闪闪发光，他就把栅栏打开。牲口们用肚皮抗着肚皮，用臀部抗着臀部，争先恐后地往草场跑。土百灵和呱呱鸡发出快乐的和惊慌的叫声从草丛中窜出。它们展开翅膀，斜掠过马背，像箭一样地向杨树林射去。他骑在马上，在被马群踏出一道道深绿色痕迹的草地上驰骋，就像一下子扑到大自然的怀抱里一样。

草场上有一片沼泽，长满细密的芦苇。牲口们分散在芦苇丛中，用它们阔大而灵活的嘴唇揽着嫩草。在沼泽外面，只听见它们不停的喷鼻声和哗哗的蹚水声。他在土堆的斜坡上躺下，仰望天空，雪白的和银白的云朵像人生一样变化无穷。风擦过草尖，擦过沼泽的水面吹来，带着清新的湿润，带着马汗的气味，带着大自然的呼吸，从头到脚摩挲遍他全身，给了他一种极其亲切的抚慰。他伸开手臂，把头偏向胳肢窝，他能闻到自己的汗味，能闻到自己生命的气息和大自然的气息混在一起。这种心旷神怡的感觉是非常美妙的。它能引起他无边的遐想，认为自己已经融化在旷野的风中；到处都有他，而他却又失去了自己的独特性。他的消沉、他的悲怆，他对命运的委屈情绪也随着消失，而代之以对生命和自然的热爱。

中午，马匹一头头从芦苇丛中蹚出来，带着滚圆的肚皮，抖擞着鬃毛，甩动着尾巴驱赶牛虻和苍蝇。它们信赖地、亲昵地聚在他周围，用和善的大眼睛望着它们的牧人。有时，长着白色花斑的七号马会绕过几头瘦乏的牲口，悄悄地遛到瘸腿的一百号旁边，用奓着稀疏胡须的嘴唇掀动它、戏弄它。一百号也不示弱，掉过屁股，用本来就没有着地的瘸腿使劲地向后一弹。七号马急速躲开，高昂起头，像一个顽皮的孩子玩丢手帕的游戏一样，在马群中转来转去，溅起闪着银光的水花。每在这个时候，他就要拿起长鞭，严厉地吆喝几声。于是，所有的马都会竖起耳朵，并向七号马投去责怪的眼光。七号马也安静下来，像一个受了呵斥的小学生似的，站在水深到膝的沼泽里，掀起嘴唇，无聊地错着长长的门牙。这时，他会感到他不是生活在一群牲口中间，而是像童话里的王子，在他身边的是一群通灵的神物。

在正午的阳光下，远方，云影在山脚下缓缓地移动；沼泽里，一种叫“水牛”的水鸟也感到了炎热，开始用嘴对着芦根咕咕地鸣叫。这里，不仅有风吹草低见牛羊的苍茫，而且有青山绿水的纤丽。祖国，这样一个抽象的概念，会浓缩在这个有限的空间，显出她全部瑰丽的形体。他感到了满足：生活，毕竟是美好的！大自然和劳动，给予了他许多在课堂里得不到的东西。

有时，阵雨会向草场扑来。它先在山坡上垂下透明的、像黑纱织成的帷幕一样的雨脚，把灿烂的阳光变成悦目的金黄色，洒在广阔的草原上。然后，雨脚慢慢地随风飘拂，向山坡下移动过来。不一会儿，豆大的雨点就斜射下来了，整个草原就像腾起一阵白蒙蒙的烟雾。在这之前，他必须把放牧的马群赶到林带里去。他骑在马上，拿着长鞭，敞开像翅膀一样的衣襟，迎着雨头风，在马群周围奔驰，叱呵和指挥离群的马儿。于是，他会感到自己躯体里充满着热腾腾的力量，他不是渺小的和无用的；在和风、和雨、和集结起来的蚊蚋的搏斗中，他逐渐恢复了对自己的信心。

各队放牧员只有在这种时候才能聚在一起，为他们避雨而设的窝棚，在草场上就像一叶扁舟似的停泊在白蒙蒙的雨雾中。窝棚里凉爽潮湿，弥漫着劣质烟草的青烟。他听着放牧员们诙谐的对话和粗野的戏谑，惊奇他们并没有他那么复杂的感情，和对劳动、对生活的那些敏感的新体验。原来他们本来就是朴实的，单纯的；生活虽然艰苦，但他们始终抱着愉快的满足。他开始羡慕他们。

有一次，一个六十多岁的老放牧员问他：“人说你是右派，啥叫右派?”

他羞愧地低下头，讷讷地说：“右派……右派就是犯了错误的人。”

“右派就是五七年那阵子说了点实话的人。”七队的放牧员说，“那一年，整的是读书人。”七队的放牧员是个心直口快的汉子，平时爱开玩笑，人们都叫他“郭蹁子”。

“说实话叫啥‘犯错误’，要都不说实话，天下就乱套了。”老放牧员抽着烟锅，沉思地说，“话可说回来，还是劳动好，别当干部。我快七十的人了，眼不花、耳不聋、腰不弯，吃炒豆子嘎嘣嘎嘣的……”

“所以你下辈子还得劳动!”“郭蹁子”笑着打断他的话。

“下辈子劳动有啥不好?”老放牧员郑重地说，“离了劳动，人都活不成，当官的当不成，念书的也念不成……”

这种简短的、朴拙的、断断续续的话语，经常会像阵雨过后的彩虹一样，在他心上激起一种美好的感情，使他渴望回到平凡的质朴中去，像他们一样获得那种愉快的满足。

在长期的体力劳动中，在人和自然不断地进行物质变换当中，他逐渐获得了一种固定的生活习惯。习惯顽强地按照自己的模式来塑造他。久而久之，过去的一切就隐退成了一场模糊的梦，又好似是从书上读到的关于别人的故事。他的记忆，也被这种固定的生活习惯和与以前截然不同的生活方式拦腰斩断了。那在大城市里的生活变得虚幻起来，只有现在这一切才是实实在在的。最后，他就变成了适合于在这块土地上生活，而且也只能在这块土地上生活的人：他成了一名真正的放牧员！

到了“文化大革命”开始的那一年，人们也早已忘掉了他的过去，只是到了狂热阶段，才有人想起他还是个右派，需要把他拉出来示众一番。可是，这时几个队的放牧员聚在窝棚里经过一番商量，一口咬定坡下的草情不好，跟场部招呼了一声，呼啦一下把牲口都赶到山坡上去。他当然得跟着去，因为没有一个革命群众愿意放弃革命，来顶替他这个好几个月不能回家的差使。放牧员们帮他把简单的行李往马背上一搭，骑上马，晃悠晃悠地离开了闹腾腾的是非之地。上了大路，放牧员们欢快地叫喊着：“去啵！咱们上山去，管他们妈嫁给谁！”他们此起彼伏地吹起尖厉的口哨，不断地发出短促的吆喝声，嘚嘚的马蹄在大路上扬起团团黄色的尘雾。远方，就是像翡翠一样晶莹闪光的山坡草场……这一天，他永远当作一种极其特殊的温情，是那样深刻地留在记忆里。

这里有他的痛苦，也有他的欢乐，有他对人生各个方面的体验，而他的欢乐离开了和痛苦的对比，则会变得黯然失色，毫无价值。

去年春天，他突然从山上的草场被叫回场部。他拿着草帽惴惴不安地走进挂着“政治处”牌子的办公室。董副主任对他宣读了一个文件，然后告诉他，过去把他错划成了右派，现在给他改正过来了，还要安排他到农场学校教书。董副主任的面孔庄重得毫无表情。一只早来的苍蝇在办公室嗡嗡地飞来飞去，一会儿停在墙壁上，一会儿停在档案柜上。董副主任的眼睛随它转来转去。手里捏着本杂志跃跃欲试。

“你去吧，到隔壁房里找潘干事拿调令，明天到学校报到。”苍蝇终于落在办公桌上，杂志啪的一下，苍蝇却狡猾地飞跑了，董副主任又失望地坐在椅子上。“以后可要好好干了，再不能犯错误了。”

他被这突然来临的事震动了，以致就像受到电击一般，精神处在半痴半呆的状态之中。在认识上，他并不能完全理解这次改正在国家政治生活中的意义和对他本人生活的根本性改变；他过去甚至也没有敢想象有这样一天。但是在直觉上，他的幸福感在不断地增长。一种纯然的快乐情绪就像酒精在血管里一样，开始把半痴半呆转化成兴奋的眩晕。先是他的喉咙发干，然后全身轻微地颤抖，最后眼泪不能遏止地往外汹涌，并且从胸腔里发出一阵低沉的、像山谷里的回音一样的哭声。这副情景，使庄重得毫无表情的董副主任也感动了，竟向他伸出手来。他两手捧着董副主任的手，这时，才开始对未来有了一个朦胧的希望。

从此以后，他又穿上了蓝布制服，夹着备课本，拿着粉笔走进教室，重续了二十二年前那个美丽的梦。农场的职工都不富裕，孩子们大都穿得破破烂烂，教室里混合着汗味、尘土味和干燥的阳光味。孩子们在简陋的课桌后面瞪大了天真的眼睛惊异地瞧着他，想不到一个放牲口的人成了他们的老师。可是不久，他就使孩子们信服了。他并没有做出什么特殊的贡献；他甚至还没有敢想象他这就是在为社会主义服务，为四化服务，他认为那是英雄们的业绩。他只是在自己的岗位上兢兢业业地尽到了他的职责。然而，就是这样，他也受到了孩子们的尊敬。临来北京的那个早晨，他看见孩子们一伙一伙地站在上学的小路上望着他的马车。大概他们也听说他找到了在外国的爸爸，要跟有钱的爸爸出国了吧。他们一个个都压抑着惜别的冲动，带着沮丧的神情，默默地目送他的马车过了军垦桥，过了白杨树林，消失在荒地的那边……

有时，放牧员们还会从十几里外来看他。那位老放牧员现在已经八十出头了，腿脚依然强健。他坐在炕上，捧着灵均的《现代汉语词典》摩挲着："还是有学问的人能，看这么厚的书，这怕要看一辈子哩！"

"这是字典，是查字的，""郭蹁子"告诉他，"你真是，活糊涂了！"

"是呀，活了一辈子，当了一辈子睁眼瞎，看电影连个名字都不认得，光看个人影儿动弹。"放牧员们感叹着，在这崭新的时代里产生了对文化的需求。

"干啥都得有文化。上次我给牲口拿药，差点把外用的喂了牲口。""郭蹁子"说，"'老右'，你可是从咱们堆里出来的。咱们这些人完了，咱们的孩子可托付你了……"

"是呀，"老放牧员说，"你要是教得我那小孙孙能看这么厚的书本本子，也不负咱们穷哥们在草场上滚出来的交情……"

这些毫无文采的语言，非常形象地说明了他工作的意义，使他对未来的希望更加明确起来。他在他们身上闻到马汗味，闻到汁水饱满的青草味，闻到浓烈的大自然的气息；他们给他带来那么熟悉的、亲切的感觉，完全和跟父亲与密司宋在一起时所有的那种压抑感迥然不同。

他在他们眼里，在学生们眼里，在和他一起工作的同志们眼里看到了自己的价值。有什么能比在别人眼里看到自己的价值更宝贵、更幸福呢？

四

上午，他和密司宋跟父亲逛王府井大街。他发觉他已经不适应城市生活了。这里的地面铺着水泥和沥青，完全不像乡村的土地，踏上去是那么松软湿润；大街上川流不息地来往着互不相识的人，既热闹而又冷漠。而且，四处不停地响着的噪声，不一会儿就使他神经紧张得疲乏了。

在工艺品商店，父亲开出了一张六百块钱的支票，订了一套工艺精细的景德镇青花餐具。他却在瓷器商店里挑了一个两块多钱的泡菜坛子。坛子小巧玲珑，转圈用黄色和棕色的花纹组成古色古香的图案，就和汉墓的出土文物一样。这样漂亮的家庭用具，是西北的小县城里没有见过的。秀芝早就想有一个像样的泡菜坛子，老是说她家乡的泡菜坛如何如何好。现在家里的一个，还是别人从陕西抱来的瓦制品，是秀芝花了好几晚上给人纳了五双鞋底换来的，周围早已渗出了盐渍，白花花的，实在难看得很。

“您的太太一定很漂亮，”回到饭店，密司宋妩媚地对他笑着说，“您这样爱她，真叫人嫉妒哩！”她今天又换了衣服，红黑相间的丝衬衫上罩了件淡紫色的开襟毛衣，下面配了一条灰色薄呢裙子。经秋天的阳光蒸烤，素馨花的香气更浓烈了。

“婚姻总是一种条约和义务。”父亲在一旁叹了口气，慢慢地搅动着杯里的咖啡，也许是联想到了自己，仔细地斟酌着词句说，“不管和妻子有没有感情，都要把这个条约和义务恪守到底，不然就会使良心不安，引起痛苦的懊悔。这次我叫你出去，不单单是你一个人，你要把你妻子和孩子都带上。”

“那么，许先生，您谈谈您的罗曼史好吗？”密司宋又说，“您的恋爱一定很动人。我不相信像您这样英俊的男人没有女人追求您。”

“我哪儿有什么恋爱，”他像是抱歉地笑了笑，“我和我妻子结婚的时候还不认识，更谈不上什么罗曼史了。”

“啊！”密司宋顿时表示出一种夸张的惊奇，而父亲又一次不解地耸了耸肩膀。

他想把他和秀芝结婚的经过详细地告诉他们，但是这种反常的婚姻方式的背景却是一场大灾难；这场大灾难又是民族的耻辱。他怕告诉他们以后，反而会引起他们嘲笑那在他心中认为是神圣的东西。他踌躇地考虑着，默默地呷着咖啡。咖啡苦中有甜，而且甜和苦是不能分开的。二者混合在一起才形成了这种特殊的、令人兴奋和引人入胜的香味。父亲和密司宋能品出咖啡的妙处，但他们能理解生活的复杂性吗？在那动乱的年代里，婚姻也和生活的其他方面一样，完全脱离了常轨，纯粹靠盲目的偶然性来排列组合。他们只会从偶然性中看到荒谬的一面，不能体会到偶然性也会表现为一种奇特的命运，把完全意想不到的幸福突然赏赐给人。而且，越是在困苦的环境，这种突如其来的幸福就越是珍贵。他和秀芝奇特的结婚，后来在他们共同回忆时每次都会引起既悲凉又热烈的感情，这怕是其他任何人难以理解的。

那是一九七二年春天的一个下午，他和往常一样，给牲口饮了水，拦好马圈，回到小屋。刚放下鞭子，“郭蹁子”就闯进门来。

“喂，‘老右’，你要老婆不要？”“郭蹁子”兴冲冲地说，“你要老婆，只要你开金口，晚上就给你送来。”

“那你就送来吧。”他笑着回答他。他以为“郭蹁子”是在跟他开玩笑。

“好！咱们君子一言。你准备准备。女方的证明已经有了，你这边我刚跟你们书记说了。你们书记说只要你同意，他立刻开证明。好，我给你开了证明，回家路过场部就把证明交给政治处，转回来就把人带来，你今晚上就洞房花烛夜吧！”

天刚黑，他正坐在小板凳上看《解放军文艺》，就听见外面一群孩子喊：“‘老右’的老婆来了！‘老右’的老婆来了！”接着，门哐啷一声，“郭蹁子”又像下午那样闯了进来。

“好了！我酒不喝你一口，水你总得赏一口吧？真够呛！一下午脚不沾地来回跑了三十里路。”他伸手从铝桶里舀了瓢井水，咕咚咕咚地喝光，然后用袖子一抹嘴，长长地“嘿”了一声，才朝门外叫道：“喂！你怎么不进来？进来，进来！这就是你的家。来认识认识，这就是我说的‘老右’，大名叫许灵均。啥都好，就是穷点，可是越穷越光荣嘛！”

这时，他才看见门外的一群孩子面前真的站着个陌生的姑娘，穿着一件皱皱巴巴的灰上衣，拎着一个小白包袱，冷淡而又仔细地打量着这间满布灰尘和锅烟的小土屋，好像她真准备在这里住下似的。

“这……这怎么行！”他大吃一惊，“你这个玩笑简直开得太大了！”

“这怎么不行？你别马虎，”“郭蹁子”从口袋里掏出张纸，啪的一声往炕沿上一拍，“证明都开来了，这可是法律。法律，你懂不懂？我可是跟政治处说你去放马了，叫我代领的。你要是撒手不干，就太不够意思了。听见了吗，‘老右’？”

“这怎么行？这怎么行？……”他摊开双手，连连问“郭蹁子”。姑娘可是进来了，坦然地坐在他刚刚坐的小板凳上，好像他们两人说的话与她无关一样。

“怎么行？你们两口子的事来问我，我问谁去？”“郭蹁子”又把“法律”放回炕上，“好了，好好过吧！明年有了胖小子，可别忘了请我喝喜酒。”他走到门口，岔开两手，像轰小鸡一样轰走孩子，“看啥，看啥？没见过你们爹跟你们妈结婚？回去问问你们爹跟你们妈去，走、走、走！……”

“郭蹁子”就这样一甩手走了。

在昏黄的灯光下，他悄悄地端详姑娘。她并不漂亮，小小的翘鼻子周围长着细细的雀斑，一头黄色的、没有光泽的头发。神情疲惫，面容憔悴。不知怎么，他对她产生了深深的怜悯，于是倒了杯水放在木箱上说：“你喝吧，走了那么远路……”

她抬起头，看到他诚挚的目光，默默地把一杯水喝完，体力好像恢复了一些，就跪上炕叠起了被子，然后拉过一条裤子，把膝盖上磨烂的地方展在她的大腿上，解开自己拎来的小白包袱，拿出一小方蓝布和针线，低着头补缀了起来。她的动作有条不紊，而且有一股被压抑的生气。这股生气好像不能在她自身表现出来，而只能在经过她手整理的东西上表现出来似的。外表委顿的她，把这间土房略加收拾，一切的一切都马上光鲜起来。她灵巧的手指触摸在被子、褥子、衣服等等上面，就像按在音阶不同的琴键上面一样，土房里会响起一连串非常和谐的音符。

突然，他想起了那匹棕色马，心里顿时感到一阵酸楚的甜蜜。他觉得他不仅早就认识了她，而且等待了她多年。一种从来没有出现过的心旷神怡的感觉袭倒了他，使他不能自制地跌坐在姑娘旁边。他两手捂着脸，既不敢相信他真的得到了幸福，担心这件侥幸的事会给他带来新的不幸，又极力想在手掌的黑暗中细细地享受这种新奇的感情。这时，姑娘停住了手中的针线。她的直觉告诉她：这是一个能依托终身的人。她对他竟没有一点陌生的感觉，非常自然地把手轻轻地搭在他伛偻着的脊背上。于是，两个人就坐在铺着破麻袋的炕沿上，一直唏嘘地说到天明。

秀芝原来是四川人。那几年，天府之国搞得连红苕都吃不上，饥饿的农民不得不大量外流。姑娘们还比较好办，在外地随便找个对象就嫁了出去。一个村里只要有一个姑娘在外地成了家，就一个一个提携家乡的姐姐妹妹。这样，成串成串的姑娘就拎着她们可怜的小包袱离开巴山蜀水，闯出阳平关，越过秦岭，穿过数不清的长长短短的隧道，往陕西、往甘肃、往青海、往宁夏、往新疆去奔她们的前程。家里能紧得出钱的就买张车票，没有钱的就一站一站偷乘火车。她们的小包袱里只包着几件补缀过的衣服，一面小圆镜子和一把木梳，就靠这些装备，她们把自己美丽的青春当作赌注，押在这个人生的赌场上。她们也许会赢来幸福，也许会输个精光……

在灵均这个地区的农场，早就风行这种八分钱的婚姻。没有结婚的小伙子和老光棍们，付不起娶当地姑娘的彩礼，就去求四川来的妇女。这些四川妇女都像是随身带着一沓子人事卡片，她们随便想出一个，只要一封信回去，就招之即来，来之能婚。秀芝就是被招来的一个。她来找的是七队一个开拖拉机的小伙子。但等她揣着大队的证明，风尘仆仆地一站一站挪到这个农场，小伙子却在三天前翻了车，不幸身亡了。她连火葬场都没有去，也不必去，谁也不欠谁的情。她也不好意思到那一个同乡家里去，她知道那个同乡也很困难，丈夫是个残废，结婚第二年就生了个孩子。她只得呆呆地坐在七队的马圈前面，像日晷似的看着自己慢慢移动的影子。

“郭蹁子”中午提着水壶回马圈灌开水，知道了她的情况，就把一群马扔在草场上，挨家挨户地为她寻找出路。七队现在只有三个单身汉了，他们一个一个到马圈前面观看了一番，可是这个身体干瘦的矮个子姑娘引不起他们的兴趣。最后，“郭蹁子”想起了已经有三十四五岁的灵均。

他就是这样结的婚。这就是他的罗曼史！

“‘老右’结婚了！”

这在生产队竟成了大事。这些疲于“抓革命”的人也乐于从派性纠缠中暂时解脱出来，全都对这个从来也不属于哪一派的、对谁也没有损害的、一直老老实实的“促生产”的“右派分子”表示了同情。人毕竟是有人性的，他们在给灵均的温暖中自己也悄悄地感到了温暖，觉得自己还没有在“损失最小最小”的革命中损失掉全部的人性。他们有的给他一口锅，有的给他几斤粮，有的给他几尺布票……而且又由一个年轻的兽医发起：每家送五毛钱，给他凑出一笔安家的基金。甚至支部会议上也出现了自“文化大革命”以来从未出现过的统一，一致通过了一项决议——按制度给了他三天婚假。人，毕竟是美好的，即使在那样的日月里！

他们俩就靠人们施舍的这点同情开始建立自己的家庭。

秀芝原来是个乐观的、勤快的女人。她只在家乡坝上的小学读过两年书，不能对生活抒发出诗意的感受。她来的第二天晚上，放映队在晒场上放映了《列宁在一九一八》。从此，华西里的一句台词就成了她的口头禅。“面包会有的，牛奶也会有的。”她老是笑嘻嘻地这样说。她生得细眉小眼，一笑起来，眼睛会眯成一条像月牙儿似的弯弯的细缝，再配上她那两个小小的酒窝，倒也有一种特别的动人之处。

灵均放马，白天不在家。她一个人在中午顶着烈日又和泥又掌模子，脱了一千多块土坯。然后，把晒干的土坯一车车拉回来，在他们门前围起三面围墙，在九百六十万平方公里土地上，她突然划出了十八平方米土地归自己使用。她说：“在我们老家，家家门口都有树，哪有出门就见天的哕！”于是，她又在野地里刨了两棵碗口粗的白杨树，以惊人的力气拖了回来，栽在院子的两边。院子围好，她就养开了家禽。她养鸡、养鸭、养鹅、养兔子，后来又喂了几对鸽子，在人们中间博得了个“海陆空军总司令”的外号。国营农场不许工人自己养猪，这是她最大的遗憾，她常躺在枕头上对灵均说，她梦见她养的猪已经长得多大多大了。

他们所在的这个偏僻的农场，是像一潭死水似的地方，领导对正确的东西执行不力，对错误的东西贯彻得也不积极，尽管有“割资本主义尾巴”的压力，但秀芝也能像一株顽强的小草一般，在石板缝中伸出自己的绿茎。她养的小动物们，就和在魔术师的箱子里一样，繁殖得飞快。“面包会有的，牛奶也会有的。”果然，一年以后，他们的生活就大变了样。他们的工资虽然还是那样微薄，但是已经能丰衣足食了。秀芝真有逆转社会发展规律的本领，在别人高喊向共产主义过渡的时候，她在他们家里完成了自然经济对商品经济的复辟。一切都是从秀芝手里生产出来的。她收工回来，鸡、鸭、鹅、鸽子也都跟着她回来。女儿清清背在她背上，鸡鸭鹅围在她脚下，鸽子立在她肩头；柴火在炉膛里燃着，水在铁锅里烧着，她虽然没有学过“运筹学”，可是就像千手观音一样，不慌不忙，先后有序，面面俱到。

这个吃红苕长大的女人，不仅给他带来了从来没有享受过的家庭温暖，并且使他生命的根须更深入地扎进这块土地里，根须所汲取的营养就是他们自己的劳动。她和他的结合，更加强化了他对这块土地的感情，使他更明晰地感觉到以劳动为主体的生活方式的单纯、纯洁和正当。他得到了他多年前所追求的那种愉快的满足。

董副主任宣布他的问题得到改正的那天，当他开好证明，又从财务科领出按政策规定给他补助的五百块钱回到家，把经过原原本本告诉秀芝时，秀芝脸上也放出了奇异的光彩。她在围裙上擦干净手，一张张地点着崭新的钞票。

“喂，秀芝，从今以后我们就和别人一样了！”他在屋里洗脸，朝小伙房里的秀芝高兴地叫道，“喂，秀芝，你怎么不说话？你在干什么？”

“哪个搞起的哟！”秀芝笑着说，“我数都数不清！数了好几遍，这么多钱！”

“哎呀！你这个人真是……钱算得了什么？值得高兴的是我在政治上获得了新生……”

“啥子政治新生、政治新生！在我眼睛里你还是个你吵！过去说你是右派，隔了大半辈子又说把你搞错了；说是把你搞错了，又叫你二天莫再犯错误，晓得搞的啥子名堂哟！到底是哪个莫再犯错误吵！我们过去哪个子过，二天还哪个子过。有了钱才能安逸。你莫吵我，让我再好好数数。”

是的，比他小十五岁的秀芝从来没有把他看得和别人有什么不同，她永远保持着庄稼人朴实的理智。什么右派不右派，这个概念根本没有进入她小小的脑袋。她只知道他是个好人，老实人，这就够了。她在干活的时候常跟别的妇女说：“我们清清她爹可是个老实巴交的下苦人，三脚踢不出个屁来，狼赶到屁股后头都不着急。要是欺负这样的人，真是作孽，二辈子都要背时！”

是的，秀芝爱钱，平时恨不能把一分钱镍币掰成两半花。区区五百块钱，也就使她大大地满足了，使她的手指颤抖了，使她眼里闪出喜悦的泪光。可是，当她知道他父亲是个有钱的“外国资本家”时，却没有提一个钱字，只是叫他多带些五香茶叶蛋去给父亲吃。她常常对只有七岁的清清教育道：“钱只有自己挣来的花得才有意思，花得才心里安逸。我买盐的时候，我知道这是我卖鸡蛋得来的钱；我买辣子的时候，我知道这是我割稻子得来的钱；我给你买本本的时候，我知道这是我加班打场得来的钱……”她没有什么抽象的理论，没有什么高深的哲理，然而这些朴素的、明白的、心安理得的话语，已经使他们家庭这个最小的成员也认识到：劳动是高贵的；只有劳动的报酬才能使人得到愉快的享受；由剥削或依赖得来的钱财是一种耻辱！

秀芝不会唱歌。清清满月时，他们一家三口乘进县城的卡车到全县唯一的一家照相馆去照了一张全家福。县城的街上有卖冰棍的，拖长了嗓子喊着：“冰——棍！冰——棍！”以后，“冰——棍”就成了秀芝的催眠曲。她一面拍着清清，一面学西北人的口音轻轻地唱着：“冰——棍！冰——棍！……”那单调的、悠远的而又如梦幻般甜蜜的歌声，不仅把清清引入梦乡，也使在一旁看书的他感到一种朴拙得近于原始的幸福，进入一种纯粹的美的境界。

王府井大街上也有卖冰棍的，但是他们不喊，坐在铺子里板着面孔，这多没有意思！他思念那如梦幻般甜蜜的催眠曲，思念那抱着“面包会有的，牛奶也会有的”乐观精神的笑靥。

不，他不能待在这里。他要回去！那里有他在患难时帮助过他的人们，而现在他们正在盼望着他的帮助；那里有他汗水浸过的土地，现在他的汗水正在收割过的田野上晶莹闪光；那里有他相濡以沫的妻子和女儿；那里有他的一切；那里有他生命的根！

五

他终于回来了，终于又回到这熟悉的小小的县城。汽车站前面横着全县唯一的柏油马路，那上面仍然蒙着层薄薄的黄尘，风一吹，就在商店、银行和邮局门口打旋。马路对面的那架弹棉花机仍然响着单调的嘣嘣声，好像自他走后就没有停过似的。汽车站门前仍然拥挤着卖醪糟的、卖油饼的、卖瓜子的农民；两边，仍然是东倒西歪的土房，有的门上还能看到古老的雕花门楣。那座新盖的戏院仍然困在横七竖八的脚手架当中，一群工人还在它四周忙碌着。

但是，他一下车，就有一种像是从降落伞落到地面的感觉，他的脚又踏着实地了。他爱这里的一切，连同她的瑕疵，就像他爱自己的生活，包括过去的痛苦一样。

黄昏，他搭乘的马车路过原来住的生产队。残阳正从西山上斜射过来，村庄和村庄里的人们都罩在一片模糊的玫瑰色之中。只有秀芝栽的两棵白杨树高耸在一片土房子的屋顶上面，静静的，一点也不摇曳，仿佛正对他全神贯注地凝望着一样。

牲口回来了，横穿过土路，它们好像认出了他，呆呆地立在路两旁，睁大眼睛望着他。马车远去了，它们才掉过头，懒洋洋地向自己的圈棚踱去。

他的心里泛起了一股温暖的柔情。他想起临回来之前父亲和他的谈话。那天晚上，父子两人面对面地坐在沙发上。父亲穿着丝质睡衣，伛偻着背，神情懊丧地抽着烟斗。

“这么快就走吗？”父亲问他。

“是的，学校准备期中考试了。”

父亲沉默了一会儿，又说：“这次我回来，看到了你，很高兴。”父亲虽然努力保持平静，但下唇却轻微地抖动着，“我发现你非常非常成熟了。这也许是你有坚定信念的缘故吧。这样也好！人所追求的不过是信念。老实说，过去我也追求过，可是，宗教并不能给人什么……”说到这里，父亲表示厌倦地挥了挥手，又继续说下去，然而却跳到另外一个题目上，“去年在巴黎，我看到一本英文版的《莫泊桑选集》，里面有一篇一个国会议员和他早年生的儿子重逢的故事。那个儿子后来成了一个白痴。我看了，一晚上没睡着觉。以后，我经常好像看到你一副凄惨的样子站在我的面前。现在看到你这个样子，我也放心了。你的确出乎我意料，你变得像一个，变得像一个……”变得像一个什么，父亲始终没有想出一个恰当的概念，但是他从父亲眼睛里看到了欣慰的眼神。他觉得他们父子都对这次重逢和分别感到满意，他们各自得到了各自需要的东西。父亲在良心上得到了安慰；他在一个关键的时刻回顾了自己的半生，从而领悟到一点人生的意义。

太阳完全隐没在西山后面了，射出的几束剑似的橘黄色的强光映着山顶的晚霞，又从晚霞上折射下来，洒在山坡的草场上、山下的田野上、田野的村庄上，最后变成了一片柔和的暮色。离学校越来越近了，远远地已经能看到那中央操场，就像一泓明净的湖水在泛黄的芨芨草滩中间。在晚风的吹拂下，他胸中的柔情也逐渐荡漾开去，终于形成了一股暖流在他全身回旋。他感到，父亲说他有坚定的信念，并没有真正理解他现在的精神状态。任何理性上的认识如果没有感性作为基础就是空洞的。在某些方面，在某些时候，感情要比理念更重要。而他这二十多年来，在人生的体验中获得的最宝贵的东西，正是劳动者的情感。想到这里，他眼睛濡湿了。他是被自己感动了：他没有白白走过那么艰苦的道路。

他终于看到了学校。他家门口正站着几个人向大路上这辆马车眺望。秀芝围的白布围裙，在柔和而苍茫的暮色中就像一点皎洁的星光。很快地，那里人越聚越多，最后，他们看出了是他，全都向大路上奔跑。最前面的是一个穿红衣裳的小女孩，她就像迸射出的一团火，飞也似的向他扑来。她越跑越近，越跑越近，越跑越近……

一九八〇年九月

拜　年

蒋子龙

“阳历年”——那算什么年？不管你给它起多好听的名儿叫什么“元旦”，可中国人从来不把它当“年”看待。录音机、电视机可以进口，没听说“年”还能进口！中国人真正的年，是春节！农历正月初一，这才叫新年新岁，万象更新哪！

初一饺子、初二面，初三饸饹往家转……转眼到了大年初五。俗称“破五儿”，又是吃饺子的日子。好吃的东西反正就是那几样，每样吃了一圈儿，轮回去再从头吃起。

人嘛，平时抠抠搜搜，一过年就放开了手脚，好像有今天没明天了，不把腰里那点钱折腾光了，心里就不舒服。吃喝玩乐，日子过得就是快。酒喝足了，钱花光了，今儿个——到了工厂上班的日子啦。

冷占国比往常上班提前二十分钟出了家门，他历来讨厌“以厂为家”、早来晚走和加班加点那一套。只有废物蛋才耍这种花架子，顶多可以赚顶先进生产者的帽子。但管理工厂那都是下策。可以说冷占国是吃铁末子长大的，从懂事那天起，就在三条石的各个小铁工厂里串来串去捡煤核，个子刚长到和大锤把儿一般高就进厂当了小学徒。

工厂里那点玩意儿全在他肚里装着，不管哪个部位发生了什么问题，能瞒哄别人，却瞒不了他。他认为每个人只要干足了八小时，工厂就不是现在的样子。八小时工作制顶多使了四个小时的劲儿，何苦在八小时以外又装腔作势！他一年到头不早来晚走，也不早走晚来，规规矩矩，按制度办事。

但一年中有四天是例外，阳历一月二日，五月二日、十月三日、农历大年初五。赶上这四个日子，每天都提前二十分钟上班。为什么？他一不害怕节日，二不反对放假，但目前有些人这种干着玩、玩着干的脾气可叫他受不了。节前五天就松了劲儿，你把嗓子喊破也吆喝不起来；节后五天还缓不上劲来，你把眼珠子瞪圆也没人理你的茬儿了！里外里加在一块儿，元旦放一天假，等于放十一天；春节放四天假就等于放了半个月，这受得了吗？他也愿意一年到头光放假，可往哪儿拿钱去？

所以每逢放假后的头一天上班，他都提前二十分钟往总调度室一坐。他手下的调度员们也都知道主任的脾气，这一天全部提前上班，每人抓住一部电话机。八点钟——上班的铃声刚响，每个调度员同时都拨通了各个车间办公室的电话。要是有哪个车间的主任没有上班来；或者哪个车间的机器没有转，还没有开工生产，这个车间的头头就算倒霉了！

总调度室主任——这职务比厂长小半级，比车间领导高半级。关键还不在冷占国比车间的头头们高出这半级，关键是冷占国这个人。他一进工厂的门，除去生产，别的全不认识，六亲不认，男女不分，老中青不辨，似乎连七情六欲也没有，老是板着一副冷冰的铁面孔，一说话就把人往墙角上逼，谁受得了！

今天是“破五儿”，他还没有进厂门，火气似乎已经顶到脑门了。往年的春节都赶在二月份，今年却赶在了一月份。一个月赶上俩节日，掐头去尾，一个月连半个月的活也干不了，这个月的生产计划怎么保？

年前，厂长硬掐着他的脖子，逼他子吃卯粮，东挪西凑，虚虚实实提前报产，多报产值，把应该在第一季度里分三个月下发的奖金，全部提出来，春节前一次发给了职工。凡是机械厂的人，摸摸头脑儿就有一份。

说是一年到头了，大家辛辛苦苦干了十二个月，痛痛快快过个肥年吧！他虽然有坚强的个性，但胳膊再粗也拧不过大腿，只好咬着牙干。他心里虽说不痛快，可自己也分了一份，并且也没有旗帜鲜明地把自己那一份退回去，真是打断了胳膊往袄袖里藏！年是过了，够痛快，也够肥，今后怎么办？谁来坐这支大蜡？还是他——冷占国！

马路上还很清静，车辆和行人都不算多。往常这个钟点，车水马龙，已经挤成一个蛋了。今天是怎么啦？有人还想再歇一天？年还没有过够？边道上尽是白花花的炮仗纸，看见这些像铺了一层地毯似的炮仗纸，就使人还可以闻出一种喜气洋洋的过年的味道。

今年放鞭炮的人特别多，大年三十的晚上从十二点一直响到初一上午九点。解放天津那一年真枪真炮也没有这样响！他就奇怪，人们哪来的这么多钱呢？瞒别人还能瞒得了他吗！工厂里的钱越来越紧，生产不是看涨，而是看落，大伙口袋里为什么还都那么肥呢？莫非也是来路不正？

其实就是那么点钱，不过市场活跃，周转加快，从你的口袋装进我的口袋，又从我的口袋转到他的口袋，钱不值钱，人人都能摸得上，热热闹闹，大家高兴。但是冷占国绝不花那种冤枉钱，过年他连一个炮仗也没买。一是他没有小孩，冷冷清清，挺大的一个人举着挂鞭自己点火自己放，有什么意思！二是老婆有病，他没有那份兴致。

“哎呀！”他急忙扭车把，差点和前面一辆拐弯的自行车撞上。工厂快到了，今儿个头一天上班不顺气，骑在自行车上老走神儿。他提一提精神抬起了头，以前很吃香，现在最不景气的重机厂，在城市里鹤立鸡群，像一片小山头似的横在面前：办公大楼、设计大楼、试验大楼，两万平方米的总装车间、像前门楼子一样突出的煤气站、有双层天车的热处理车间，高高低低，参差不齐，方圆三十里，是个用钢铁堆起来的城堡。

不，是用钱堆起来的！而且有许多钱扔在了地底下，这些埋在地下的各种基础是再也收不起来了。光说调整，调整不好就下马，能这么轻巧吗？工业的脊梁骨弯了，光靠农民做小买卖赚的那点钱顶个屁用！

这么大一个机器厂，还没有真正为国效过几年力呢，一讲调整就丢掉不要了？上上下下一推六二五全不管了！过去，一提重机厂人们都另眼看待，姑娘小伙子们找对象都比别的单位容易，看看这一大片厂房就叫人眼馋。想不到现在成了人们嘲笑的对象，还不如做皮鞋卖百货赚的钱多！

冷占国越想越气，猛地又低下了头。

重型机械厂的大门敞开着，时间还早，上班的人稀稀拉拉，职工们年后第一次碰面，抱拳拱手，相互问候，倒也热闹。有一个身材不高的人抱着大竹扫帚从厂内中央大道一直扫过来，扫净了门里，又扫门外。

冷占国从早晨出了家门，这是碰到的第一件叫他高兴的事，好兆头，开市大吉，刘瘸子这一回算办了件人事。他一年到头在传达室里坐着还嫌累，轻易不开大门，职工上下班全走旁边的小门，汽车走后门。冷占国老为这件事骂街："就凭这一条，机械厂也搞不好，不走大门，净走旁门歪道！"今儿个刚过完年，刘瘸子长了一岁，也长了点出息，又扫马路，又开正门，这个年不白过，今年的生产说不定还沾他点光。

他翻身下了自行车，破例想和刘瘸子打声招呼，认真一打量，嘿！扫大门口的不是刘瘸子。一个矮墩墩的矬胖子，一张毫无特色的脸，原来是他的副手、总调度室副主任——老实木讷的胡万通。冷占国心里刚冒出来的那点高兴劲又飞了，一个总调度室的副主任，不干点正事却来扫大门口，不光是失身份，而且是失职。仿佛胡万通不仅丢了自己的脸，也丢了他冷占国的脸。

论职务冷占国压胡万通一头，若是排辈儿，胡万通却是冷占国的师兄，他比冷占国早学半年徒。只因掌柜的看他脑瓜儿不伶俐，手脚更笨得出奇，天生不是个打铁的材料，就叫他拉风箱烧火，让冷占国学拿钳子打铁。也正是从冷占国拜师兄的那一天起，他就指挥和领导胡万通。胡万通对这种被领导的地位一点也不在意，他和冷占国正相反，几十年如一日的早来晚走、以厂为家。你早来也不要紧，可别扫马路哇，到车间转转不还可以掌握点生产情况嘛！

胡万通却绝不认为扫马路就是丢人，他是故意选了这个春节后第一天上班的早晨来扫大门口，可以向全厂每一个职工都拜一拜，所谓拜年，还不就是问声好、打个招呼，你主动给别人拜年也比人家矮不了一截，可对方心里会很舒坦。现在当个干部不能拿架子，板着面孔打官腔吃不开了，要想办成点事就得靠人缘儿，靠面子。

“王科长，过年好！初二我到你家去了，你不在……”

“老几位，过年没得空给你们去拜年，今儿个给几位拜个晚年！”

胡万通像所有自知能耐不大的人一样，说话随便，待人亲热而坦率。他似乎永远都是这副快活诚实的样子，不分干部和工人，向每一个来上班的人都拜上一个年。

“老师傅，头一天上班就来得这么早，我在这儿等着给你拜年哪！”

“哎呀，这不是胡主任嘛，您过年好！干部在大年初五扫马路，这可是多少年没有的新鲜事啦！”

不少工人为胡万通扫街而感动，他不仅没有失身份，在群众中反倒长了身价。新年新岁，喜气洋洋，大家都高兴，更容易联络感情，增加对他的好感。何况在这个世界上你到底做了些什么是无关紧要的，重要的是你如何让人们相信你的确做了不少工作。至于成效多少是不大被人注意的，谁能无止境地吃苦耐劳、忍辱负重，谁就是当今的天才！

精工车间的副主任施明带着本车间的一群小青年，骑着飞车冲过来。

“小施，你们过年好！”他见了现在的青年人就像见了女人一样，宽厚阔大的嘴唇咧开了，那样子就好像随时都禁不住要笑似的。

“哟，胡头儿，初三我到你家给你拜年，你躲了，把好酒也都藏起来，这可不对呀！”

“胡头儿，你大年初五扫马路，真是活雷锋！”青年人跳下自行车，亲热地围住了胡万通。

“胡头儿，听说你要升副厂长了……你别装傻，年前厂长到我们车间征求意见了。”

“叫胡头儿请客!”

一个青年工人搂住了胡万通的肩膀头，伸手到他口袋里去掏烟。

“别抢，别抢，我给你们拿。”

哪容他往外拿，青年人早从他的上衣口袋里把一盒还没有开封的恒大牌香烟掏走了，这样的香烟过春节每户才供应十盒。青年人把烟一分，有人三支，有人五支，最后还剩下两个人没有分到烟。这两人当然不能吃这个亏，继续找胡万通要烟。

施明知道他的秘密，大声叫着：“他褂子口袋的烟是次货，专门准备给外人抽的，他裤口袋里还有好烟，那才是留给自己抽的，要不怎么外号叫烟神!”

胡万通嘿嘿笑了：“过年卖给的好烟我一支也没捞着抽，这是最后一盒了。不信你们看……”他从裤口袋里掏出自己抽的烟——塑料袋里装着大烟叶和 沓白纸条。

抢烟的几个坏小子见到这副情景心里一动：这个老实人，把好烟整盒整盒地送人，自己过年抽烟叶。他大概除去老婆不送人，别的什么都可以给人。话又说回来，吃亏人长在，他也正是靠这些东西买了个傻人缘儿。不过，坏小子的心里仅仅是有那么一点点感动，绝不会再把香烟还给胡万通。

他们的哲学是：见了老实人不欺负也是傻瓜。他们叼上恒大烟，骑上自行车，一哄而散这还不算完，回头又饶了两句：

“胡头儿，当干部的要都像你有多好!”

“胡头儿，选厂长我一定投你一票!”

胡万通憨厚地摇摇脑袋，继续扫地，仍然不忘同每个进厂的人打招呼。

站在一旁的冷占国可给气坏了，连他的脸都感到替胡万通臊得慌。人家把他当傻小子耍，寻开心找便宜，他就愣觉不出来，还乐呵呵感到怪不错呢！当然，胡万通这样干还使冷占国的心里有那么一种不舒服，上班来的职工几乎都和胡万通打招呼，有说有笑，却很少有人搭理他，甚至人们根本看不见他，上班来的人全把注意力集中到胡万通的身上。

胡万通本事不大，反倒能跟周围的人保持一种良好的关系。尽管大家都瞧不起他，可又都喜欢他，把他当成天生的挚友。冷占国从来没有想到自己还会嫉妒没有本事的胡万通。

他走过胡万通的身边时，低声然而威严地说："万通，别扫了，赶快回办公室。"

"嗬，占国，你来了。好，我马上就完！"胡万通三下五除二把大门口外面的小马路扫完，将扫把丢在传达室，紧跑几步跟上了冷占国，用充满焦虑的口气说："占国，这两天弟妹（北方话：兄弟媳妇的昵称）怎么样？初二我去的时候见她的气色可不大好。过年劳累，睡觉又少，再加上小孩们爱在窗户根底下放鞭炮，一惊一乍，你可多留神，千万别让她犯病……"

冷占国阴沉着脸没有吭声，他最不愿意别人提他老婆的病，尤其是在工厂里。当然，胡万通例外，他们是多年的师兄弟，两家的事谁也不瞒谁。虽然现在他心里还闷着胡万通的气，不愿搭理他，可是讲私人交情，讲为人处世，他还是觉得胡万通这个人安全可靠。

胡万通确实是这样一种人，别人一见面就可以信任他，都愿意把隐私告诉他，有火气可以朝他身上撒，有牢骚也可以冲着他发，一切苦恼、隐痛、忧虑都可以向他倒出来。他可以心甘情愿地代人受过，自己有天大的委屈也可以忍气吞声，而且毫不吝啬对别人的同情和安慰，使对方在精神上得到解脱。

更重要的是他不出卖朋友，不传老婆舌头，他不说任何人的坏话。他的立场永远是缓和矛盾、平息争端，绝不站在一方指责另一方，也不挑唆别人相互怨恨。他越是这样，就越是掌握了许多别人的秘密，一条秘密就是一条小辫子，他不使用这些秘密，不抓别人小辫子，不等于他没有力量，反而证明他的忠厚善良。因而使他在工厂成了个特殊的人物，绵里藏针，软中有硬，以弱胜强。没有人比他更窝囊了，谁都可以欺侮他，可他又是个强者，是个胜利者。

就像冷占国这种脾气古怪的汉子，在工作上可以把他拨拉得团团转，训斥他，嘲笑他。但是冷占国的老婆犯病还得靠他帮着送医院，然后又把孤单执拗的冷占国拉到家里，像对待亲兄弟一样照应他。冷占国在胡万通手里也不是没有短儿，所以别人都怕他，而胡万通只是顺从他，并不怕他。当调度员们每人守着一部电话机进入一级战备状态的时候，他却向冷占国提出了另外的主张——

“占国，别叫大伙光抱着电话要数字了，今天刚过完年，什么数字也要不上来。倒不如你领着我们大伙挨个车间转一转……”

“干什么？”

“给车间的头头和工人们拜年哪！”

“什么什么？拜年？我还去作揖磕头呢！这是领导生产，不是老娘们儿串亲戚。你们从初一拜到初四，还拜不够？还要跑到工厂里来拜年，刚才你在大门口演的那一出，像武大郎开店似的，还不够叫人恶心的！”

“你看你，说着说着就着急，你听我慢慢跟你讲。”胡万通嘿嘿一笑，别人说他什么话，他也不会着急上火。而且每逢和别人办事谈话的气氛要紧张的时候，他就主动敬烟，紧张的气氛立刻就会缓和。

伸手不打笑面人嘛，哪有一点人情味儿都不讲的家伙。可是那盒救急的好烟被施明那帮坏小子抢走了，他只好掏出了大烟叶："你卷支这个尝尝？比恒大有劲儿！"

冷占国不耐烦地摆摆手，往自己的茶杯里放上一撮茶叶，一摸暖瓶是空的，生气地把冰冷的水壶推到了一边儿。自从胡万通从车间提升到总调度室两年多以来，总调度室二十个干部，别人没有再打过开水，全是胡万通一个人的事儿，每天早晨，调度员们上班来，各个暖瓶都是满满的。

时间一长，这好像也形成一种制度了，开水就应该副主任去打，别人没有这个习惯了。今天虽然出了例外，但冷占国也只是把暖瓶推开，并没有想到自己要去打开水，心里反而埋怨胡万通光顾扫马路，忘了打开水。

胡万通笑着解释："我去过了，锅炉房还锁着门哪，今儿个头一天上班，不到十点甭想喝上开水。"

"为什么不让锅炉工上早班，今天正式开工，没水喝怎么行！"

"那就是行政科的事儿了，咱们管不了。这和你领导全厂生产是一个理儿，不能像过去一样总靠公事公办，拿出上级领导下级的劲头，用组织手段和规章制度卡下边是不行的。现在没有人听你那一套，人家嘴上怕你，说不过你，但是私下可以和你拧着劲儿，不听你的，你有什么招儿？所以还得和下边搞好关系，建立感情，拿人情面子拘着大伙干活。"胡万通想借过年的喜庆劲劝劝师弟。

"得了得了，这是工厂不是幼儿园，我不会哄小孩子！"

“不论工厂还是幼儿园，理儿是一个。咱们干调度的，上边通厂长，下边靠工人，管事多，接触人多，因此得罪人也就多。一年到头了，你领着大伙到下边一拜年，过去有点疙疙瘩瘩的事也就过去了。你不也羡慕外国的生产管理办法吗？到了年节，人家老板也对下边人说：‘承蒙多关照’‘感谢您捧场’！把公事当成私事办就好多了。大伙心里不痛快，不想干这活，冲着你这个当头的人缘儿不错，碍着你的面子也得干。”

“那还要计划干什么？规章制度还有什么用?!”冷占国又喊了起来。他热爱工厂，办事利落，从前他把组织生产当作一种享受，就像一个有才气的导演排练一出好戏一样，沉醉在创造的乐趣之中。可是一年一年干下来，越干不是越熟练、越顺手，而是越干越艰难、越不适应。挫折和困难使他对现状越来越不满，态度变得严谨而刻板，好像车间的人一年到头老欠着他一笔还不清的账。

外间屋的调度员们听到主任又冲着副主任嚷叫起来，放下电话悄悄地走到门口偷听。

他们钦佩主任的精明和能干，可是又惧怕他。在他手下当兵很难，老得神经紧张，在生产的组织和调度上稍有一点失误，就甭想瞒过主任的眼睛。他嘴又刻薄，常常让不如他的人下不了台。而副主任胡万通却具有一种使周围的人心情舒畅的魅力，大家在心里都赞成他的办法，到下边转悠一圈儿，说说笑笑，抽烟喝茶，事情也办了，还落个轻松愉快。谁愿意像个旧社会的工头似的，大年初五一上班就逼着下边干活。

胡万通抽了一支“喇叭烟”，看看冷占国刚才冒起的那股邪火已经熄下去了，就笑模悠悠地说：“走吧，快到点了。”

冷占国抬起头扫了自己的副手一眼，天哪，这算个什么人呢？

老牛筋，母猪肉，蒸不熟，煮不烂，没囊没气，软磨硬泡。他没当干部的时候对冷占国是百依百顺，现在怎么变成了这个样子？难道他到下边推动工作也是这个办法？

调度工作需要精明练达，快刀斩乱麻，真不明白这一年多他是怎么胡噜自己那一摊儿的！冷占国瞧不起胡万通，对胡万通的工作却不能轻易下断语，他管的炼、铸、锻等热线那一摊儿，虽没有突出的成绩，也没有出大的漏子，不管什么情况总能凑合过去。现在的事情真是难说，智勇不足，靠甜嘴蜜舌也能干工作。冷占国叹了一口气："要去你去，我是不去。"

"我算什么，说老实话，我不光春节给大伙拜年，一年到头我老给下边拜年。我的经验是：给下边布置工作说软话比说硬话更容易成功。"

"那是你乐意，窝囊人办窝囊事。"

"窝囊也好，不窝囊也好，你的目的不是要把事情办成吗？他骂你也好，唾你也好，只要能替你办事不就得了。快走吧，大家看的是你，意见多也是对你……"

胡万通险些违背了几十年做人的宗旨，把他听到的群众对冷占国的意见说出来。其实也可惜那些好话对冷占国说，句句就像子弹打在坦克上，弹回来反伤了自己。

"谁爱有意见就有吧！"冷占国不想打听别人对他有什么意见，他心里有数，早就采取了"四不"方针：不怕、不问、不听、不改！现在人们的嘴比鸭子屁股还臭，你做得再好，要想贬你也可以把你说成一堆狗屎。你本是一堆狗屎，要想抬举你，也可以把你说成一朵鲜花。他也不想再跟胡万通费唾沫了，站起身一把推开了通向外面大屋的门，挤在门口偷听的调度员们，慌忙回到原座位，拿起了电话听筒。

冷占国的火气更不打一处来，他从一个调度员手里夺过电话，自己拨通了精工车间的号码。可是对方没有人接电话，只听见铃声嘟嘟响。他捺了一下电话的托簧，又拨通了总装车间的号码，同样也没有人接电话。还真叫胡万通猜对了？他强压住性子，决心举着听筒一直等下去，看看对方到底什么时候才接电话。他的眼睛盯住了手腕子上电子表的指针，一分、两分……到六分钟的时候对方有人拾起了电话，还没搭腔儿，嘴里就先骂骂咧咧的：

“这是谁呀，这么早就来电话，八成是年货吃得太多，肚子撑得不好受！喂，你要哪里……”

“你们车间主任在吗？”

“不在。”

“副主任哪？”

“也不在。”

“你们那儿有头没有？”

“没有！”

“你们的头呢？”

“死啦！啊，不，他们到班组给工人拜年去了。”

“嗯？也在拜年！还要工资吗？”

“一个钢镚儿也不少给，反正是国家倒霉！”

“你是谁？”

“你是谁？”

“我是冷占国。”

“我一听就是你，这种日子只有你这个不长眼眉的才来抓生产，你是大伯子背兄弟媳妇过河——专干受累不讨好的事！”

“你是谁?”

“我是你大爷!”对方砰的一声把电话撂了。

冷占国举着听筒的手瑟瑟发抖，像铁板一样冷峻的双颊上，看得见血液在搏动，两只眼睛则像是烧热的炭块，熠熠闪光。为了工作也会得罪人，这到哪儿去说理去！生活和无数事实总是对他的计划和雄心进行修正，多亏他有坚强不变的个性，能够在重重打击面前不为外物所移，也不为个人的恩怨所颠倒，他强迫自己冷静沉着，慢慢放好听筒，目光转向他的下属。

调度员们有的往车间打通了电话，有的还没有打通，总之收获很小，紧张地看着自己的上级。

“你们立即到自己所管的那些车间里去，不是去给他们拜年，而是督促他们赶快投入生产。如果哪一个车间今天上午不能恢复生产，就按制度办事，扣罚……”

冷占国讲到这儿，突然想到三个月的奖金已经提前预支，早就发下去了，还扣什么呢？他改口说：“你们要盯的重点是：炼钢车间，六十万千瓦汽轮机中压转子的大钢锭，铸造车间，三五〇工程的主机机体，锻压车间，六十万千瓦汽轮机的高压转子；精工车间，二八〇〇变断面铝板机、六千吨张力矫直机、一千二百立方米高炉……这些产品必须在这个月底交货!”

忽然，楼道里笑语喧哗，热闹异常。总调度室的门被推开了，厂长、党委书记带领着厂部的几个头头给总调度室的干部拜年来了。厂长满脸喜色，高声道喜：“冷主任，老胡，同志们，你们春节过得好哇！你们总调度室的人平时最辛苦了，过年搞团拜是咱们的老传统，我们厂部的几个同志给大家拜年，先到你们总调度室来。”

“不胜荣幸。可是占工作时间拜年，考勤怎么划？算出勤，还是算缺勤？大家客客气气地拜一天年，这一天的产值找谁去要？工资找谁去要？”冷占国说完连看也不看厂部的领导，也不让厂长们进门，又把目光转向他的部下，“我刚才说的听明白了吗？”

调度员们像战士回答首长的问话一样，大声说：“听明白了！”

来拜年的厂部头头们被干晾在门口，进也不好，走也不好。好在他们被冷占国顶撞也不是一回两回了，并不太在意。只是当着这么多的一般干部，面子上太尴尬了。厂长刚五十多岁，是个“年轻的老干部”，修养极好，哈哈一笑：“对，冷主任说得对，大家快一点，别占太多的工作时间。好，你们忙吧，我们再到别的科室去看看。”

厂部领导给自己铺了个台阶走了。

冷占国向部下一挥手：“听明白了就赶快行动！”胡万通抢先一步出了口：“负责热线的跟我走。占国，你代表咱们总调度室到各个科室转转，车间你就别管了。”

“他倒指挥起我来了！”冷占国心里烦躁，嘴里没有吭声。

但是，他不去给别人拜年，自己也无法工作。人事科、保卫科、宣传科、组织科……几十个科室的干部陆陆续续都来敲总调度室的门。他们相互拜年，有的是团拜，有的是私人串联，拜谁、不拜谁，这里面很有讲究。有的是拜好朋友，有的专门拜和自己有矛盾的人，借机调和；有的借机感谢曾经帮助过自己的人；也有的趁拜年发展新的关系。

一拨儿又一拨儿地来到了总调度室。冷占国恼也不是，笑也不是，他可以冲着厂长甩冷腔，却不能嘲骂来给他拜年的普通干部。一气之下他也走出了办公室，干脆躲开吧！他最不放心精工车间，这个月全厂产值的重头恰恰又压在这个车间，他要亲自到那里看看。

楼道里闹闹嚷嚷，你到我屋来，我到你屋去，作揖拱手，嘻嘻哈哈，冷占国厌恶地快步走出办公大楼。他刚一踏上厂区的中央大道，立刻感到更不对头，听不见从车间里发出的机器声，没有正常的秩序。整个厂区就像庙会的会场，班组与班组之间相互拜年，车间与车间之间相互拜年，一群群，一伙伙，你来我往。看这劲头，今儿个这一天真要泡汤了！

可是厂房折旧费、设备折旧费、工资劳保等等，生产不生产，每天要开销十一万元，拜年能拜来这十一万吗？不赚光赔，往后的日子怎么过？还嚷什么“恭喜发财”，这不是叫屁憋的吗！冷占国可受不了啦。

他反身跑回办公大楼，让厂长办公室的秘书立刻通知各车间主任，赶紧到总调度室开紧急生产调度会议。

秘书朝他挤挤眼：“你总是用骑兵急袭式的作风工作，要知道现在不是正面发起进攻的年头，而是迂回调整的时期。”

“少说废话，你赶紧下通知！”

“十几个车间还有几个有关科室，我挨个通知到他们也就到了吃饭的时间，你想上午开会是无论如何办不到了。”

“他娘的，”冷占国从牙缝间喷出一股怒气，“调度会就在下午一上班，你通知厂长，我请求他必须参加！”

“咱们开会啦——”

会议开始之前，气氛总是十分活跃的：寒暄的，开玩笑的，低声交谈小道消息、内部情况的，递烟送茶的……冷占国沉默寡言，谁也不理，谁也不看，连对坐在他身边的厂长也不瞄一眼，一个人昂头抽烟，眼睛盯住窗外设计大楼的楼角。即便别人对他说露骨的恭维话，他也毫无反应。

有人心虚，不知在什么事情上被他抓住了小辫子，想巴结他，冲他开一个亲热而讨好的玩笑，他也不动声色。软硬不吃，不进油盐。他不向厂长请示，也不跟副手商量，连一句人们习惯说的客气话、表示和同事亲热和谐的客套话也不说。比如“厂长，你先给大伙讲几句呀?”“万通，你看是不是开始呀?”一切人情世故到他这儿就全免了，擅自宣布了开会。好像总调度室主任，理所当然就是调度会的主席，不管来参加会的是些什么人，也得一律听他指挥。

他身躯高瘦，有雄伟的骨架，却缺少肥肌重肉，因而坐在那里像一块巨大的山石——威势逼人。当他说完了那句开场白，才把目光收回来，放肆地打量着车间主任们：“春节过去了，大家拜年也拜得差不多了吧？如果还没拜够，我再给你们大伙拜，磕响头也行！但是要有一个条件，得完成这个月的任务。这个月全厂的计划：产值九百万元，利润十七万元。截至今天早晨，全厂共完成六百二十万元，还差二百八十万元，时间就只有两天半。你们就亮底吧，咱们都是干这个的，谁也不用瞒谁，我要具体的措施、实实在在的数字。今天上午完成多少，下午完成多少，夜班完成多少？明天、后天一共还有六个班次，每班各完成多少？如果你那个车间完不成计划，理由是什么?”

他稍停一下，又说：“今天看见诸位拜年的劲头都很大，想必是胸有成竹，我谢天谢地。哪个车间能确保完成计划，我当场给他磕头拜大年！开始——”

他的冷峻的挖苦比他的吼叫更叫人受不了，他的客气中包含着阴冷和露骨的轻视，大家听了更增加对他的反感。他对这些人并无仇恨，他只是恨工作不该这样干。他自信自己那套办法是卓有成效的，过去曾被无数事实证明过。

可是现在这些办法只增加了他和周围的人在感情上的裂痕，对工作似乎并无多大好处。因此他也增加了对自己的怀疑和不满，他的坏脾气又使他把对自己的不满发泄到别人身上，这就越发遭别人怨恨。说穿了现在谁怕谁呀！别说他是个总调度室主任，就是厂长又怕他何来？人家不过是表面怕他，心里恨他。

只避免当面和他发生冲突，对付他的办法有的是，不说完得成，也不说完不成，各个车间都差不多，到时候大家都完不成，法不责众，看你冷占国有什么咒念？现在各个单位的困难都是一堆堆的，随便摆出几堆就够说上半个小时；每个人肚里的牢骚也有好几串，拉出几串就够应付冷占国的，他有牢骚，别人的牢骚比他还多。

尽管他精通生产，有敏锐的智力，即使在他的坏脾气中也时常显现出智慧的异彩，但是他的坏脾气毁了他的智慧，人们只知道他脾气坏，不承认他有智慧。他不能控制全厂的生产局面，也控制不了这个集中了全厂的能人神仙的调度会了。表面上冷占国是会议的中心，实际上每个人都以自己为中心，各想各的事，各打各的算盘，哪个人都有一套对自己有利的神算妙计。

也许，能叫与会者从始至终思想不开小差的会议是没有的，更不要说把挖苦嘲笑当作打嚏喷、把拍桌子争吵视作家常便饭的生产调度会了。

瞧吧，这些车间科室的头头们济济一堂，有的把这半天调度会当作了享受，有的当成罪受，有的借机来休息半天，有的来开心取乐、发发牢骚，不解决问题还图个心里痛快。这一切内心活动都可以从他们那丰富多彩、迥然不同的表情上看得清清楚楚：有人端端正正、严肃认真；有人怒目圆睁、慷慨陈词；有人幽默多智、谈笑风生；有人冷静观战、超尘绝俗；有人尖酸刻薄、嘴上无德；有人满腹委屈、哭诉无门；有人闭目养神、昏昏欲睡；有人神情木然、心不守舍。

这一切又好像只是方式不同，大家早有默契，联合起来，对付冷占国。会议室里烟雾缭绕，真比庙堂里十八个罗汉的形象还要多姿多彩、生动而又不雷同。施明正悄悄地、专心致志地往坐在前面的胡万通的后背上挂纸王八。墙角一个负责做记录的年轻调度员，正怀着强烈的创作冲动在“工作手册”上画人物素描，这里有天才的模特儿，有丰富的材料。

精明练达的厂长，一副城府很深的样子，表面上不露声色，慢慢地吸着烟，心里却已经打定主意，干脆就在这个会议上宣布自己调走的消息和部党组对胡万通的提升。一个月前，工厂党委讨论副厂长的人选，有人提出了冷占国，但是大多数委员不同意，却选择了胡万通。现在看，这个决定是对的。

没有人不承认冷占国有高超的工作能力，他似乎是个天生的当厂长的材料。也许正因为他是天才，才为凡人所不理解，所不容。现在当个干部首要的一条就是有活动能力，会疏通关系和善于办事，冷占国缺少的正是这些。他当调度主任，惹出麻烦厂长还可以为他擦屁股，他若当了厂长难道还叫市工业部的领导来给他擦屁股？他的屁股擦也擦不完！

厂长又把目光转向了胡万通。胡万通认真地听着每一个人发言，不停地在小本子上做记录。他脸上的表情也随着发言者的态度和内容而变化无常，他对于任何喜欢演说的人都是最热心的听众，他的脸仿佛不是自己的，倒像有一个适应外界变化的开关。这是一个从相貌到为人都很平常的人，但他的生命很结实，他的机遇很惊人。在平凡的时代里，只有最平凡的人才有好运。

他给人的印象是一个老实本分的人，与世无争，从不谈论权力、职务、地位，似乎绝不贪图这些东西，实际上在通往厂长的道路上，他却是个幸运儿。胡万通知道时势造英雄的真理，懂得和周围的人保持良好的关系有多么重要，谁也没有看出在他老成豁达的性格中深含着一种老于世故的灵通。

别人都把他当成了一个窝囊废，在社会上他却是个玲珑剔透的水晶球。当个领导首先要具备演员的才能，现在只有傻瓜还不懂得这一点。使用胡万通这样的干部完全放心，他绝不会给上级惹什么麻烦，用起来顺手。

想到这儿，厂长微微笑了。不论是冷占国还是胡万通，都没能瞒过他的眼睛，他到部里以后再指挥起这个厂来，仍然会得心应手。

往胡万通后背挂王八的施明，终于完成了这桩壮举，一根曲别针，下面钩着一个用香烟盒撕成的乌龟，上面牢牢地钩在胡万通的衣领上。引得他身后的人发出一阵轻轻的嬉笑声，他得意地往沙发背上一靠，端详着自己的杰作。随后又点着了一支烟，把烟雾不断地喷到那只乌龟上。

但是，这只纸乌龟的刺激性毕竟是有限的，他很快又感到腻烦了，把一双像张开的剪子尖儿一样又小又锋利的眼睛盯住对面的一个女人。这是调度会上唯一的一个女同志，工艺科的副科长李瑞，于是施明又想入非非了……

“精工车间，精工……施明！”

施明一激灵，抬起头，看见冷占国那对热煤球一样的大眼珠子正凝然不动地盯着自己，慌忙说："没问题。"

"没有什么问题?"

"什么问题也没有!"

"计划能完成?"

"能完成!"

"要是完不成呢?"

"你砍掉我的脑袋!"施明的装傻充愣，引得人们哄堂大笑。居然能把冷占国耍笑了一下，施明更加得意地说："只要你现在给我磕个响头，三天后你砍掉我脑袋也值得。"

冷占国厌恶地皱皱眉头，仿佛有一只癞蛤蟆爬到他的脚面上："你那个脑袋一分钱不值，也配拿到调度会上来打赌!"

去年分房子的时候，施明得到六楼阴面上的一间小屋子，闹了一肚子气；到增加工资的时候，和他同时进厂的中层干部都长了一级，就是甩掉了他，他找到党委把党委书记和厂长的祖宗八代全骂了。从那时起就破罐子破摔，对谁都敢耍穷横。穷横、穷横，人穷了就横。

眼下还在乎一个冷占国？他把瘦脸一吊，愤愤地说："你那脑袋值钱，完不成计划拿它顶账行吗？你对我们像对小孩子一样连唬带吓，这一套吃不开！咱们厂连续两年没完成任务了，再说国家根本就没有什么任务可让你干，不也没把谁怎么样?！今年不就是那点活吗？你干吗逼命？让大伙悠着点劲儿干呗。"

有施明这种想法的人恐怕还不是一两个，冷占国只好耐着性子解释说："春节前厂长下令拿出五十万元给职工发了奖金，知道这钱是哪儿来的吗？是从生产的钱里提出来的，所以这个月不同往常，如果完不成九百万元的产值，光是银行就会把我们卡死，下个月周转资金一分钱没有，连煤、水、电、气都没有钱买，生产就得停，工资福利发不出去群众就会乱！今年的生产任务不足是真的，可是只有把一月份这几项产品干得漂亮，人家才会找我们订货。如果一月份的计划落空，拖欠人家合同，用户就会撤销合同，要求我们赔偿损失，甚至罚款。到那时候就是把我们大伙连同厂房设备一块卖了，也还不完人家的账！插个草棍儿就当头，你是副主任连这个道理还不明白？”

“我比你明白得还多，现在的事是走一步算一步，孩子不哭娘不哄，车到山前必有路。别以为就是你一个人关心工厂的命运，别人都是白吃饭……”施明荤的素的一块上，逗得大家又笑了。

冷占国就是再厉害，对这样的人又有什么办法？他怒冲冲地说：“你要是什么也不懂，连人话也不会说，就回去，换你们的主任来！”

“谢谢，我从此不参加调度会！再要开会你们直接到医院去通知主任。”施明真的起身往外走，胡万通赶紧转身把他拉住。胡万通这一转身不要紧，把后背上的纸王八暴露给大家，屋里哄的一声都笑了，施明笑得最响。胡万通被大家笑傻了，人们还不告诉他。厂长站起身，把他背上的纸王八撕了下来。

厂长办公室的秘书走进来，神情张皇地对冷占国说：“街道上来电话，有个小孩放二踢脚把你家窗户上的玻璃打坏了，你老伴一生气又犯病了，几个老太太捺不住她，叫你快回去。”

冷占国脸色铁青，没说话，也没动。调度会开成这个样子，计划一点没落实，在这种时候他因私事离开，别人的闲话就会更多，往后叫他还怎么工作？

厂长却发话了：“占国同志，赶紧回去，厂里事就别管了。秘书，给叫辆汽车。”

冷占国还是没有动。施明又坐到自己的位子上，说：“冷主任快走吧，这不厂长都说话了，不会算你早退，也不会扣你的工资。”

胡万通站起来：“占国，我跟你一块回去。”

冷占国腾地站起来：“你回去干什么，快主持开会！”他摔门走了出去。

会议无法进行下去了，大家都松了一口气，会议中心由讨论生产改为议论冷占国的很不幸福的家庭生活。但不是幸灾乐祸，人们的脸上都充满同情，虽然有的是真有的是假。胡万通还没有主持过调度会，冷占国不在，他就没有主心骨，不知道该怎样收拾眼前这个局面，只好求救地看看厂长。

厂长清清嗓子，对大家说：“调度会我看也开得差不多了，冷主任的意见很对，这个月还有两天半，大家必须抓紧，回去立刻就动，今天夜里要留个干部值班，组织好夜班工人的生产。我趁这个机会公布一件事，部党组的文件已经来了，我很快要调到市政府工业部去工作，王副厂长升任代理厂长，胡万通同志提升为副厂长。大家对我这几年在厂里的工作有什么意见，趁我没走快提出来，这是对我的帮助。以后同志们到部里去办事还可以找我。”

尽管早就有人在下边传说这件事，但是相信的人不多，以为这不过是取笑胡万通。现在一旦变成了事实，大家感到突然，感到惊奇，一时竟没有人说话了。现在人们的心气就是这么怪，很难侍候，软了不行，硬了也不行，刚才是那样讨厌冷占国，喜欢胡万通，当真要胡万通当副厂长了，大家的心里又不约而同地生起一个问号：他行吗？

胡万通显得比别人更慌乱，春节前党委书记找他谈话高高兴兴地提到了这件事，名义上是征求他的意见，实际上是给他报喜，书记愿意找个老实人搭班子。他这个老实人吭哧半天最后拒绝了。怎么今天还是照原样宣布？这个消息一传开，冷占国那样的脾气受得了吗？他会怎么想？说不定两个人几十年的交情一下子就掰了！胡万通怎么能领导得了冷占国？他一想到今后要以副厂长的身份指挥冷占国这个总调度室主任，就感到六神无主。他真诚地说："厂长，还是把我换成占国吧，他比我强多了！"

厂长笑着摇摇头："万通同志，这还能换吗！实话说我也舍不得离开工厂到部里去，现在的生活里天天充满戏剧性，社会叫我们扮演什么角色，大伙喜欢什么角色，我们就得扮演这个角色，即使自己感到痛苦，感到力不胜任也得演，为了工作嘛！我相信你会干得很好的，因为你有个最有利的条件，就是群众基础好，厂党委是征求了群众意见之后才报部党组批准的。"

有几个车间主任响应厂长的话："对，万通，你就干吧。"

从来没有愁事的胡万通这回却是真正犯愁了，脸也涨得通红："这种事不能起哄，我实在不行，碰到事没有主意，也没有水平……"

厂长没有料到公布了命令还会出现这种局面，他在心里也暗骂胡万通是个废物蛋，老实过头了。就严肃地劝导说："万通同志，你没有主意不要紧，甚至没有权威也不是坏事，大家吃专横霸道的亏太多了，反过来就拥护老实人，投老实人的票……"

"那是大家起哄开玩笑，你不信正式投票选举试一试！"半天没说话的施明突然打断了厂长的话，"厂长，你看到重机厂这个烂摊子前途不妙，再待下去没有你的好了，想拔腿走人，我们也不留你。但是，你别给自己再找一个听话的傀儡强加在我们头上。你要真走了，我们还真得把厂子好好搞一搞哩！"

厂长讥笑地说："施副主任，冷占国你不满意，胡万通你也不满意，你到底满意谁？莫非你想毛遂自荐？"

施明动了肝火："你别戗火，我毛遂自荐也不见得比万通差。万通，你别往心里去，我这不是对你过不去！"胡万通冲着他苦脸一笑，有能耐的人斗法，叫他这没能耐的人在中间受罪！

施明又对厂长说："你要问我真正的意见，我还是选冷占国，别看我骂他，气他，但我心里服他。他要早几年当厂长，我们厂也许不会这样。"

厂长毕竟是宰相肚里能撑船，哈哈一笑，对大家说："好吧，以后有时间再谈，今天是大年初五，每个人家里还有好多事情要干，早点散会。万通同志，就开到这儿吧。"

胡万通胡乱点了一下头。一散会，有两个人抓住了胡万通，非叫他请客。胡万通官大脾气长，挣脱了他们的手，掏出钱包甩给他们："这里有十块钱，你们愿意吃什么就买什么，我得去看看占国。"

"万通，等一等，我跟你一块去！"施明喊了一声，也匆匆追过来，路过厂长身边的时候递给他一个字条，"厂长，你要高升了，我对你没有什么意见，送给你一副对联吧。"

"噢？！"厂长一惊，不知这个惹不起的神又想出了什么新花样，他打开了字条：

曲率半径处处相等

摩擦系数点点为零

——又圆又滑

尽管厂长胸怀博大，脸色也突然变了。

上帝之手

阿　成

冯牧师叫冯约翰。沈阳人。是一个很老实的年轻人。在一九三五年的沈阳，像冯约翰这样老实的年轻人是很多的。为此我感到非常奇怪，到了二十一世纪，沈阳的这些老实人的后代怎么出了那么多狂热的球迷呢？比如在五里河足球场，当辽宁队队员飞身顶进一个球后，观众席上的沈阳球迷们简直是翻江倒海了，纸片漫天飞舞，彩带、烟火，墨西哥人浪，此起彼伏。那还是个刮着西北风的冬天呢，红鼻子哥哥和蓝鼻子弟弟正在足球场上和看台上到处乱串呢。在那些欣喜若狂的球迷当中，有人脱光了上衣，露着肥白的大膀子，肉肚子，像日本相扑似的跳起舞蹈来了，四肢都要走形了，乐疯了。可谁能想象这些球迷竟是冯约翰式的老实人的后代呢？那些戴眼镜的人研究的《基因学》和《遗传学》，弄些彩色的小球扭麻花似的一排，有意义吗？可信吗？

我曾在沈阳生活过一段时间，这里，我扼要地介绍一下沈阳——务请沈阳的朋友不要见怪，你们也可以来写哈尔滨，欢迎全国的作家都来写哈尔滨。哈尔滨欢迎你们。

沈阳城位于浑河边，在沈河之北，古人以河之北为阳，故从元代而来，称这里为沈州、沈阳卫、沈阳市。一九〇四年日俄战争之后，牛皮的、喜欢剖腹自杀的日本人将此城改为奉天驿。一九二九年张学良把奉天又改叫沈阳市。一九三一年九一八事变之后，入侵日军立即将沈阳改回奉天。所以，一九三五年的时候这座城市不叫沈阳，叫奉天。这就像一个中国人，比如他叫阿成，假如他入了日本籍了，改肠子了，叫什么什么一郎或者什么什么九井一样。但是，一九四五年抗日战争胜利之后，城市名又改了回来，还叫沈阳。就像阿成在日本古怪地漂了一阵子之后，又排队上飞机回国了，下了飞机，毕竟是中国人哪，于是不再叫什么什么一郎或者什么什么九井了，还叫阿成。

为了便于阅读，免得搞混了，在这篇小说里，我统称为沈阳。

在同治年间的老地图上，老沈阳城的格局像一枚外圆内方的铜钱，内城是方的，边城是圆的。天圆地方嘛。加上这里曾经是"一朝发祥地，两代帝王城"的盛京，再加上有东陵的福陵叠翠、北陵的御苑松涛、浑河晚渡、塔湾夕照、柳塘春雨、道院秋风、神碑幻影、陡山霁雪、凤楼观塔、万泉垂钓之十景，以及老边饺子、三合盛包子、顺发园锅烙、马家烧麦、那家血肠、李连贵熏肉大饼，连同那些无处不在的伪军、留着人丹胡的小鬼子、傻笑的疯子、晃动在刺刀上的膏药旗、噔噔噔跑的人力三轮车，成群结队的苍蝇、无数只胆怯的眼神儿等等，这就是沈阳——我曾经生活过一段的地方。特别需要说明的是，这篇文章中我要讲的那个冯约翰牧师也生活在这里。

冯牧师从沈阳神学院毕业之后，就到沈阳基督教青年学会去任职了。那个时代，好像沈阳的专职牧师并不是太多。当然，“上帝”这方面的事情我不是太懂，特别是洋人的神就更吃不准了，我甚至都不知道从哪方面入手研究他们虚幻而又真实的精神世界。我估计是冯约翰牧师到神学会之后，先得实习一阵子，各方面的情况都熟悉一下，神父哇，仪式呀，唱诗班哪，教民哪，他们都有一些什么样的困惑呀，圣经方面的，现实生活方面的，他们为什么从这样或那样的困惑中走不出来，他们通常要忏悔一些什么样的事情，作为一个牧师应当对他们怎么讲，怎样去理论联系实际，等等。同时，还要参加一些教民的婚礼、葬礼、洗礼，要熟悉所有的程序。一句话，教民只要走进教堂，到处都是问题，而牧师的神圣职责就是要回答这些问题。等到这些业务都搞清楚了，就算基本合格了，可以转正了，成为一名正式的牧师，开始独立工作了。

在上神学院之前，冯牧师是学化学的，差不多就是一名高才生了，特别是化学实验，一点就通，从不走弯路。比如做 Jouguet 法则的实验，全班只有他一个人做得完全合乎标准。其他同学不是被火药烧了眉毛，就是被弄伤了手。但是，冯牧师恰恰在这次试验之后放弃了学业，在他的那位化学导师理查·赖特先生的影响与劝导下，开始学习基督教，并很快转到神学院去就读。所以，他是一个有知识的牧师。不过，我还是为他的改行多少有一点惋惜。我可能说话不恭敬了，一定请原谅，我对牧师的粗浅的理解就是，他们跟务实的化学家不同，化学家的任务是要推动人类的科技进步，要造大工厂，要解决失业者的就业问题，甚至还要为世界和平做出贡献。而牧师却是人类最好的心理医生之一，他们每一个人都是精神领域方面的好大夫。他们主要的神圣职责是传颂上帝的美德，劝导人们弃恶从善，并成为上帝的羔羊，把苦难的人间变成天堂。

冯牧师选择了后者，或许他是对的。好像上帝一直在召唤着他。

冯约翰牧师不仅是一个老实的、有知识的青年人，而且还是一个老式的阳光男孩儿。当然，阳光男孩儿并不意味他不遭遇横祸。人生和历史一样都是曲折的、坎坷的。冯约翰牧师的个子不是太高——好像世界各国所有的牧师都是中等个儿。这是一个谜呀。的确，像姚明那么高的个子来应聘当牧师似乎也不太合适。个子太高自然就形成了一种居高临下的姿态，虽然这跟傲不傲慢没有关系，但是，高个子的牧师会让教民心里产生一种莫名的紧张感。所以，连罗马教皇都是中等个儿。中等个儿的冯牧师横看竖看都是一个标准的牧师，没有争议的牧师。

冯牧师的弟弟冯汤姆也是一个基督的信徒。按说，这篇小说里没他什么事，就像单位搞郊游没有打更老头儿什么事一样。但是，冯约翰牧师只有这么一个亲人，不提似乎不妥。小说也应当像一个和谐的家庭一样，充满着人情味才行。结构、章法、语言、标点符号、景物描写，那是第二位的。遗憾的是，冯汤姆没有什么文化，他在儿童时期就对学习有一种抵触情绪，所以只念了二年小学就辍学了。他那副憨厚的样子、表情，忸怩和羞涩，外人一看就知道他是一个没有文化的人，一个劳动者。然而，这并不妨碍他信教，信教不需要大专以上的学历，教会也没这种愚蠢的硬性规定。所以，很多信徒都说，上帝之手从来是温暖的，平等的，真诚的。从这点出发，我又注意到，自从洋教进入中国之后，不少中国人都开始信奉洋教了。特别是那些被战争、贫困、饥饿、疾病、恐惧、个人得失缠绕得无法解脱的人们，宗教对他们来说是一个安宁且祥和的精神港湾。

冯约翰和冯汤姆兄弟俩的感情非常之好。是用心相互牵挂的手足兄弟。

年轻的冯约翰牧师是一个很整洁的人，皮鞋、帽子、衣服、指甲，搞得干干净净，一尘不染。虽然教义上没有过多的禁忌与规定，但冯约翰不吃的东西却很多，像大蒜、辣椒、臭豆腐、大葱，总之，一切辛辣之味绝对避而远之。不像洋牧师还喜欢吃鱼子酱就洋葱丝儿。他不，他不希望教民皱着眉头听他布道。冯牧师最有特点的是他的头发。他的头发细细的、薄薄的，像优质的绸布一样贴在头上，而且梳得一丝不苟，经常能看见他不放心地用手“梳理”一下自己的头发。冯牧师走路也轻轻的，像一只立起来的黑色羽毛在地上一点一点地“飘”，总是一副气定神闲，神态可掬的样子。冯牧师的眼睛不大，小豆豆似的，嘴唇厚厚的，一看就是满族人。但同时也有洋牧师的那种温文尔雅的风度——信仰是可以改变一个人的风度的。

从教堂出来的冯牧师，他的手中不是携一本烫金的《新旧约全书》，就是携一本欧洲历史书籍，或者一本化学书籍。既是牧师了，为什么还要看化学书籍呢？虽说他是个牧师，但他对化学的爱好、情感始终没有丢。我听说有一个死刑犯，在押赴刑场执行枪决的时候，还问身边的法警，中国足球队在亚洲预选赛上是否赢了。可见，爱好的力量是巨大的、顽固的，便是死到临头也不会改变。更何况，在基督世界从事化学研究的神职人并不少，并有着悠久的历史。

一九三五年的十月是中国农历的九月，是正儿八经的秋天了。不过，这对冯牧师来说是非常不幸的一年，只是他当时并不知道，没有丝毫的感觉。牧师毕竟不是先知者和预言家。天上的大雁正在高空上像战舰似的编队向南飞行，沈阳城所有的街道上都落满了枯黄的叶子，风一吹，枯叶子们哗啦哗啦向前滚动几下，街边的树上又有黄叶子旋落下来，之后它们就不动了。沈阳城的杨树和柳树最多，所以大部分是杨树和柳树的落叶。一九三五年的沈阳城已经沦陷了，正在侵华日军的统治之下。但是，秋季里的沈阳城依旧是美丽的，特别是满城“咱、咱”的沈阳土话，简直像金黄色的苦菜花一样灿烂而迷人。其实，沈阳骨子像一道珍贵的菜，需要静下心来慢慢地品才能品出它的妙处来。

这一天黄昏，太阳移到了沈阳城的西头，红色的晚照正卡在远处的那幢锯齿状的老式厂房顶上，大雁像一队黑色的特种兵似的，从火红的夕阳之前优雅地飞过去。冯约翰牧师从教会走了出来，走出来的时候他也不知道将有一场灾难在等待着他。他回过身仔细地关好门，然后转过身来向天空仰望，他在心里说，大雁们要走啦，愿上帝赐福给它们吧，保佑这些孩子们一路平安吧。

从牧师这一举动上，我们可以看到牧师和普通人的不同。牧师毕竟是牧师，悲天悯人是他们的天性，是他们的神圣职责——这一点就决定了他们一生的心灵轨迹和行为方式了。对于那些年轻的牧师，他们的心中还多了一份浪漫主义的情怀。这真的像诗一样的动人。从这样的认识和感受出发，我们就能够理解世界上为什么有那么多的政党尊敬宗教，并允许人们有宗教信仰的自由。宗教的这种天人合一的美妙组合，让多灾多难的沈阳充满了诗情画意。

冯牧师住在离北陵不远的一个打扮得很洋式的小院里。不过是暂时的。这个小院是一个洋神父的，并不属于他，是洋神父临时借给冯牧师居住，神父本人“周游”世界去了。这个神父经历了两次世界大战，当然，世界上很多人都经历了两次世界大战，但他是个神父。他认为这个多灾多难的世界需要拯救的灵魂太多了。他既为一个上帝的仆人，就有责任帮助这些人，让死者安息，让生者安康。这显然是一个有远大抱负的神父，有点类似中国的救苦救难的观音菩萨。毋庸置疑，这一过程肯定很漫长，他需要过几年才能回来。有冯牧师这样的人在这儿居住，简直是上帝的安排。这位洋神父的家里有很多书籍：宗教、建筑、美术、医学、风俗、政论，以及机械、化学、航海、数学、天文学，连《两大世界体系对话》和达尔文的《进化论》这样的书都有。神父的书几乎是无所不包、无所不有，差不多就是一个小型的私人藏书馆。他现在放下书本去实践去了，幸运而年轻的冯牧师暂居在这里，毫无疑问是一种福分。他只要静下心来，踏踏实实地在这里读上三五年书，“书海无涯苦作舟”嘛，靠寂寞而悲怆的自学就可以成才，就可以再上一个台阶，成为一个知识渊博的神父了。反过来，要是换了他的那位不爱学习的、憨厚的弟弟冯汤姆居住在这里，他顶多是把神父的院子打扫得干干净净，把花草修剪得整整齐齐而已。然后，便坐在太阳底下打瞌睡。哪儿他也不去，人老实得有点出奇。

冯牧师每天晚上从教堂工作回来，都骑着神父留下的那辆德国产的自行车回家。骑着车子，活动着车把，经过热闹而肮脏的北市场，经过有人撒抗日传单的十字路口，蹬过了路口之后，经过莫名其妙又无所适从的皇宫，快速地经过突然降了温度似的日本宪兵司令部，再缓缓地经过金店、饭馆、澡堂子、当铺、戏院、寿材铺、药铺、小人书铺，就这么一路哈着腰，晃着身子，左一下，右一下，往家的方向蹬去。秋风起了，顶风啊，踏自行车很吃力了，何况去北陵这一路大都是凸凹不平土路，正所谓“晴天一身灰，雨天一身泥”。可冯牧师他都习惯了，一切都是上帝给的，哪儿有坑哪儿有洼的，他扶着车把闭着眼睛都能顺过去。更何况北陵这一带的风景好，松树多，有名的“御苑松涛”嘛。很有一点世外桃源的意思。没有人的时候，冯牧师还可以像普通的老百姓那样，唱两嗓子，双手撒开车把，像演杂技似的调皮地蹬几下子，没关系，没人看见。所以，并不觉得路怎样的遥远就到了。

冯牧师回到家之后，第一件事，脱下外衣拿到院子里用扫帚打扫干净，还有皮鞋。然后，回到房间里将外衣挂好，抻平，第二天好穿。接下来，简单地喝了一杯热茶——这时候他仍然没有灾难降临的预感。喝过茶后，再到院子里，将院子里的落叶扫成一堆，收到炉子里烧掉。之后，才下到木桶里用冷水洗个澡。冯约翰每天洗澡，并用手抚摸自己身体的时候，心中都有一丝淡淡的悲哀，他至今也不知道自己的身体是谁给的，谁是自己的父母。教会孤儿院的嬷嬷从未告诉过他们的来历，谁是他们兄弟俩的父母，他们为什么到教会的孤儿院来，为什么他和弟弟的生日紧挨着。没有人告诉他们——或许那是一个很不幸的故事吧。

冯牧师的晚餐是由他自己做的，他会做，不过做得很简单，是热热的小白菜汤和现成的面包片儿（小白菜汤里放了一点点小海米，那样味道会很鲜）。他从小就在孤儿院吃这种不中不西的食物，早就习惯了。不过，他很想和弟弟一起去吃一顿本城有名的老边饺子，只是作为牧师他绝少有这样的机会。以后吧。相信这样的事是可以办到的。

其实，就在年轻的冯牧师很投入地喝热热的小白菜汤，漫想着日后和弟弟一道去吃一顿老边饺子的时候，灾难之车已经启程了，并正在向他驶来。只是他不知道就是了。狭义地说，战争对平民而言，的确是一个未知世界。

冯牧师吃过简单得不能再简单的晚餐之后，照例端着那盏蜡烛到书房里去读书。需要说明的是，并不是冯牧师像当代小资青年那样，喜欢在烛光下读书，追求那种浪漫的情调，是一九三五年的沈阳经常停电。这是没办法的事情，战争使得城市，特别是城市的郊区经常停电。冯牧师对这一切早就习以为常了，他甚至觉得在烛光下读书更能使人精力集中。当他捧着《圣经》读到“正当那时，有人将彼拉多使加利利人的血掺杂在他们的祭物中的事，告诉了耶稣。耶稣说，你们以为这些加利利人比众加利利人更有罪，所以受迫害吗？我告诉你们，不是的。你们若不悔改，都要如此灭亡”的时候，蜡烛的火苗开始摇曳起来，使得冯牧师折成九十度角的、投在墙壁上和天花板上的身影也随之晃动起来。冯牧师住的地方是郊区，通常那一带是比较安宁的，只有当日军的战车驶过时，才会令蜡烛的火苗惊恐晃动起来。如果是中国人的马车从院门前走，火苗就会安然不动。在沦陷区，蜡烛是有灵魂的。欧洲的许多神话故事都是这么讲的。

蜡烛的火苗晃动得愈加厉害了，上帝的书无法读了。于是，冯牧师放下了手中的圣经，站起身来走到窗前，他向窗外看去。

冯牧师看到一辆日本军车径直朝自己的小院驶来。一般说，牧师都是勇敢的，因为在他们的背后有上帝的支撑，所以，他们无所畏惧。当然，牧师的心也是宁静的、纯洁的，因为他们是上帝的使者。我们坐在电影院里，经常能从许多经典的外国影片里看到：当侵略者进入教堂时，没有一个神职人员表现得神色慌张，他们都很镇定，个个都是一副神圣不可侵犯的样子。

年轻的冯约翰牧师冷静地面对着照射在窗玻璃上的刺眼的汽车灯光。那样子像一幅老式的欧洲铜版画。

日本军车在小院前停了下来，十几个荷枪实弹的日本宪兵从车上跳了下来，并立刻包围了院子。接着，便传来了砸门声。并且能听到门外有人用日本语、生硬的中国话和俄语嚷着什么。冯牧师端起了那盏蜡烛到门廊那儿去开门。

他打开门，一道手电光照在他的脸上。一个年轻的留着人丹胡并斜戴着一条黑色独眼眼罩的日本军官出现在冯牧师的面前。这个日本军官一亮相就像置身在话剧舞台上一样，一只戴着白手套的手抓着另一只白手套，很潇洒地往那只光手上摔打着。他身上散发着很浓的、酸酸的日本清酒的味道。他的身子有点晃，看来他没少喝。

他用近乎舞台腔的日语问，你——是冯约翰吗？

冯牧师懂日语，在二十世纪三十年代的沈阳沦陷区，日军严令每一个中国学生都必须学日语，这是死命令。侵略军他们太着急了，恨不得在十五分钟之内就把沈阳变成日本国土——十五分钟之后，全城没有一个人认为自己是中国人，全都改了，是日本人了，花也是樱花，鞋也是木屐。人人都穿和服，女人的背上都背个小兜兜，家里的门全部改成纸糊的拉门了，个个都爱喝日本清酒，憋着气、咧着嘴、晃着脑袋唱日本小调，街头、车站、厅堂，到处都是鞠躬的，饭馆的幌儿，全部换上日本的那种茭瓜似的白纸灯笼……千万不要以为我这是在开玩笑，这对日本侵略军而言，是一种大严肃、一个真实的目标，丝毫没有玩笑的成分。

牧师说，我就是。请问先生，您有何贵干？

毫无疑问，灾难已经来到了，而且就在冯牧师的眼前。但是，冯牧师因为是牧师，竟采取的是不承认主义的态度。他认为，在任何情况下，牧师是不会受到非礼的。因此，他显得镇定，很自信，始终保持着一个牧师应有的超凡脱俗的姿态。

那个像演戏似的日本军官朝他身后的士兵挥了一下白手套，他身后的士兵立刻开始搜查房间的各个地方。

冯牧师知道，抗议是没有用的。他几乎每天都能看到被日军杀掉的抗日青年的头颅悬挂在热闹的街市上。

冯牧师把那个日本军官引到书房里，并把那盏摇曳的蜡烛重新放在桌子上。然后两个人相对坐下来。

年轻的日本军官环视了一下书房之后，问，有洋酒吗？

冯牧师说，对不起，没有。我不喝酒。

日本军官夸张地摊开双手说，哦，我忘了，您是个牧师，牧师是不喝酒的。我还以为神父家至少也得有几瓶不错的威士忌呢。

这个日本军官有一张娃娃脸，戴上那只黑色的眼罩，这让他那张发青的脸看上去有点滑稽。他看了看冯牧师，然后把那双穿着长筒皮靴的脚放搭在书桌上。其中的一只皮靴挑衅地搭着那本《圣经》上。那一瞬间，冯牧师突然觉得这个场面很熟悉，只是一时记不起在哪本画报上看到的了。冯牧师没想到画报上的姿态会真实地发生在神父的书房里。牧师想，也许，这一牛皮的姿势是年轻的日本军官从某本画报上学来的吧。

那个日本军官从自己的口袋里掏出了香烟，熟练地用手从烟盒的底部弹出一支，然后，虚叼在嘴上，用一种挺精巧的打火机，叭地点燃后，吸了起来。

那些日本宪兵在房间里乒乒乓乓地乱翻着。不少抽屉被他们抽出来后，直接就扣在了地上。房间很快就被翻个乱七八糟。

年轻的日本军官说，我自己介绍一下，我叫莆田。毕业于神户的壮士戏社。参加“圣战”之前，我是一名出色的电影演员。是的，真的非常出色。你看过衣笠贞之助拍摄的新感觉电影《疯狂的一页》吗？

冯牧师摇了摇头。

莆田说，那——《本能寺决战》呢？

冯牧师又摇了摇头。

沟口健二的《灵与血》总该看过了吧？

冯牧师摇了摇头。

这么说，《日俄战争实录图》就更没看过喽——

冯牧师点点头。

你知道日本的电影之父，牧野省三吗？

冯牧师摇了摇头。

活见鬼了，洋酒也没有，电影也没看过，那你都知道什么呢？

冯牧师说，先生，我是个牧师。我叫……

莆田说，我知道你的名字叫冯约翰。你的弟弟叫冯汤姆。听起来，你们兄弟俩好像一部美国片子里的角色呀。

莆田见冯牧师皱着眉看他往桌子上弹烟灰，便说，这是樱花牌香烟，日本产的，味道挺不错的，您不来一支吗？

冯牧师说，不，谢谢。请问莆田先生，你们到这儿来究竟要干什么？

莆田问，您是这幢房子的主人吗？

冯牧师说，不是。我是替神父看管房子，暂时住在这里。

莆田说，这我知道。而且我还知道你这里一直挺热闹。

冯牧师说，不，这里只有我一个人。

莆田说，牧师，没想到你也是一个出色的演员。你知道，沈阳的著名电影演员柴述吗？你们中国人认为他是一个天才的演员，一个爱国的演员，你也这样看吗？

冯牧师没吱声。

莆田说，作为一名日本职业演员，我认为他的演技太差了，这样的人活在世上有什么用？但是，看到同行的分上，我让他自己选择死亡的方式。你不想问问他选择了哪种死亡方式吗？你看过莎士比亚的戏剧《奥赛罗》吗？在柴述最后的表演中，我扮演的是亚格……

冯牧师觉得眼前的这位浑身酒气的日本军官有些不可理喻。

莆田叹口气说，好吧，不想知道就算了。我知道牧师不是好奇的人。可是，你们教堂里的忏悔室是干什么的？难道不是出于好奇吗？

…………

搜查没有任何结果，也没有洋酒。

带走！莆田命令道。

年轻的冯牧师被宪兵们带出院子。这才发现外面已经下起了雨夹雪。冯牧师在冰凉的秋雨雪之中被押上了军车。上了卡车之后，车立刻开走了。冯牧师默默地坐在卡车上。秋雨雪若想把人的衣服浇透是用不了多长时间的，很快，冯牧师的浑身上下就被浇透了。加上卡车行驶中带起的凛冽的风，他被冻得瑟瑟发抖。但冯牧师的内心仍旧是平静的。他想，他只是一个牧师。他们不会把他怎样。特别是那个坐到驾驶室去的日本军官，这个人虽然来到了中国，来到了沈阳，但他好像一直没有从日本神户的电影拍摄片场走出来，当然也没从醉酒中走出来。因此，这很可能是一场误会。演员毕竟是演员，他们不把生活与艺术这两者搞混才怪呢。在卡车上，冯牧师甚至想到了，他最终的态度是原谅莆田——因为他喝多了，再加上他是个演员。

车开出不远，卡车便陷在泥淖里了。莆田从驾驶室跳了下来，命令那几个宪兵下去推车。而冯牧师则被留在卡车上由一个士兵看守着。那个士兵将枪口直接顶着冯牧师的太阳穴上，雨水顺着枪管淌到冯牧师的脸上，再由脸颊往下流。卡车在原地前前后后地晃动着。只要一不小心，枪一走火，就会将冯牧师打死。

那个宪兵小声地问，你真的没有洋酒吗？

冯牧师问，你说什么？我没听清。

宪兵叹了一口气，不再说话了。

卡车终于驶出了泥淖，继续前行了。

进了城之后，卡车拐进了日军的宪兵队。这个地方冯牧师熟悉，他天天骑着神父的自行车从这儿路过，他经常能看到一些犯人被押进去，一些犯人又被押出来，去执行枪决。但他从未想到自己也会到这里来。

冯牧师被宪兵推下卡车后，通过满是雨和雪的院子，直接被带进了刑讯室。

宪兵队的刑讯室，颇有点像一位荷兰后现代艺术家的展室，溅满血迹的墙上挂着各种匪夷所思的刑具，铁链、皮鞭，室内被分成了几个“展区”，一边是老虎凳，一边是绞架，一边是插着几根铁棒火炉。天棚上吊着铁链。在一面墙上还有行刑人员用犯人的血书写的一首诗《满洲之恋》：“啊，辽阔的满洲大平原，你是日本军魂的凯歌，你是天皇的骄傲……”

那个年轻的日本军官莆田坐在审讯桌前，他已经脱了军装只穿了一件雪白衬衫，腰上套着一条颇宽的米色的毛线护腰。据说这是为了保护肚子以免着凉。不知道为什么，亚洲人当中，日本人最怕拉肚子，他们认为那是大病。因此，每一个侵华士兵都配备了一小盒磺胺。在一九三五年左右，磺胺被认为是治拉肚子的特效药。

冯牧师看到莆田的脖子上挂着一个木质的护身符，上面绘着一条彩色的美女蛇。这使得莆田的个人背景变得有点扑朔迷离。看来，每一个日本宪兵的出身、来历是不同的，五花八门的。

莆田的那颗不戴眼罩的黑色眼珠正在一动不动地，长久地注视着冯牧师。显然，他不是在研究冯牧师，这种表情只是他的一种表演而已。冯牧师觉得有点好笑，估计莆田的这一套也是从他的同行或者电影里学来的吧。冯牧师心想，他还很幼稚。但是，这儿毕竟不是舞台或者电影拍摄现场。尽管房子里的气氛被莆田的表情搞得有点荒诞。可这间刑讯室的真实性却是不容置疑的。冯约翰牧师觉得自己应当保持一个牧师的尊严，一个牧师就是在地狱里，也应当保持牧师的风度与神圣不可侵犯的姿态。

冯牧师说，先生，我想你们肯定误会了。

是吗？莆田收回了目光，然后像表演中的日本歌舞伎一样，伸出手去，懒洋洋地对那几个行刑的士兵说，把这个“支那人”的衣服剥光。

莆田接着说，衣服是无罪的，牧师。

年轻的冯约翰牧师除了在澡堂子，他从未在陌生人面前脱光过衣服。面对这种侮辱，他高声地抗议起来，莆田先生，我是牧师，你们怎么可以这样！

莆田勒着嗓子，用那种古戏词道白的方式，不紧不慢地说，衣服是——而人——不是。你——是一个共产党。这我们都知道了。

尽管冯牧师极力地辩驳他不是共产党——他也的确不是共产党，但还是被剥光了衣服。

冯牧师赤条条地站在审讯桌前，那个年轻的日本军官很女性地掩口笑了起来，并乐不可支地做了几个开心的动作。

莆田说，说吧，谁是你的领导人。

冯牧师委屈地流下了眼泪，他说，我的确不是共产党，我是一个牧师。你们可以去问神学会，他们会证明这一点。

莆田说，我们不要再争论啦。

说着，莆田拿出一张传单开始念：

我的家在东北松花江上，那里有森林煤矿，还有那满山遍野的大豆高粱……“九一八”，“九一八”，从那个悲惨的时候，……脱离了我的家乡，抛弃那无尽的宝藏，流浪！流浪！……哪年，哪月，才能够收回我那无尽的宝藏。爹娘啊，爹娘啊，什么时候，才能欢聚在一堂……

莆田问，知道这是什么吗？

牧师说，这是一支歌。

莆田说，在哪儿听到的，北市场吗？

牧师说，是的，那次我路过北市场，有一些年轻的学生在那儿集会，有人在集会上唱这支歌……

莆田说，牧师，我们已经知道你在现场散发过传单。你的同伙都叫什么名字，住在哪里，从事什么职业。你必须全都说出来。

说到这儿，莆田猛地站了起来，他的声音也突然高了八度，嚷道：除此之外，你没有别的选择！告诉你，冯约翰牧师，这里没有上帝，我就是这里的上帝。你必须按照我，一个日本军人，莆田上帝的意志，把一切都说给我听。跪下！

…………

这之后的三天里，冯牧师在这间刑讯室受到了多种刑讯。我按着刑类的顺序排列一下：耳光，日本柔道的摔打。年轻的莆田还是一个柔道爱好者。他把冯牧师当成了自己的陪练，不断地摔他。冯牧师始终软软的，随你摔，他就是要采取这种软兮兮的身子，让对方摔不出兴趣来。冯牧师的这种样子终于让兴味索然的莆田醒悟过来，浑蛋，软弱也是一种反抗，软弱也是一种鄙视呀。

莆田发起狠来了，他感到，是这个牧师让他觉得自己很无耻，很下流。莆田是一个自尊心很强的人，这个牧师居然用这种离谱的方式伤他的自尊。他要报复！于是，他开始用橡皮鞭子抽，用日本竹剑劈，用子弹尖挖牧师的肋条，用一根猪鬃捅他的尿道……那一阵子，莆田委屈得都不知道怎么对牧师行刑好了。他恨不得把冯牧师也像耶稣那样钉在十字架上。

但是，这一切，冯牧师居然都挨过来了。我想，主要是牧师年轻，身体好，又是个孤儿，孤儿最抗折腾了。再加上心中有上帝的支撑。这是他挨过来的基础。从这个意义上说，冯牧师挺了不起的。

莆田不知道怎么办好了。他让赤条条、浑身是伤的冯牧师站在刑讯室里唱“我的家在东北松花江上”，莆田和那几个刑讯人员也可以借机歇一歇，喘口气，喝一口味道怪怪的日本茶。这时，莆田摘掉了戴在头上的黑眼罩。原来，他的两只眼睛都是好的。

不唱是不行的。于是，冯牧师开始唱：

我的家在东北松花江上，那里有森林煤矿，还有那满山遍野的大豆高粱，还有那满山遍野的大豆高粱。我的家在东北松花江上，那里有我的同胞，还有那衰老的爹娘。“九一八”，“九一八”，从那个悲惨的时候，“九一八”，“九一八”，从那个悲惨的时候，脱离了我的家乡，抛弃那无尽的宝藏，流浪！流浪！整日价在关内，流浪！哪年，哪月，才能够回到我那可爱的故乡？哪年，哪月，才能够收回我那无尽的宝藏。爹娘啊，爹娘啊，什么时候，才能欢聚在一堂？

让冯牧师自己也感到吃惊的是，他居然把这支歌全部唱了下来。在唱的过程当中，冯牧师已泪流满面了，他终于体会到了歌中的表达。在这之前，他还一直以为自己是个智者，是一个有良知、有悟性的牧师呢。先前，他也不理解那位神父为什么要去“周游世界”，现在他不仅理解了，而且肃——然——起——敬。

莆田看着满嘴是血的歌唱者冯牧师，心想，今后自己既可以演一个刽子手，也可以演一个慷慨悲歌的革命志士了。俄罗斯著名的艺术大师斯坦尼斯拉夫斯基曾经说过，一个演员要想演好戏，他首先就应当是那个被演的人。其实，莆田本来是不愿意当兵的，他害怕自己死掉，断送了自己的艺术生涯。但是，他没有想到的是，恰恰是这场战争锻炼了自己，丰富了自己，使自己的“艺术品质”得到了很大的提高和进步。他觉得自己成熟了。他甚至要想写三篇文章：《亚格与柴述》《武士与牧师》《圣战与艺术》。他认为日本的演艺水平完全可以通过这场“圣战”走向空前的繁荣。

接下来，莆田象征性地给了冯牧师几个耳光之后，像话剧演员那样，背过脸去，挥了挥手，意思是让士兵把他押回牢房。

冯牧师被关进的那个牢房里，犯人太多了，几乎坐不下了，但戴着两层厚口罩的看守不许他们站起来。坐在后面的人腿麻了，要想伸伸腿，只有把腿搭在他前面犯人的肩膀上才能伸直。苍天在上，谁也不想这样啊，可只能这样。

在这些犯人当中，至少有百分之九十以上的人是被稀里糊涂抓进来的。但他们的罪名却都是一样的，即反满抗日的共产党。牢房里犯人们每天都极虔诚地用各种方法给自己算命，比如，口中默默地数一、二、三，如果这时候从窗前飞过两只鸟，他就可以出去了，获得自由了。如果飞过去一只鸟，那就必死无疑。也有的犯人用天气打赌，比如：如果明天下雪，那他就得再关上一个月，如果是晴天，那就意味着他很快就要被释放了……也有人求冯牧师给他算一算什么时候能出去，求的态度非常之诚恳，是含着眼泪的。冯牧师说他不会算，真的不会算，可谁相信呢，唬谁呢？在他们眼里，牧师、巫师、跳大神的、算命的，是一样的，怎么能说不会算呢？

冯牧师只好说，再忍一忍吧，很快就要出头了。世界上没任何一场战争永远不结束的。古罗马，埃及，法兰西，美国的南北战争，无一例外……

牢房里的犯人都很尊敬牧师。觉得小鬼子要杀肯定先杀牧师这样的人。他懂得多，会说，还会掐算，日本人能留着这样的危险分子吗？一想到冯牧师会死到大家的前头，个个心中都平添了一丝安全感，让紧绷着的恐惧之弦得到了一点放松。

一个在北市场给人代写书信的犯人说，你们说说，这小日本在亚洲差不多都把人得罪遍了，还他妈拉个巴子的扯犊子呢，一点都不思反省，今后指定没好果子吃！真的，我说的是大实话。

大家都惊恐地看着他。他却说，瞅啥？我啥也没说，谁要跟小日本说是我说的，我就说是他说的。

说点旁的，说点旁的。有个犯人主动引开话题。

于是，犯人们又开始谈论吃的。

一位说："人家老边饺子，肉馅儿是煸过的，香！面里加了熟猪油知道不？要不怎那么嫩，那么香呢？我听说边家三兄弟有祖传秘方。"

冯牧师想，如果自己不死在牢里，出去后一定和弟弟一块儿去吃一顿老边饺子。

另一位说："知道，用鸡汤煨的，馅儿贼水灵。"说着，咽了一口唾沫。

有一位说："人家马家烧麦是用墒水和馅儿，皮儿是大米面的，那牛不？大米，小鬼子不是不让咱中国人吃吗，抓经济犯嘛，那大米面呢？嘻，小鬼子糊涂啦。"

一个小细脖抢过话头说："喂，喂，老那家血肠吃过没？蘸大酱、就大蒜吃。贼啦啦地美耶。"

正说着，进来几个宪兵，打开牢门，像拖一小捆高粱秆似的把小细脖拖走了。小细脖直蹬腿，又喊又叫。牢里的那些犯人全都惊恐地挤在冯牧师的身边——那情景很像一幅圣者救难的图画。小细脖被拖出去不大工夫就不喊了，一点动静也没有了，静死了。

有犯人猜测说，是不是让宪兵用短刀给攮死了？他们常这么整。贼坏！

另一人说，不，八成是掐死的，没瞅见是宪兵用胳膊夹着他脖子拖出去的吗？只要那胳膊一使劲儿，小细脖的脖子没啥肉了，净骨头，咔吧——就断了。

冯牧师坐在那里不住地在胸前画十字。

…………

监牢里的犯人大部分都死掉了。冯牧师所以没死在监牢里，是后来事情有了变化，洋教会出面保人了。最终，冯牧师还是被释放了。再说，冯牧师真的不是共产党。抓他的莆田和那几个宪兵心里明镜的。

牧师出狱的时候，外面是正儿八经的冬天了。沈阳城已经是白茫茫一片了。

冯牧师回到家里，调养了三个多月才能下地。这期间，他才知道弟弟冯汤姆也被宪兵队抓走了，而且至今下落不明，关哪儿也不知道。有目击者说，他弟弟还有一大帮身强力壮的人被日本人用卡车秘密拉走了。冯牧师绝对不相信弟弟会犯什么罪，弟弟是一个虔诚的基督徒。

冯牧师又回到教会工作了。神父和教民们对他的不幸遭遇都深表同情。冯牧师对此却什么也没说。只是说，这是上帝的意志。

过了不久，沈阳城里接二连三地发生了几起爆炸案。先是一个日本军人的舞厅被炸，然后，是日本军车、军需库，以及日本军营。可以肯定，这些爆炸案是同一个人干的。第一，在爆炸案附近的墙上，都用拉丁文写着四个字“上帝之手”。第二，炸药的配制方法出自同一人之手。毫无疑问，这个人还是个内行，是个化学专家。

…………

这件事一直到一九四五年八月十五日光复，日本人投降，也没有人出来声明这几起爆炸是谁干的。

半个多世纪又过去了，依然没有人出来宣称是这一件事的实施者。直到今天，这些漂亮爆炸案仍旧是一个谜。

…………

冯牧师始终从事着他的宗教工作。兢兢业业，谦和有礼。他从不向任何人提起他曾在日本宪兵队受到过的种种屈辱。他的弟弟冯汤姆也一直没有找到。有人说，冯汤姆被宪兵抓到日本当劳工去了。冯约翰牧师曾通过各种渠道向日本有关方面询问过，但日方彬彬有礼地回复说，对不起，没有这个人。

命若琴弦

史铁生

莽莽苍苍的群山之中走着两个瞎子，一老一少，一前一后，两顶发了黑的草帽起伏攒动，匆匆忙忙，像是随着一条不安静的河水在漂流。无所谓从哪儿来，也无所谓到哪儿去，每人带一把三弦琴，说书为生。

方圆几百上千里这片大山中，层峦叠嶂，沟壑纵横，人烟稀疏，走一天才能见到一片开阔地，有几个村落。荒草丛中随时会飞起一对山鸡，跳出一只野兔、狐狸，或者其他小野兽。山谷中常有鹞鹰盘旋。寂静的群山没有一点阴影，太阳正热得凶。

“把三弦子抓在手里。”老瞎子喊，在山间震起回声。

“抓在手里呢。”小瞎子回答。

“操心身上的汗把三弦子弄湿了。弄湿了晚上弹你的肋条！”

“抓在手里呢。”

老少二人都赤着上身，各自拎了一根木棍探路，缠在腰间的粗布小褂已经被汗水洇湿了一大片。蹚起来的黄土干得呛人。这正是说书的旺季。天长，村子里的人吃罢晚饭都不待在家里；有的人晚饭也不在家吃，捧上碗到路边去，或者到场院里。老瞎子想赶着多说书，整个热季领着小瞎子一个村子紧走，一晚一晚紧说。老瞎子一天比一天紧张、激动，心理算定：弹断一千根琴弦的日子就在这个夏天了，说不定就在前面的野羊坳。

暴躁了一整天的太阳这会儿正平静下来，光线开始变得深沉。远远近近的蝉鸣也舒缓了许多。

“小子！你不能走快点吗？”老瞎子在前面喊，不回头也不放慢脚步。小瞎子紧跑几步，吊在屁股上的一只大挎包丁零当啷地响，离老瞎子仍有几丈远。

“野鸽子都在窝里飞啦。”

“什么？”小瞎子又紧走几步。

“我说野鸽子都回窝了，你还不快走！”

“噢。”

“你又鼓捣我那电匣子呢。”

“噫——鬼动来。”

“那耳机子快让你鼓捣坏了。”

“鬼动来！”

老瞎子暗笑：你小子才活了几天？“蚂蚁打架我也听得着。”老瞎子说。

小瞎子不争辩了，悄悄把耳机子塞到挎包里去，跟在师父身后闷闷地走路。无尽无休的无聊的路。

走了一阵子，小瞎子听见有只獾在地里啃庄稼，就使劲儿学狗叫，那只獾连滚带爬地逃走了，他觉得有点开心，轻声哼了几句小调儿，哥哥呀妹妹的。师父不让他养狗，怕受村里的狗欺负，也怕欺负了别人家的狗，误了生意。又走了一会儿，小瞎子又听见不远处有条蛇在游动，弯腰摸了块石头砍过去，“哗啦啦”一阵子高粱叶子响。老瞎子有点可怜他了，停下来等他。

“除了獾就是蛇。”小瞎子赶忙说，担心师父骂他。

“有了庄稼地了，不远了。”老瞎子把一个水壶递给徒弟。

“干咱们这营生的，一辈子就是走。”老瞎子又说，“累不？”

小瞎子不回答，知道师父最讨厌他说累。

“我师父才冤呢。就是你师爷，才冤呢，东奔西走一辈子，到了没弹够一千根琴弦。”

小瞎子听出师父这会儿心绪好，就问：“什么是绿色的长乙(椅)？”

“什么？噢，八成是一把椅子吧。”

“曲折的油狼（游廊）呢？”

“油狼？什么油狼？”

“曲折的油狼。”

“不知道。”

“匣子里说的。”

“你就爱瞎听那些玩意儿。听那些玩意儿有什么用？天底下的好东西多啦，跟咱们有什么关系？”

“我就没听您说过，什么跟咱们有关系。”小瞎子把“有”字说得重。

“琴！三弦琴！你爹让你跟了我来，是为了让你弹好三弦子，学会说书。”

小瞎子故意把水喝得咕噜噜响。

再上路时小瞎子走在前头。

大山的阴影在沟谷里铺开来。地势也渐渐地平缓，开阔。

接近村子的时候，老瞎子喊住小瞎子，在背阴的山脚下找到一个小泉眼，细细的泉水从石缝里往外冒，淌下来，积成脸盆大小的水洼，周围的野草长得茂盛，水流出几十米便被干渴的土地吸干。

“过来洗洗吧，洗洗你一身臭汗味。”

小瞎子拨开野草在水洼边蹲下，心里还猜想着“曲折的油狼”。

“把浑身都洗洗。你那样儿准像个小叫花子。”

“那您不就是个老叫花子了？”小瞎子把手按在水里，嘻嘻地笑。

老瞎子也笑，双手捧起水来往脸上泼。“可咱们不是叫花子，咱们有手艺。”

“这地方咱们好像来过。”小瞎子侧耳听着四周的动静。

“可你的心思总不在学艺上。你这小子心太野。老人的话你从不着耳朵听。”

“咱们准是来过这儿。”

“别打岔！你那三弦子弹得还差着远呢。咱这命就在几根琴弦上，我师父当年就这么跟我说。”

泉水清凉凉的。小瞎子又哥哥妹妹地哼起来。

老瞎子挺来气：“我说什么你听见了吗？”

“咱这命就在这几根琴弦上，您师父我师爷说的。我都听过八百遍了。您师父还给您留下一张药方，您得弹断一千根琴弦才能去抓那服药，吃了药您就能看见东西了。我听您说过一千遍了。”

“你信不信？”

小瞎子不正面回答，说：“干吗非得弹断一千根琴弦才能去抓那服药呢？”

“那是药引子。机灵鬼儿，吃药得有药引子！”

“一千根断了的琴弦还不好弄？”小瞎子忍不住哧哧地笑。

“笑什么笑！你以为你懂得多少事？得真正是一根一根弹断了的才成。”

小瞎子不敢吱声了，听出师父又要动气。每回就是这样，师父容不得对这件事有怀疑。

老瞎子也没再作声，显得有些激动，双手搭在膝盖上，两颗头一样的眼珠对着苍天，像是一根一根地回忆着那些弹断的琴弦。盼了多少年了呀，老瞎子想，盼了五十年了！五十年中翻了多少架山，走了多少里路哇。挨了多少回晒，挨了多少回冻，心里受了多少委屈呀。一晚上一晚上地弹，心里总记着，得真正是一根一根尽心地弹断的才成。现在快盼到了，绝出不了这个夏天了。老瞎子知道自己又没什么能要命的病，活过这个夏天一点不成问题。“我比我师父可运气多了，”他说，“我师父到了没能睁开眼睛看一回。”

“咳！我知道这地方是哪儿了！”小瞎子忽然喊起来。

老瞎子这才动了动，抓起自己的琴来摇了摇，叠好的纸片碰在蛇皮上发出细微的响声，那张药方就在琴槽里。

“师父，这儿不是野羊岭吗？”小瞎子问。老瞎子没搭理他，听出这小子又不安稳了。

“前头就是野羊坳，是不是，师父？”

“小子，过来给我擦擦背。”老瞎子说，把弓一样的脊背弯给他。

“是不是野羊坳，师父？”

“是！干什么？你别又闹猫似的。”

小瞎子的心嗵嗵地跳，老老实实给师父擦背。老瞎子觉出他擦得很有劲儿。

“野羊坳怎么了？你别又叫驴似的会闻味儿。”

小瞎子心虚，不吭声，不让自己显出兴奋。

“又想什么呢？别当我不知道你那点儿心思。”

“又怎么了，我？”

“怎么了你？上回你在这儿疯得不够？那妮子是什么好货！”老瞎子心想，也许不该再带他到野羊坳来。可是野羊坳是个大村子，年年在这儿生意都好，能说上半个多月。老瞎子恨不能立刻弹断最后几根琴弦。

小瞎子嘴上嘟嘟囔囔的，心却飘飘的，想着野羊坳里那个尖声细气的小妮子。

“听我一句话，不害你。”老瞎子说，“那号事靠不住。”

“什么事？”

“少跟我贫嘴。你明白我说的什么事。”

“我就没听您说过，什么事靠得住。”小瞎子又偷偷地笑。

老瞎子没理他，骨头一样的眼珠又对着苍天。那儿，太阳正变成一汪血。

两面脊背和山是一样的黄褐色。一座已经老了，嶙峋瘦骨像是山根下裸露的基石。另一座正年轻。老瞎子七十岁，小瞎子才十七。小瞎子十四岁时父亲把他送到老瞎子这儿来，为的是让他学说书，这辈子好有个本事，将来可以独自在世上活下去。

老瞎子说书已经说了五十多年。这一片偏僻荒凉的大山里的人们都知道他：头发一天天变白，背一天天变驼，年年月月背一三弦琴满世界走，逢上有愿意出钱的地方就动琴弦唱一晚上，给寂寞的山村带来欢乐。开头常是这么几句：“自从盘古开天地，三皇五帝到如今，有道君王安天下，无道君王害黎民。轻轻弹响三弦琴，慢慢稍停把歌论，歌有三千七百本，不知哪本动人心。”于是听书的众人喊起来，老的要听《董永卖身葬父》，小的要听《武二郎夜走蜈蚣岭》，女人们想听《秦香莲》。这是老瞎子最知足的一刻，身上的疲劳和心里的孤寂全忘却，不慌不忙地喝几口水，待众人的吵嚷声鼎沸，便把琴弦一阵紧拨，唱道：“今日不把别人唱，单表公子小罗成。”或者：“茶也喝来烟也吸，唱一回哭倒长城的孟姜女。”满场立刻鸦雀无声，老瞎子也全心沉到自已所说的书中去。他会的老书数不尽。

他还有一个电匣子，据说是花了大价钱从一个山外人手里买来，为的是学些新词儿，编些新曲儿。其实山里人倒不太在乎他说什么唱什么。人人都称赞他那三弦子弹得讲究，轻轻漫漫的，飘飘洒洒的，疯癫狂放的，那里头有天上的日月，有地上的生灵。老瞎子的嗓子能学出世上所有的声音。男人、女人、刮风下雨、兽啼禽鸣。不知道他脑子里能呈现出什么景象，他一落生就瞎了眼睛，从没见过这个世界。

小瞎子可以算见过世界，但只有三年，那时还不懂事。他对说书和弹琴并无多少兴趣，父亲把他送来的时候费尽了唇舌，好说歹说连哄带骗，最后不如说是那个电匣子把他留住。他抱着电匣子听得入神，甚至没发觉父亲什么时候离去。

这只神奇的匣子永远令他着迷，遥远的地方和稀奇古怪的事物使他幻想不绝，凭着三年朦胧的记忆，补充着万物的色彩和形象。譬如海，匣子里说蓝天就像大海，他记得蓝天，于是想象出海；匣子里说海是无边无际的水，他记得锅里的水，于是想象出满天排开的水锅。再譬如漂亮的姑娘，匣子里说就像盛开的花朵，他实在不相信会是那样，母亲的灵柩被抬到远山上去的时候，路上正开遍着野花，他永远记得却永远不愿意去想。但他愿意想姑娘，越来越愿意想；尤其是野羊坳的那个尖声细气的小妮子，总让他心里荡起波澜，直到有一回匣子里唱道“姑娘的眼睛就像太阳”，这下他才找到了一个贴切的形象，想起母亲在红透的夕阳中向他走来的样子。其实人人都是根据自己的所知猜测着无穷的未知，以自己的感情勾画出世界。每个人的世界就都不同。

也总有一些东西小瞎子无从想象，譬如“曲折的油狼”。

这天晚上，小瞎子跟着师父在野羊坳说书。又听见那小妮子站在离他不远处尖声细气地说笑。书正说到紧要处——“罗成回马再交战，大胆苏烈又兴兵。苏烈大刀如流水，罗成长枪似腾云，好似海中龙吊宝，犹如深山虎争林。又战七日并七夜，罗成清茶无点唇……”老瞎子把琴弹得如雨骤风疾，字字句句唱得铿锵。小瞎子却心猿意马，手底下早乱了套数……

野羊岭上有一座小庙，离野羊坳村二里地，师徒二人就在这里住下。石头砌的院墙已经残断不全，几间小殿堂也歪斜欲倾百孔千疮，唯正中一间尚可遮蔽风雨，大约是因为这一间中毕竟还供奉着神灵。三尊泥像早脱尽了尘世的彩饰，还一身黄土本色返璞归真了，认不出是佛是道。院里院外、房顶墙头都长满荒藤野草，蓊蓊郁郁倒有生气。老瞎子每日到野羊坳说书都住在这儿。不出房钱又不落是非。小瞎子是第二次住在这儿。

散了书已经不早，老瞎子在正殿里安顿行李，小瞎子在侧殿的檐下生火烧水。去年砌下的灶稍加修整就可以用。小瞎子撅着屁股吹火，柴草不干，呛得他满院里转着圈咳嗽。

老瞎子在正殿里数叨他：“我看你能干好什么。”

“柴湿嘛。”

“我没说这事。我说的是你的琴，今儿晚上的琴你弹成了什么。”

小瞎子不敢接这话茬儿，吸足了几口气又跪到灶火前去，鼓着腮帮子一通猛吹。“你要是不想干这行，就趁早给你爹捎信把你领回去。老这么闹猫闹狗的可不行，要闹回家闹去。”

小瞎子咳嗽从灶火边跳开，几步蹿到院子另一头，呼哧呼哧大喘气，嘴里一边骂。

“说什么呢？”

“我骂这火。”

“有你那么吹火的？”

“那怎么吹？”

“怎么吹？哼，”老瞎子顿了一下，又说，“你就当这灶火是那妮子的脸！”

小瞎子又不敢搭腔了，跪到灶火前去再吹，心想：真的，不知道兰秀儿的脸什么样。那个尖声细气的小妮子叫兰秀儿。

“那要是妮子的脸，我看你不用教也会吹。”老瞎子说。

小瞎子笑起来，越笑越咳嗽。

“笑什么笑！”

“您吹过妮子的脸？”

老瞎子一时语塞。小瞎子笑得坐在地上。“日他妈。”老瞎子骂道，笑笑，然后变了脸色，再不言语。

灶膛里腾的一声，火旺起来。小瞎子再去添柴，一心想着兰秀儿。才散了书的那会儿，兰秀儿挤到他跟前来小声说：“哎，上回你答应我什么来？”师父就在旁边，他没敢吭声。人群挤来挤去，一会儿又把兰秀儿挤到他身边。“噫，上回吃人家的煮鸡蛋倒白吃了？”兰秀儿说，声音比上回大。这时候师父正忙着跟几个老汉拉话。他赶紧说："嘘——我记着呢。"兰秀儿又把声音压低："你答应给我听电匣子你还没给我听。""嘘——我记着呢。"幸亏那会儿人声嘈杂。

正殿里好半天没有动静。之后，琴声响了，老瞎子又上好了一根新弦，他本来应该高兴的，来野羊坳头一晚就又弹断一根琴弦，可是那琴声却低沉、凌乱。

小瞎子渐渐听出琴声不对，在院里喊："水开了，师父。"

没有回答。琴声一阵紧似一阵了。

小瞎子端了一盆热水进来。放在师父跟前，故意嘻嘻笑着说："您今儿晚还想弹断一根是怎么着？"

老瞎子没听见，这会儿他自己的往事都在心中。琴声烦躁不安，像是年年旷野里的风雨，像是日夜山谷中的溪流，像是奔奔忙忙不知所归的脚步声。小瞎子有点害怕了：师父很久不这样了，师父一这样就要犯病，头疼、心口疼、浑身疼，会几个月爬不起炕来。

"师父，您先洗脚吧。"

琴声不停。

"师父，您该洗脚了。"小瞎子的声音发抖。

琴声不停。

"师父！"

琴声戛然而止，老瞎子叹了口气。小瞎子松了口气。老瞎子洗脚，小瞎子乖乖地坐在他身边。

"睡去吧，"老瞎子说，"今儿个够累的了。"

"您呢？"

"你先睡，我得好好泡泡脚。人上了岁数毛病多。"老瞎子故意说得轻松。

“我等您一块儿睡。”

山深夜静，有一点风，墙头的草叶子响。夜猫子在远处哀哀地叫。听得见野羊坳里偶尔有几声狗吠，又引得孩子哭。月亮升起来，白光透过残损的窗棂进了殿堂，照见两个瞎子和三尊神像。

“等我干吗，时候不早了。”

“你甭担心我，我怎么也不怎么。”老瞎子又说。

“听见没有，小子？”

小瞎子到底年轻，已经睡着。老瞎子推推他让他躺好，他嘴里嘟囔了几句倒头睡去。老瞎子给他盖被子时，从那身日渐发育的筋肉上觉出，这孩子到了要想那些事的年龄，非得有一段苦日子过不可了。唉，这事谁也替不了谁。

老瞎子再把琴抱在怀里，摩挲着根根绷紧的琴弦，心里使劲儿念叨：又断了一根了，又断了一根了。再摇摇琴槽，有轻微的纸和蛇皮的摩擦声，唯独这事能为他排忧解烦。一辈子的愿望。

小瞎子做了一个好梦。醒来吓了一跳，鸡已经叫了。他一骨碌爬起来听听，师父正睡得香，心说还好。他摸到那个大挎包，悄悄地掏出电匣子，蹑手蹑脚出了门。

往野羊坳方向走了一会儿，他才觉出不对头，鸡叫声渐渐停歇，野羊坳里还是静静的没有人声。他愣了一会儿，鸡才叫头遍吗？灵机一动扭开电匣子。电匣子里也是静悄悄。现在是半夜。他半夜里听过匣子，什么都没有。这匣子对他来说还是个表。只要扭开一听，便知道是几点钟，什么时候有什么节目都是一定的。

小瞎子回到庙里，老瞎子正翻身。

“干吗呢？”

“撒尿去了。”小瞎子说。

一上午，师父逼着他练琴。直到晌午饭后，小瞎子才瞅机会溜出庙来，溜进野羊坳。鸡也在树荫下打盹，猪也在墙根下说着梦话，太阳又热得凶，村子里很安静。

小瞎子踩着磨盘，扒着兰秀儿家的墙头轻声喊：“兰秀儿——兰秀儿——”

屋里传出雷似的鼾声。

他犹豫了片刻，把声音稍稍抬高：“兰秀儿——兰秀儿！”

狗叫起来。屋里鼾声停了，一个闷声闷气的声音问：“谁呀？”

小瞎子不敢回答，把脑袋从墙头上缩下来。屋里吧唧了一阵嘴，又响起鼾声。

他叹口气，从磨盘上下来，怏怏地往回走。忽听见身后嘎吱一声院门响，随即一阵细碎的脚步声向他跑来。

“猜是谁？”尖声细气。小瞎子的眼睛被一双柔软的小手捂上了。——这才多余呢。兰秀儿不到十五岁，认真说还是孩子。

“兰秀儿！”

“电匣子拿来没？”

小瞎子掀开衣襟，匣子挂在腰上。“嘘——别在这儿，找个没人的地方听去。”

“咋啦？”

“回头招好些人。”

“咋啦？”

“那么多人听，费电。”

两个人东拐西弯，来到山背后那眼小泉边。小瞎子忽然想起件事，问兰秀儿：“你见过曲折的油狼吗？”

“啥？”

“曲折的油狼。”

“曲折的油狼？”

“知道吗？”

“你知道？”

“当然。还有绿色的长椅。就一把椅子。”

“椅子谁不知道。”

“那曲折的油狼呢？”

兰秀儿摇摇头，有点崇拜小瞎子了。小瞎子这才郑重其事地扭开电匣子，一支欢快的乐曲在山沟里飘荡。

这地方又凉快又没有人来打扰。

“这是《步步高》。”小瞎子说，跳着哼。一会儿又换了支曲子，叫《旱天雷》，小瞎子还能跟着哼。兰秀儿觉得很惭愧。

“这曲子也叫《和尚思妻》。”

兰秀儿笑起来：“瞎骗人！”

“你信不信？”

“不信。”

“爱信不信。这匣子里说的古怪事多啦。”小瞎子玩着凉凉的泉水，想了一会儿，“你知道什么叫接吻吗？”

“你说什么叫？”

这回轮到小瞎子笑，光笑不答。兰秀儿明白准不是好话，红着脸不再问。

音乐播完了，一个女人说：“现在是讲卫生节目。”

“啥？”兰秀儿没听清。

“讲卫生。”

“是什么？”

“嗯——你头发上有虱子吗？”

“去——别动！”

小瞎子赶忙缩回手来，赶忙解释：“要有就是不讲卫生。”

“我才没有。”兰秀儿抓抓头，觉得有些刺痒，“噫——瞧你自个儿吧！”兰秀儿一把扳过小瞎子的头，“看我捉几个大的。”

这时候听见老瞎子在半山上喊：“小子，还不给我回来！该做饭了，吃罢饭还得去说书！”他已经站在那儿听了好一会儿了。

野羊坳里已经昏暗，羊叫、驴叫、狗叫、孩子们叫，处处起了炊烟，野羊岭上还有一线残阳，小庙正在那淡薄的光中，没有声响。

小瞎子又撅着屁股烧火。老瞎子坐在一旁淘米，凭着听觉他能把米中的沙子拣出来。

“今天的柴挺干。”小瞎子说。

“嗯。”

“还是焖饭？”

“嗯。”

小瞎子这会儿精神百倍，很想找些话说，但是知道师父的气还没消，心说还是少找骂。两个人默默地干着自己的事，又默默地一块儿把饭做熟。岭上也没了阳光。

小瞎子盛了一碗小米饭，先给师父：“您吃吧。”声音怯怯的，无比驯顺。

老瞎子终于开了腔：“小子，你听我一句行不？”

“嗯。”小瞎子往嘴里扒拉饭，回答得含糊。

“你要是不愿意听，我就不说。”

"谁说不愿意听了？我说'嗯'！"

"我是过来人，总比你知道得多。"

小瞎子闷头扒拉饭。

"我经过那号事。"

"什么事？"

"又跟我贫嘴！"老瞎子把筷子往灶台上一摔。

"兰秀儿光是想听听电匣子。我们光是一块儿听电匣子来。"

"还有呢？"

"没有了。"

"没有了？"

"我还问她见没见过曲折的油狼。"

"我没问你这个！"

"后来，后来，"小瞎子不那么气壮了，"不知怎么一下就说起了虱子……"

"还有呢？"

"没了，真没了！"

两个人又默默地吃饭。老瞎子带了这徒弟好几年，知道这孩子不会撒谎，这孩子最让人放心的地方就是诚实、厚道。

"听我一句话，保准对你没坏处。以后离那妮子远点儿。"

"兰秀儿人不坏。"

"我知道她不坏，可你离她远点儿好。早年你师爷这么跟我说，我也不信……"

"师爷？说兰秀儿？"

"什么兰秀儿，那会儿还没她呢，那会儿还没有你们呢……"老瞎子阴郁的脸又转向暮色浓重的天际，骨头一样白色的眼珠不住地转动，不知道在那儿他能“看”见什么。

许久，小瞎子说：“今儿晚上您多半又能弹断一根琴弦。”想让师父高兴些。

这天晚上师徒俩又在野羊坳说书。“上回说到罗成死，三魂七魄赴幽冥，听歌君子莫嘈嚷，列位听我道下文。罗成阴魂出地府，一阵旋风就起身，旋风一阵来得快，长安不远面前存……”老瞎子的琴声也乱，小瞎子的琴声也乱，小瞎子回忆着那双柔软的小手捂在自己脸上的感觉，还有自己的头被兰秀儿扳过去的滋味。老瞎子想起的事情更多……

夜里老瞎子翻来覆去睡不安稳，多少往事在他耳边喧嚣，在他心头动荡，身体里仿佛有什么东西要爆炸。坏了，要犯病，他想。头昏，胸口憋闷，浑身紧巴巴地难受。他坐起来，对自己叨咕：“可别犯病，一犯病今年就甭想弹够那些琴弦了。”他又摸到琴。要能叮叮当当随心所欲地疯弹一阵，心头的忧伤或许就能平息，耳边的往事或许就会消散。可是小瞎子正睡得香甜。

他只好再全力去想那张药方和琴弦：还剩下几根，还只剩最后几根了。那时就可以去抓药了，然后就能看见这个世界——他无数次爬过的山，无数次走过的路，无数次感到过她的温暖和炽热的太阳，无数次梦想着的蓝天和月亮和星星……还有呢？突然间心里一阵空，空得深重。只就为了这些？还有什么？他朦胧中所盼望的东西似乎比这要多得多……

夜风在山里游荡。

猫头鹰又在凄哀地叫。

不过现在他老了，无论如何没几年活头了，失去的已经永远失去了，他像是刚刚意识到这一点。七十年中所受的全部辛苦就为了最后能看一眼世界，这值得吗？他问自己。

小瞎子在梦里笑，在梦里说："那是一把椅子，兰秀儿……"

老瞎子静静地坐着，静静地坐着的还有那三尊分不清是佛是道的泥像。

鸡叫头遍的时候老瞎子决定，天一亮就带这孩子离开野羊坳。否则这孩子受不了，他自己也受不了。兰秀儿人不坏，可这事会怎么结局，老瞎子比谁都"看"得清楚。鸡叫二遍，老瞎子开始收拾行李。

可是一早起来小瞎子病了，肚子疼，随即又发烧。老瞎子只好把行期推迟。

一连好几天，老瞎子无论是烧火、淘米、捡柴，还是给小瞎子挖药、煎药，心里总在说："值得，当然值得。"要是不这么反反复复对自己说，身上的力气几乎就要垮掉。"我非要最后看一眼不可。""要不怎么着？就这么死了去？""再说就只剩下最后几根了。"后面三句都是理由。老瞎子又冷静下来，天天晚还到野羊坳去说书。

这一下小瞎子倒来了福气。每天晚上师父到岭下去了，兰秀儿就猫似的轻轻跳进庙里来听匣子。兰秀儿还带来熟的鸡蛋，条件是得让她亲手去扭那匣子的开关。"往哪边扭？""往右。""扭不动。""往右，笨货，不知道哪边是右哇？""咔嗒"一下，无论是什么便响起来，无论是什么两人都爱听。

又过了几天，老瞎子又弹断了三根弦。

这一晚，老瞎子在野羊坳里自弹自唱："不表罗成投胎事，又唱秦王李世民。秦王一听双泪流，可怜爱卿丧残身，你死一身不打紧，缺少扶朝上将军……"

野羊坳上的小庙里这时更热闹。电匣子的音量开得挺大，又是孩子哭，又是大人喊，轰隆隆地又响炮，嘀嘀嗒嗒地又吹号。月光照进正殿，小瞎子躺着啃鸡蛋，兰秀儿坐在他旁边。两个人都听得兴奋，时而大笑，时而稀里糊涂莫名其妙。

"这匣子你师父哪卖来？"

"从一个山外头的人手里。"

"你们到山外头去过？"兰秀儿问。

"没。我早晚要去一回就是，坐坐火车。"

"火车？"

"火车你也不知道？笨货。"

"噢，知道知道，冒烟哩是不是？"

过了一会儿兰秀儿又说："保不准我就得到山外头去。"语调有些恓惶。

"是吗？"小瞎子一挺坐起来，"那你到底瞧瞧曲折的油狼是什么。"

"你说是不是山外头的人都有电匣了？"

"谁知道。我说你听清楚没有？曲、折、的、油、狼，这东西就在山外头。"

"那我得跟他们要一个电匣子。"兰秀儿自言自语地想心事。

"要一个？"小瞎子笑两声，然后屏住气，然后大笑，"你干吗不要俩？你可真本事大。你知道这匣子几千块钱一个？把你卖了吧，怕也换不来。"

兰秀儿心里正委屈，一把揪住小瞎子的耳朵使劲儿拧，骂道："好你个死瞎子。"

两个人在殿堂里扭打起来。三尊泥像袖手旁观帮不上忙，两个年轻的正在发育的身体碰撞在一起，纠缠在一起，一个把一个压进身下，一会儿又颠倒过来，骂声变成笑声。匣子在一边唱。

打了好一阵子，两个人都累得住手，心怦怦跳，躺着喘气，不言声儿，谁却也不愿意再拉开距离，兰秀儿呼出的气吹在小瞎子的脸上，小瞎子感到了诱惑，并且想起那天吹火时师父说的话，就往兰秀儿脸上吹气。兰秀儿并不躲。

“嘿，”小瞎子小声说，“你知道接吻是什么了吗？”

“是什么？”兰秀儿的声音也小。

小瞎子对着兰秀儿的耳朵告诉她。兰秀儿不说话。老瞎子回来之前，他们试着亲了嘴儿，滋味真不坏……

就是这天晚上，老瞎子弹断了最后两根琴弦。两根弦一齐断了。他没料到。他几乎是连跑带爬地上了野羊岭，回到小庙里。小瞎子吓了一跳：“怎么了，师父？”

老瞎子气喘吁吁地坐在那儿，说不出话。小瞎子有些犯嘀咕：莫非是他和兰秀儿干的事让师父知道了？

老瞎子这才相信：一切都是值得的。一辈子的辛苦都是值得的。能看一回，好好看一回，怎么都是值得的。

“小子，明天我就去抓药。”

“明天？”

“明天。”

“又断了一根了？”

“两根。两根都断了。”

老瞎子把那两根弦卸下来，放在手里揉搓了一会儿，然后把他们并到另外的九百九十八根中去，绑成一捆。

“明天就走?”

“天一亮就动身。”

小瞎子心里一阵发凉。老瞎子开始剥琴槽上的蛇皮。

“可我的病还没好利索。”小瞎子小声叨咕。

“噢，我想过了，你就先留在这儿，我用不了十天就回来。”

小瞎子喜出望外。

“你一个人行不?”

“行!”小瞎子赶忙说。

老瞎子早忘了兰秀儿的事。“吃的、喝的、烧的全有。你要是病好利索了，也该学着自个儿出去说回书。行吗?”

“行。”小瞎子觉得有点对不住师父。

蛇皮剥开了，老瞎子从琴槽中取出一张叠得方方正正的字条。他想起这药方进琴槽时，自己才二十岁，便觉得浑身上下都好像冷。

小瞎子也把那药方放在手里摸了一会儿，也有了几分肃穆。

“你师爷一辈子才冤呢。”

“他弹断了多少根?”

“他本来能弹够一千根，可他记成了八百。要不然他能弹断一千根。”

天不亮老瞎子就上路了。他说最多十天就回来。谁也没想到他竟去了那么久。

老瞎子回到野羊坳时已经是冬天。漫天大雪，灰暗的天空连接着白色的群山。没有声息，处处也没有生气，空旷而沉寂。所以老瞎子那顶发了黑的草帽就尤其攒动得显著。他蹒蹒跚跚地爬上野羊岭，庙院中衰草瑟瑟，蹿出一只狐狸，仓皇逃远。

村里人告诉他，小瞎子已经走了些日子。

“我告诉他等我回来。”

“不知道他干吗就走了。”

“他没说去哪儿，留下什么话没？”

“他说让您甭找他。”

“什么时候走的？”

人们想了好久，都说是在兰秀儿嫁到山外去的那天。老瞎子心里便一切全明白了。

众人劝老瞎子留下来，这么冰天雪地的上哪去？不如在野羊坳说一冬天书。老瞎子指指他的琴，人们见琴柄上空荡荡已经没了琴弦。老瞎子面容也憔悴，呼吸也孱弱，嗓音也沙哑了，完全变了个人。他说得去找他的徒弟。

若不是还想着他的徒弟，老瞎子就回不到野羊坳。那张他保存了五十年的药方原来是一张无字的白纸。他不信，请了多少个识字而又诚实的人帮他看，人人都说那果真就是一张无字的白纸。老瞎子在药铺前的台阶上坐了一会儿，他以为是一会儿，其实已经几天几夜，骨头一样的眼珠在询问苍天，脸色也变成骨头一样的苍白。有人以为他是疯了，安慰他，劝他。老瞎子苦笑：七十岁了再疯还有什么意思？他只是再不想动弹，吸引着他活下去、走下去、唱下去的东西骤然间消失干净。就像一根不能拉紧的琴弦，再难弹出悦耳的曲子。老瞎子的心弦断了，准确地说，是有一端空无所系了。一根琴弦需要两个点才能拉紧。心弦也要两个点——一头是追求，一头是目的——你才能在中间这紧绷绷的过程上弹响心曲。现在发现那目的原来是空的。老瞎子在一个小客店里住了很久，觉得身体里的一切都在熄灭。他整天躺在炕上，不弹也不唱，一天天迅速地衰老。直到花光了身上所有的钱，直到忽然想起了他的徒弟，他知道自己的死期将至，可那孩子在等他回去。

茫茫雪野，皑皑群山，天地之间攒动着一个黑点。走近时，老瞎子的身影弯得如一座桥。他去找他的徒弟。他知道那孩子目前的心情、处境。

他想自己先得振作起来，但是不行，前面明明没有了目标。

他一路走，便怀恋起过去的日子，才知道以往那些奔奔忙忙兴致勃勃的翻山、走路、弹琴，乃至心焦、忧虑都是多么欢乐！那时有个东西把心弦扯紧，虽然那东西原是虚设。老瞎子想起他师父临终时的情景。他师父把那张自己没用上的药方封进他的琴槽。“您别死，再活几年，您就能睁眼看一回了。”说这话时他还是个孩子。他师父久久不言语，最后说：“记住，人的命就像这琴弦，拉紧了才能弹好，弹好了就够了。”……不错，那意思就是说：目的本来没有。不错，他的一辈子都被那虚设的目的拉紧，于是生活中叮叮当当才有了生气。重要的是从那绷紧的过程中得到欢乐，老瞎子知道怎么对自己的徒弟说了。可是他又想：能把一切都告诉小瞎子吗？老瞎子又试着振作起来，可还是不行，总摆脱不掉那张无字的白纸……

在深山里，老瞎子找到了小瞎子。

小瞎子正跌倒在雪地里，一动不动，想那么等死。老瞎子懂得那绝不是装出来的悲哀。老瞎子把他拖进一个山洞，他已无力反抗。老瞎子捡了些柴，点起一堆火。

小瞎子渐渐有了哭声。老瞎子放了心，任他尽情尽意地哭。只要还能哭就还有救，只要还能哭就有哭够的时候。

小瞎子哭了几天几夜，老瞎子就那么一声不吭地守候着。火光和哭声惊动了野兔子、山鸡、野羊、狐狸和鹞鹰……

终于小瞎子说话了："干吗咱们是瞎子！"

"就因为咱们是瞎子。"老瞎子回答。

终于小瞎子又说："我想睁开眼看看，师父，我想睁开眼看看！哪怕就看一回。"

"你真那么想吗？"

"真想，真想——"

老瞎子把篝火拨得更旺些。

雪停了。铅灰色的天空中，太阳像一面闪光的小镜子，鹞鹰在平稳地滑翔。

"那就弹你的琴弦，"老瞎子说，"一根一根尽力地弹吧。"

"师父，您的药抓来了？"小瞎子如梦方醒。

"记住，得真正是弹断的才成。"

"您已经看见了吗？师父，您现在看得见了？"

小瞎子挣扎着起来，伸手去摸师父的眼窝。老瞎子把他的手抓住。

"记住，得弹断一千二百根。"

"一千二？"

"把你的琴给我，我把这药方给你封在琴槽里。"老瞎子现在才懂了师父当年对他说的话——你的命就在这琴弦上。

目的虽是虚设的，可非得有不行，不然琴弦怎么拉紧，拉不紧就弹不响。

"怎么是一千二，师父？"

"是一千二。我没弹够，我记成了一千。"老瞎子想：这孩子再怎么弹吧，还能弹断一千二百根？永远扯紧欢跳的琴弦，不必去看那张无字的白纸……

这地方偏僻荒凉，群山不断。荒草丛中随时会飞起一对山鸡，跳出一只野兔、狐狸，或者其他小野兽。山谷中鹞鹰在盘旋。

现在让我们回到开始：

莽莽苍苍的群山之中走着两个瞎子，一老一少，一前一后，两顶发了黑的草帽起伏攒动，匆匆忙忙，像是随着一条不安静的河水在漂流。无所谓从哪儿来、到哪儿去，也无所谓谁是谁……

一九八五年四月二十日

幸福票

刘庆邦

孟银孩拥有三张幸福票了。他把幸福票和自己的身份证相叠加，放进一个柔韧性很好的塑料袋里。可着身份证片子的大小，他把塑料袋折了一层又一层，折得四角四正，外面再勒上两道皮筋，才装进贴身的口袋里。

对于外出打工的孟银孩来说，身份证当然很重要，没有身份证就无从证明他从哪来哪去，姓甚名谁，他的存在就像是虚妄的存在，简直寸步难行。可是，在获得幸福票之前，他都是把身份证放在挂于宿舍墙上那个帆布提包的偏兜里，从没有像现在这般珍视。实在说来，他把身份证与幸福票包在一起，是利用身份证的硬度和支撑力，对比较绵软的幸福票提供一些保护。是身份证沾了幸福票的光，有了幸福票，身份证才跟着提高了待遇。幸福票关系到人的幸福，可见一个人的幸福比身份更重要。

不管下窑上窑，孟银孩都把那牌块形状的宝贝东西随身带着。趁擦汗的工夫，他都能把幸福票摸上一摸。他在裤衩贴近小腹的地方缝了一个暗口袋，幸福票就在暗口袋里放着。隔着被汗水湿透并沾满煤污的工作服一摁，他就把幸福票摁到了。幸福票贴向腹部时，他似乎感到了幸福票与他的肌肤之亲。汗水是流得很汹涌，裤裆里黏得跟和泥一样。这不会对幸福票构成半点损害，他相信幸福票的包装和密藏都绝对万无一失。

在窑上洗澡时，孟银孩的裤衩也不脱下来。窑上供给的洗澡水是定量的，每人每天只有一盆。他只能小洗，不能大洗。外面已是寒冬，宿舍里生了一炉煤火。他把属于自己的那盆水放在火头上燎一燎，用一根手指插进水里试试，觉得水温差不多了，就脱下工作服开始洗。他的手很黑，连双手指甲的光滑面上都沾了煤粉，成了黑的。就在他用一根手指试水温的当儿，那根手指就像是一管带有墨汁的毛笔，一入水黑色就扩散开了，无色透明的水霎时变成有色乌涂的水。他洗了脸，再洗脖子，身上也简单擦一擦。他洗澡用的毛巾本来是印有红花绿叶的，用过一两次后，花也没了，叶也没了，都变成煤炭了。他没有洗头。每天都不洗头。两个多月没去理，他的头发已相当长了。这样长的头发是存煤的好场所。洗是洗不起了。他相信，要是用一盆水洗头的话，盆里至少会沉淀半盆子精煤。

跟孟银孩一块上窑的有好几个窑工，他们有的只洗洗脸，连脖子都不洗。有的却站在火炉旁，脱光身子，把身前身后都洗到。有一个叫李顺堂的家伙，特别重视清洗被他自己称为老大的生殖器官，他把那玩意儿前前后后、里里外外、皱皱褶褶都洗得很仔细，还抹上洗头用的膏子，在上面搓出一大片白沫。这还不算，他事先舀出一茶缸子清水，把清水温得不热不凉，一手托着那玩意儿，一手倒水冲洗。清洗摆弄期间，他的老大蓬勃得红头涨脸，一直处于亢奋状态。为此，他颇为得意，炫耀似的问别的窑工：怎么样？棒不棒？好使不好使？

别的窑工没人回答他的问题，只是拿眼瞥了瞥，没怎么表示欣赏。这玩意儿你有我有他也有，谁也不比谁的差。他们都把目光转向了孟银孩。

孟银孩顿生抵触，他在肚子里骂了一句娘，心说：你们都看我干什么！昨天，李顺堂提出跟他借一张幸福票，他拒绝了。他心里明白，这会儿别人看他是假，关注他的幸福票是真，目的还是引导李顺堂再向他讨借幸福票。他转过身子，给别人一个后背，把腹前的幸福票掩护起来。他把毛巾绞绞，在裤衩里面草草擦几把就算了，换上了在地面穿的绒衣和绒裤。

李顺堂双手推着两块后臀，把老大的矛头对着孟银孩指了两指。他虽然是凭空指的，因动作比较夸张，还是把人们逗笑了。

背着身子的孟银孩不知别人为何发笑，他猜大概是李顺堂在他背后使坏。

李顺堂自己不笑，他说：孟师傅，你干吗老是放着幸福不幸福，小心幸福票发了霉，黑头的小姐变成白毛老太太。

孟银孩说：你怎么知道我不幸福？

李顺堂有些惊奇：这么说你是幸福过了，好，你总算想通了。你什么时候去幸福的，给咱哥们儿讲讲怎么样？

孟银孩不讲，他说没什么好讲的。他不能像李顺堂，好几个月总共才挣到一张幸福票。李顺堂领到幸福票的当天，烧得屁股着火，急忙赶到“一点红”歌舞厅就把幸福票花掉了。回来后，李顺堂把小姐夸成没下过蛋的嫩鸡，向满世界的人宣讲。李顺堂讲一回，添油加醋一回，好像他不止幸福一回，而是幸福过一百回了。

李顺堂知道孟银孩有三张幸福票。窑上的人都知道。关于幸福票的奖励政策是明的，只要小月下够三十个窑，大月下够三十一个窑，哪个窑工到月底都可以得到一张幸福票。窑主给窑工发幸福票时也是明打明，窑主说：这是好事，喜事。别看这一张小纸片，里面自有颜如玉，它代表着本老板给你发小姐呢，发媳妇儿呢，知道吧！李顺堂不相信孟银孩的三张幸福票都花完了，问：你不是有三张幸福票吗？怎么？一次都花完了？你是怎么花的？难道把小姐排成一排，你来了个一对三？

孟银孩想象不出一对三是什么样子，又不是打扑克，搓麻将，什么一对三，三对一！他说：我的票子我当家，想怎么花就怎么花，你管不着。

此时李顺堂已把老大收拾停当，用卫生纸擦拭一下，把老大装起来了。他知道孟银孩是个抠门儿的家伙，说不定连一张幸福票都没舍得花。他到底再次开口，让孟银孩把幸福票借给他一张，等他到月底把幸福票挣下来，一定还给孟银孩。

孟银孩没搭理李顺堂，到地铺上拉开被子睡觉去了。他觉得李顺堂这个人太没脸没皮，昨天说了不借给他，他今天又来了。现在幸福的地方多的是，听说泉口镇南边那个丁字路口，一街三面都是歌厅。没有幸福票也没关系，只要肯花钱，随便走进哪个歌厅都能得到幸福。钱就是另一种幸福票。李顺堂不想花钱，又想幸福，天下哪有这种道理！

不料李顺堂对孟银孩说：我知道你的幸福票在哪里放着，小心我给你偷走！

孟银孩说：你敢！他样子有些恼，说李顺堂要是敢偷走一张，他就让李顺堂赔他十张。

李顺堂却笑了，说：怎么样，我说他的幸福票在裤裆里掖着，一张都没花，我没说错吧！

这个狗日的李顺堂，原来是拿话试他。他也难免有点吃惊，李顺堂怎么会知道他的幸福票所藏的地方呢？说不定这小子已经偷过他了，因偷不到幸福票，李顺堂只好往他身上的隐秘处诈唬。在被窝里，他的手不知不觉往下运行，摸到那塑料包还完好地存在着，他的手没有马上离开，而是踏踏实实地把幸福票连同身份证都捂住了。他觉得这地方仍是最保险的，就算李顺堂知道了幸福票藏在哪里，狗小子也没办法偷走。只要他的裤衩还穿在腰里，幸福票穿在肋巴骨上也差不多。孟银孩正值壮年，不是不懂得幸福票的妙处。他只要到窑主指定的“一点红”把幸福票交上一张，就会有一个小姐主动为他服务，搂腰可以，亲嘴儿也可以，摸小肚子可以，他想让人家怎样服务，人家都会满足他的要求。他的窑哥子手持幸福票，到那里接受服务的不是一个两个了，他们每个人回来都有一套说头，每个人说的都不一样，仿佛他们尝到的不只是“一点红”，而是八点红，九点红。孟银孩手里攒下了三张幸福票，这意味着他手里握有三个小姐，每个小姐都够他幸福一气的。他似乎觉得手下有些跳动，像是小姐们等不及了，从幸福票上走了出来，争着对他献殷勤，还动手捞摸他的下身，这个一下，那个一下。他正有些招架不住，被捞摸的那个东西腾地跳将起来，把自己的形象树立得颇为高大，像个勇士，并仿佛自告奋勇似的说：我来了，一切由我对付！孟银孩没有让“勇士”由着性子来，他只是笑了一下，没有拍“勇士”的头，连一句鼓励的话都没说，而是把“勇士”晾在了一边。再勇敢的“勇士”也经不起这种晾法，不一会儿，“勇士”自己就泄气了，就蔫下去了。

孟银孩之所以舍不得把幸福票花出去，主要是因为幸福票是有价证券。窑主说过，一张幸福票顶三百块钱呢。窑工把幸福票在小姐那里花掉，小姐拿着幸福票找到窑上账房，每张幸福票账房就得支付给人家三百块钱，一分钱都不能少。孟银孩一听就把幸福票的价值记住了，乖乖，三百块钱哪！老婆在家辛辛苦苦种地，一亩麦子从头年秋天长到第二年夏天，一年四季都经过了，打下的麦子也不过值个二三百块钱。而他一张幸福票的价钱就能买到一亩地的麦子。再拿鸡蛋来换算。去年中秋节，出了嫁的妹妹回娘家看望年近八十的母亲，给母亲用手巾包了一兜鸡蛋。这些鸡蛋母亲自己舍不得吃，也不让别人吃，说拿到街上卖了称盐。鸡蛋就那么有数的几个，老婆悄悄数过了，母亲趁人不在家拿到方桌上也去数。鸡蛋在桌面上是会滚动的，母亲的手没鸡蛋快，结果有一个鸡蛋从桌子上滚到地上摔碎了，摔得黄子涂地，捧都捧不起来。老婆发现鸡蛋少了一个，怀疑母亲煮着吃了。母亲既不承认自己吃了，也不敢说明是她数鸡蛋时把鸡蛋摔碎了，只是一次次指天赌咒，咒赌得又大又难听。那天儿子学校没课，在里间屋写作业，儿子把母亲摔碎鸡蛋的事看见了。在老婆和母亲因一个鸡蛋闹得不可开交的时候，儿子出来做证，把母亲摔碎鸡蛋的事实揭发出来了。母亲羞愧难当，哭得昏天黑地，两天不吃不喝，差点归了西。孟银孩每想起这件事就心情沉重，一个鸡蛋才值多少钱！他要是把一张幸福票换成钱的话，够买一千个鸡蛋都不止。试想想，他怎能舍得轻易把几亩地的麦子和几千个鸡蛋扔到那个不见底的地方去呢！还有，他女儿考进了县里的一所中专，每年的学费就得好几千。家里翻盖房子更是大事，更需要一笔大钱。儿子眼看就到了说亲的年龄，如果房子翻盖不成，就没人给儿子提亲。儿子结不了婚，就不会生孙子，就等于他家从此绝后了。这是万万不行的。孟银孩是一个有远见和对家庭负责任的人，对比幸福票里所包含的小姐，他更看重幸福票的金钱价值。

当李顺堂再次提到他的幸福票时，他口气有所松动，答应可以商量。商量来商量去，因差距太大，二人最终未能达成协议。李顺堂问他一张幸福票想卖多少钱。他表示并不多要，窑主说值多少钱他就收多少钱。李顺堂说：你想卖三百？狗屁！你也不打听打听现在的行情，小姐多得都臭大街了，五十块钱就能泡一个。别说打野鸡了，干一只外国飞来的白天鹅也花不了三百。

孟银孩也知道幸福票卖不出原价，买卖心思不相投，一开始他不能自己降价。他问李顺堂愿意出什么价。

李顺堂向他伸出后面的三根指头。

孟银孩心上一喜，李顺堂出的价钱跟他想要得到的数目不是一样吗！这个李顺堂，真会开玩笑。

然而李顺堂说了：请你不要误会，我一根手指头只代表十块钱。

孟银孩的眉头顿时皱起来，要李顺堂不要开玩笑。

两个人又协商了一会儿，孟银孩咬咬牙做出重大让步，把一张幸福票的价钱退到二百五十，说他再也不能让了。李顺堂也拿出了应有的姿态，把价钱加到五十，说这就是最高价了，多一分他都不出。二人的买卖到底没能做成。买卖不成仁义在，李顺堂还是劝孟银孩只管到“一点红”玩一把，一个女人一个坑，坑与坑各不相同，只有到不同的坑里去扑腾，才能真正体会到做男人的幸福。

孟银孩说：小心坑里的水呛了你的肺管子！

李顺堂说孟银孩是死脑筋，不开窍。

天越来越冷，外面下起了小雪。天越冷，煤越好卖。从窑下提出来的新煤还冒着热气，雪花在煤上还没停住，就被等在窑口的大斗子汽车装走了。据说这个小煤窑的窑主很会做生意，煤价比国营大矿低得多。他采取的是薄利多销的策略。他还有一个重要的营销手段，谁来买他的煤，他就给人家一些回扣。回扣里除了现金，还有一张两张幸福票。那些买煤的人和拉煤的司机对幸福票都很感兴趣，一得到幸福票就拍着窑主的肩膀哈哈大笑，夸小窑主善解人意，够意思！够意思！离春节还有一个多月，窑主对窑工的奖励政策也有所调整，这月谁只要下够二十六个窑，就可以得到一张价值四百块钱的幸福票。幸福票的价值为什么提高了呢？窑主解释说，节前"一点红"的生意比较好，价格有所上调，所以幸福票的含金量也跟着相应增加。

孟银孩暗自庆幸，看来他没急着把幸福票出手就对了，幸福票不但保值，还增值。这才叫有福不在忙，无福跑淌浆。孟银孩也有了新的想法，幸福票的价钱眼下恐怕是最高的，他得抓紧时机，赶快把幸福票抛出去。等过了春节，幸福票的价钱肯定下跌，那时再出手就不划算了。

孟银孩正愁通过什么渠道才能把幸福票换成现金，这天午后，"一点红"的一个小姐到窑工宿舍来了。小姐穿着一件银灰色羽绒长大衣，腰身勒得很细。小姐的个头儿不是很高，但她的鞋很高，鞋底很厚，人就显得高了。小姐的眉毛很黑，脸很白，嘴唇很红。小姐轻轻一笑，全宿舍的窑工都傻了，谁都笑不出来。有的窑工跟这个小姐打过交道，问她是不是送货上门。

小姐说：送货上门又怎么样，现在讲究提高服务质量嘛！

话一说开，窑工们都兴奋起来，纷纷跟小姐说话，让小姐坐。

小姐看看哪儿都是黑的，没有坐，说：看你们这儿脏的，跟猪窝似的。

李顺堂接话：你说对了，我们这儿就是猪窝。你来了就不能走了，什么时候给我们生下一窝猪娃子再说。

小姐说：不走就不走，你们谁手里还有幸福票？

原来小姐是上门收购幸福票来了。大家一致推荐孟银孩，说他放着三张幸福票呢。

小姐样子有些惊喜，说：真的？遂向坐在地铺上的孟银孩走去。

孟银孩一直没有说话。不知为什么，他胸口怦怦跳，心里有些紧张。他觉得这个小姐的确长得很漂亮。

小姐对孟银孩评价说：这位大哥一看就是个好人，是个知道顾家的人。

孟银孩被小姐恭维得头皮臊，脸也有些红，不说话不行了，他说：你不要听他们瞎说，我哪里有幸福票。他问小姐叫什么名字。

小姐说，她叫小五红。

小五红？你姓小吗？

小五红说，她不姓小，小五红是她的艺名。小五红认为他们这里还挺暖和，解开外面系成花儿的腰带，把大衣敞开了。小五红里面穿一件紧身乳白色细羊毛衫子，奶子把衫子顶得很高，眼看要把衫子顶破。小五红一解开怀，一股子香气呼地就冒出来。她对孟银孩说：在外面打工多不容易呀，有福该享就享，有福不享过期作废。

别的窑工都赞成小五红的观点，把小五红的话接过来递过去地重复。他们的眼睛都火火地亮着，鼻翅子张得很宽。李顺堂已有些跃跃欲试，急于给窑哥子们做一个榜样，他说：你们都出去，我跟小五红单独练练。他又以命令的口气，让孟银孩把幸福票给他留下一张。

孟银孩还是否认他有幸福票。

这时有一个窑工提议：咱们都出去吧，给孟师傅创造一个机会。咱们都在这里，人家孟师傅想幸福也没法幸福哇！

这话有理。窑工们有的穿鞋，有的披衣，准备出去暂避。李顺堂样子不大情愿出去。他走到小五红跟前，把小五红的小鼻头捏了捏，赞叹说：女人真是好东西呀！

小五红回敬说：男人也是好东西呀！

孟银孩当然不会单独跟小五红留在宿舍里，他不知道那将会出现怎样的局面，别人穿鞋，他也到地铺外面去穿鞋。

窑工们上去拢住他的肩膀，把他摁在地铺上，不许他穿鞋出去，说他要是出去了，把新娘子一个人留在屋里算怎么回事。李顺堂还一脚把他的大头棉鞋踢飞了，说去他妈的。

孟银孩恼了，骂了人，仿佛别人要合起伙来把他往火坑里推，嚷着，放开我，放开我，你们要干什么！结果，别人还没出去，他自己倒先蹿出去了。

孟银孩没去过“一点红”歌舞厅，他见到了小五红，就算认识“一点红”的人了。这使他想出一个新办法，要和小五红进行一笔交易。他打算把幸福票交给小五红，并不动小五红，托小五红到窑上的账房把钱兑换出来，然后给小五红一定的好处费。当然了，他只能先交给小五红一张幸福票，探探小五红的路子，要是交易顺利的话，他再交给小五红第二张，第三张。他想到了，也许小五红会使劲儿贴他，纠缠他，让他把幸福票花在她身上，再独吞幸福票的票款。为了避免出现这种情况，为了防止到时候自己管不住自己，他找了一个背人的地方，把自己攒了好久的热东西做出来了。他眯缝着眼，是想着小五红的可人样子，念着小五红的名字做的，仿佛真的和亲爱的小五红把好事做成了。当他最终看着自己很有质量的东西抛洒在肮脏的、冻得很硬的土地上时，未免长长地叹了一口气，觉得他的东西可惜了，真的可惜了。他从小就听人说过，男人吃十口饭才能生成一滴血，十滴血才能变成一滴精华，这么一大片子精华，需要吃多少饭才能长出来呀！

孟银孩是趁晚上到泉口镇的“一点红”歌舞厅的。半路上，他把塑料包掏出来，剥开，取出一张幸福票来。幸福票就是一张薄纸片，上面印有幸福票三个黑字，加盖着窑上的红色公章，很像以前使用过的地方流通粮票。他把捏着幸福票的手别进裤口袋里，找了半条街，费了好大工夫，才把“一点红”找到了。那里歌舞厅太多，一家挨一家。门面上灯光也差不多，都是一片炫人眼目的乱红。不管他走到哪家歌舞厅门口，都有人跟他打招呼，把他叫成先生，让他里边请。对于这样的热，孟银孩有些不大适应，他没敢说话就走过去了。“一点红”三个字也是由霓虹灯组成的，只是点字下面的四个点不亮了，成了“一占红”。孟银孩正在门外找占字下面的四点儿，老板娘已到他身边来了，介绍说他们这里是有名的“一点红”，请进去点吧。

孟银孩问她们这里是不是有个叫小五红的。

老板娘说有哇，小五红可是他们这里最红的小姐，夸他这位先生真是好福气，不知怎么就把小五红点准了。老板娘一边把他往歌舞厅里领，一边喊小五红出来迎接客人。

歌厅里有不少旁门，小五红应声从一个小门里转出来了。小五红一见是孟银孩就笑了，老相识似的说：大哥是你呀，我就知道你一定会来找我。说着抱住孟银孩的一只胳膊，轻轻一拥，就把孟银孩拥进一间小屋里去了。小屋无窗，灯光也比较昏暗，墙根儿放着一只宽展的长沙发。小五红把孟银孩安置在沙发上，问他用点什么。孟银孩头脑涨着，听不懂小五红说的用点什么是什么意思。小五红说：请问你是喝酒？喝饮料？还是喝茶？

孟银孩这次听懂了，他摇头，说他什么都不喝。

小五红说：那，大哥给我买盒烟抽吧！

小五红的话说得这样明白无误，孟银孩还是听错了，他以为小五红让他抽烟，说：我不抽烟。孟银孩紧张成这种样子，当然是小五红造成的。小五红的穿戴与那天去窑工宿舍不同些，她下面穿着超短的裙子，把两条结实的好腿甩了出来。她上身穿一件细背带黑色羊绒衫，两只肥奶子半遮半掩，紧紧挤在一起，挤得冒突着，眼看要白光一闪，滑脱出来。孟银孩心口跳得嗵嗵的，装在裤兜的手指分泌出一层黏黏的东西，几乎把幸福票浸湿了。

小五红把唱歌机打开了，递给孟银孩一只唱筒，让他唱歌。他不唱。小五红拉他起来跳舞。他也不跳。那么小五红问他：你是不是现在就要做？

孟银孩问做什么？

小五红说：大哥知道做什么。好了，把幸福票拿出来吧。

孟银孩没把幸福票拿出来，总算把来意说出来了。

小五红样子有些惊讶，说大哥真会说笑话，常说水往低处流，我要是把票换钱给你，那不成了水倒流了？我们这里历来没这个规矩。好了，来吧，我帮大哥把外面的衣服脱下来，看大哥热得这一头汗。

孟银孩往头上摸了一把，果然沾了一手汗水。不知为何，他觉得沾在手上的汗水是凉的。他拒绝小五红给他解扣子，问小五红能不能再商量商量。

小五红说：一张幸福票做一次，没什么好商量的。大哥别坏我们的生意，我们挣点钱也不容易。

事没有商量的余地，孟银孩不说话了。

小五红以为他动了心，遂将一只白胳膊搭在他脖颈上，另一只手去摸索他裤子前面的开口，说小妹都着急了，来，让我看看大哥的家伙大不大！

这叫什么话！此地不可久留，再待下去非坏事不可。孟银孩猛地从沙发上站起来了，摆脱小五红，夺门而去。他听见小五红和老板娘从歌厅里跟了出来，老板娘问怎么回事，小五红说：哼，傻驴一个！

孟银孩只得来到窑上的账房，问会计幸福票能不能直接换成钱。会计是一个上岁数的人，按照财务制度，他让孟银孩去找老板在幸福票上签字，老板签多少钱，他给孟银孩兑换多少钱。

老板就是窑主。孟银孩去找窑主签字之前，费了好几天犹豫。他知道窑主是很厉害的。一个窑工在幸福票的问题上不知说了句什么不好听的话，窑主着人把那个窑工痛揍一顿，立即把人家撵走了。窑主的办公室是个套间，外间一天到晚有手持电棍的保镖把守，见窑主须经保镖通报，得到窑主允许方可见上窑主一面。据说窑主手里还握有快枪，窑主夜间驾着越野车到黄河古道里打兔子，矿灯一照，兔子立起身子，像个小人儿似的。窑主一枪就把“小人儿”撂倒了。他害怕说不了两句话窑主就得把他崩回来。可是，不找窑主他又没有别的路可走。他不能老是把幸福票压在手里，幸福票一天不换成钱，他就一天不踏实。

窑主没有他想象的那么凶，得知他手里有三张幸福票时，窑主微笑着，问他难道对女人没有兴趣吗？

孟银孩说：女人，女人……是的。

什么是的？

女人都是填不满的坑。

你填过几个坑？

没填过。

没填过你怎么知道填不满！据寡人的经验，填一个满一个，你不妨去试一试。

窑主到底没在孟银孩的幸福票上签字，而是给孟银孩讲了一番道理。窑主说，他为什么给弟兄们幸福票没发成现金呢，就是想到了有的人舍不得花钱去幸福。要是给孟银孩把幸福票换成现金，就失去了幸福票本身的意义。票字旁边还立着一个女字，要是光看见票字，看不见女字，幸福票就算白领了，男人也白当了。

新的幸福票下来的同时，窑主让人代他向窑工宣布，旧的幸福票全部作废。原因是发现有人用假冒的幸福票到“一点红”去幸福。窑工们看了看，新的幸福票上面，黑字果然改印成了红字。

黑字的幸福票作废了，孟银孩舍不得扔掉，仍和身份证放在一起。让他感到犯愁和紧迫的是新领到的带红字的幸福票怎样出手。

别让我再哭了

刘庆邦

井下冒顶砸死了人，死者的一双儿女哭得拉不起来，善后问题迟迟处理不了。死者被清洗过了，脸上涂了胭脂，身上穿了一套矿上配给的新西装，已在矿上医院的太平间里躺了好几天。因死者家属不愿在善后协议书上签字，死者的尸体就不能火化，还得继续在冰冷的太平间里“太平”着。

矛盾出在哪里呢？按死者家属的要求，矿上除了按工亡事故付给死者家属一定的抚恤金，还要给死者的女儿和儿子安排工作。而矿方认为，死者是违章作业造成死亡的，责任本应由违章者自己负，但考虑到死者家庭确有困难，抚恤金还是要付的。至于给死者的子女安排工作，就暂不考虑了。矿上劳动工资科的马科长负责处理这起事故的善后，马科长说了矿上的难处：原来一些有工作的职工还要从工作岗位上下来，目前全矿下岗的职工有二百多，僧多粥少，哪里还有什么工作可供安排！事情就这样僵持住了。

事情的难点还在于，死者体弱多病的妻子已昏过去两次，一直在医院里打吊针，医生随时都要准备再对她进行抢救。在这种情况下，谁都不敢就子女的工作问题跟她谈判，谁都怕一句话说不好了，再搭上一条人命。

左右为难之际，人们想起了孙保川，看来只有请孙保川出马了。

在矿上，孙保川处理善后问题的本事是出了名的，不管再棘手的事情，只要孙保川一出面，没有处理不了的。一个大矿，地下巷道纵横，面积跟一座小城市差不多，每年都要死几个人。上面有规定，每出一百万吨煤，只允许死一到两个人。那么出三百万吨煤呢，死亡人数不能超过五到六个。百万吨死亡率一旦超过规定指标，矿上就要受罚。不过这就不得了啦，它表明出煤是以部分矿工的生命为代价的，这正是煤矿工人工作性质的凶险和人生的悲哀所在。试想想，有哪一个行业需要把产量和生命挂起钩来？需要在下达产量指标的同时下达死亡指标？矿上既然每年都要死人，就得有一套活人组成的班子来对付这些事情。人命关天，谁家死了人，谁家就算得了天，占了理，处理起来是非常难的。面对痛不欲生的死者家属，一些命令式的行政手段不能用了。一味地装三孙子，说小话儿，也不一定顶事。这时候就得有一些特殊的办法，才能和死者家属说上话，沟通一下感情，最后达到解决问题的目的。矿上那么多干部，掌握有特殊办法的，只有孙保川一个人。

孙保川的特殊办法不能说出来，一说出来会引人发笑，人家会说原来如此。他的办法是什么呢？说白了只有一个字：哭。某家发生事故死了人，人家哭，他也哭。他上来先是不跟人家说话，也不对人家进行劝慰，只是哭。他不是假哭，是真哭。咧着大嘴，哭得嗷嗷的，眼泪鼻涕流得一塌糊涂。他甚至有些喧宾夺主，有时比死者家属哭的声音还要大，还要持久。以至人家还要反过来拉他劝他，要他别哭了，别哭了。您别说，他这一哭还真顶事，人家会说，原来以为当干部的跟工人没什么感情呢，现在看来还真有点感情。

举个例子吧。有一年，矿上发生了瓦斯爆炸，一下子炸死了十八个人。其中有一位年仅二十的矿工，祖父、父亲两代单传。到了他这一代，还是单传。他上面有两个姐姐。小伙子的对象都找好了，准备到五月一日结婚。不料离结婚的日子还差三天，人被炸死了。失去独子的老两口和失去弟弟的两个姐姐，都哭得死去活来。他们被安排住在一家宾馆里，不管谁去看他们，他们只是哭。矿务局的局长去了，他们哇地哭了。老两口喊着：还我儿子！还我儿子！煤炭部的部长去了，他们哭得更痛些。部长说：我们的工作没做好，给你们家庭带来这么大的痛苦，我对不起你们。老矿工哭得仰着脸，挤着眼，对部长看都不看，一个劲儿念叨：我儿子，我儿子……老矿工的老伴哭得使劲儿拍床，嚷着：我就这一个儿子啊！我再也没有儿子了呀！天哪天哪！我也不活了！眼看善后问题处理不动。孙保川来了。他进门就跪下给二位老人磕头，叫了爸叫妈，说二老要是不嫌弃的话，就让我来当您的儿子吧，百年之后，我给二老披麻戴孝，扛幡送终。他叫着死难矿工的名字，把死去的年轻矿工叫成弟弟，说弟弟呀，不是我这当哥的埋怨你，你走得这么早，咱爸咱妈今后的日子可不好过呀！孙保川这样说着，就哭起来了。他一哭声音就很大，把死者父亲和姐姐的哭声都盖过了。说实在的，他哭得一点也不好看，一点也不好听，就那么破腔破嗓的，简直有些丑陋。他本来是跪着哭，哭着哭着，好像支撑不住，脸就贴在了地上，眼泪把地板弄湿了一大片。老矿工见他哭得如此伤痛，让他起来吧，说：你的心意我领了。孙保川还不起来，说：您二老要是不认我这个儿子，我就不起来。老矿工长叹了一声，说好，我认。老矿工既然认了孙保川做儿子，后面的事情就好办了。

这样的事情一传开，人们对孙保川的看法不是很好，说他的哭是装出来的。有人找到了原因，说孙保川本来就会演戏。对一个会演戏的人来说，说掉泪就掉泪，说哭张口就来，不算什么难事。孙保川演戏只不过换了一个地方而已。是的，孙保川是矿上的工会副主席，过年过节啦，矿务局要搞文艺节目会演啦，都是由孙保川牵头，把矿上的业余文艺宣传队组织起来。他既当队长，又当导演。有时演员不够了，他就披挂上台，把自己当演员来使唤。他演过一个宣传安全生产的小曲剧，的确把听众的鼻子唱得酸溜溜的。有人甚至说，孙保川祖传下来的有一种哭药，每见到死者家属之前，他悄悄地把哭药吃上一片，到时候药劲儿就发了，他不想哭都收不住。有人拿这个话当面问过孙保川。孙保川不承认他有什么哭药，他说：开玩笑。

矿上的人知道了孙保川善哭，死者家属一般都不愿意孙保川参与处理亲人的善后。他们虽然没有亲眼见过孙保川怎样哭，但他们害怕像人们传说的那样，孙保川到谁家一哭，谁家的人心就软了，头就蒙了，该讲的条件也不讲了，该提的要求也不提了。

前面说到新发生的冒顶砸死人事故善后工作被搁浅，万般无奈之际，马科长去找孙保川，请孙主席起动大驾，再帮老弟一次忙吧。

孙保川问：我能帮你什么忙？

马科长说：你心里有数，我一来你就明白了。

对不起，我是个糊涂蛋。

马科长只得把遇到的难处对孙保川讲了。

孙保川还是说对不起，说：这是你的事，不是我的事。你处理不了的，我凭什么就能处理，我又没长着三只鼻子六只眼。

马科长说：你老兄有一张嘴两只眼就够了，矿上的人谁不佩服你，死蛤蟆也能让你哭出尿来。

孙保川把脸子拉下来了，说：你这话我不爱听，你嫌人家骂我骂得还不够，对不对？我说一句话你可能也不爱听，你今天就是在我面前哭，就是把死蛤蟆哭出尿来，我也不能从命！

马科长说：我要是会哭，还求你干什么！

马科长自己请不动孙保川，就去找矿长，让矿长跟孙保川说。他相信鼻子大压嘴，矿长要是给孙保川下了任务，孙保川恐怕不好拒绝。

矿长也没有立即答应马科长的请求，说：这类事情你们不能动不动就找老孙，老孙岁数不小了，哭一次也不容易。话虽这么说，矿长还是拿起了电话，准备让孙保川到他的办公室来一下。

马科长一见矿长要给孙保川打电话，忙说：我回避一下吧，我找过老孙了，他把门关得很死，我要是在这里，我怕他面子上下不来。

矿长一听这话，把电话放下了，说：噢，你请人家，人家不答应，你就想通过我给人家施加压力，是不是？当年刘备请诸葛亮是三顾茅庐，你请孙保川才请几次？说起刘备，刘备在历史上也是一个大哭家，他把江山都哭到了手。看来哭也是一门学问。人家孙保川会哭，你干吗就不能哭一哭呢！

马科长解释说，不能说他没哭。看到死者家里那么困难，看到死者的两个孩子哭得那么可怜，他也掉泪了。但让他大哭，他哭不出来，他还没掌握大哭的方法。

矿长说：这恐怕不仅仅是个方法问题。好了，你去吧，拿出三顾茅庐的精神，跟人家老孙好好商量商量。

马科长知道跟孙保川商量不出什么好结果，就要了一个花招儿，到孙保川的办公室对孙保川说：孙主席，矿长让你到他那里去一趟。

孙保川问：你小子是不是假传圣旨？

马科长一点也不辩解，说对对，我是假传圣旨，有能耐你就抗着别去，反正我把话给你捎到了。

孙保川来到矿长办公室，问：矿长您找我？

矿长反问：是不是老马让您来的？

马科长说您找我有事。

矿长没有揭露老马，说坐吧，最近您身体怎么样？

孙保川明白，这肯定是马科长捣的鬼，马科长是想借矿长的手，抠他的泪珠子。他摇头说：身体不是很好。自从上次给李师傅当儿子哭过那一场后，一想起来就头晕眼花，到现在都没缓过劲来。我也是四十多岁的人了，不行了，哭不动了。

矿长说：这我知道，男人哭一场是比较伤身体的。我看您不一定非得要哭，帮老马了解一下情况，帮着做做死者家属的思想工作也是好的。

孙保川不说话了。矿长到底还是把处理善后的任务下达给他了，他有什么可说的！

矿长说：您经常去看望李师傅老两口儿，每次去都是自己花钱给李师傅买东西，这个情况矿上是知道的。我的意见，这个事情要列入工会的工作计划，买礼品的钱应当从工会的慰问经费里出，不能让个人花钱。您以前花的钱，我准备给财务科说一下，让财务科在适当时候给您补偿一下。

孙保川说：千万不要提给我补偿的话，我一分钱都不会要。我爹妈都死得早，我在矿上认个干爹干妈也不错。再说李师傅老两口对我确实很好，很心疼我。李师傅的老伴跟我说过好几次，她别的不担心我什么，就担心我哭。她说我哭得太实诚。她让我记住她的话，她百年之后，叫我千万别哭她。这样说着，孙保川两眼已经泪花花的。

新近工亡的这位矿工姓郑，叫郑书贵。在与郑师傅的妻子和子女正面接触之前，孙保川先在外围了解郑家的情况。他参与处理每一件善后都是这样，都要把工亡矿工的家庭情况吃透，做到心中有数。这些情况包括处理家里有几口人、工作情况怎样、经济状况如何、家庭关系好不好等许多方面。孙保川连明扯夜，到郑师傅所在的采煤队去过了，到郑家所在的居委会去过了，到郑家的邻居家也去过了。孙保川还分别找了郑师傅的女儿和儿子的同学，向他们了解郑家子女的情况。他这种做法很像是记者采访，听到紧要处，就在一个牛皮纸封皮的小本本上记几笔。不，他更像一位作家。记者一般只把事情的来龙去脉搞清楚就行了，他了解得要细致得多，而且还探究一些细节里面的情感和情绪因素。这样了解了一圈，孙保川的情绪低沉得厉害，饭都吃不下了。他快要憋不住了，差不多又要哭了。

去年冬天，郑师傅就遇到了一次冒顶事故。应当说郑师傅是幸运的，他在那次冒顶事故中躲过了一劫。那次工作面冒顶埋住了两个人。他急中生智，跳到靠近煤墙一根倾倒的金属支柱下面躲了起来。那里空间虽然非常狭小，小得手脚都埋在冒落物里，抽都抽不动，但嘴和鼻子总算没埋住，没堵死，还可以呼气吸气。那位工友没来得及躲闪，就没那么幸运。三天之后，矿上的救护队才打通巷道，找到了他们。救护队是用黑布蒙上了他的眼睛，用担架把他直接抬到医院打了四天吊针，他就活过来了，身体功能就恢复了。那位工友呢，尸体已经在温度很高的煤堆下面腐烂，烂得露了骨头暴了筋，用塑料布都收拾不起来。

郑师傅从医院回家的当天，家人为他备了酒，还放了一挂鞭炮，庆贺他的生还。工友们、邻居们纷纷向他祝贺，说他大难不死，必有后福。在生还后的最初一段时间里，不少领导都去看望他，对他说了不少安慰的话，还给他送去了不少慰问品，这让郑师傅的确产生了一种类似幸福的感觉。可过罢春节，事情就淡下来了，他还得去下井。虽然一提下井他就感到后怕，可等待他的只有黑洞洞的井口，不下井有什么办法呢？

郑师傅原来并不是井下工，是矿上通风科的瓦斯检查员。有一年矿上大减员，摆在他面前只有两条路，要么下岗，要么下井。郑师傅当然选择下井。下了岗就没有工资可挣。一家四口全靠他的工资过活，如果他挣不来工资，全家人吃什么？穿什么？怎么活？

郑师傅的妻子和儿女是从农村农转非迁到矿上来的。妻子一离开家乡的土地，一成为矿工的家属，就再没有什么作为，只能以好吃野菜的名义，到附近农村的田边地头挖点野菜，或到人家收割过的田里拾点庄稼。女儿在市里卫生学校毕业后，到矿务局医院当了两年多护士。也是因为人太多，她被人家减下来了。矿务局医院想把她介绍到矿上医院当护士。矿上医院没有明确表示拒绝接纳她，但人家让她等一等，等有了机会再说。她一等就是一年多。有人给她出主意，让她给医院院长送信封。送信封的风气她不是不懂，可家里连吃饭的钱都紧巴，哪有多余的钱往信封里装！儿子上的是矿务局的技工学校，学的是机械化采煤。他也毕业两年多了，所学的技术一直未能派上用场。他和同类的人被称为待业青年，简称老待。因整日无事，这儿站站，那儿待待，他们又被人称为老待。这样长期待下去，也许就把人待老了。他待得实在心焦，就跟人家搭帮，到外地一家砖窑厂去打工。说好的八小时工作制，一月至少可以挣八百块钱，谁知一到窑场就被人圈起来了，周围有铁丝网，有狼狗，日夜还有打手把门。他们一天要干十四个钟头的活，连饭都不让吃饱。后来幸亏有记者到窑场卧底，新闻单位配合公安机关按预定时间到窑场解救记者时，才顺便把他们也解救出来了。不然的话，他累死在窑场，家里的人都不一定知道。从此他知道了外面世界多么可怕，不敢再轻易出去打工了。

郑师傅天天下井，月月出满勤，却不能按月领工资。矿上领不到工资的不是郑师傅一个，平均下来，矿上拖欠每个职工五个月的工资。煤多了，卖不出去。好不容易卖出去一些，钱又收不回来。事情就是这样。窑底下差不多挖空了，矿上的钱箱子也是空的，谁都没有办法。现在轮到挖煤人的肚子也要空一空。郑师傅每天早上去下井都不吃早饭，他说他下井有班中餐，他到井下去吃。所谓班中餐，也就是两个火烧。就这两个火烧，郑师傅也舍不得吃完。他只吃一个，留一个用塑料袋包起来带回家去。他说他吃不完，又说火烧太硬，不好吃。妻子知道他说的不是实话，跟他生气。妻子说：我就不信，一个大男人出那么大的力气，吃不下两个火烧。你省下一个火烧，就能填饱全家人的肚子了？我跟孩子不稀罕你的火烧。没吃的了，我不会带孩子要饭去？在地面上，我们要饭也有地方要。你在井下，想要饭都摸不着门儿。妻子患有慢性哮喘病，脾气又不好，她一生气，病情就加重了，喘不上气来，还咳嗽。不管病成什么样，她从来不去看，都是咬牙扛着。因为药片子贵得很，有买一片药的钱，能买七八十来个馒头呢。

相比之下，那位死了的工友家庭情况要好得多。也可以说，是工友的死，给家里的生活带来了转机。首先，死者家属领到了两万多块钱的抚恤金。据说这笔钱是上面戴着帽子（指专款专用）拨下来的，谁都不得克扣。两万多块钱在大款那里也许不算什么，恐怕连人家一个晚上的消费都不够。而在挖煤人的眼里，两万多块钱就是大钱了。他们都在心里算过一笔账，恐怕干一辈子都攒不下这个数目。有了这两万多块钱，死者家属的家底一下子就厚起来了。其次，在死者家属的强烈要求下，死者的儿子小庄顶替父亲参加了工作。小庄没有再下井挖煤，而是到矿上的救护队当救护队员去了。小庄有了钱，有了工作，对象随即也找下了。结婚那天，人家搞得很排场，仅上千头的红鞭炮就放了好几挂。

小庄结婚，对郑师傅的儿子刺激很大。郑师傅的儿子跟小庄是同班同学，很要好的同学。在同学的爸爸死之前，他俩经常待在一块儿，惺惺相惜。如今，小庄一下子跑到前面去了，而他还不得不待在原地。他想到了，小庄以后不会再跟他在一起消磨时光了，小庄有了工作，有了新娘。工作是美好的，新娘更美好。工作和新娘都比他有吸引力。小庄结婚时，是向郑师傅的儿子发了邀请的，但他一整天都蒙头睡觉，连门口都不出。他不承认也不行，他嫉妒他的同学了。这个理由说不出口。他能说出的理由是无法给他的同学送贺礼。礼太轻了，他怕人家笑话他寒酸。送稍微像样一点的礼，他们家又没那个能力。看来他只能装赖，只有把自己的脸面盖在被子下面。中午时分，耳听同学婚庆的鞭炮声响成一片，他对自己的前途悲观失望到了极点。

傍晚下班回家的郑师傅，不知就里，以为儿子身体不舒服。他来到儿子住的煤棚子里，把带回来的一个火烧悄悄塞进儿子的被窝，让儿子把火烧吃了吧。妻子跟他说过，不许他再往家里带火烧，要是发现他再带回火烧，马上扔掉。他怕惹妻子生气，就把带回的火烧塞给儿子吃。儿子饭量大，正是长身体的时候，不能让儿子亏了吃的。这次儿子不吃，用手一推，把火烧推得落在了地上。郑师傅怕妻子看见，赶紧把火烧揣进自己怀里。

女儿看见了这一幕，对他说：爸，你别理我弟，见人家小庄今天结婚，他心里难受。

郑师傅把一只手伸进被窝，摸儿子的脑袋，试试儿子是否发烧，也是爱抚的意思。他摸在儿子眼睛上，沾了满手的眼泪。这让他这个当爸爸的有些吃惊，儿子平时不是爱流眼泪的人，今天可是有点反常。他坐在床沿，正要跟儿子谈一谈，安慰儿子一下，儿子把被头掀开了，向他提出了一个让他始料不及的问题，儿子问：爸，我实在想不明白，人活着有什么意思呢？儿子这样问着，眼角的眼泪又流出两大串。

郑师傅吃惊更大些，不许儿子胡说八道。他想回答一下儿子提出的问题，可他的回答一般得很，一点说服力都没有。他说：怎么能说活着没意思呢？人人都想活着。要不是实在没办法了，谁都不想死。别说人了，连一只蚂蚁都不想死。

郑师傅找马科长去了，问能不能给他儿子安排一个工作。

马科长认为郑师傅的想法比较可笑，说现在下岗的指标还完不成呢，哪能再安排上岗！

郑师傅说出了工友的儿子小庄，说小庄不是新参加工作的吗？

马科长要郑师傅不要把自己的儿子跟小庄比，小庄的情况特殊。

郑师傅说：什么情况特殊，不就是小庄的爸爸死了，我没有死嘛！我也差一点没死，请领导考虑到这一点，照顾照顾我儿子。不然的话，我儿子有可能毁了。郑师傅是个怕见领导的人，极少跟领导打交道，只说了这些话，郑师傅就脸色发黄，心已跳得很厉害。

马科长夸郑师傅真算说对了，好多政策的差别就在那一点点，政策管的就是差别，差一点都不行。

郑师傅沉默了一会儿，说：那，要是我死了呢？

马科长说：您真能说笑话，哪能呢，您的命那么大。

命大，我命大。从马科长那里出来，郑师傅一路都在念叨这句话。念到后来，他否定似的摇了摇头，仰脸看了看天，笑了一下。天已黑下来了，他不会看到什么。他好久没笑过了，仿佛有什么事情终于想通了。

这天下井，工作面局部冒顶，埋进去几根金属支柱。郑师傅和工友们一起，把大部分柱子都扒出来了，只剩一根柱子埋得比较深，扒不出来。郑师傅执意要把那根深埋的柱子也扒出来。他掏了一个洞，头在里边，脚在外边，爬着向柱子埋没的地方接近。洞子很小，只能钻进去一个人，几乎无法支护，钻这样的洞子是很危险的。有人劝他算了，别扒了。他主意已定的样子，说一根柱子合一二百块钱，这可是国家的财产哪！工友跟他约定，要是遇到什么情况，他就动动脚，工友们拉住他的脚，把他从洞子里拽出来。他在洞子里掏了一会儿矸石，刚摸到柱子，外面的人不由分说就把他拽出来了。两次都把他拽出来了。他说他没有动脚，外面的人说看见他的脚动了。事情说来有些可笑，第二次工友们把他拽出来时，洞子里的石头和椽子把他的工作裤都挂破了，露出了不该露的地方。工友们笑，他却不笑，他说柱子救过他的命。工友们想起来了，上次他绝处逢生，的确得到过柱子的保护，怪不得他扒柱子这样上心。他再次钻进洞子扒柱子时，工友们没有再急着往外拽他，只注意观察他露在洞口处的脚。然而，等郑师傅的双脚真正动起来，他们再往外拽已经晚了，怎样拽都拽不动。他们把郑师傅脚上的两只深勒胶靴都拽脱了，脚脖子都拽细了，无济于事。郑师傅的两只沾满煤粉的黑脚大动了一会儿，就不动了。再也不动了。

孙保川来到郑师傅家里，见郑师傅的女儿和儿子在家。两个孩子的眼睛都哭肿了。特别是当姐姐的，眼睛肿得很高，眼睑肿得都发了明，像是包满了泪水。两个孩子大概也听说过孙保川，对孙保川的到来，他们不是很欢迎，目光里有些许排斥。孙保川说：孩子，你们不用担心，我不哭。一个当叔叔的，对孩子们有什么可哭的！

姐弟俩都没说话。

你们不知道，其实咱们一样，我爸也是在井下死的，我早就哭够了。

姐姐问：那你来我们家做什么？

孙保川说：你们俩不是要求参加工作吗？咱们来商量商量这件事。

姐弟俩互相看看，姐姐说：这没什么商量的，我们的要求都跟马科长说过了，反正我和弟弟都得参加工作。我爸死了，我们没依靠了，没有工作我们以后怎么办？

孙保川说：是的，人来到世上，总得做点事情，老没事情做，谁也受不了。从年龄上说，你们跟我的孩子差不多，我得给你们说实话。要是两个人一块儿参加工作，这事儿可能性不大。你们若是一点也不让步，事情就卡住了。一卡住就搁下了，你们的爸爸在九泉之下也会不得安宁。依我的看法，你们两个，能有一个参加工作就不错了。现在就业的门路就那么窄，两个人都往窄门里挤，谁都挤不进去。一个让一让，一个先进，恐怕要好一些。我就是问一问你们，要是矿上只能安排一个人参加工作的话，你们两个谁先工作？

弟弟说：让我姐先工作。

姐姐说：我还是希望我们一块儿参加工作，实在不行的话，就先安排我弟弟吧。

孙保川说：你们两个都是好孩子。让我说姐姐先工作好一些，在矿山，女孩子就业比较难。

姐姐的眼泪又涌流出来，问：那我弟弟怎么办？

孙保川说：闺女儿你先别哭，就是你参加工作的事，我说了也不算，咱们只能去争取。走吧，咱们一起去找矿长。

来到矿长办公室，孙保川一开始并没有哭，他说：我把情况向领导简单汇报一下。他说了没几句，眼圈就开始发红，声音也开始发颤。他说的并不是郑师傅家的情况，而是他自家的情况。他说：矿长也许不知道，我父亲也是在井下死的。我父亲是井下的瓦斯检查员，却死在瓦斯上。据说我父亲是误入盲巷，被瓦斯熏死的。我一直不能明白，我父亲明明知道盲巷里危险，他为什么要到盲巷里去呢？后来我母亲老是说对不起我父亲，我也不知道啥意思。这次了解了郑师傅家的情况，我才似乎明白一点了。我兄弟姐妹多，那时候我家里穷得很哪！孙保川的眼泪呼呼地流了出来。

矿长要他冷静些，不要哭。

孙保川说：我也不想哭，我实在憋不住，实在受不了哇！孙保川哭出了声。

矿长不悦，说：我让你帮着做家属的工作，你怎么到我这里哭起来了，你这是什么意思？

孙保川边哭边说：请矿长答应我，给郑师傅的女儿安排一个工作。

矿长没有答应，却批评孙保川说：作为一个中层干部，你今天的表现很不好。

那么孙保川只好狠哭。他定是想起了父亲死时他们兄弟姐妹号啕大哭的情景，也想起了母亲死时他哭得背过气去的情景，哭得泪水横飞，痛彻心扉。说实在的，他哭得一点也不好看，一点也不好听，他就那么咧着大嘴，破腔破嗓的，简直有些丑陋。然而就是这样的哭才是真实的，才是惊天地泣鬼神的。

郑师傅的女儿和儿子这才认识孙保川了，这都是为了他们，孙叔叔才哭成这样啊。两个孩子也禁不住哭了，他们分别抱住了孙保川的一只胳膊，晃着说：孙叔叔，别哭了！别哭了，孙叔叔！

矿长说：孙保川，我答应你还不行吗？我真算服了你了。

可是已经晚了，孙保川已哭到了痛心处，已刹不住车。他脸色苍白，手脚抽搐，歪倒在沙发上，只有抽气的份儿了。

矿长一看不好，赶紧打电话从医院要来救护车，把孙保川拉到医院抢救去了。

这次痛哭，造成了孙保川神经系统和肠胃功能紊乱，头晕目眩，上吐下泻。医生给他打了两天吊针，他才睁开了眼，才能开口说话。

矿长到医院去看他，开玩笑似的对他说：老孙，你这次可把我吓得不轻。

孙保川极力笑了笑，说：对不起！

矿长告诉孙保川，郑师傅的善后已处理了，郑师傅的女儿很快就可以到医院上班，郑师傅的儿子的工作问题以后也要优先考虑。矿长问孙保川还有什么要求。

孙保川只提了一个要求：以后千万别让我再哭了！

二〇〇一年五月十一日写完于北京和平里

阿　秀

贾平凹

一

月亮还在天空，弯刀般的，淡淡地显着残缺了；树枝便密起来，黑影幢幢，完全遮掩了路面；唯有绿中的街房瓦顶，白幽幽的，呈着一种虚幻的光色。这是A城的黎明，静谧得有了几分温柔的梦一般朦胧的意境。一阵叮当当的声音，在这绿的白的光气里流动，终于看见街口的台阶下，停下了一辆送牛奶的三轮车。立即，各家的院门打开了，人们匆匆在车前站好了队。几乎全是些女孩子，穿得很新，但那发式、声调、走势，明显不是城里姑娘的气派。送奶的老头就叫着“阿香”“阿莲”“阿……”什么的。于是，女孩子们应着，提了奶瓶，大声说笑，末了消失在每一个四合院里去了。

在这条街上，很少楼房，一律的老式院落，尽住了中层领导干部。这种女孩儿，几乎家家都有；都是从百十里外的山地里来为人家看管孩子的。据说，几年前，这里只有一个叫云云的山地人，中学毕业后，没有考上大学，招工又不可能，托熟人来当了保姆，吃在那家，住在那家，每月可拿到二十元的报酬。于是，中途回了一次老家，便撺掇她的同学、好友也来了。慢慢地，这些同学、好友又撺掇她的同学、好友……这条街上的山地女孩子就多起来了。为了区别，主人们就将她们的名字取出最后一个字来，前边统统加一个“阿”字；所以，每天送奶的老头，就“阿阿阿”地一叫一大串了。

二

这些女孩子都长得很漂亮，小小的时候，就向往着城市。她们开始读书，也就为着这个目的，以至家里人苦巴巴地供养她们读完中学了，却考不上大学，又不能招工，只好在家怨天尤人。如今却有机会进城去，一家人都很喜欢。进城那天，梳洗得干干净净，穿着一身新衣，家里父母，亲戚四邻，一直牵着手送到车站，说些吉利话，她们禁不住想笑，眉眼一动就笑出声儿了。

但也有哭着走的，秀秀就是一个。这姑娘模样很清秀，手脚又利落，是山地的人尖儿。人都说：这女子造下是城里人哩。她也这么认为。临走的那天，寡妇娘拉着她的手，扑扑簌簌地掉眼泪，秀秀便说：“娘，你哭啥呢？我这一去，给咱挣钱呀！一年半年就回来了哩。你不要想我，你想我了，儿心里就难过。”

她使劲笑笑，娘却哭出声了，秀秀也禁不住落下泪来。又说：“我这一走，家里剩下娘和弟弟，弟弟还上学，您身子又不好，没人帮娘拉下手了，你就让山山来帮你吧，娘。”

站在一边的山山，和秀秀半年前订的婚，当下只是点头应着。

秀秀上了车，一路上抹着眼泪。天黑赶到城里，主人家是一个局的书记，看着秀秀的模样，心里很是悦意，问道："眼睛不好吗？"

秀秀说："一路风吹的。"

主人家的姑娘就让她去洗漱间洗了热水澡。姑娘说："你这眼睛真大，睫毛像化妆了一样。为什么要穿这种衣服呢？太老气了。"

秀秀脸红红的，就抱了床上的婴儿，知道这就是以后的工作，也知道就是这孩子，她才来到城里，往后每月二十元，也就全靠他得来哩。就把孩子视作命符儿一样，心疼得要去亲嘴，女主人就说："不要亲，那样不卫生。"

秀秀红着脸说："伯伯、阿姨，我从山地来，什么也不懂，往后就费心你们多指教了！"

一家人瞧秀秀说话精灵，越发喜欢，说："来了，你就是咱家一口人了，你学着吧，慢慢会习惯的。"

三

从此，秀秀改了名，人都叫她阿秀了。

终日里，她抱了那孩子玩。城市里不比山地，可以去各家各户串门，说话；这里一上班，各家各户门就锁了，下班回来门又关了。阿秀是山地里疯野大的性子，先是不习惯，急得上了火，嘴角都烂了。只有站在院子里，逗着孩子看天。

"快看啊！"她指点着给孩子说，天空正好飞过一架飞机，"飞机！飞机！"

她声音很大，使墙外的人也能听见。有人见着主人就说："你们为什么要雇山地人呢？她什么也没见过，会把孩子带成山气哩！"

女主人笑笑，以后也就让阿秀抱了孩子去街上逛逛。阿秀也很乐意，用嘴努努地叫着，指点去看那霓虹灯，去看那外国人。孩子看得兴趣，她比孩子更兴趣。偶尔，就碰着她的同学，她们就坐下来，说着各家的事。

“我们家的是位科长呢。”

“科长算什么了，我们家的是局书记呢。”阿秀说。

同学就羡慕起来，逗着阿秀怀里的孩子。阿秀说：“摇头，摇头。”

孩子果然摇起头来。阿秀说：“城里孩子天生聪明，才这么小，就会几样本事呢！”

同学从口里取出半块糖给孩子吃，阿秀说：“可不敢的，那不卫生，孩子吃了要生病呢。”

“城里的孩子比不得山地孩子结实，咱那儿孩子，整天在土窝里爬滚，却百病儿不生，城里人卫生，孩子越是病哩。”

阿秀也觉得怪，说有钱人才生病哩，就嘻嘻地笑。过一会儿，阿秀好像记起了什么，问：“你学会炒菜了吗？”

“正学哩。”

“什么菜都炒，炒那么一小盘，就倒一勺油，我真下不了那手呢。你吃惯那虾米吗？一股腥味儿，真使我心里呕了几天。”

“你还没见过吃螃蟹呢！”

“城里人死猫死狗都吃着香！”

两人就又乐得咯咯笑了。

四

眨眼间到了月底，主人家交给了阿秀二十元钱。阿秀很是感激。她长这么大，从未握过这么多的钱。小时候在家，过大年走亲戚磕头，挣过一元两元的，心就足了。如今这二十元钱，又是自己挣的，她真不知道怎么办好呢。她涨红着脸，跑进自己的房子，将门关了，一遍又一遍地数着。末了，就埋在自己的衣服卷里。

一整天里，她显得很勤快，哄得孩子一声儿不哭。孩子睡着了，就去洗菜，洗衣，倒垃圾。一直忙到下午了，她打问姑娘，邮局在什么地方，钱怎么个邮寄法。姑娘知道了她把钱全要邮回，锐声叫道："你这么孝顺？"

"家里要买盐打醋呢。"

"用得了这么些钱吗？"

"娘会攒下的，给弟弟讨媳妇呢。"

"弟弟多大了？"

"十五。"

姑娘就笑了，说阿秀骗她，十五岁的人怎么能娶媳妇呢？

"我们那儿苦焦，媳妇要早早定呢。一个媳妇过门，要花千儿八百，老早就积攒钱呢。"

"哟，那么小的，懂得爱情吗？"

"只知道很羞呢。我们中学那个班里，女同学都被人定了呢。有的男的还在一个小组的。"

"哎呀，那整天谈恋爱了！"

"哪里，见了面谁也不说话，仇人一样的。"

"那你也定了吗？"

阿秀脸色通红，捏着衣襟，再不看姑娘的脸。姑娘越发觉得有趣了，再追问，阿秀便站了起来，说："瞧你！你真坏！"

五

阿秀的心本来是清净净的，经姑娘这么一逗，里边就有了鱼儿虾儿了。对于自己过去的事情，也觉得新鲜，常常偷着笑。等家里人都上了班，孩子睡了，她就关了院门，坐在庭院里看那天上的一片云彩，看那树梢上的一只黄雀。这时候，山山的憨模样就跳在眼前。她知道她是属于山山的，到年纪了她会坐到山山的土炕上去，做他的媳妇，于是，她越是记忆山山。山山模糊了，又记忆起娘。她想象得出娘收到了她的钱，一定又会流泪的，老人家心肠软，见不得悲事，也见不得喜事，她会拿着钱对四邻说："瞧瞧，我能享秀秀的福了！天哟，苦得这闺女在外怎样赚来的呢！"

于是，她老人家夜里就睡不稳，想着她的女儿，不知道是胖了，还是瘦了……

阿秀在这时候，忍不住就哭出声来。女主人下班回来，见她的样子，说："你哭过？"

"不是的，是土眯了眼睛。"阿秀说。

"让我吹吹。"

"已经好了。"

女主人就说："我还以为你是想家里人哩。你去照一张相片，让家里人看看，他们也就放心了哩。"

阿秀突然觉得自己真傻，为什么就没有想到这一点呢？吃罢饭，女主人让姑娘领阿秀去照相，阿秀就换上才进城穿的那件新衣。姑娘说："就穿这件衣服吗？阿秀，你这么漂亮，为什么要穿这种花色的，多俗气。"

阿秀一时面耳烧热："这是他送的呢！"

"他是谁？是你的那一个？他是把你当农民老婆打扮哩！"

"我就是山地人。"

"你现在是城里人啊！"姑娘说，从立柜取出一件她的半新衫子，要阿秀换上。阿秀不好意思，却说："穿上这衣服照相，他看了觉得有点那个……"

"哪个男人嫌自己爱人漂亮呢？"

阿秀换上姑娘的衫子，果然有了一种风韵，女主人也笑着说："我们家没有山地人了！前日王主任来家，见了你，问我还有山地人的亲戚？你瞧，旁人是怎么个看法呢！"

阿秀明白了，打扮成城里人的模样，对主人家也是体面，便将那衫子包起来，家里来了人时，才肯穿上，或者就躲得远远的。

六

过了十天，阿秀取回了那张照片，人们都说照得好看，果然人是衣服的架子。阿秀瞧着也美，想尽快寄回山地里，姑娘却不以为然，说："唉，眼睛也好，嘴巴鼻子也好，就是头发收拾得土气。"

说着，就拿梳子来给阿秀梳，说要领她去烫发。阿秀说那使不得，将来回到山地，会被人笑话死的。姑娘不免说一通山地人落后，就拿电热梳给阿秀梳那鬈头发。阿秀去关了大门，又闭了窗子，才让姑娘梳理好了。她站在镜子前边看，这一看，立即又脸色绯红了。双手捂了眼，只是哑了声地笑，动手将头发揉搓乱了。

姑娘说："那有什么呀，这才好看哩！"

"那么一大堆的，像个翻毛鸡。"

姑娘就咯咯笑起来："以后你让我当顾问好了！阿秀，晚上我带你去公园舞会吧。"

阿秀在山地的时候，就听说城里人兴着跳舞，农民却说那是饱饭吃得生是非，男的女的在一处磨肚皮子哩。所以，一听这话，脸又红了。

"那多羞哟！"

"封建又来了！"姑娘说，"那是最好的娱乐，年轻人谁不去呢？晚上我带你去！"

"我不会。"

"先看看。"

"我这人样子，人家会笑话呢。"

"瞧你多漂亮，穿上我那件衫子，你会把男人的眼光全吸引过来呢。"

阿秀红着脸低了头说："我怎么老穿你的……我还是不去。"

"你也该置一件衫子了，这月钱妈交给你了吗？"

阿秀没有言语。孩子在床上才睁开眼，她赶忙过去抱起来，脸上还是红红的。姑娘知道山地人都吝啬，阿秀必是不肯买了。可是，阿秀却把头埋在孩子怀里，说："你说，我穿什么衣服好呢？"

"你想买一件？"

阿秀点点头。

七

夜里，阿秀被姑娘牵进舞会上来了。

那场面，比阿秀想象的还要可怕，偌大的厅堂，灯光白生生的，地板也光得闪亮，阿秀先兀自怯了，在地板上一点也挪不开。

男的女的，都穿得奇怪，在那里发疯似的旋转哪，笑哇，打着口哨呀。阿秀立即感觉自己在这里成了木刻、石雕，最后就眼睛没处看。这时候，一个留小胡子的男人走过来，躬着身向她伸手，她无策了，不知道怎么办，去找自家姑娘时，姑娘被人搂着，一团旋风儿似的转。她满头大汗，嘴里讷讷着，掉头向大门外逃去，听见那人在后边大声笑起来。

“这是个山地人哩！”

“山地人吃的杂粮，倒养得这么白净哟！”

“她没有气质。”

“却憨娇呢！”

“你对她有意思了？”

“新鲜哩。”

阿秀一直跑到街上，回头看时，身后并没有来人，心松下来了，还听见远远的音乐声。突然间，她却感到孤独。她想起这个时候，在山地里，或许到前院王奶奶家学铰窗花，或许陪着娘，在院里纺棉花呢。如今胃里装了好东西，浑身的劲儿使不出来，她理会了城里人为什么老说空虚，要求自由哇，民主哇的。

阿秀匆匆地跑回家来，就待在自己房间，突然穿针引线地纳起袜底来了。纳得很细，在上边还要缀着花。缀着缀着，便想起那男人说的一句话：“她没有气质。”这是什么意思呢？

阿秀一直等着姑娘回来，要问个明白。

八

但是，姑娘是最看不上阿秀纳袜底的。她们常常争执起来，从袜底谈到衣服。姑娘说："人为什么要穿衣呢?"

"人怎么能不穿衣呢?"

"可是，穿衣是不一样的。"

"怎么不一样?"

"比如说，山地人穿衣是给自己穿的，城里人穿衣却是给别人穿的。"

阿秀想了想，觉得是，又觉得不是。姑娘说："你好好想想，想开了，你便也有了气质了。"

阿秀慢慢地便开窍了。她觉得穿上那件新衫子，周围人都多看她几眼，她也不知怎么回事，也总希望别人能多看她几眼；于是，那件衫子就不下身了。她学着姑娘样儿，睡觉前把衣服叠好，压在枕头下，穿起来显出折棱儿。姑娘曾要给她熨熨裤子，她没同意，但到夜里，却用指甲抠那棱儿。

有了好衫子，这裤子总觉得不相配。阿秀注意过姑娘，也留神过街上的女儿们，似乎城里人线条都好，腿那么长长的；而自己呢，总觉得臀部大，腿短。她问过姑娘："我们造下是山地人，腿也活该比你们短。"

"那是裤子的原因。穿件筒裤，就显腿长了。"

这一个月里，阿秀就去买了一条筒裤，果真显得苗条了。姑娘说："哎呀，真是城里人了！如果再配双高跟皮鞋，你会比过我哩!"

阿秀羞得什么似的，说她哪里能和姑娘比呢。问起一双高跟皮鞋多少钱，姑娘说十二元，她吐了一下舌头，说："穿那干什么呀，那容易跌跤的呢。"

一天夜里，主人家到单位开会去了，姑娘又去跳舞，阿秀在家哄着孩子。孩子老是不睡，哭闹得厉害，她就把孩子放在小车里，自己做着各种怪相去逗。逗着逗着，想起了舞会，便学着那晚见过的样儿扭动起来。扭了一阵，她噗地先笑了，孩子也笑了。她趁着高兴，就去把姑娘的一双高跟皮鞋穿起来，立即胸部挺直了，抬脚起步，地板上就有了节奏，浑身似乎产生了一种弹性。她呀呀地叫着，一把抱起了孩子，在房间里走动，走到院里，指着星星给孩子："瞧星星，漂亮的星星!"

她觉得自己就是那一颗最亮最亮的星星哩。

门推开了，姑娘精疲力竭地回来，瞧见了她，突然叫道："啊，你买了高跟鞋了?!"

阿秀一下子感到很难堪，赶忙就去脱鞋，说："刚才洗脚，顺便穿着你的。"

"真好看哩，你就穿了它吧，我有几双哩。"

"我哪配穿，哪能老穿你的?"

"那你便宜给我几个钱吧。"

"这，这……"阿秀不知道该怎么好了，突然抱住了姑娘，但她没有说话，捏去了姑娘肩头上的一根落发。

九

如今，阿秀已经有三个月没给家邮钱了。

夜里她梦见了娘，娘在家里吃着没盐的饭，脸都有些肿了，弟弟从学校回来，到处找了些破烂纸带儿，偷偷收来了，订成小本本，在课堂上演算数学定理、物理公式……阿秀大叫着醒来，哭了一阵，哭过了，想，如果把钱寄回去，如果不穿上这好衣服，能在这里待下去吗？在这里待下去了，才能挣得二十元钱哩。她这么想着，心里也就安宁了。

阿秀还是给娘去了一封信，说她之所以没有邮钱，是因为主人待她很好，让她一边看娃，一边复习功课，帮她去考大学；而钱就买了复习课本、笔墨、纸和砚。

很快，老家有人进城，娘带来了一口袋柿饼，又捎话给阿秀说：接到信，她喜欢得哭了。她只说女儿离了娘要去受苦，没想城里人比娘还要心疼女儿。既是这么好条件，那就好好复习上进。家里再作难，也不能亏了女儿用钱。又说，这些柿饼是谢主人家的，山地里没甚好东西，尽个心意罢了。

阿秀听了，不觉眼泪流了下来，感到自己对不起老娘，心里说："娘，儿将来真有大钱了，一定要补娘的心哩！"

就把自己的那照片给娘捎回去了。

十

在城里，花钱像淌水一样，不用不用便又完了，阿秀的二十元钱，实在不知怎么用场。穿上了一身好衣服，也仅仅是那么一身，连换洗的也没有，而且毛衣呢，丝光袜子呢？她舍不得浪花一个钱，一颗瓜子儿也不曾买吃，但钱还是不够用。她想不通城里姑娘哪儿来的这么多钱，使她拼命撵也撵不上。主人家的姑娘也瞧着她可怜，说："你不是已经订婚了吗？"

阿秀低了头，不明白她问这话做甚。

"那你向他要钱哪！"

"我已经用过他好多钱了。"阿秀说，"那年订婚，他家送来了五百元，还清了我家的债。"

“他很帅吗？”

“不帅，他很好。”

“那他五百元钱就想讨得你这么个人儿吗？”

“我有些不忍。”

“你真老实。”

“……”

果然，阿秀给山山去信不到十天，山山寄来了三十元，还有一封长长的信。阿秀激动得对姑娘说：“他真寄钱来了。”

“他敢不寄！”姑娘动着鬼眉眼儿，说，“还寄什么了？”

“还有一封信。”

“说什么了？”

“他说他很高兴，我能在你们家生活，他觉得很得意，村里人都说他是有福的。”

“这倒是真的，还说什么了？”

“还说他……”阿秀一下子跳了起来，笑着说，“什么也没说了！”

说完，就伏在窗口，一动不动，让暖暖的太阳照在她的头上、脸上、身上。

院门突然被人有节奏地敲了三下，姑娘锐声叫道：“他来了！”

“谁？”阿秀吓了一跳。

姑娘附耳说道：“和你一样，我也有一个了！”

阿秀立时心慌意乱起来，赶忙进屋去梳头，搽脸，换上了那条筒裤，还未收拾好，就听见院子里有了响声。

“瞧你急死了，家里有人哩！”

“谁？”

“阿秀。”

“山地人?”

“她什么都懂呢!”

阿秀挑了门帘出来，一个小白脸忙从姑娘身边闪开，笑着向她点点头。阿秀忙也点头，也一笑，就招呼进屋，取烟、沏茶。那男的进了姑娘的房间，掏出了几件高级衣料。姑娘让阿秀看看可好，阿秀眼里发花，问道：“这一件多少钱呢?”

“五十元。”小白脸说，就动手去解姑娘的扣子，要穿上试试。

阿秀立即退了出来，去照看孩子，孩子还没有醒，一时没事要干，就去院子里浇那花儿。

姑娘的房子里一阵嘻嘻窃窃的笑声，接着是窗子打开的声音。阿秀觉得，那小白脸一定是扒在窗口上的，多么帅的人才！她一回头，果然窗口上扒着那男的，正眯着眼睛看她，两人目光对在一起，他给她笑了一下，她一时心烧面热，竟撞翻了一个花盆。

“哎呀!”阿秀慌口慌心地叫了一声。

那小白脸却哈哈笑了起来，对着姑娘说：“就是她吗?”

“嗯。”

“这么漂亮的?!”

“你……”

姑娘将窗子关上了。

阿秀什么都听到了，心口突突地跳，跑回自己的房间，还想着那男子的话：“啊，他不讨厌我哩，我也能被城里男人看上呢。”但她立即又很伤感：“如果我是生在城里，我一定也会有这么一个帅男人的，一块儿去逛公园，一块儿去看电影，穿五十元的衣料……”

十一

这一夜，阿秀做了好多梦，她又回到了山地，山山告诉她，他也是城里人了。真的，山山穿了一身笔挺的料子，脸儿白白的，留着一溜小胡子，搂着她跳起舞来……她说：“你怎么也会跳舞?”

“我学的呀。”

“这不是梦吗?”

“不是梦。”

“我常常做好梦，这次千万不是做梦了。”

但是，阿秀醒了，仍然是个梦，她就笑了。想着山山，准备该写给他一封回信了，但她翻了个身又睡下了，说不出心里有了一股什么滋味儿。她再也睡不着了，不知道想了些什么，天亮的时候，爬起来却去写信，对于寄来的三十元，没一句感激话，而又要求寄钱来。

她几乎十天半月就要去信要钱。

钱又寄来了两次，她并没有买什么，还是去信要钱；她也弄不清为什么要这样要钱。

但是，山山再没有寄钱来，却邮来了一封信。信上说：家里实在没有钱寄了，亲戚朋友全都借过，也不好意思去麻烦；父母还直担心阿秀在城里住久了，心性会大哩，怕有一天要守不住了……末了，还问到孩子长大了吗，说她去了近一年光景，也该回来了呢……

阿秀并没有生气，如果又是寄来了钱，阿秀或许就生气了，她盼望能有钱寄来，又盼望就寄这样的信来，这是一种什么心绪，她也感到奇怪，不知道是为了什么。

十二

于是，阿秀写给了山山一封信：

山山：

你好！我一直在盼着你的来信。盼来了，却使我的心碎了！你竟这么不相信我，这难道是有了朋友关系（这是城里的名词）的人说的吗？你的父母庸俗（这词儿也是她说顺了嘴的），你也这么庸俗？即使这样地不相信我，我也没办法了！我可以告诉你，城里的阿姨家待我很好，他们的气质（这个词她也学会了）你是想象不出来的。他们要我继续待下去，或许还要待两年、三年呢。

再见！

秀秀　×年×月×日

十三

如今的阿秀，是快活的阿秀了。肩膀一天天厚实了，头发黑得油光，眼睛也多了溢流的光彩，似乎连睫毛也湿漉漉的了。

城里的生活是把刷子，阿秀身上的土气，一日一日被刷去了。她喜欢穿鲜艳的衣服，连裤子也穿红的；喜欢让头发披下来，波浪式烫鬈；喜欢用手托着右腮，牙齿咬着小指头，斜眼儿瞟着看人；喜欢抖着肩膀弹跳着走路。她和主人家姑娘一块儿去大街，头再也不低下去，而是落落大方地迎接男人们的目光，也竟和姑娘一块儿去舞会上，跳哇，笑哇，尖锐地打口哨。

主人家的来客，看着阿秀，都要赞叹一番，对主人说：“你们真是大家，就是棒槌在门后靠一年，也会成精说话！”

“活该这孩子有出息。”主人说。

“还不是你们教育得好！”

阿秀越发感激这一家人了。孩子一睡着，她便去买菜，推车到了菜市，买了猪肉买羊肉，又买了韭菜、青豆、大葱。主人家喜欢吃肉丝汤，姑娘喜欢吃羊肉饺子，她每顿必是炒几份菜，做几样饭的。

阿秀正推着车子往回走，似乎看见旁边的墙头边一个人影儿一闪，又不见了。她习惯了男人的目光，再不脸红，反倒高昂起了头，一直走过去。那身影又那么一闪，而且有声音在叫道：“秀秀！”

这是谁的声音，颤颤怯怯的？她没有停步，还是往前走。

“秀——秀！”

阿秀扭头看时，一个山地模样的人正站在那里，是山山。

山山已经最后确定是秀秀了，跑了过来。他背着一个大口袋，走到她面前；先自低了头，不敢再走近，也不敢多说话。

阿秀离开了山地，还没有见过多少熟人，问道：“是你，你怎么来了？”

山山一脸的汗水，越擦越多，说：“家里人让我来看看你，我下了车，就打问你的地方，老是问不清……我真担心要找不着你了，你却碰上来了。你好吗？”

阿秀心软了，觉得山山怪可怜的，脸上笑了一下。

过路人都停下来，向他们看着。阿秀便觉得难为情了，收了那笑，不再言语。

山山看秀秀一眼，见她不再言语，又显得笨手笨脚了。

“快放下布袋，看把你热的。”阿秀说，把口袋接下来，架在车子上，让山山跟她一块儿回家去。

山山突然觉得，她毕竟还是山地人，毕竟还是他的未婚妻，慢慢不怎么拘束了，开始在怀里摸烟末，用纸卷着抽，有意无意地看一下阿秀，就闻到了一股什么香味儿。

十四

赶回家里，主人们都上班去了，家里再没外人。阿秀让山山在门外弹了鞋上的泥土进来，让他坐在沙发上，喝着茶水。山山小心地坐在那里，又在怀里摸起那烟末，阿秀就从烟匣里取出一根过滤嘴烟给他了。山山第一次抽这样的烟，一边嘴咂得很响，一边看室内的摆设。阿秀就揭开了电视机的护罩，又去按开了录音机的开关，末节了，就坐在那里，擦拭着自己脚上那尖足的高跟皮鞋了。

山山终于说：“秀秀，你还生我的气吗？来看上一回，我就不怪你了。”

阿秀说：“怎么不怪了?!”

“这真是待在山地想不来的，不是你心大了，倒是我太没见过世面。”

阿秀笑了一下。

山山看着她，脸比先前白了，也嫩了，胸部高高隆起，笑得那么美，禁不住胆子大起来，向阿秀走过来。阿秀什么都看得出来，叫道：“哎呀，到下班时间了，阿姨他们就要回来了，瞧见咱们俩在家，多么不好看！你先去大街上逛一逛吧，到东厅市商场转转，那里什么好东西都有，十字路口那家电影院，你也去看看吧，还有那公园、动物园……来一趟了，一定要开开眼呢！”

“那……”山山站在那里，不知所措。

“你痛痛快快玩到天黑了，在前边巷口等我，我接你再来家吧。”

“好吧。”山山说，“这口袋呢？我娘让我给你带了核桃，还有油馍。”

阿秀说：“你带上吧，放在这里，不是说明人来过吗？还带那馍，这儿不稀罕哩。”

阿秀说了，又觉得不妥，去厨房抓了几个肉包，塞给山山，说：“还需要钱吗？”

“我带着。”山山说，脸先红了，却一把抱住了阿秀，把嘴巴凑过来。

“你，你！”阿秀推开了他。

“我真想你，让我亲……”

“瞧你那嘴里气多难闻，你刷牙吗？”

山山立时失去了兴趣，脸红红的，从门里走出去了。

十五

路灯亮着的时候，主人的一家下班回来了。阿秀端上了饭菜，一家人坐近去吃，阿秀却抱了孩子在拍着、转着，说：“阿姨，今日菜味行吗？”

“不错，阿秀，你真行呢。”

“阿姨又说好听的了。”

“明日我买一本菜谱来，你再学学炒些海味吧。”

阿秀很满足。抱了孩子到院里，月光朦朦胧胧的，她说：“星星，星星哩？”

孩子伸着小手向天上指。

阿秀就把孩子在手掌上旋转，孩子咯咯地发笑，她也笑了。哪儿传来几声锣鼓声，她想起了山山，他是不是也在那儿瞧热闹呢？山地真是个苦地方，近一年未见，山山见显得老多了，个儿也似乎缩小了，那脸也比先前要黑。咳，山地人和城里人就是气质不一样，瞧他那举止、言谈、相貌……阿秀想起了她才来城里那阵的样子。

“我那时也是个猥琐样儿吗？”

她不觉哧哧地笑了起来。

姑娘听见了笑声，在屋里喊：“阿秀，什么事这么乐的，快回来吃饭，菜都凉了。”

阿秀走进去，一家人已经吃过了，她胡乱地吃了些，想到巷口去接山山，女主人却在说：“阿秀，锅碗刷了，一块儿看电视吧，今晚是日本电影，好节目哩！”

阿秀只好又坐下来看电视。孩子就在怀里爬。

电视放映的是《生死恋》，尽是男女抱着，在河滩上、草地上滚哪滚的。阿秀就想起了山山下午的事，嘿嘿地笑，看着那接吻的镜头，她就捂住了脸，却从指缝里往外看。

家里人都看着她笑了。姑娘说：“你们山地人有这样的吗？”

“哪里还敢这样！”阿秀说。

“山地人不接吻？”

“不的。”

“我就不信。”

主人一向不大说笑，这阵也觉得有趣，便说：“山地人懂什么爱情，媳妇都是掏钱买的，成了家，就成辈子顾了嘴，晚上了黑灯瞎火的睡觉生娃娃就是了。”

阿秀听了，想着自己，心里乱糟糟的，说：“伯伯说得对哩，那里太落后了。”

女主人就问了起来：“阿秀，你今年多大了？”

“属鸡的，二十二了。”

“有朋友了吗？”

“没有。”阿秀说，赶忙看姑娘一下，姑娘向她挤了挤眼。

“没有？”女主人说，“可惜你没工作，不能找一个城里人，这样吧，我托人去郊区菜队找一个吧，愿意吗？”

阿秀很是感动，但觉得自己在欺骗这位可敬的女主人，想说她已经有了山山，又觉得那样说出来，更对不起女主人的好意，只好点点头。

“谁会要我呢？他还……”

“你说的是谁？”女主人说。

“没有谁，阿姨。”阿秀说，“现在几点了呢？”

“九点了。”

“啊？已经九点了！”

“你有别的事吗？”

“没有的，阿姨。”

“这电影真好。”

“是的。”

十六

院门外有人喊：“秀秀，秀秀！”

阿秀已经听出来了，但她没有动，她要让主人家听见了，她再出去。女主人果然说："阿秀，谁在找你？"

"谁找我呢？"阿秀喃喃着，走了出来，一出屋门，一个闪步跳到院门口。打开门，山山站在那里，一脸不高兴。

"你让我累巴巴地站在巷口，你倒在家自在啊！"

阿秀一把捂了他的嘴："这是你家吗？主人让我看电视，我能不看吗？"

一句话，山山声软了："我总不能等一夜呀？"

阿秀就让山山先待着，进屋说了情况，出来说："主人真好，让你今夜歇在这儿。"

山山便又放纵了："那自然的，你是他们的干女儿，我也是干女婿了！"

"胡说！"阿秀变了脸，"进去不要胡说，伯伯是局书记，你敢多嘴？！我已经说你是乡党，你就一句也不要提那订婚事，知道吗？"

山山一时却不敢走进去了。

阿秀说："别呆头缩脑的。"

十七

一进门，阿秀就说："伯伯阿姨，我乡党给你送来土特产了！瞧这核桃，一律大小的，手能捏碎皮儿。明日我该要做一顿核桃饺子了！"

一家人都站起来招呼，山山满脸油汗，只是憨笑，说："核桃饺子才好吃哩，我们那儿待上客，就吃这东西。"

姑娘就哧哧地笑，走近阿秀，耳语道："瞧他还时兴哩，留着小分头，越发土气了，像个葫芦瓢盖在头上。”

阿秀苦笑了一下。

“你那一位什么样呢?”

阿秀唰地红了脸。

家里人砰砰砰地砸起核桃吃，说比点心好吃，山山却说：“哪儿能比点心好吃？城里的点心就是比我们县上的酥，下午我吃过一斤哩，核桃怎么也顶不了饭吃!”

家里人就都笑开了。阿秀瞪了山山一眼，山山不言语了。主人问：“今年山地收成好吗?”

“收成不好。麦季里旱了，旱得发了白，地里尽裂了娃娃嘴似的裂道。抗旱吧，一桶水上去，哧儿，就干了。前塬那二十亩地只好套牛犁了。剩下的，长是长上来了，却绣个绳子脑壳大个穗儿，经不住打碾。第一场子，先交了公粮了，再又留种子呀，饲料哇，储备呀，分到社员的，一人合不到五十斤。平日里，馍馍是吃不到的。”

“那吃什么呢?”姑娘说。

山山进城来，憋了一天话没处说，见主人这么和气，又喜欢听山地里的事，就一时控制不了，当下又说：“吃什么呢？凑合着呗。亏得山地水土硬，喝米汤也饿不死人。那儿水土养女人哩，女的倒一个个还有红有白的呢！秋天里，只说要收了，那起先雨水很好，苞谷长得旺，可天知道到了抽天花，那是节骨眼上，又旱了。片里干了，河里也干了，眼看着天花抽不出来，卡死在肚子了。一地长的，一半是光苞谷秆，结穗的，也是些稀颗子。”

他说到伤心处，喉咙哽住了，吸了一阵鼻子。

阿秀已经记不得什么时候收麦收秋了，经山山这么说起，一下子把她和山地的距离拉近了。她想起了以前的生活，想起了还在山地里的娘和弟弟，眼角潮湿了。

女主人叫道："怪不得市面上物价高起来，城里人也受连累了，一斤土豆也要一角二哩！"

山山想说什么，一时却接不上前边的话来，喃喃道："城里还是好呢！"

姑娘说："好什么呀，没山地空气好！"

"人总不能吃空气啊！"阿秀不知怎么不爱听姑娘的话了，灯光下，死眼儿盯着山山的脸。

十八

夜里，在厨房里安了一张床，山山睡下了。

阿秀陪着女主人又说了一阵话，时间到十一点了，女主人说要睡觉，孩子却哭闹起来，阿秀说："阿姨，明日要上班，你睡吧，孩子我哄着。"

阿秀把孩子抱进自己房间，仰躺在床上，让孩子在身上爬。孩子揪她的头发，使劲地揪，她在孩子屁股上拧了一下，孩子哭了，她赶紧又将头发让孩子揪。孩子还是哭，她便抱起来，在堂屋里转。

厨房没有门的，从中堂直接可以看到里边。阿秀转着，一抬头，看见山山站在厨房门口，给她招手。阿秀努了一下嘴，只是不再理睬。转了一会儿，再一看，山山还站在那里，她走过去说："怎么还不睡？"

"睡不着，想着你哩！"

阿秀就掩嘴儿笑。

山山说："我帮你哄吧。"

“我不累。”

“你够累了。”

阿秀把孩子交给了他。他站在那里，不停地摇着孩子，孩子的哭声渐渐小下来。

“你每夜都是这样吗？”

“这孩子也够娇气的。”

“那真不轻省呢。”山山叹了一口气。

阿秀说：“我乐意干哩，这家人多好的。”

“是好。”山山说，“这也只能你才能来。”

“那为啥？”

“你多好看，如今越发好看了。”

“好看了惹人不相信哩！”

“你真厉害，你不饶我吗？”

“声那高干吗？伯伯阿姨明日还要上班哩！”

山山吐了一下舌头，看着孩子渐渐睡着了，嘴又凑了过来。阿秀瞪着，却伸过了手，说：“给你个手，你亲！哎呀，你那么狠?！睡去吧，明日起来早点儿！”就抱了孩子进她的房间去了。

十九

第二天，主人们都要上班走了，临出门，都留山山多待几天，山山笑呵呵地应着，送他们出了门，却对阿秀说：“秀秀，我也该走了！”

“这么急，不高兴吗？”

“高兴了才要走呢！”

他开始在怀里掏起来，掏出一个皮夹子，从里边取出一卷儿钱，说："这是五十元，你拿着。这里不比山地，不要亏了你自己，我走了。"

山山取了口袋，要出门了，阿秀抱了孩子说："你真的要走了？"

"要走了，家里事还多哩。"

"你还没有逛逛。"

"逛逛要钱哪，看看你，心就足了！"

阿秀赶忙低了眼皮："我不送你了，别人看见了……"

"这我明白。"

山山从巷道的墙角走去了。

突然间，阿秀觉得心里空落落起来，手上凉凉地落下一滴什么来，才发现自己哭了。她大声地叫了起来："山山！山山！"

山山在远处的街面上站住了。

阿秀使劲跑过去，把那卷钱塞在山山手里，说："我这里不用钱，你带上吧。你给我娘说，我再过五天，钱下来了，就给她邮去。这孩子也快长大了，再过一段时间，我也就回来了。"

"为什么要回来呢？能多住些日子，就住下，城里总比山地里好呢。"

"是好呢，"阿秀说，"你有空，常来看看我呀，来时，什么也不要给我拿，带些土特产就是了。"

说完，她一低头，抱了孩子跑回家来，一进院门，却在孩子的屁股上狠狠拧了一把，孩子哭了，她不知怎么也放开声地哭了。

1980年月12月20日夜于静虚村

倒流河

贾平凹

有一条倒流河，河北是两个镇，河南是三个镇。河北、河南的要往来了，没有桥，只有老笨的一只船，那就得去搭船。搭吧。于是，来人在渡口喊：船过来哟——老笨。

老笨就放下水烟锅，使劲儿地摇橹，力气已经不够了。但河面上空横拉着一道铁丝，船绳套在上边，船不至于被水刮走。

搭船的人往船上来，老笨认得邻村的顺顺，顺顺头上新别了一个发卡，绿莹莹的像落上去的蜻蜓。

大家开始取笑老笨的牙，门牙没了，嘴角两边的牙便显得特别长，那是要长出象牙吗？又戏谑说：人清闲了坐在炕桌前才吸水烟锅的，你拿到船上用，是长年在水上的缘故呢，还是扎个势，要显摆？老笨哧哧地笑，却说：你们在河南好好地两条腿走路，咋就去河北趴下四条腿？老笨还会挖苦人，大家扑过去扯他的嘴，船就晃荡不已，在河面上打漩儿。

天上满是些疙瘩子云，船到了对岸，老笨又吸起水烟锅了，一边轻吹细捻，听烟锅子里的咕噜声响，一边望着下了船的人爬到了塄畔。塄畔上一簇一簇的白花。其实那不是花，是干枯了一冬的野棉蒿裂出的绒絮。河南的樱桃已经开了，而河北，绒絮还在风里扯着。

河北那是产煤的地方，到处都是些小煤窑。夜里如果有了流星，朝着流星坠落的方向去寻陨石，那峁哇梁啊下面会发现一个洞，洞斜着就钻进去了。这些洞差不多靠近某一个村庄，三里路或者五里路，路都是黑的。长长的白天里，驴无声地驮着煤筐走，偶尔开过的卡车和拖拉机留下了车辙，很深又很硬，驴在辙里拐了蹄，便被赶驴人日娘捣老子地骂。

骂声让石峁梁上的人听到了，那也是个赶驴的，不免相互喊话，话却在半空里就乱了，嗡嗡一团，只好你招招手，我也招招手。

沟岔底的那个洞，和别的洞不一样，洞旁边搭了个棚，还种了一窝南瓜。因为有了一场好雨水，藤蔓叶大如头，竟爬上了棚顶。下面坐着一伙媳妇，她们是来送饭的，等候得久了，就数起黄灿灿的南瓜花，说哪朵是实花，花下已经有了小瓜胚子，而哪朵没结瓜，是朵谎花。

顺顺当下就不数了，坐到一边去，把包着饭罐的帕帕解开了，又包上，再要解开时结紧得怎么也解不开，脸色难看。别的人赶紧使眼色，不说谎花了，说罐子，说：咋还不出来，罐子都凉了。

罐子都是一样，罐子里的饭却不同。有的是红豆米饭，炒了土豆丝或炖了萝卜；有的是油泼的捞面；有的是四个杠头馍，全掰开了，夹了辣子酱豆和葱，还有一疙瘩蒜，说：我那人饭量大。立本年前就害上了胃疼，顺顺给他摊了煎饼，为了软和，煎时在面糊里多加了西葫芦丝，饼子都煎得不囫囵，她羞于给别人看，把罐子抱在怀里了，暖着热气。

一阵响动，洞口里就扔出了个安全帽来，接着爬出来一个人，再接着五个六个都爬出来了。这些男人各自看着自己的媳妇便笑，但媳妇们看着他们都是一样黑衣服黑脸，一时倒认不清。顺顺是第一个抱着饭罐跑过来，立本的眼白多，现在更白了，比别的人都白。立本伸手就抓煎饼，煎饼上留下黑指印，顺顺说：急死你！扯了片南瓜叶子让先擦手。

吃过了饭，媳妇们就走了，男人横七竖八地躺下晒太阳，吸纸烟，开始说自己媳妇。一个说：我呀，晚上回去，她就把长面捞到碗里了。一个说：我回去先上炕，她再忙，擦擦手也就来了。立本说哼，哼了几下，心里想：那算个屁！我一进门，顺顺一手端了饭，一手提裤子，问先吃呀还是……他就闭上眼，眯瞪了。旁边人说：你哼啥哩？立本，立本！立本已经睡着了。怎么叫立本都不醒，掏出一枚硬币轻轻放到他手里，手却立即攥紧了，气得大家都笑，骂：瞧这货，这货！

但洞口经常也有哭声。不定在什么时候，洞里爬出的人双肩上套了绳索，人爬出来了，再把绳索往出拉，就拉出个铁皮斗子，斗子里不是煤块，是另一个血肉模糊的人。洞口就呼天抢地，一片哭声。

棚边的南瓜藤蔓干枯后，露出一堆一堆纸钱灰，有的纸钱没烧尽，风吹着总往人身上沾。沾在立本的裤腿上了，立本就要呸口唾沫，说：我和你没吵过架，也没欠钱，别寻我！

四里外的村口一直有家小卖铺，挖煤的常在那里买酒喝。村里人把挖煤的叫煤黑子，煤黑子买了酒多半要先赊账，店掌柜就在墙上写了人名和钱数。有些账还在，人却在事故中没了，权当给烧了纸吧，墙上就在那个人名上画个叉。不久，都在传说：一个月黑风高的夜里，有三个人敲小卖铺的门，要买烟酒和方便面。掌柜见是煤黑子，说：不赊账啊？三人说：给现吧！天明后掌柜点钱，发现都是些阴票子。

从此，煤黑子的媳妇们都在租住的村屋里贴菩萨像，天天给菩萨上香。顺顺在立本上窑上时，往怀里放一个桃木节，或者一个小纸包，包着朱砂。立本爱显摆，有一回在洞里掏出纸包给别人看，里边却不是朱砂了，是一张棉布片，上面有血。大家当然知道那是什么血，取笑了一番。立本回来给顺顺发脾气，顺顺才说是村里来了个阴阳师，告诉她经血最能辟邪，立本火降下来，但碗已经拿起来要摔了，就拣了个破碗摔碎。

这个窑的煤黑子有县东的人也有县西的人，而大多是河南、河北的。河南来的八个人，不到六年，死了五个，一个断腿，还有一个躺在炕上能出气，叫不应，活成了植物。而立本活着，立本给人夸自己的那个地方长着一颗痣的，旁人说：还不是顺顺给你的平安！立本也觉得顺顺好，回来把顺顺抱在怀里亲，还亲了她的肚子。

顺顺明白立本的意思，夜里老实得像个猫儿，任着折腾。事毕了，她要给立本去倒温水洗，立本说：不敢让流了！给了个枕头垫在屁股下，顺顺就把头吊在炕沿下。

顺顺已经给将来的孩子起了个名字叫安然。但又过了一年，顺顺还是没怀上。

那时候，煤的市场不景气，小煤窑的煤里矸石又多，更是卖着艰难。矿主就鼓励人去推销，推销出一吨可以提成百分之五。

顺顺给立本说：你的胃病好多了，我给咱跑生意去，两个人赚着总比一个人赚着多，攒够盖新房的钱，明年就该回去了。立本说：那我咋吃饭哪？顺顺说：搭老魏的伙。老魏的媳妇也是送饭的，顺顺出一份钱，老魏同意，老魏的媳妇也同意。

顺顺先回到河南。别人家的稻子都扬花了，她家的稻田遭了虫害，稻叶子一疙瘩一疙瘩锈着色，忙着三天两夜挑料虫。从田这头到田那头走一趟，料虫能挑少半筐，倒在坑里用木杵砸，而腿上却趴了蚂蟥。蚂蟥往肉里钻，捏不出来，血就顺腿流，过路人说：拍，一拍它才肯出来！拍了三下，蚂蟥掉下来了，那人说：看把庄稼做成啥了！顺顺觉得下煤窑没挣下钱，庄稼也荒了，让人笑话，就发誓要好好推销煤。

县城里各个单位都有着锅炉，一到冬天居民家里又烧炉子取暖，顺顺就挨家挨户给人说好话。头一两个月自己单独骑自行车，早去晚归，后来叫上立本的一个老叔一块去。老叔胖，坐在自行车后座上，顺顺便骑得一身的水，还和人撞过三次，把老叔跌下来，断了一颗牙。

顺顺承诺将来要给老叔补个金牙，每次到了县城东门外，老叔跑北城片，顺顺就跑南城片，在一棵柳树后把旧袄脱下，换上一件红底碎花衫子。她喜欢这件衫子，换上了要对着城河水照几回。

在单位里和人家谈价钱，往往谈到最后了，人家就提出要回扣。回扣有五百元的，也有一千元的，顺顺老是心疼，后来灵醒了，再不给现金，运去十吨煤，打的条子上却写上十三吨。但是，卸煤时，烧锅炉的要让她请吃饭，饭就不请了，把饭钱给塞兜，还搭一包纸烟，她帮着一块卸。烧锅炉的时不时拿眼光在顺顺身上蹭，说：听说在窑里挖一年煤要尿三年的黑水？顺顺说：你唾唾沫，唾沫也是黑的嘛。两人都笑，说咱们这是干啥哩，老鸦还嫌猪黑？

推销得好，顺顺五天或七天了到窑上领推销款，晚上就不走，要尽女人的责任，但立本总是下了班就去喝酒。等到醉得摇摇晃晃回来了，立本很张狂，把一沓子钱往顺顺面前一甩，说：给！妈的×。顺顺笑着，也就从怀里掏出钱来，她的钱沓子比立本的钱沓子厚。

撑船的老笨入秋后就一直喊脊背疼，喜欢搭船的人拿鞋底给他拍。去看医生，医生说是受了潮，要求每天去镇卫生院刮一次痧。儿子用自行车带他去了一次，说：不就是用牛骨板在身上刮嘛，你把钱给我，我夜夜给你刮。老笨哼了哼，赶紧把帽子按了按，帽壳里有着一百元的票子。

三十年前，老笨刚开始撑船，河里涨水，一条鲇鱼跳到船上，捉住了提回家，老婆正好给他生下个儿子，他就给儿子起名鱼，宋鱼。这宋鱼长大了，去城里干过传销，传销被政府取缔了才回村种庄稼，庄稼种得不好，却染上了赌博。曾经钻进苞谷地里和人掷色子，掷了三天三夜，胡子长出一指长，从此就留个小胡子。

老笨说：你三更半夜不沾家，你给我刮？

宋鱼听了爹的话，故意把自行车往一个小石头上骑，差点把老笨颠下去。骑到一个小商店门口了，却进去买了个木挠挠，木挠挠是专门搔痒的，河南人都叫它是：孝顺。宋鱼说：我不沾家，它就替我嘛。

老笨说：儿啊，你这么浪荡着咋行？你也去河北下下窑嘛。

宋鱼说：我去下窑？当兵的是死了没埋的人，挖煤的是埋了没死的人！

后来宋鱼赌得大了，面前放一袋子钱，和人坐在公路边上猜车号的尾数是单还是双，谁猜对了就把钱袋子提走。宋鱼输过，也赢过，幸运的是多赢了几次，就买了辆摩托，整天放着响屁地跑，还在后座上驮了女孩子，女孩子的裙子经风一吹，腿像两个白萝卜。

县城里人常有开了车来游玩的，要看倒流河的水是怎么倒流的，还要看河南的老房子。别的地方建房三十年木头就坏了，土墙也坍了，河南的房子砖砌皮，里边的土心也是浸了米浆捶打的，百十年的民居在，而且明代的龙王庙在，清代的魁星阁在，还有一个木刻砖雕的老戏楼子。

这天，就有个人停了车，端了照相机四处拍，拍到一座房子，这房子虽也砖砌皮，却椽头腐了，檐角垮了，屋顶上苫了塑料布，拿石头压着还呼啦呼啦响。对着门楼拍那匾额“积善流光”四个字，门道里卧了一只狗，龇了龇牙，没有叫。又转到房的山墙后，那里搭了一间土屋，里边站着一头牛。牛体瘦毛红，脚下垫着的土和草料被粪尿搅和成了稀泥，苍蝇乱飞，臭气烘烘。拍照的说：这牛若是人变的，那人是囚徒。宋鱼就跑过来，喊：哎，干啥的，干啥？

这房子并不是老笨的家，但宋鱼就是不让拍。照相的不拍了，却对着牛圈门口的一块石头说：这石头是老石头。宋鱼说：二百年的捶布石！照相的喜欢捶布石平整光滑，更感叹它挨了多少棒槌击打，就说：把这石头给我吧。宋鱼却要钱，要了一百元，他吭哧吭哧把石头抱上了汽车，狗却汪汪地叫。照相的说：这钱应该给这家主人吧？宋鱼说：走你的，狗说不了人话！

煤还是卖不动，而窑上事又不断，许多煤窑就关停了，或者廉价转售。从河北回河南的人多起来，或一脸灰黑，背着被褥卷儿，或拖家带口的，男人在前边走，媳妇拉着孩子老撵不上。老笨很忙，夜里还得撑一次船。

空中的月亮一团明光，船撑到河南岸了，最后下船的是个年轻女子，怀里抱了个婴儿。老笨知道在河北挖煤挣不下钱了，但躲过了计划生育，说：这世道哇，娃都生娃了。年轻女子不爱听，回过头说：不生娃生老汉哪？呛得老笨半天缓不过气来。

立本没有回河南，却谋划着和另一个人要把沟岔底的小煤窑买下来。两人回到河南来筹款，顺顺在新草帽上搓麻什给他们吃。顺顺的指头嫩嘟嘟的，搓出的麻什像猫耳朵，那人说：手真好！顺顺侧过头了，无声地笑。那人出了厨房，在院子里给立本说：你娶了个好媳妇！顺顺想听自己的男人怎么说，立本却只嘿嘿了一下。

立本把购窑的事说给顺顺，顺顺吓了一跳，不敢同意，立本就反复给她讲，现在的煤窑设备不行，又没有木支护，所以老出事故。矿主只会骂人，不善经营，煤就卖不出去。趁着眼下煤价落到了底，咱买了肯定是好事，一时煤卖不动，总有能卖动的时候哇。如果咱命好，那挖的就不是煤，是金，日进斗金。顺顺说：那咱命就能好？立本说：我那个地方长着痣呀！顺顺想了想，说：我依你吧。就同意了。

决定了买煤窑，那人出五十万，立本也要出五十万，而立本总共积攒了十万，还准备要翻修老屋的。立本去贷款，信用社不给贷，顺顺说：我给你过三十六吧。

三十六是男人生命中最重要的岁数，河南的乡俗就是摆宴席，亲朋众友来相贺。立本的生日原本在腊月，顺顺却给他提前过，为的是能收一笔礼，还可以向亲戚们借钱。但是，席桌上顺顺说了借钱的事，立本却站了起来说：这不是借钱，是让大家入股哩，有十万的入十万，没十万的五万八万也行，我给经营着，明年就给你们分红。

立本还介绍了这个煤窑的情况，也讲了它的光明前景，拍着腔子说要让大家的钱鸡生蛋，蛋生鸡，不停地生下去。亲戚们被他煽呼起来了，顺顺的二舅当下拿出五万，说他要买水泥铺院子呀，不铺了。

二舅一带头，大姨父应允了五万，二姨父应允了五万，大伯五万，二伯四万，三伯三万，姑姑六万，大舅四万，三舅四万，三个侄子各五万，五个舅表姑表各四万，六个侄女和外甥女各三万。顺顺娘有个干姨妹，其儿子和女婿来了，心也热了，说：让我们也沾个光吗？立本说：你们也是亲戚嘛，行啊。那两人各应承了两万。

三天后，所有的钱都拿到手了，九十八万，顺顺又卖了要翻修老屋的一副大梁担，还有她的一双银镯子，共两万整数。账一笔一笔写好，账本装在一个盒子里，顺顺抱着盒子要放到屋梁上去，一只老鼠在看她，又担心老鼠会咬盒子，便把盒子用铁丝吊在梁上，铁丝上还加个旧电灯罩。天开始下雨，雨也关心着，敲得屋外树叶子响。顺顺给立本说：这不老鼠爬不下来了！

有了自己的小煤窑，立本很辛苦，扩拓了坑道，加固了木支护，又新招了一批煤黑子，忙得小便都尿不净，裤裆里老是湿的。顺顺让老叔继续推销，自己也在窑上忙活，她办了一个大灶，媳妇们都不各自送饭了，省了的人手都运煤装车。她不愿意窑后的坡上只是野棉蒿，从河南挖了一桃树栽在那里，时常提了水去浇，希望能活。

桃树真的活了，可顺顺一年下来，人瘦了一圈，再穿那件红底碎花衫，又宽又长，衣不附体，风一吹，大家都说：你要上天哪！

夜里回到出租屋，立本当然还要做那事，顺顺心里不要，把身子给他，但黑暗里睁大了眼，要听着远处有没有狗咬，炕台上的电话会不会突然响起，提心吊胆着窑上出事。

月底发工资，还放一天假，煤黑子们都去喝酒了，顺顺领着一伙媳妇去坡上拾地软，嚷嚷着回去包饺子捏馄饨。等着大家都下坡了，顺顺坐在那里看桃树，几日不来，春便老了，桃花落了一地。

不觉得就春节了，回到河南，立本说：初五把亲戚都召来吃顿饭吧。所有出过钱的亲戚都来了，口口声声叫着立本是老板，盼望老板分红啊。饭菜吃了一半，立本给各位敬酒，却说这一年窑上的煤依然卖不动，还伤了三个人，虽生命都保住，可住院和补偿就花去了二十三万，总之，是赔了。

大家面面相觑，就往顺顺脸上瞅，顺顺脸也茫然，立本又说了：做生意就是有风险嘛，既然赔了，如果各位还要把这个窑维持住，就等待以后的大分红，那就需要各家再缴三万。三舅说：赔得血本都没了，还敢再缴！立本说：都是亲戚嘛，不愿意我也不强迫，那就不缴了，也就没股了。

顺顺不知道该说些什么，但她得依着立本。亲戚们七嘴八舌议论了半天，都是不再缴钱了，怨恨自己当初发财心切，不该听立本的话，他只是个煤黑子，哪里是当老板的料呢？饭没吃毕，屁股一拧都出门走了。

顺顺的娘家人再不和顺顺往来，顺顺的眼泪流到了正月十五。

正月十六，村长得了孙子要过满月，宋鱼张罗着通知来客。十五的晌午他就站在村前公路上见人便说：村长给孙子过满月呀，让请你哩！被挡住的人说：哦，那就去随礼嘛。也有不说去也不说不去的，却问：把你积极的，是不是村长让你承包修水渠上的那个涵洞啊？宋鱼说：我不赚那小钱。那人说：那你给人家的孙子出过力？宋鱼说：他那儿媳妇……我口没那么粗吧？嘻嘻地笑。

宋鱼骑了摩托再往另一个路口去，路上就有人和牛挡了路，中间是一个老汉，两边各一头犏牛，悠闲缓慢地走。宋鱼鸣喇叭，那老汉没反应，左边的牛却立刻走向了右边，宋鱼骑过去了骂：你不如个牛，牛都知道靠右行哩！

顺顺刚好过来，说：他是个聋子，你骂他哩？宋鱼见是顺顺，也通知了顺顺，说：你一定得去的。顺顺说：那为啥哩？我和他不是本家子。宋鱼说：他是村长啊，你和立本树梢子在河北，树根子在河南哪！ 顺顺回来给立本说去呀不去，立本不去，说：礼钱咱能赚回来？顺顺明白立本在吃醋，把头低了没再多说。但第二天，她还是一个人带了礼去了村长家，把人家的小孙子抱着喜欢了半天。

村里过红白事，是乡里乡亲维持关系的平台，都去帮忙啊，上礼呀，即使有小怨小仇的也去示个好，隔隙也可修复。而村长这天村人去了多半，仍有小半没来，村长脸上挂不住，问宋鱼：你咋通知的？宋鱼说：我再去喊。

宋鱼又站在门外十字路口喊人，有几户来了却来的不是大人，是孩子，还有来的人把礼钱一上又顺门要走了。宋鱼说：走哇？走的人说：礼上了。宋鱼说：那得吃饭哪！走的人说：为啥不吃，叫他想去！

入了夏，河南的树荫把村都罩了，夜夜蝉声嘶叫，蛙声如雷，河北的峁梁上草长不到半尺高，牛虻却多得像苍蝇，撵着人隔衣服蜇。

窑上的生意不好也不差，收入盘点后，合伙人提出再买一个窑，立本又和顺顺商量，顺顺这回是坚决反对，因为不可能再筹到钱了。立本说：咱卖老屋房，把房卖了。立本是入赘到顺顺家的，顺顺说了狠话：那是我爹我娘给我留的，你别打它的主意！结果合伙人拿了他的红，又抽走了当初买窑的一半钱，自己单独去干了。

大部分的钱都被抽走，煤黑子的工资发不了，原本关系还和和气气的，这下子红脖子涨脸，闹僵了，有人竟把三十个安全帽偷走了。顺顺得知那人是邻村的，并且回了河南，就也撵了去要。

那人说：这不是偷，是顶账的。顺顺说：兄弟，我用别的给你顶账，你把帽子还我，下窑没帽子你这不是卡我脖子吗？带那人到了老屋，指着那个五格子板柜，让抬走了。板柜一抬走，顺顺趴在地上给她爹她娘磕头，爹娘下世早，只有照片挂在墙上，她就呜呜地哭。

把安全帽装了两麻袋，一袋先背着走一段路，放下来，又反身去背另一个麻袋，黑水汗流地背到老笨的船上了，头上的发卡不知道遗在了哪里，头发扑撒了半脸。老笨说：哎哟，现在兴减肥哩，顺顺你减得有效果。顺顺说：你是说我黑瘦得没人样了？她不敢坐到船头去，害怕水里照出影子。

仅仅是过了四个月，谁也没想到，窑上的煤突然卖得快了，而且价格越来越高，已经用不着去推销了，拉煤车在每一个窑前都排队，还是现金交易，来人提着一口袋一口袋的钱。

立本觉得奇怪，顺顺更是要呆了，晚上关了门，两个人在炕上数钱，手指头把嘴里的唾沫都蘸干了，还没数完。顺顺说：这不是在梦里吧？立本说：我拧拧你的脸。拧了一把，拧得重，顺顺疼得“哎哟”了一声，立本就扑过去压她，顺顺要把钱收拾了再说，他说就在钱上，钱欺负了他半辈子，他也该给钱点颜色。那几天顺顺还真来了那个，好多钱就成了红钱。

河北的羊多，镇街上有几家水盆羊肉店，立本一定要带着顺顺去吃一顿。路上顺顺说有人看他们的眼神邪邪的，是不是要打劫？立本说：走你的路，越紧张贼越看出咱有钱了。顺顺又操心家里的钱全放在炕洞里安全吗，立本不理她了，解开外套扣子，说：咋这阵热的！顺顺想笑，但她没笑，心里说：钱烧的来呗。

进了一家店，要的是包间，包间里没窗子，灯不甚亮，屋顶棚还黑乎乎的。立本喊：来个妇女！店主跑来了很疑惑，立本说：端盘子的女服务员呢，把灯泡换个瓦数大的嘛！店主说：应该是叫小姐。

吃了一半，立本在汤里发现了一只苍蝇，责问小姐汤里怎么能有苍蝇，小姐说整天杀羊哩还能没苍蝇？顺顺这才发现灯泡吊绳上爬满了苍蝇，而顶棚上也是苍蝇趴得多了才黑的。

这顿饭没有吃好，但是包间是木板隔的，隔板那边的包间里也有人吃饭，在说着国家改革的事。他们说南方改革的力度大呀，一个镇的财政收入抵过了西北地区一个县的财政收入。还说，现在中央政府的经济政策向西北倾斜了，给的大型基础建设项目多了几倍，一起上马，咱这里要振兴啊。顺顺不懂得振兴，却明白振兴了才使窑上的煤卖得快嘛。

立本突然大骂以前的合伙人。

顺顺说：煤能卖了，可惜他走了。

立本说：他舅在县上是干部，他肯定是早知道国家的政策了才闹着要分手的。你知道不，他新买了三个窑。

立本开始恨顺顺当时不让再买窑，顺顺也后悔，可谁能长前后眼呢？庆幸的毕竟还有着这个窑，够了，这就够了嘛。立本说：够啥呀，风来了就要多扬几木锨啊！他警告着顺顺：以后有决策的事，要听他的！

于是，立本谋划着再买几个窑，可跑了几个地方，窑都涨了价，是以前的五倍，而且第一次去问一个窑五百万，过了几天，又成了八百万。等到下了决心再去买吧，已经是一千二百万了。立本当然掏不起这么多钱，回来就喝酒，发酒疯，顺顺劝他，他踢凳子，把凳子腿都踢断了。

顺顺说：你疯啦？

立本说：煤疯啦，河北疯啦！

河南的人又多往河北跑，跑得像一窝蜂。老笨撑船的次数比往常多了五趟，就让宋鱼在岸边搭了个茅屋，把被褥拿来，也支了锅灶，基本上就不回家了。宋鱼十天半月来送一次米面和蔬菜。但来一次，老笨的钱就少了些，他不清楚儿子怎么就知道他把钱一卷一卷塞在那些破鞋窠里，鞋又是藏在床脚的麦草里。他和儿子嚷，宋鱼说：你要那么多钱干啥，我是你儿哩，你不给你儿花？

老笨夜里躺在茅屋，水鸟在河滩的芦苇丛里一声声叫，他想：家里那院房子保不定什么时候就让儿子卖了，自己会不会最后就死在这茅屋呢？睡不着，起来又坐在门口吸水烟锅，成群的萤火虫在面前飞，像是星星从空里掉下来了，明的明，灭的灭。

到了六月二十四日，是荷花生日。河南的三个镇都有水田，每个村前又都有荷塘，六月二十四日就要给荷花过生日，企盼着荷花长得好了也就是水稻也收成好。老笨回了一趟家，拿了一把香在塘边刚点燃，村长就急急忙忙来喊他快去渡口：来了大领导要过河呀。

过河的是有十几个人，大多穿着褂子，五个人却西服领带的穿戴整齐。老笨拉住村长问：那是多大的领导？村长说：是市长和县长，你把船撑稳些。老笨说：穿得恁厚的？知道西服领带的就是官服，觉得那些煤黑子搭船时也有穿过西服的，但没有领带，还穿着旧布鞋，怪不得那么不好看。

船到了河心，市长对县长说：这河上得修座大桥哇。县长说：我们已经规划了。老笨听了，想：呀，修了大桥，我这船就撑不成了。迟疑了一下，船就顺水往下漂，赶紧摇了几下橹。却又想，这么大的河面怎么修桥呢？县长或许说说就是了，前几年县上办葡萄酒厂让河南人大种葡萄，把葡萄能增加收入的话说得天花乱坠，可葡萄种了，收葡萄时却没钱，农民把葡萄一架子车一架子车倒在县政府门口，来年全把葡萄园铲了。难道为了方便运煤，县上就给这里修大桥？咋会呢？不会。

船靠到河北，领导们上了岸，岸崖上有几辆小车在迎候，还整齐站了一排人。县长给市长介绍着这位是某某老板，那位是某某老板，都是煤老板。老笨远远地看到煤老板里有着立本，而顺顺却和一伙人走下了岸崖上船，他们要回河南去。

顺顺给老笨说：“船年头久了，该换换新的了。”

老笨说：“再耐活几年吧。”

顺顺也是回家来要给荷花过生日的，虽然有钱了，再不指靠家里的庄稼，但顺顺坚持要给荷花过生日。还有一桩心事，惦记着院子里那棵石榴树开花了没，石榴多子，她也要拜拜，希望自己今年怀上孕。

傍晚里，河南人家家做了麦仁粥，端了饭把粥一疙瘩一疙瘩放在塘靠边的荷叶上，就眼望着这儿的一朵朵荷花开了，那儿的一朵朵荷花也开了。宋鱼在家里把粥盛在碗里，说："我先吃一口。"

院门外就进来了讨债人。宋鱼顺梯子到院墙头要逃，来人把梯子扳倒，宋鱼跌下来，说："不就是一万元吗，我给你取。"进了堂屋，出来时手里却拿了一把刀，当着讨债人就在自己腿上开了一个大口子。讨债人说：我不吃这个！宋鱼说："我不是自残赖账，你权当我是个女的，我开个肉缝给你。"那人扇了他一个耳光，又扇了个耳光，宋鱼眼前满是星星，看讨债人也是两个三个，待看清只是一个人了，他躁了，拿刀朝前一戳。

讨债人没有死，他就坐了两年牢。

两年牢出来，村里人少了许多，他更找不下个媳妇，连妇女也都往河北去了。他才知道河北现在富得流油哩，一个窑的价钱是两千万三千万，而立本也拥有了四个窑，是河南三个镇里最有钱的人。

三个镇的小学都找过立本赞助，立本先是给了一个小学十万元，又给了另一个小学十五万，剩下的那个小学去说如果能给二十万，小学就以他的名字命名，立本就给了二十万。

校长领了一百多学生抬了个大匾过了河送到窑上。窑上已经有了大楼，立本的办公室很豪华，还供着一尊铜铸的关公像，说关公义气，是个财神。大匾往墙上挂时，却掉下来拦腰断了，顺顺觉得这是立本承受不了这样的大匾，给立本说：你不识几个大字，咋能把名字做校名？立本才改了主意。

宋鱼给村长鼓动，立本钱这么多了，他应该给村里硬化道路哇，若能给十七八万，咱两个负责修，每人还不落三四万？村长却有他的想法：何不以村的名义去贷款，也买一个窑来？两人先去河北打探，一个窑已涨到三千五百万，买不起了，再去见立本，立本却迟迟不肯见。

村长气得骂，宋鱼说："咱是向人家要钱哪，还怕伤脸？"他找到顺顺，让顺顺通融。顺顺劝立本，说："村里人不敢得罪，尤其是村长。"立本才同意村长和宋鱼到他办公室。

立本坐在沙发上，没给村长和宋鱼让座，也没给递纸烟，刚说起硬化村道的事，立本就开始打电话了。一个电话是让财务室催督市某某部门把两千万快打过来呀，另一个电话却是询问县长的秘书，县长来检查工作是后天上午还是下午，是爱吃烤全羊呢还是喜欢狗肉，冬天里吃狗肉喝烧酒最好。

电话打完了，立本说：不就是硬化个路吗？从抽屉里拿出了二十万。又让宋鱼回河南到三个镇里去看有没有百年的桂花树，有了，想办法买来他要栽到公司大楼的门口，钱的事回来了报账。

宋鱼应承了，却问："你还是四个窑吗？"

立本说："卖了两个。"

宋鱼说："一个卖三千五百万，你命里有钱，钱就引钱哩！"

立本说："屁！人家买过去又一转手，卖到四千万了。"村长和宋鱼则暗自后悔逮不住机会，活该看着别人吃肉自己只能舀一勺油腥汤喝喝罢了。

硬化了村道，宋鱼净落了三万，又买了两棵大桂花树，一棵一万元，给立本说一棵是两万，再落了两万。拿这些钱就在镇街上办了个商店，进的都是高档货，一般人买不起，专门供应从河北过来的老板买。

立本就来买过几次，每一次都是山参哪鹿茸啊，或是名酒名烟和普洱茶，那时都兴着喝普洱茶，装满了车的后厢，开到县城去。

有一次，立本又来了，他算计着要当人大代表或政协委员，问宋鱼能不能弄到钱钱肉？钱钱肉就是驴鞭，烹制好了吃时要切成片片，样子像铜钱。宋鱼说："这难哪，再难我给你弄去！"

宋鱼去了河南再往东五十里的凤阳镇，那里能做钱钱肉，他买了大叫驴，还亲眼看着把活驴杀了取鞭，弄了五根，他想县上是四套领导班子，每个班子的一把手一根，得给自己留一根吧。

立本来取货，宋鱼吹嘘这是大叫驴的，而且别人买的都是病驴死了才割的，它这是割了才杀驴，一根一万五千元。把驴鞭摆出来，四根上都贴了纸条，上面写着书记的，县长的，主任的，主席的，还有一根写着：我。立本说："我是谁？"

宋鱼说："我给我留的。"

立本说："你吃啥哩！"顺手也拿走了。

立本当上了县政协委员，经常要去县上开会，好多人都帮着他打扮形象，立本也慢慢会讲究了，名牌西服，名牌皮鞋和皮带，后来又戴上了外国进口的名表。当然也给顺顺买了几箱子时兴衣服，顺顺开始穿着不自在，出了门手不知道在哪儿放。立本说要给顺顺买高跟鞋，顺顺说：这我不穿，那么细的跟，咋走路哇，咋干活呀？但立本还是买了回来，不是一双，是五双，逼着让她穿。

立本给顺顺讲了一件事，说他认识的一个煤老板，钱都几个亿了，就是穿戴上不讲究，北京一个歌星在市里演出，有人给拉皮条，肯出一万元就能和人家共度一夜。这老板提了钱去宾馆敲门，歌星开了门，一见是个农民嘛，衣服邋里邋遢的，嫌脏，把钱袋子扔出来门就关了。

立本说这故事的时候，耻笑那个老板给企业家把人丢了，顺顺心里想：如果那歌星不嫌呢……就把事情做了？

顺顺穿了高跟鞋，身子总挺不直，屁股就耷拉着，头一天脚就磨烂了，一回家脱下，指着骂：鞋，鞋，你害我！但她还得穿，给立本穿，就买了一盒创可贴装在了兜里。

立本做那事时，开始有了各种姿势，这让顺顺感到不适应，她说："你折腾啥呀？"老催快点。立本就不做了，坐到桌前去喝酒，还摔烟灰缸。顺顺又觉得欠了立本的，主动说："那你来吧。"

立本却自己不行了，顺顺说："这不怪我。"立本嫌她不吱声，像个死人，说："你要叫床哩，你一叫床我就很厉害。"顺顺便低声叫：床啊，床啊！立本打了顺顺一拳头，穿衣出门走了。

这是立本第一次打顺顺，顺顺觉得委屈，决心要和立本闹一场。可立本一走五天没回来，整得顺顺没脾气了，又自己寻自己的不是：是我不好，没给他生个一男半女的，又没能满足他。她到公司去找立本，立本当着众人没有给她脸色看，却说下午要去市里办事，打发她回家。这一走，竟然走了一个月。

宋鱼的商店赚了钱，几次拿了点心给他爹，还带来三只鸡，杀了让爹熬汤喝。老笨说："买这么多东西干啥？"

宋鱼说："花你的，有的是钱。"给爹又掏出一条纸烟，把老笨的水烟锅丢到河里去了。害得老笨又下河捞了半天，才把水烟锅捞回来。

老笨对儿子说：有钱了你就攒着，你要攒不住，拿来交给我攒，攒够了娶个媳妇。为娶媳妇，老笨急，宋鱼不急，父子俩捣了几次嘴。

村长的兄弟在镇政府工作，胖得腆个大肚子，老笨对宋鱼说：人家和你同岁，娃都上小学了。宋鱼说："生娃还不容易?"

老笨撇了撇嘴，又说："三十多岁的人了，连个肚子都没鼓起来，看人家多富态!"

宋鱼说："有本事的搞大别人的肚子，没本事的才把自己的肚子搞大。"老笨就气得不和儿子说了。

从此宋鱼又不好好经营商店，往河北跑，而且每次都领着三四个年轻女子。老笨每次载儿子和年轻女子过河，他都兴奋，橹摇得特别欢。他觉得儿子是生心了，认识了这么多年轻女子，是不是和其中一个谈恋爱呢？便暗暗打量这些年轻女子，给儿子悄悄说那个穿红衣服的看着身体蛮好的，千万不要那个长腿细腰的，腿长细腰了不好生娃。宋鱼说："去去去!"宋鱼把几个年轻女子领去河北了，几天后又带回来，再过几天重新带了几个还去河北。

又是一个清明，顺顺早早几天就催立本回河南给亡去的老人祭坟，立本也就和顺顺回了一趟村子。他们带了香烛烧纸、水果和酒，跪在坟前祭奠，阴票子印得像真的人民币，但面额都是亿元、十亿元的。

顺顺说："这么大的数怎么花呀，我爹上集吃碗凉粉得有个零钱。"还是掏出一百元的人民币在那些烧纸上一正一反地拍打了一遍。纸烧了起来，立本说："爹呀，娘啊，我现在是政协委员了！政协委员的势儿有多大，给你们说你们也听不懂，就是当年西镇的许县长！"

许县长是民国的一个副县长，顺顺也听她爹在生前说过这人，是河南三个镇出的最大的官，那时穿着四个兜的中山装，戴着礼帽，胳膊上迟早都挂个文明杖。

立本的话让司机听到了，很快在河南、河北传开，也传到了县城。再开政协会，政协主席见了立本，说："你怎么拿敌伪县长比政协委员？"脸色很严肃。立本慌了，赶忙解释，说："主席，这话你都听到了？那是哄鬼哩，哄鬼哩嘛！"主席扑哧笑了，事情才安然过去。

宋鱼已经是立本公司的人了，专门负责采买礼品，比如衣服哇，烟酒哇，手表玉器甚至家具，不一定是最好的，但一定是时兴的最贵的，采买了又要亲自送到该送的人家去。

在县委县政府的家属院里，宋鱼从来没有送礼送错过门，也从来没有给张三送时让李四看见。立本对宋鱼很信任，后来出门，一般就让他在身后跟着。宋鱼的眼色又活，立本要上电梯了，他肯定先小跑去摁键；立本进了厕所，他肯定在厕所门口拿着手纸；立本招待客人去歌舞厅娱乐，他会在门口组织一拨一拨坐台的女子进去陪酒。立本差不多离不开宋鱼了，一有事，就习惯地扭头看，宋鱼就说："我在这儿。"

这一年春节，顺顺和立本都没有回河南，而河南的风俗是年三十夜里要在屋门上挂红灯，还要去祖坟上挂红灯，以彰显这家有人，鬼也不是绝死鬼。立本就支派了宋鱼去。宋鱼把最大最亮的灯笼在顺顺家的大门上挂了，也在顺顺家的祖坟上挂了，才去河边的茅屋看他爹。老笨在喝买来的苞谷酒，他陪着喝，自己醉得吐了，老笨给他擦洗了半夜。

回到河北，宋鱼给立本建议：得修修老屋了，虽然人不在那里住了，但老屋修得高大堂皇了摆在那里，也是光前裕后的象征，事业干得这么大了不在村里显耀，那如锦衣夜行。立本同意了，就委派他去监修老屋。

宋鱼给立本和顺顺说："我会把老屋修得像个祠堂。"

宋鱼到河上游的山里买了上等的木料，运不下来，就放在河里吆排，吆到村前的河滩捞取，结果吆失了三根檩木。买了砖请泥水匠先磨砖，要求每人一天只磨十块，必须棱齐面平，然后各类工匠都到齐了，给准备吃的喝的，仅辣子面就买了两斗。

老屋热热闹闹修着的时候，县委书记也交给了立本一个特殊任务。县上的领导差不多有十多年了没有被提拔高升的，请了阴阳师察看县城的形胜，说不该在修高速路时把城南的山梁挖开一个豁口，要补换风水，就得在豁口旁建一个寺或一个塔。县委书记当然不能建寺筑塔，就让立本盖一座楼，要盖得像市里的钟楼，县上可以拨一块位置好的地让立本便宜购买。

宋鱼得到消息，心里酸得怨立本这么大的事没告诉他，也没让他去负责工程，便喝了闷酒。

闷酒是在村长家喝的，喝高了才到修老屋的现场去，风一吹，脚下发软，倒在院里的石榴树下，树枝把脸剐破了，气得起来让人拿刀砍了树。那个中午，新的房子立木上梁，苫板已经铺了，坨泥苫瓦进行了一半，宋鱼却说柱子下的顶石雕刻得不好，大发脾气，要求换掉。

换柱石得把柱子用杠子撬起来，可四根杠子把柱子撬起来了，抱着柱子脚的人原本有经验，以前也做过房子调整的事，可偏偏这回他在抱着的时候咳嗽了一下，身子打个闪，柱脚就斜了，听到屋梁上嘎巴嘎巴响。有人忙喊，快跑！撬柱子的人就往外跑，而屋顶即刻塌下来，把抱柱脚的人压死在下边。

一出事，宋鱼酒醒了，也害怕了，决定这得跑了，就说：我给老板打个电话。拿了手机放在耳朵上，一边走一边回头，走到村口撒脚就跑了。

老笨是在立本和顺顺从河北回来坐船时才知道修房出了人命，要跟着一块去现场。立本说：“你去干啥，让人知道宋鱼那瞎货是你养的?”立本和顺顺走后，老笨心慌意乱，头晕得差点栽到河里。

下午，船不撑了，老笨还是去了顺顺家。立本在处理后事，顺顺坐在院子里哭，立本不让哭，给了被压死的那匠人家五十万，让入土为安，却继续要匠人们盖新房，不但要盖，还要盖得更好。

老笨跟前跑后给立本赔情道歉，顺顺说：“这与你没关系的。”

老笨说：“儿是我的儿啊！”自己打自己的脸，然后去搬砖搬瓦，黑水汗流得谁也挡不住。顺顺没有很快回河北，她怕出这事故招村里人耻笑，特意要多待些日子，拉扯拉扯和四邻友舍的关系。她没再穿那些鲜亮衣服，更是脱了高跟鞋，没事了就和村人拉家常。

四天后，一户人家给儿子结婚，又恰逢镇街逢集，她去集市上给匠人们买了烟酒，又买了些水果糖回来给孩子们散发。水果糖散发完了，才拍打着衣服要去结婚的那家坐席吃宴，村长的兄弟媳妇就拉了孩子到院里，说：“快叫你富婶，你富婶给你糖啊！”

孩子就叫着婶，富婶，顺顺没了糖，尴尬得脸都红了。那媳妇还在说："你富婶当年搞推销时，我给你富婶揉过腰，你富婶还能不给你糖？"顺顺在口袋里掏出一百元钱，塞给了孩子。

结婚的那家见了顺顺，拉着让坐上席，顺顺不，一头钻到厨房帮着洗菜淘米，端了一盆泔水倒到猪槽去，上房台阶上有礼桌，好多人去上了礼。村长说："顺顺给上过礼了？"顺顺说："还没哩。"提着盆子去上了五百元。记礼单的说："呀呀五百元！"

旁边有人说："人家五百元算个啥！"顺顺又回到厨房，村长进来了，黑脸训她："你再有钱你不能害大家嘛！"

顺顺说："咋啦？"

村长说："你又不是没在村里生活过，村人行礼都是五十元，你一下子来个五百元，别人还活不活？"顺顺没和村长争辩，但吃饭时喉咙噎得难受，吃了半碗就回了家。

立本还是爱喝酒，却好像不胜了酒力，喝到半斤就喝多了，常常被人三更半夜地背着回来。顺顺总是埋怨送的人，埋怨得多了，立本再喝醉，送的人把立本背到门外了，使劲儿敲一阵门，人就跑了。

立本酒醒后，嫌顺顺埋怨送他的人，影响了他的声誉，说："我要应酬能不喝酒？我的事你不要管！"顺顺和立本吵了一顿，顺顺没有赢，她想要控制住立本，立本却拿住了她，酒照旧喝，一喝多了就不再回家来睡。

之后，凡是夜里立本没回来，那必定又喝多了。时间一长，顺顺想，我怎么成了个闲人了，老窝在家里？她去了几次公司，立本不让她干活，说老板的夫人了再干活就丢身份。

顺顺想想也是，又回到家里闲着，把头发烫卷了又拉直，拉直了又烫卷，也往脸上抹各种润肤油。一天公司销售主任的老婆来家串门，说用黄瓜切了片往脸上敷能防皱纹，顺顺当下就切了黄瓜，两人睡在床上，贴了一脸的黄瓜片。

两人说了一阵话，那老婆突然说："老板还是不回来睡？"

顺顺说："他事情多呀。"心里却想，她怎么知道立本不回来睡？

那老婆说："他不回来，你能睡得住，不想那事啊？"

顺顺说："这么大年纪了还想那事，从来都没想要过。"

那老婆说："男人和女人不一样。"顺顺想，她怎么说这话，是立本在外头胡来哩？但嘴上却说："胡来就胡来吧，那就把咱轻省了。"说完还呵呵呵地笑。

顺顺明显地觉得自己年龄大了，头上有了白毛，腰上的赘肉也长出来了。夜里当然是睡不踏实，坐起来要吸几支纸烟，然后睡下了却一觉又能睡四五个钟头。她要求立本把存折都交给她管，她说："我只管存折！"心里想，管好存折就管好这个家了。

河北的镇街是三天一集，集市上有个妇女在卖一窝狗娃，一只白毛黑蹄的见了她就叫，声音细得像猫儿似的，顺顺觉得可爱就买了。妇女见顺顺还买了许多东西，打发自己的女儿把狗给她送去。那女儿水灵灵的漂亮，顺顺就和那女儿说了一路的话，知道名字叫苗苗，说："我喜欢你，给你改个名吧，叫安然。"到家后还留安然吃了一顿饭。

以后的日子，狗长得很快，顺顺也是三天两头就给安然打电话，安然便跑来陪她说话，一块吃饭，走时还要给送条丝巾哪或者一双皮鞋。安然要叫顺顺是婶，顺顺说：叫姐。

立本回来过一次也见了安然，说：河北还有这么漂亮的人？要让安然到公司去上班，顺顺不愿意，要安然就跟着她，说："你真喜欢她了，就给她每月发一份工资。"

终于有一夜，门外的狗叫，顺顺一听脚步声，知道是立本回来了，急得要去开门，把拖鞋穿成了对脚，开了门才发现衣服也披反了。立本又是喝多了，但这回身后没人，顺顺说："咋没人送你？"

立本说："啊！"吐了她一怀。

顺顺说："怎么能没人送呢，真是的！"扶立本进屋到床上，要给立本脱衣服，立本却怎么都不让脱，躺在那里就睡着了。这半夜，顺顺被酒气熏着，被鼾声聒着，她有些兴奋，人回来了还是好，两个人睡觉总比一个人睡觉着好。她睡一会儿要起来捂捂立本身上的被子，又要去盛开水给立本喝，端着开水一边吹着一边看了窗外，天上正是天狗吃月亮，月亮只剩下半个细牙儿，特别白，特别亮，像是银打的簪子。

河北的矿区现在成了一个新的镇，四面八方的人全来讨生活，求发财。立本从镇街上走过，许多人都问候他，尤其河南来的人更希望能在他的公司寻个活干。立本不愿意河南人到他公司来，因为他们知道他的根根底底，又担心他们来了难管理，要干就去挖煤吧。但河南人不想挖煤，也不死心，就让媳妇们去缠立本，立本出现总是被一些媳妇们围上纠缠，镇上人就说：瞧这个煤老板是唐僧吗，惹得白骨精多！

立本虽然注意着体形，但毕竟还是胖了，当陪着县工业局的领导检查工作了，领导也是个胖子，两个人都凸个肚。领导问立本："你站直看得见小弟弟吗？"

立本说："两年了没看见过。"

领导说："要减肥哩，下决心得减肥了。"往窑上去，沿途的电线杆上都贴着治性病的野广告，领导问："你没性病吧？"立本说："我怎么害性病？"领导说："当老板的能不害性病？你也让领导害害病嘛，害性病不是你们的专利嘛！"两人哈哈大笑。

宋鱼在外跑了两年，混得不好，打听到修房死人的事早已了结，就又跑回河南。他没脸再去见立本和顺顺，却又阴谋着怎样还能在立本的身上再挣到钱，后来真找了个智障的流浪汉，让另外两个同伙带着去立本的煤窑挖煤，挖了半个月，寻机把流浪汉从一处煤层面推进一个坑里，又弄坏几根木支护，让煤块掉下去压死。

窑里死了人，立本就慌了，害怕县上安检局要追究责任，影响他的政协委员，于是严格封锁消息，想偷偷联系死者家属，以私了完事。宋鱼立即又派一个同伙冒充了流浪汉的本家哥去立本的公司谈判，要求赔偿一百万。立本不同意给一百万，给了七十万。

顺顺的老叔得知亡者运回河南后是宋鱼把尸首在山坡挖了个坑埋的，把话说给了立本，立本明白了是宋鱼在搞的鬼，气得破口大骂，发誓要报复，要报警。

顺顺知道后，到公司去看立本，说："看你交的啥人嘛！"数说了一顿，和立本商量对策，一夜愁得头发全白了。天明时，顺顺给立本煮了一碗荷包蛋，说："吃饱了，脑子就清白了。"她的主意是不要报复，也不要报警，以免事情弄大了拔出萝卜带出泥，说："咱扑索扑索心口，咽了这亏。"

立本听了顺顺的话，却窝了一口气，不久就病了。

为了让立本散心，顺顺要立本跟她去矿区西北的月亮岭上采野菊。月亮岭上的野菊全开了花，一朵花小是小，并不起眼，可一面坡上小花一朵挨着一朵密密实实铺开来，却金光耀眼，极其壮阔。

立本采着采着，觉得后背疼，以为是岔了气，也没在意。回来把野菊泡水喝，喝了拉肚子，吃止泻药都不行，就去了医院治。住了三天医院，腹泻停了，顺顺说那就势把后背疼也检查一下吧，这一检查，医生说拍出的片子上在乳房部位有块阴影，怀疑是癌，乳腺癌。立本当时就躁了，说：我怎么能患癌，一个大男人的患什么乳腺癌？

在省城的大医院经过确诊，立本确实患的是乳腺癌，很快就做了手术。手术是傍晚开始做的，顺顺在手术室外的椅子上坐不住，跑到楼下的花园里哭，哭到天黑。

那一夜天阴着没一颗星，顺顺合着掌说："要是能出来个星星，他的病就能好的。"仰头在天上寻，寻了半个小时还是没有星星。她得去手术室门口了，仍不死心，一边往楼门道走还仰头往天上看，就在进楼门道时终于看到了小小的一颗，啊地叫了一声，手术室在十楼，她一口气就跑了上去。

做完了手术，立本能说话了，第一句话就问医生："我还能活多久？"

医生说："你这是早期，而且这种病多半是能康复的。"

立本说："那我就是那多半！"

顺顺也高兴立本有这种信念，说："你当然会好的，你不是那地方长着痣吗？"

立本竟然还让顺顺拿了镜子来，躺在那里照了看，说："我死不了，县上的那座楼就继续盖，你去省城买一套商品房吧，要精装过的，出了院我就住下来做化疗。"这事一定不能给任何人说，消息封牢焊死最少三个月，三个月我就回去了！

顺顺也就在省城买了房，出院后在新房里伺候立本。伺候了半月，立本就让顺顺回河北料理公司的一摊子事，顺顺不愿意回去，立本必须让她回去，顺顺就雇了保姆，让司机也留下，她回到了河北。

顺顺突然地坐镇公司，公司里的人都莫名其妙，顺顺解释是老板出国了，去考察了。她去了窑上三次，去了销售部一次，去了财务室一次，还去了县上盖楼的施工现场一次。检查工作严肃认真，一丝不苟，检查完了却宣布发补贴发奖金，数额是立本在时的三倍。她觉得人赚钱不能太多，钱太多了就反过来伤人。

顺顺忙过了公司的事，回到家里就指教安然，安然也知道了立本的病，问顺顺几时去省城啊。顺顺说："我不去了，这得你去。"她就每天晚上给安然讲立本爱吃什么，爱穿什么，是什么性格和脾气，手把手教安然做饭，炒菜，熬汤，如何叠衣服，如何布置房间，还有怎么站怎么坐怎么笑。

有一天说到洗澡，顺顺就说："哦，他背上以前受过伤，搓澡的时候不敢太用劲儿。还有，他睡觉打呼噜，别让他窝住了头。"

安然说："咋给我说这些？"

顺顺说："这有啥哩，你应该知道。"

两个月后，顺顺让司机回来，把安然送去了省城。走的时候，给安然理了刘海，说："你真漂亮！"车一走，两股子眼泪却流下来。

立本在城里住着，三个月并没有回来，五个月也没有回来，但他几乎三天就能接到顺顺的一次电话，先是询问身体怎样，又询问安然表现怎样，末了汇报公司的情况。立本知道了煤又卖不动了，是越来越卖不动，曾经拉煤车排得像长龙一样的，如今一天来不了三辆。

立本在电话里问："那是怎么回事？"

顺顺说："不知道哇！"

立本又问："是不是管理上出了问题？"

顺顺说："别的公司都这样啊！"

立本看报纸，他看报纸字老认不全，让安然给他念，报上不断地写着美国金融危机、欧洲金融危机，全球的经济都在衰退，也影响到了中国。他去医院化疗时遇着一个年轻女子陪她母亲也化疗，交谈起来，那女子是台湾在大陆一家公司的白领。

他说："现在真是经济衰退吗？"

那女子说："别的行业我不知道，我们公司是专卖高级酱油的，但我知道我们今年的销售量只有往年的三分之一。"

顺顺在月底的一次电话里告诉立本，有十多个公司的窑已经关停，是不是咱们的窑也关停了，或者先关停一个，因为卖出去一吨就亏本一吨，既然亏本就不卖了，既然不卖了就不挖了。

立本却在电话里说："不能关停！我不是病也一天天康复吗，我不是有那个痣吗？挖，继续挖！"

两个窑就继续生产，煤堆了那么大的一堆，又是一堆。公司的钱没有进的，只是每日投入，所有的钱都变成了煤，堆得沟岔里到处都是煤。

去年旱了一秋，过年到了初夏，雨却下了三场，最大的一场连下了三天四夜。沟岔里的煤被雨一层层地冲刷，高高的丘堆变成平的，又变成了槽渠。顺顺打着车去看了，她骂着天，骂着骂着却笑了，说："这也好，好了，立本的病总该康复了。"就想到了河南的老屋。

倒流河上的船还在撑，船千疮百孔了。过河的人说："老笨哪，你真要换换船了。"

老笨说："是该换换了。"

过河的人说："那怎么不换呢？"

老笨说："政府说修桥哇修桥哇，这几年了也没见修起来，我能换得起吗？"

过河的依然很多，是河南的去河北的少，河北的回河南的多。

三天四夜的雨后，河里更涨了水，波涛满河满船，船不能撑了，河北岸崖上还聚了好多人，他们要回河南，大声叫喊："船过来哟——老笨！"看着船停在那里，船上没有了老笨。

老笨也没有在茅屋，茅屋三个月前就拆了，他在村里的老屋睡着，做了个梦，梦见拾到了一大筐的鸡蛋。

棋语·扑

储福金

常朔在棋盘上下了一手，对手梁怀欣朝盘上看了一会儿，抬头笑了。常朔有点莫名其妙地看看她，又看看棋，觉得这步棋实在是常态，没有什么可奇怪的。是无关乎胜败、也说不上好坏的一步棋。不知她笑什么，她有时会让人有莫名其妙的感觉。

梁怀欣指指盘上常朔走的那步棋："扑。"

常朔应了一句："是扑。"

常朔意识到了什么，用恶狠狠的眼光看着梁怀欣，随后他也笑了。

常朔平时下棋擅用的棋着，便是扑。棋语中也叫作"倒扑"，便是往对方棋的虎口里扑送一子，待对方吃了子，再把对方打包圆了，有时扑出的一子虽送吃了，并没有吃到人家的棋，但把对方的棋打实了，自己的棋形就成了势。

常朔是有扑便扑，没有扑也创造机会来扑。所以常朔的棋友便私下里给他一个外号，称他为：常扑。

文化馆的旧楼原本是庙殿，靠在郊边，出门向西走一段路便是野田。

运动中文化局取消了，文化馆代行文化局的部分职责，内有图书馆，还有文化活动室。

这是一个有文化底蕴的小县，县城里有好多喜欢下围棋的人。常朔就以围棋结交了不少朋友，他属于县城的围棋高端人物。常朔是南城下放的知青，在南城他就是一个片区的围棋霸主。但县城里还是有与他棋力相近的棋手。

运动期间，围棋只在民间。常朔是知青身份，户口还在农村，是借调在文化馆搞群众文艺。他的文才与棋力虽为大家称道，但他的农村户口，总让他的内心带有悲哀，源于自大与自卑交融的悲哀。

常朔在人前扬着精神，但有时他独自往西走出街去，看晚霞在乡野尽处的彩色，想他其实属于那里，也许哪一天便会回到那里流汗与劳作，那里便是他诗的源头。

自从遇上了梁怀欣，这一切有了变化。

梁怀欣对他的文才很是赞赏，每每捧着他私下里写的诗稿赞叹着："你写得真好！"

对常朔的棋力，梁怀欣并不肯定，他们对局的胜负差不多，也许她还要多一点胜率。常朔并没有觉得她的棋强，只是梁怀欣有着一种稳定之力，她下棋的时候，常会上齿咬着一点下唇，直盯着棋盘，细长的手指拈着一颗子，将落未落，盘上的缠绕中显有一种坚韧。她什么时候都不会投子告负，总会下到填满最后一个官子，往往落后的盘面会被她扳回去了。

无论盘面好坏，一旦她凝神棋局，便恍惚有色彩在她的脸上舞动。

梁怀欣是另一座城市的知青，随全家下放。后来，父母落实政策回了大城市，弟弟也随父母回城了。她刚到成人的年龄，按规定只能留下，复职的父亲活动了一下，将她招工到县城，在国营柴油机厂制图。

常朔与梁怀欣在楼下的图书馆相识。常朔常在图书馆里，有时还会帮着做一点服务工作。那一次来借书的梁怀欣见常朔在看一本围棋书，也就主动走到他的身边，在长案桌对面坐下来。常朔发现她借的是一本哲学书，不由得多看了她两眼。

梁怀欣的相貌，一眼看去，并不是十分出众，圆圆的脸，腮边有一颗小黑痣。但多看了一点时间，就会发现她的美来，在静态与动态中，显现着不同的美。她笑得微微，腮上露出两个酒窝，而那颗黑痣便在酒窝底部，仿佛在摇晃着旋转着。对话的时候，其他部位是静态的，那痣却在舞动一般，使她整个的脸都生动起来，飞扬着色彩。

从她投到他面前书上的眼光，常朔知道她对棋也有兴趣，而她手中那本哲学书，增添了她身上的知识分子气息。

她开口了："你下棋?"

常朔笑了。他从小就下棋，他的棋力还是可以自信的，她提到了他的强处，却用的是问话。他的笑，让梁怀欣也笑了，知道了他笑的意味。这是一个聪明的姑娘，当然还是一个有头脑有知识积累的女性。常朔并没有太多的女性交往史，女孩给他的感觉都是浅层次的，只有容貌支撑着她们，在社会上浮来浮去。

"我们下一盘?"

常朔不用问她会不会下棋，他一下子耳聪目明。她有一种让人纯净的感觉，而纯净的气息便生智慧。

她两边张望了一下，显然是觉得这里不是下棋的地方。他便站起身来，说：“你跟我来。”

常朔就把她领到他的宿舍去了，就在楼上，一个三层小阁楼，狭小的面积，开着老虎天窗，坐床上从老虎天窗看出去，是一片清净的蓝天。

他还从来没与女性这么接近，也从没有女性到他的住所来。她似乎没有一点防备之心，那个时代的女性与男性都保持着一定的距离，男女之大防似乎比旧社会还要严。

她与他在一张小桌上摊开纸棋盘，用烧得不怎么规整的玻璃棋子下起了棋。她根本没有在意这些，也许习惯了如此下棋。

常朔本以为能很快让她在自己的强棋力下缴械投降，一开始就展开攻击，自然有扑与包、斗与杀，着数恶狠狠了些，毫无怜惜之意。她居然扛住了，似乎并不费力，相反因为他的有意搏杀，让她在空上展开来。常朔这才知道棋逢对手，因刚才过于自信的笑而脸上有点不自然。

常朔曾经听棋友说过，城里有位女棋手，棋力很强，姑娘原是苏城的下放户。现在常朔想到了她。

放下棋子后，常朔和梁怀欣聊起来，谈的不是棋，而是哲学。她既然棋力不输他，他更不能在哲学上输了她。谈哲学，当然要谈到哲学家，黑格尔、康德名头大，一般学哲学的都知道，常朔便选择了贝克莱。贝克莱大主教是主观唯心主义哲学大师，最重要的哲学命题是：存在便是被感知。常朔看过他的书，并经过思考的。

常朔仿佛借助贝克莱向她扑去，男女之间，一旦有着输赢感，便有了不同的情感存在。

那时，社会上一直在批判唯心主义，贝克莱的理论还是主观唯心主义，常朔谈贝克莱，显然是不把梁怀欣当外人，梁怀欣自然感知到了这种存在。

梁怀欣想象贝克莱大主教是个长脸长胡须穿着神父服的老人。常朔听了要笑，说她能够写小说的，比他只会写些小诗与小演唱要好得多。

“你能不能不用扑？”她笑指着棋盘说。

“你以为我只会用扑吗？”他说。

“只要你用了扑，就算你输。好不好？”她笑说。

他看着她腮边滚动的笑珠，便答应了。

一连几天梁怀欣都到常朔的小楼来下棋，她提到了他的“扑”，应该是知道了他的棋名，她是一个不错的棋手，当然会有本地棋手告诉她，文化馆里有个“常扑”。他有点高兴，毕竟名声在外，并传于姑娘。

常朔说了不用扑，他要遵守，往往准备扑时，他停下了手，抬眼看到她正抿嘴笑。他喜欢她了，又有点恨得牙痒痒。几次欲扑又止，他要费好大的劲儿来控制自己，想另外的招式，尽量不再搏杀，就不用扑着。这样他发现自己也开始思考大模样了。棋路无非是围空与搏杀，常朔发现了自己的短板，往往空围得小，过于注重实地。争夺实地时，棋的缠绕搏杀便不可避免。

她似乎看清了他的犹豫与控制，接下来，她就走出虎口来诱他去扑。一个很诱人的虎口，仿佛像她红突突的嘴。他有时恨不得就扑进去，随后放下棋来，叫一声：认输我也扑。

棋余他们照常会谈哲学。说到贝克莱大主教的存在就是被感知。他说：

> 你的存在只在我感知之中。
>
> 原来我没感知你的时候，你有没有存在？
>
> 我没有被你感知之前，我有没有存在？
>
> 我与你互相感知了，才共同感知真实的你我。

他似乎在念一首诗，她朝他看着，说着哲学的时候，她从来不笑，他也很认真，像一同扑身于无尽隧道。

这样过了些日子，有一次下棋，她在棋盘上布下了虎口，接着又是虎口，再接着又是虎口，一个个张开的虎口朝着他，就像她笑着张开的口，而那颗黑痣如活珠子般在腮上荡漾。他投了子，就朝她扑过去了。他心里想，是那一个个虎口朝他扑来，他只有迎上去。

她几乎没有拒绝便接纳了他。仿佛那一个个虎口确实是她故意朝他扑来的。

两个年轻人很简单地走完了情感探索的最后一步。按中国旧传统的说法，女性的付与便是一生。女方被占有是与婚姻连着的。但梁怀欣并没有被占有的感觉，她是自自然然地接受他的一切。不是半推半就，也没有轻嗔微怨。她的自然让他没有感觉到第一次的生硬，仿佛是水到渠成。

她笑着对他说："你这个时候，就像你下搏杀棋发狠一般，咬牙切齿的模样。"

他有心情俯身在她的耳边说："扑。"

他的声调显是有意味的。她依然微笑地看着他，似乎过了一会儿才体悟到那一个字的意味。本来她对他所做的并无羞涩，感觉是自然的，但对他的意味，身体上有了反应，她的脸红起来，仿佛从意念中如潮般窜浮上来的红，艳如桃色。红之上依然是低眉低眼的微笑。

此时，梁怀欣说到贝克莱大主教的感觉复合论："你就在我感觉中复合，在我的视觉、嗅觉、意觉、味觉、听觉，还有触觉中复合起来。早先没有味觉和触觉时，你就不是完整的你。"

当时，男女之间一旦成了事，便是结婚，但常朔并没有这种意识。也许意识到了，他还是没有那样想。因为他还是农村的户口，还是一个乡下人，而她是城市的工人。应该说，他们肉体的结合没有功利权衡，用流行的话说，是出于爱。

在一起时，他们谈到各人的身世，常朔知道了梁怀欣父亲是苏城的文化官员，她的生母早去世了。父亲、后母与后母生的弟弟都回苏城去后，她在山村做过各种农活。

梁怀欣觉得这一切缘于政策，并无委屈，但常朔听来，感觉她被单独留在乡村的那段日子，有着一种被丢弃的悲哀，只是她不自知罢了。全家下放的时候还是个孩子，后来风雨中独自荷锄出工，再无亲人在侧，一个女孩，心境该是多么荒凉？常朔的感悟，正是他在乡村的心境。

与梁怀欣的交往，让常朔的内心里有了一种自信。一方面是她对他作品的欣赏，她的赞赏是真诚的，原来常朔自己都拿不准，他的作品只在这小县城里演出，往往得到的评价还并不一致。另一方面便是一个城里姑娘的献身。

这种自信的力量支撑着常朔，在恢复高考的第二年，他考上了省里的大学，回到了南城。

去南城以后，开始常朔和梁怀欣还有书信来往，后来慢慢就断了。他开始接触女同学，虽然那时大学还有不准谈恋爱的说法，但许多学生和常朔一样是知青，年龄都偏大了，不可能不谈恋爱。梁怀欣一点没有缠他，似乎她早就清楚：常朔的离开便是他们关系结束的时候。那时社会还没有开放，如果梁怀欣找到南城去的话，传开来，常朔起码要受道德的谴责。梁怀欣有过的书信中，没有任何的暗示。与他的断，和与他发生关系一样自然。梁怀欣的开通，让常朔获得了轻松，他也不知假如梁怀欣缠着他，他是否会硬着心与她断绝。但梁怀欣像一阵轻风似的过去了。常朔多少有点觉得是他把她丢弃了，像棋盘上扑时投出去的一颗子。

大学期间，常朔写的诗歌发表了，还产生了一定的影响，他又是学校围棋队的队长。他的诗人与棋手身份，使他颇有声名，常有女人环绕。

常朔的女人多，放到后来，此事不足为奇，但那时还才开放，大学的同学，都羡慕他的女人缘。常朔有过女人，梁怀欣让他懂得了女人，再加上他的声名，自然是同学无法比的。

同室的同学请教常朔，为什么自己还没有女朋友？常朔先让他们学下棋，接下去便开讲棋语：扑。对女人，你们少的就是这个扑。要扑，扑需要先舍弃一点，要舍弃什么，自己领会。要有扑的精神，要能制造扑的状况，让对方无法回避，只能呈现实实在在的情态。多扑几次，总有一次会成功的。

难怪人家传言，常朔对所有接触到的女人，都会迎上去，扑一扑，成就成不成就走人，所以常朔的女性朋友，要么是情人，要么就是仇人。

大学毕业后，常朔分进了文艺研究会。他的棋下得少了，因为同样需要费脑力，但他自以为眼界宽了，棋上依然是好手。

常朔还是结了婚，是一次他扑向女人的过程中，那位女性朋友怀了身孕，且姑娘还有着一点家庭背景，不会轻易作罢的。别人也都称他们是天造一对，地设一双。然而没过几年，随着社会上的风气西化，离婚变得平常了，他们也就离了婚，孩子由母亲带去。

正是常朔成熟的年龄。在单位，因他的能力与他作品的影响，他入了党，担任了一点职务。此时他的形象，在一般年轻女性眼中，是钻石王老五。

多少年后，他自称有了一种智慧，等着别人飞蛾扑火。当然他是不避的，社会也不再有以谈恋爱为名行流氓的罪名。说不清他有过多少女人，他在女人中如鱼得水。

偶尔在酒桌上，他喝得脸红红时，应酒友要求传授过他的经验。主要是四条：不主动，不拒绝，不负责任，打死也不说。酒话也当不了真。

人生四十，进入不惑之年的生日那天，他独自在住宅楼上，看着外面跳闪的霓虹灯光。这些天他身体有点不舒服，心理上厌烦正交往的女人。他突然想到了梁怀欣。他有过很多女人，各种性格与形态的都有，他却想到了梁怀欣。是不是因为她是他的第一个，印象特别深刻？那么他是不是她的第一个呢？当初他想丢开梁怀欣时，他就怀疑似乎不是。她有过男人吧，要不她那么轻易地与自己上了床，与他进行中那么自然，一点没有手脚无措的过程。有时他又会否定自己，因为她的脸红与另外的小动作和神态，经历多了，他清楚那些动作与神态只有深爱之中才会表现。这时候，他感到自己某种怀疑的想法是卑鄙的，于是，他就会特别地想着她。

阅尽春色，才有比较。这一天他深深地想着她。后来有过的多少女人，有比她有地位的、有比她显高贵的、有比她富才情的。但他想到她的时候，发现她是无可比拟的。她的形态、她的动作、她的红脸、她的黑痣、特别是两性相合时，身体的自然表现，反应温润如水。似乎他只要一碰，她便水灵灵的。她便如他真正的家，最合适的居所。接触越多的女人，他越会觉得女人都不如她。

这一夜，他软弱身体中的感受，让他有扑向她的意识。如果需要一个女人长期生活，她是最合适的。然而，他早就不知她的情况了，他虽然还与县城的朋友有着联系，但他们都回避着她的名字，也许他们心里都清楚是他对不起她。

就在第二天，常朔应邀参加一个省里的中年画展。他在画展中看到了一张裸女画。裸体女性的形象在画展中已属平常，但他在那张画前停住了。他认定那画的便是梁怀欣。从那形体的自然随意，女性的如水柔软，除神似之外，偏偏画中裸女的腮帮上，还点有一颗小小的黑痣。再看作者标签，正是他插队的县城所在。

画中的她，飞展着身子像是在扑，表现着一种奋不顾身的精神。

所有的感觉扑向了他的内心。

常朔赶去了县城，自考上大学离开后，他从没回来过。

梁怀欣在电话里的声音，还是那般润润的有点磁性。旧时的感觉之上又添了一点感觉。

“你来我这里吧，他想与你下一盘棋。”她说。仿佛她与那个他一直在等着他，等他下一盘棋。

她的所在仿佛是一座旧库房，高且宽大。常朔一眼便认定他便是参加画展的画家。只是他坐在了轮椅上，一把自制的木轮椅。他有点笨拙地摇动着它，他应该在那上面坐了有段时间了，腿因常年不移动，显得细瘦。但他的一双眼睛却有着画家的敏锐。常朔来不及观察梁怀欣，却被他的形体与眼光吸引。

“黄立。”他摇着轮椅轮子过来与常朔握手。他的手薄而暖。也许是一直笼在袖筒里的结果，一般不怎么活动的人四肢应该凉一点。

没有过多的寒暄，常朔本来是想与梁怀欣诉说什么，或解释什么，突然发现不用了。她有着她的人生。一切与这宽大的房子，和这轮椅上的男人联系在一起。还有一个孩子，这个孩子肯定不是梁怀欣的，孩子长脸长身，与父亲黄立相近。孩子在房子的一角做功课，他一直坐在那里。

黄立的头上方贴着一张图，是一张世界地图，房内除了这一张印刷品外，四围挂的都是画，肯定是黄立画的。而绝大部分画面上都是以梁怀欣为模特。有她盘坐的，有她站立的，有她弯腰的，有她走动的，但画面突显的是她的那双眼睛，是常朔在画展时看到的，那眼神显着向前飞扑相融相合的精神。

已经在小案桌上放下了木棋盘，旁边还有两盒标准的云子，想来他们经常在一起下棋。

一旦棋盘上落了子，常朔便展开了攻杀，手筋叠出，扑的着数自然少不了。对方进入了思考。常朔发现黄立的棋路与梁怀欣相近，开始时以为是他们一起研究过棋，后来他恍惚便如当初与梁怀欣在对子。

那时是他的窄小阁楼，现在是她的宽高库房。

常朔快棋手，有时间空出来注目梁怀欣，他为她而来，还没好好看她。只见她的身子在活动、端茶、烧饭，再为孩子端去烧好的饭菜。

给常朔续水的时候，梁怀欣看到了他的眼光，微微一笑，还是原来的神态，微努一下嘴，黑痣颤动一下，意思是让他专神棋盘。常朔一笑，旧感觉压抑在不自由的状态下难以自持。她却没有注意似的，把换了水的杯子，放到常朔的手边，她只是肉体在做着事，精神却在黄立身上。黄立正全神贯注于棋局，有时举棋不定间，会抬头看一看她，她的眼光柔柔地与他交流着，一时，常朔仿佛感觉她的精神与黄立交融，黄立落子的下一手，正是当初梁怀欣的棋着。

当初梁怀欣的棋着就对常朔的棋有所克制，特别是化解他扑的棋形。也许这些年，常朔的棋下少了，而梁怀欣又有了进一步研究；也许常朔注意力没有太集中，走到中盘的时候，他的棋就吃紧了。黄立神情放松下来，此时常朔再看他与梁怀欣眼光交集时，黄立便是黄立，梁怀欣便是梁怀欣。常朔不由得想，黄立在作画时，面对梁怀欣的眼光，他飞笔落纸，想他的身上也交融着梁怀欣的精神吧。

最后常朔已无斗志，投子认输了。

梁怀欣把饭菜端上来。梁怀欣的菜做得好，饭似乎也有着新鲜的香味。常朔与梁怀欣有过那么一段经历，但还从来没吃过她做的饭菜，吃在嘴里有着特别的滋味。梁怀欣肯定还有许多他不清楚的女性能力，只有眼前这个坐在轮椅上的男人都感受到了。毕竟常朔与她没有在一起生活过。

黄立在饭桌上谈着他们刚才的一盘棋，神态中颇有得色。常朔口中应着，心想，这本不是一盘他着力的棋，他是来看梁怀欣的，棋盘上的胜负有什么意思。

然而胜就胜了败就败了，要说起来，情感上失去了，不该在棋盘上胜回来吗？他表面上显着外面大场合经历多了，于棋并不在意的样子。

饭后，常朔起身说要回宾馆了。梁怀欣送他。出了门，风在巷子的一片空地上吹得紧，他们靠近了一点身子。她身子的温软，让常朔有一点旧时的感觉。多少日子里对她的歉疚，也许可以消失了，在她的意识中，也许本来就无须存在。

梁怀欣告诉他，黄立前几年刚过世了妻子，接着他又伤了下半身。然而人生的深刻感受化入了他的画作中，让他的作品有了一种力量。

常朔能想到，又正因为有她的存在，才让他有了画上的精神飞扬。不过他没有说出来，梁怀欣能意识到他要说的话。他们之间比原来要多一层理解。

她一直送他进宾馆房间。她自然地接受了他的拥抱与亲近。他感觉自己仿佛没有离开过，她那里如同是他的家。他恍惚回到了他旧日温润的家。

起身的时候，她轻轻拍拍他的脸，以示嘉许。

她去冲澡，他跟着在卫生间靠门边站着。

“你一直都快乐吗？”

“快乐。”

“你跟我出来，他会不会有看法？”

“不会。”

她把水放得很大，水流从她头上冲下来，她晃一下头，把眼前挂着的头发甩后去，有水滴甩到他的脸上来，带着她温甜的气息。

“你知道，他的肉体要求很少的……”

梁怀欣依然对哲学有兴趣："贝克莱大主教的存在就是被感知。感知产生意念，意念便是一个个念头，念念相续，形成了记忆，形成了我的存在。一旦意识到我，便有痛苦，但只有形成独立的我，才有力量去做事。而'我'能有相融的意念对象，便不再孤立，是快乐的，不管什么痛苦也都变得简单。"

常朔想到了画展上裸女的眼神，表现的是意念的力量。画家感受到了这个意念的力量。她说的意念相融，正是她的精神扑向了他。过去常朔和梁怀欣一起的时候，他们很少有眼光缠绕，也许有的只是她俏嗔的眼光，那只是肉体的反应。她曾扑向自己的是肉体，而扑向黄立的是精神。

又过了多少年，人生如流水，常朔似乎如鱼得水。没有什么痛苦，他有着避开痛苦的最大能力。痛快只是意识满足，又何必争先恐后，又何必得意忘形。他也算是官，经营官场，须从大社会来看，不能眼盯小处。他布局围空，在官场上做得空灵。他是文化人中的官员，他是官员中的艺术人才。他与文化人交往的时候，谈一点官场无奈；他与官员交往的时候，谈一些艺术异象。然而，处世再游刃有余，老年终将来临。虽然在体能上，他并无感觉，但履历上登记得明白，组织部门找他谈话了。他要退居二线了，上级安排让他去基金会，那是退休前的一种过渡，从权力来看，形如鸡肋。但毕竟还是一个官，还可延续一段官场人生。

要退了，要退了，他见过多少退了休的官员，似乎一下子委顿了，与退休前的意气风发判若两人。

此时，常朔不免回顾人生，他一直认为，其实他是可以写出真正的艺术作品的，他清楚艺术作品的高度在哪儿，有哪些经典作品做标杆。他以往的作品也有影响，但他同样清楚，那些作品的影响是他的官位给他带来的，是权力资本的附属品。现在他还有精力，只有集中时间才能写出他想象中的作品。真有这样的把握吗？多少年混迹于官场的平庸之气，已成习惯，还能挖掘出艺术才气吗？到底用什么艺术来表现意念的华章？就算能写出他自以为好的作品，能好到哪儿去？也许还不如靠官场权力产生的影响大呢。

也许步入官场之前，他便有过权衡，那时的权衡很简单，他便飞蛾扑火似的走上了他的人生路。但眼下不再是年轻时，他该好好地权衡一番了。基金会虽然虚挂，毕竟还可支配几个人和一些钱物，关键是还能延续一种习惯，要是这习惯一下子舍弃了，他会不会有踏入虚空的感觉？

有这么一天，他在梦与醒的恍惚之间，组织部门的官员与他谈话的一幕突然跳出来，那官员习惯地手指轻敲文件，脸上是笑着，感觉却是一种不耐烦。这情景本不出奇，多少次他也如此与人谈话。

然而，他再无法入睡。他被丢弃了，出于必然，毫无怜惜。他这一生中，也有无情丢弃的。他向大城市扑去的时候，梁怀欣是他丢弃的。后来他扑向财富、扑向权力、扑向女人的时候，丢弃的是他的青春与时光。似乎还有更多的更有分量的东西被丢弃了，是什么呢？

这许多年，他自以为活得滋润，活得有水平，但细想想，他想要的太多，扑的太多，抓到手里的却是空空，钱与物是冷冰冰的，权力的泡泡正在破灭，而那些女人也就像一串雷同的肉体，看多了，是同样的神态、同样的声调、同样的嗔怨。

行尸走肉，他感觉有点恍惚。

他出行了一次，是回插队过的县城里去。过去他每一行都有明确的目的，唯独此行，直到坐上车，他也没想清目的。

他没要求派车，而是坐上了长途客车，是因为他想先体验一下无车行路的感受。行程中，他感受到了已经久违的人生：候车室里杂乱的人声、肮脏的大包小包；拥挤的车，司机随处停留招呼熟人。好在已有高速公路，行车时间不再那么长，但分分秒秒都那么磨人。下车后，他想到了一件要紧的事，便是尽快找一个驾校学车。

出了车站，他在路口站着，一时不知往哪里去，他似乎是来寻找什么，当然不像上次那样来找梁怀欣，他也不知寻找的是什么。

既然来了，他还是去找梁怀欣。原来的电话联系不上，他找到了梁怀欣的一位女友，女友告诉他，黄立已经去世，黄立的儿子上大学后留在省城工作了。梁怀欣一直处世平常，模样没变，好像永远不显老，只是也许因精神空虚，会说出一些莫名的话。女友记得她说到过：存在是感觉的复合，境由心生，世间之恶皆我心中之恶，世间之善也皆我心中之善。

常朔想一想，感觉那话并非是走火入魔，有着佛教同体大悲的意味。

女友对常朔说，梁怀欣退休后，谁也弄不清她去了哪儿。

一时没有目的，常朔不想再见任何人。他如今接触的只是官员，没有秘书通知，没有车随行，是个人活动，再加上官员知道他要退下来了，还会不会有接待的热情？他信步走着，县级小城已改市，建筑与大城市相同，到处是一般的宽路高楼，如果他被一阵风卷到这里，突然睁眼，意识的念念相续，他大概会以为自己依然是在南城偏郊的城区。

眼前有一幢古式建筑，看路牌是寺前街，正是自己早先生活过的街，曾经改名为人民街。以前他在这里工作时，常在城街中散步，现在旧意识把他带回到这里了。虽然街道变了，文化馆的老楼修旧如旧，还显旧时轮廓，只是新围了山墙，改建回寺庙了。如今每一地都修有寺庙，新中国成立后拆毁的寺庙多有重建，比旧时的寺庙建筑更气派了。

山墙边有一道偏门，正是旧时文化馆开门处，门半掩着，常朔推门入内，里面安安静静，脚下的砖地、两边的僧舍，依稀是旧时模样，他原来住的那间阁楼又在哪儿了呢？

常朔只管东张西望，突然耳边响了一声：“扑。”似乎有人在他耳边说的，又似乎是他内心中响起来的。一时再无声息，朝前看，只见前面路正中间，立着一个僧人，因背西而立，后面晚霞灿烂，看不清僧者的脸。似乎刚才那一声便是此僧者发出。随后，见僧者转过身去一手托着佛珠，念了一声：阿弥陀佛。常朔一下子感觉那侧影便是梁怀欣，还是梁怀欣年轻时的模样。就在他注目间，僧者往僧舍旁边隐去。常朔赶紧地跑过去，口中叫一声：怀欣。那边没有任何反应，僧者的身影消失了，赶过去的常朔只见一片空空。

常朔越想越觉得那一声便是梁怀欣的声音。在常朔后来的记忆中，那声音恍惚是他曾在她耳边轻叫过的回声。

常朔找到了庙里的住持，亮出了名头。对这位从县里出去、在省里的名人官员，住持是听闻过的。于是请茶让座。住持合掌对常朔说，这座庙里所有的出家人都是他招收的，大多拜他为师，云游来挂单的，一般是有名高僧，也都由他亲自接待，其中没一个俗名叫梁怀欣的。

山上的小屋

残　雪

在我家屋后的荒山上，有一座木板搭起来的小屋。

我每天都在家中清理抽屉。当我不清理抽屉的时候，我坐在围椅里，把双手平放在膝头上，听见呼啸声。是北风在凶猛地抽打小屋杉木皮搭成的屋顶，狼的嗥叫声在山谷里回荡。

“抽屉永生永世也清理不好，哼。”妈妈说，朝我做出一个虚伪的笑容。

“所有的人的耳朵都出了毛病。”我憋着一口气说下去，“月光下，有那么多的小偷在我们这栋房子周围徘徊。我打开灯，看见窗子上被人用手指捅出数不清的洞眼。隔壁房里，你和父亲的鼾声格外沉重，震得瓶瓶罐罐在碗柜里跳跃起来。我蹬了一脚床板，侧转肿大的头，听见那个被反锁在小屋里的人暴怒地撞着木板门，声音一直持续到天亮。”

“每次你来我房里找东西，总把我吓得直哆嗦。”妈妈小心翼翼地盯着我，向门边退去，我看见她一边脸上的肉在可笑地惊跳。

有一天，我决定到山上去看个究竟。风一停我就上山，我爬了好久，太阳刺得我头昏眼花，每一块石子都闪动着白色的小火苗。我咳嗽着，在山上辗转。我眉毛上冒出的盐汗滴到眼珠里，我什么也看不见，什么也听不见。我回家时在房门外站了一会儿，看见镜子里那个人鞋上沾满了湿泥巴，眼圈周围浮着两大团紫晕。

“这是一种病。”听见家人们在黑咕隆咚的地方窃笑。

等我的眼睛适应了屋内的黑暗时，他们已经躲起来了——他们一边笑一边躲。我发现他们趁我不在的时候把我的抽屉翻得乱七八糟，几只死蛾子、死蜻蜓全扔到了地上，他们很清楚那是我心爱的东西。

“他们帮你重新清理了抽屉，你不在的时候。”小妹告诉我，目光直勾勾的，左边的那只眼变成了绿色。

“我听见了狼嚎，”我故意吓唬她，“狼群在外面绕着房子奔来奔去，还把头从门缝里挤进来，天一黑就有这些事。你在睡梦中那么害怕，脚心直出冷汗。这屋里的人睡着了脚心都出冷汗。你看看被子有多么潮就知道了。”

我心里很乱，因为抽屉里的一些东西遗失了。母亲假装什么也不知道，垂着眼。但是她正恶狠狠地盯着我的后脑勺，我感觉得出来。每次她盯着我的后脑勺，我头皮上被她盯的那块地方就发麻，而且肿起来。我知道他们把我的一盒围棋埋在后面的水井边上了，他们已经这样做过无数次，每次都被我在半夜里挖了出来。我挖的时候，他们打开灯，从窗口探出头来。他们对于我的反抗不动声色。

吃饭的时候我对他们说：“在山上，有一座小屋。”

他们全都埋着头呼噜呼噜地喝汤，大概谁也没听到我的话。

“许多大老鼠在风中狂奔。”我提高了嗓子，放下筷子，“山上的沙石轰隆隆地朝我们屋后的墙倒下来，你们全吓得脚心直出冷汗，你们记不记得？只要看一看被子就知道。天一晴，你们就晒被子，外面的绳子上总被你们晒满了被子。”

父亲用一只眼迅速地盯了我一下，我感觉到那是一只熟悉的狼眼。我恍然大悟。原来父亲每天夜里变为狼群中的一只，绕着这栋房子奔跑，发出凄厉的嗥叫。

“到处都是白色在晃动，”我用一只手抠住母亲的肩头摇晃着，“所有的东西都那么扎眼，搞得眼泪直流。你什么印象也得不到。但是我一回到屋里，坐在围椅里面，把双手平放在膝头上，就清清楚楚地看见了杉木皮搭成的屋顶。那形象隔得十分近，你一定也看到过，实际上，我们家里的人全看到过。的确有一个人蹲在那里面，他的眼眶下也有两大团紫晕，那是熬夜的结果。”

“每次你在井边挖得那块麻石响，我和你妈就被悬到了半空，我们簌簌发抖，用赤脚蹬来蹬去，踩不到地面。”父亲避开我的目光，把脸向窗口转过去。窗玻璃上沾着密密麻麻的蝇屎。“那井底，有我掉下的一把剪刀。我在梦里暗暗下定决心，要把它打捞上来。一醒来，我总发现自己搞错了，原来并不曾掉下什么剪刀，你母亲断言我是搞错了。我不死心，下一次又记起它。我躺着，会忽然觉得很遗憾，因为剪刀沉在井底生锈，我为什么不去打捞。我为这件事苦恼了几十年，脸上的皱纹如刀刻的一般。终于有一回，我到了井边，试着放下吊桶去，绳子又重又滑，我的手一软，木桶发出轰隆一声巨响，散落在井中。我奔回屋里，朝镜子里一瞥，左边的鬓发全白了。”

“北风真凶，”我缩头缩脑，脸上紫一块蓝一块，“我的胃里面结出了小小的冰块。我坐在围椅里的时候，听见它们叮叮当当响个不停。”

我一直想把抽屉清理好，但妈妈老在暗中与我作对。她在隔壁房里走来走去，弄得“噔噔”作响，使我胡思乱想。我想忘记那脚步，于是打开一副扑克，口中念着：“一二三四五……”脚步却忽然停下了，母亲从门边伸进来墨绿色的小脸，嗡嗡地说话：“我做了一个很下流的梦，到现在背上还流冷汗。”

“还有脚板心，”我补充说，“大家的脚板心都出冷汗。昨天你又晒了被子。这种事，很平常。”

小妹偷偷跑来告诉我，母亲一直在打主意要弄断我的胳膊，因为我开关抽屉的声音使她发狂，她一听到那声音就痛苦得将脑袋浸在冷水里，直泡得患上重伤风。

“这样的事，可不是偶然的。”小妹的目光永远是直勾勾的，刺得我脖子上长出红色的小疹子来。“比如说父亲吧，我听他说那把剪刀，怕说了有二十年了？不管什么事，都是由来已久的。”

我在抽屉侧面打上油，轻轻地开关，做到毫无声响。我这样试验了好多天，隔壁的脚步没响，她被我蒙蔽了。可见许多事都是可以蒙混过去的，只要你稍微小心一点。我很兴奋，起劲地干起通宵来，抽屉眼看就要清理干净一点，但是灯泡忽然坏了，母亲在隔壁房里冷笑。

“被你房里的光亮刺激着，我的血管里发出怦怦的响声，像是在打鼓。你看看这里，”她指着自己的太阳穴，那里爬着一条圆鼓鼓的蚯蚓，“我倒宁愿是坏血症。整天有东西在体内捣鼓，这里那里弄得响，这滋味，你没尝过。为了这样的毛病，你父亲动过自杀的念头。”她伸出一只胖手搭在我的肩上，那只手像被冰镇过一样冷，不停地滴下水来。

有一个人在井边捣鬼。我听见他反复不停地将吊桶放下去，在井壁上碰出轰隆隆的响声。天明的时候，他咚的一声扔下木桶，跑掉了。我打开隔壁的房门，看见父亲正在昏睡，一只暴出青筋的手难受地抠紧了床沿，在梦中发出惨烈的呻吟。母亲披头散发，手持一把笤帚在地上扑来扑去。她告诉我，在天明的那一瞬间，一大群天牛从窗口飞进来，撞在墙上，落得满地皆是。她起床来收拾，把脚伸进拖鞋，脚趾被藏在拖鞋里的天牛咬了一口，整条腿肿得像根铅柱。

“他，”母亲指了指昏睡的父亲，“梦见被咬的是他自己呢。”

“在山上的小屋里，也有一个人正在呻吟。黑风里夹带着一些山葡萄的叶子。”

“你听到了没有？”母亲在半明半暗里将耳朵聚精会神地贴在地板上，“这些个东西，在地板上摔得痛昏了过去。它们是在天明那一瞬间闯进来的。”

那一天，我的确又上了山，我记得十分清楚。起先我坐在藤椅里，把双手平放在膝头上，然后我打开门，走进白光里面去。我爬上山，满眼都是白石子的火焰，没有山葡萄，也没有小屋。